枕草子漢文受容論

張 培華 著

和泉書院

重要文化財　『賦譜・文筆要決』　冒頭

五島美術館蔵

賦譜一巻

凡賦句有壯緊長隔漫發送合織成不可偏捨

壯　三字句也

若水流濕火就燥悦禮樂敦詩書萬國會百工休之類綴發語之下為便不要常用

緊　四字句也

若方以類聚物以群分四海會同六府孔修銀車隆代金鼎作國之類亦綴發語之下為便今所用也

長　上二字下三字句也　其類又多　上三字下三字

若石以表其貞玄以彰其異之類是五也感上仁於孝道合中瑞於祥經是六也曰依而上下相遇修久而貞明於冬是七也[illegible]

今案此等縦隔句也常不可用

子雲中擬是八也吹犴者黄大而行人貝林衣
断〻成功之遂而是九也六七者堪常用八次之九次〻
其者時有之得但有似緊體勢不堪成緊則不得已
而施之必也不須綴緊衆發下可也

隔

隔句對者其辭云隔體有六輕重疎密平雜
輕隔者如上有四字下六字若器將道〔導〕志五色發
以成文化盡歡心百獸舞而叶曲之類也重隔上六
下四如化輕裾於五色猶恐羅衣發織手於一拳以
迷紈質之類是也疎隔上三下不限多少若酒之羌
必資於麴蘖室之用終在乎戶牖若而某緣
既之窮轉忽而並同飛鶯之輕盈府而兼燭之皇
科斗之文靜而觀焔不見雕蟲之氣壽是也容

（縮約48％）

（本文三二一・六六・三九二頁参照）

目次

第三部　前田家本『枕草子』の本文と漢文

凡　例

一　『枕草子』本文引用は、松尾聰・永井和子『新編日本古典文学全集　枕草子』（小学館、一九九七年）により、章段数、章段名、頁数を示した。また、本文引用の際、必要に応じて、三巻本、能因本、堺本、前田家本と明示した。参考にした底本は次の通りである。

三 巻 本：陽明文庫蔵本の影印本（『陽明叢書国書篇　枕草子・徒然草』思文閣、一九七五年）、大東急記念文庫蔵（古梓堂文庫旧蔵）本の複製本（『清少納言枕草子』上中下、日本古典文学刊行会、一九七四年）。

能 因 本：学習院大学蔵本の影印本（松尾聰『能因本枕草子』上下、笠間書院、一九七一年）。

堺　　本：高野辰之旧蔵本の影印本（吉田幸一『堺本枕草子　斑山文庫本』古典文庫、一九九六年）。

前田家本：尊経閣文庫蔵本の複製本（『尊経閣叢刊　前田本枕草子』一～四、育徳財団、一九二七年）。

一　『源氏物語』本文引用は、阿部秋生・秋山虔・今井源衛・鈴木日出男『新編日本古典文学全集　源氏物語』一～六（小学館、一九九四～一九九八年）による。その巻名と頁数を示した。参考にした底本は次の通りである。

青表紙本：宮内庁書陵部蔵青表紙本『源氏物語』の複製本（山岸徳平他『宮内庁書陵部蔵　青表紙本　源氏物語』1桐壺～54夢の浮橋、新典社、一九六八～一九七〇年）。

大 島 本：古代学協会蔵（大島雅太郎旧蔵）本の影印本（古代学協会・古代学研究所『大島本源氏物語』一～十、角川書店、一九九六年）。

一　『白氏文集』本文引用は、朱金城『中国古典文学叢書　白居易集箋校』一～六（中国・上海古籍出版社、一九八八年）による。巻数順、詩作名、頁数を示した。訓読文は岡村繁『新釈漢文大系　白氏文集』一～一三（明治書院、一九八八～二〇一八年）による。必要に応じて、該当する頁数を示した。例えば、序章五頁「『白氏文集』巻十七［一〇七九］律詩」は、「巻十七」は『中国古典文学叢書　白居易集箋校』により、［一〇七九］は『新釈漢文大系　白氏文集』によるものである。また同頁の詩句引用「廬山草堂、夜雨独宿、寄㆓牛二・李七・庾三十二員外㆒」（八一頁）と「蘭省花時錦帳下　廬山雨夜草庵中」（一一一七頁）には、前「八一頁」は引用文に訓点があるように、『新釈漢文大系　白氏文集』により、後「一一一七頁」は『中国古典文学叢書　白居易集箋校』による頁数である。

各詩の番号［ ］は、花房英樹『白氏文集の批判的研究』（彙文堂書店、一九六〇年）を参考にした。また参考にした底本は次の通りである。

那波本：宮内庁書陵部蔵『白氏文集』七十一巻の影印本（下定雅弘・神鷹徳治『宮内庁所蔵那波本《くないちょうしょぞうなわほん》　白氏文集《はくしぶんしゅう》』一～四、勉誠出版、二〇一二年）。従って、引用文献に問わず、『白氏文集』の「文集」に該当する語のルビは「ぶんしゅう」に統一した。

一　漢字の表記は、人名、書名、雑誌名を含め、原則として新字体に統一した。

一　引用文のゴシック字体、英字、数字、符号は著者がつけたもの。

一　現代語訳の［ ］は書籍からの引用、（ ）は著者によるもの。

一　引用した著作者の呼称は、すべての敬称を省略した。

一　参考にした古注釈書、現代注釈書、本文集成等の文献は、論文の中、各章の後注に明記した。

一　参考にした文献について、多数の著編者がいる場合は、一名、あるいは二名のみを掲げ、書名中の作品名についても複数の場合はその一部を省略したが、省略しない著編者名・書名を次に記した。（序章～第十五章の順）

○長谷川政春・今西祐一郎・伊藤博・吉岡曠『新日本古典文学大系　土佐日記　蜻蛉日記　紫式部日記　更級日記』（岩波書店、一九八九年）

○雨海博洋・神作光一・下玉利百合子・中田武司・松田喜好『枕草子大事典』（勉誠出版、二〇〇一年）

○田中実・須貝千里・前田雅之・小嶋菜温子『〈新しい作品論〉へ、〈新しい教材論〉へ［古典編］3』（右文書院、二〇〇三年）

○川口久雄・志田延義『日本古典文学大系　和漢朗詠集　梁塵秘抄』（岩波書店、一九六五年）

○阪倉篤義・大津有一・築島裕・阿部俊子・今井源衛『日本古典文学大系　竹取物語　伊勢物語　大和物語』（岩波書店、一九五七年）

○池田亀鑑・岸上慎二・秋山虔『日本古典文学大系　枕草子　紫式部日記』（岩波書店、一九五八年）

○山田孝雄・山田忠雄・山田英雄・山田俊雄『日本古典文学大系　今昔物語集』（岩波書店、一九六一年）

○藤岡忠美・中野幸一・犬養廉・石井文夫『新編日本古典文学全集　和泉式部日記　紫式部日記　更級日記　讃岐

典侍日記』（小学館、一九九四年）
○神田秀夫・永積安明・安良岡康作『新編日本古典文学全集　方丈記　徒然草　正法眼蔵随聞記　歎異抄』（小学館、一九九五年）
○浜口俊裕・古瀬雅義『枕草子の新研究　作品の世界を考える』（新典社、二〇〇六年）
○小森潔・津島知明『枕草子　創造と新生』（翰林書房、二〇一一年）
○坂本太郎・家永三郎・井上光貞・大野晋『日本古典文学大系　日本書紀』（岩波書店、一九六五年）
○佐竹昭広・山田英雄・工藤力男・大谷雅夫・山崎福之『新日本古典文学大系　万葉集』（岩波書店、一九九九年）
○新編国歌大観編集委員会『新編国歌大観』（角川書店、二〇〇三年）
○大曾根章介・金原理・後藤昭雄『新日本古典文学大系　本朝文粋』（岩波書店、一九九二年）
○三谷栄一・三谷邦明・稲賀敬二『新編日本古典文学全集　落窪物語　堤中納言物語』（小学館、二〇〇〇年）
○馬淵和夫・小泉弘・今野達『新日本古典文学大系　三宝絵　注好選』（岩波書店、一九九七年）
○山中裕・秋山虔・池田尚隆・福長進『新編日本古典文学全集　栄花物語』（岩波書店、一九九五年）
○日本国語大辞典第二版編集委員会『日本国語大辞典』（小学館、二〇〇二年）
○小島憲之・木下正俊・東野治之『新編日本古典文学全集　萬葉集』（小学館、一九九五年）
○片桐洋一・福井貞助・高橋正治・清水好子『新編日本古典文学全集　竹取物語　伊勢物語　大和物語　平中物語』（小学館、一九九四年）
○菊地靖彦・木村正中・伊牟田経久『新編日本古典文学全集　土佐日記　蜻蛉日記』（小学館、一九九五年）
○小島憲之『日本古典文学大系　懐風藻　文華秀麗集　本朝文粋』（岩波書店、一九六四年）
○山口佳紀・神野志隆光『新編日本古典文学全集　古事記』（小学館、一九九七年）
○小島憲之・直木孝次郎・西宮一民・蔵中進・毛利正守『新編日本古典文学全集　日本書紀』（岩波書店、一九九四年）
○阿部吉雄・山本敏夫・市川安司・遠藤哲夫『新釈漢文大系　老子　荘子』（明治書院、一九六六年）
○太田次男・神鷹徳治・川合康三・川村晃生・佐藤恒雄・下定雅弘・新間一美・津田潔・牧野和夫・丸山茂・山崎

誠『白居易研究講座』（勉誠出版、一九九三年）
○久松潜一・川端康成・円地文子・山本健吉・中村真一郎『王朝日記随筆集』（筑摩書房、一九七一年）
○小山利彦・河添房江・陣野英則『王朝文学と東ユーラシア文化』（武蔵野書院、二〇一五年）
○伊藤正義・黒田彰・三木雅博『和漢朗詠集古注釈集成』（大学堂書店、一九八九年）
○上坂信男・神作光一・湯本なぎさ・鈴木美弥『講談社学術文庫　枕草子』（講談社、二〇〇一年）
○岩佐正・時枝誠記・木藤才蔵『日本古典文学大系　神皇正統記　増鏡』（岩波書店、一九六五年）

序章　漢文の環境と『枕草子』の創生

一　はじめに

清少納言は、皇后定子が長保二年（一〇〇〇）十二月十六日崩御後、まもなく宮仕えを辞めた。[1] 寛弘七年（一〇一〇）に成立した[2]『紫式部日記』には、中宮彰子の女房である紫式部が、清少納言について、次のように記している。

清少納言《せい》こそ、したり顔《がほ》にいみじう侍りける人。さばかりさかしだち、**真名書《まなか》きちらし**て侍ほども、よく見《み》れば、まだいと足《た》らぬこと多《おほ》かり。（『新日本古典文学大系　紫式部日記他』岩波書店、一九八九年、三〇九頁）

右のゴシック字である「真名書きちらし」[3]とあるように、紫式部は、清少納言の資質について、宮廷女房の教養としての琴、手習、『古今和歌集』を暗記するなどの必須知識に対してではなく、「真名」、つまり漢学の才能と認め、それに疑問を提起したのである（それはいったいどういう問題なのか、この点については本書の第十二章に譲る）。「真名」は、男性の世界、すなわち漢文の才に関わる問題である。女性である清少納言の漢詩文の素養は、どのような漢文の環境から影響されているのか。この点については、一条天皇の時代に活躍していた漢詩文の会を確認してみよう。

二　一条天皇時代の漢文の営み

清少納言は正暦四年（九九三）頃から宮仕えを始め、長保二年（一〇〇〇）十二月十六日に皇后定子が崩御するまで、宮廷での生活期間については、『枕草子』第三九段「鳥は」の章段の中で、「十年ばかり候《さぶら》ひて聞きしに、まことにさらに音せざりき。」（九六頁）という記事が残されている。(4)

その十年近くの宮廷生活の中で、交りの深かった人物は、中宮定子（九七六～一〇〇〇）、一条天皇（九八〇～一〇一一）、藤原伊周（九七四～一〇一〇）、藤原斉信（九六七～一〇三五）、藤原行成（九七二～一〇二七）などで、いずれも当代一流の貴族である。注意したいことは、これらの貴族の間で、頻繁に行われた漢詩文を作る環境である。つまり、女性である清少納言が書いた『枕草子』は、実は男性貴族の漢世界の中で誕生したものなのである。例えば、清少納言と親しい藤原斉信と一条天皇の時代の漢詩人について、福井迪子は、次のように述べている。

斉信の青壮年期にあたる一条朝の漢詩文壇に目を転じてみるとき、一条朝は「詩境記」に言う「再昌」期にあり、漢詩人も前述『続本朝往生伝』に言う「文士」大江匡衡・大江以言・紀斉名・菅原宣義・高階積善・源為憲・藤原為時・源孝道・高丘相如・源道済等の文章道を専門とする人々の他に卿相並びに宮廷官人の中にも多くの詩人の出た時代であった。(5)

この時期の、一条天皇が催した「作文」の様相は、一条天皇が詩文を作ることに対し、私的興趣によるものだと推測させてくれる。(6)例えば、長保元年（九九九）に、一条天皇が主催した作文会には次のように見える。

資料の引用文と現代語訳については次の通りである。

『御堂関白記』の本文は、東京大学史料編纂所『大日本古記録　御堂関白記』上中下（岩波書店、一九五二～一九

五四年）により、文末に頁数を示した。『権記』の本文は、渡辺直彦『史料纂集　権記』第一（続群書類従完成会、一九七八年）により、文末に頁数を示した。現代語訳は倉本一宏『講談社学術文庫　藤原道長「御堂関白記」全現代語訳』（講談社、二〇〇九年）と『講談社学術文庫　藤原行成「権記」全現代語訳』（講談社、二〇一一年）による。

長保元年（九九九）

六月小　九日、庚申、内有御庚申、有作文・管弦、女方（倫子）入菓子・紙等、　（『御堂関白記』二三頁）

〔内裏《だいり》の御庚申待《こうしんまち》が有った、作文会《さくもんかい》や管弦《かんげん》の宴遊を行なった。女方《にょうぼう》（源倫子《ともこ》）が、菓子《かし》と紙を差し入れた。〕（三七頁）

九月大建甲戌　十日、己丑、火平、於御前有作文事　（『御堂関白記』三一頁）

〔天皇の御前《ごぜん》において、作文会があった。〕（四一頁）

九月十三日、参内、有作文事　（『権記』一三五頁）

〔内裏に参った。作文会が行なわれた。〕（一三六頁）

九月卅日、候内、有作文事　（『権記』一三七頁）

〔内裏に伺候した。作文会が行なわれた。〕（一三九頁）

右の九月九日の作文の場面については、藤原行成は『権記』の中で、次のように記述している。

長保元年（九九九）九月

九日、（前略）御前有作文、草樹減秋声、以聞為韻、七言六韻、左・右大臣已上絶句、・宰相中将以下侍臣献詩、　（『権記』一三四頁）

〔御前において作文会が行なわれた。題は、「草樹は秋声を減じる」と。聞を韻とした。七言六韻《ななごんろくいん》であった。左右大臣〈以上は絶句《ぜつく》。〉・宰相中将以下《いげ》の侍臣《じしん》が、詩を献上した。〕（一三五頁）

決められた題によって、左大臣（藤原道長）、右大臣（藤原顕光）は絶句を献上、宰相中将以下の侍臣も詩を献上したという。『権記』を読むと、翌日にもまた作文が行なわれた。

十日、辰剋講詩、不罷出、自昨夕於御書所亦有作文、（『権記』一三四頁）

〔辰剋、詩を披講した。退出しなかった。昨夕から御書所《ごしょどころ》において、また作文会が行なわれた。〕（二三五頁）

また、作文の記事はその翌日にも見える。

十一日、（中略）（大江）通直、（藤原）広業来、（敦道親王）帥宮於（石蔵）観音院有作文事云々、（『権記』一三四頁）

〔（前略）（大江）通直《みちなお》と（藤原）広業《ひろなり》が来た。「帥宮《そちのみや》（敦道親王《あつみちしんのう》）が観音院《かんのんいん》において作文会を行なった」と云うことだ。〕（二三五頁）

さらに、翌々日は、内裏で一条天皇が詩会を主催した。一条天皇も詩文を書いた。

十三日、参内、有作文事、左大弁上題、云、菊開花尽遍、以鮮為韻、広業献序、有御製、左右丞相・左武衛（藤原高遠）・左大□（弁）・宰相中将献詩、侍臣有其員、（『権記』一三五頁）

〔内裏に参った。作文会が行なわれた。左大弁が題を献上した。云ったことには、「菊は花を開いて遍《あまね》く尽くす」と。鮮を韻とした。広業が序を献上した。天皇の御製《ぎょせい》が有った。左右丞相・左武衛《さぶえい》（藤原高遠《たかとお》）・左大弁・宰相中将が、詩を献上した。殿上人も何人もかいた。〕（二三六頁）

右のように、寛弘年間（一〇〇四～一〇一二）に編纂された、一条天皇時代の男性官人貴族の詩作である『本朝麗藻』に載る一条天皇、藤原伊周、藤原斉信、藤原行成、藤原道長、藤原公任、源頼定などは、『枕草子』にも登場した人物でもある。これらの宮廷の男性貴族が漢詩文を作ることと、女性の書いた作品との関係について、かつて飯沼清子は、次のように解説している。

平安貴族の日常における文化的営為とともに、言語的世界の創造の背景に関心をいだくようになった。数多く存在する和歌、家集についても、より生活的観点からの検討を要すると思うと同時に、一方で男性貴族が駆使していた漢字漢文による表現のあり方についても考察の必要性を痛感している。道長、実資、行成らの日記に示されている、漢詩を作るという行為――作文《さくもん》に限定して記録を探ってみると、漢詩文に対する彼らの熱意と興味のもたらす結果について、批判的な眼が向けられていたことも銘記すべきであろう。

いま、われわれが、そうした作文という文学的営為について視野を拡げて把握することは、物語文学や和歌をつくりあげている和文について考察する際にきわめて重要な視点であり、かつ文学史を考える上で新たな鍵を手にすることであると考えられる。これまで女流文学は、女の描いたものとして一面的に論じられる傾向が強かったが、このあたりで男性日記に記される世界を、より広く見わたし、その上で女性たちが自分の世界をいかに表現しようとしたかを考えるべきではないだろうか。(7)

清少納言の男性の貴族と漢詩文を通した交流は、直接『枕草子』の中に反映している。一例を挙げてみたい。第七八段「頭中将のすずろなるそら言を聞きて」(一三四頁)の章段の中で、藤原斉信が清少納言の状況を尋ねるために送ってきた手紙に、『白氏文集』巻十七［一〇七九］律詩「廬山草堂、夜雨独宿、寄二牛二・李七・庾三十二員外一」(八一頁)の対句「蘭省花時錦帳下　廬山雨夜草庵中」(一一一七頁)がある。清少納言は、「蘭省花時錦帳下」に対して、対句の一節「廬山雨夜草庵中」に基づいて、「草の庵《いほり》を誰《たれ》かたづねむ」(一三六頁)と返事した。互いに、『白氏文集』の詩句を周知していたからこそ成り立つ応酬である。

また男性貴族だけでなく、中宮定子と漢詩文を踏まえて応答する場面が、『枕草子』には、しばしば見える。例えば、有名な第二八〇段「雪のいと高う降りたるを、例ならず御格子まゐりて」(四三三頁)の中で、中宮定子が『白氏文集』巻十六［〇九七五］律詩「香炉峰下、新卜二山居一、草堂初成。偶題二東壁一」(四二〇頁)の「重題」［〇九七八］という題の四番目の詩の中の、対句「遺愛寺鐘欹レ枕聴　香炉峰雪抜レ簾看」(四二四頁)から、「香炉《かうろ》峰《ほう》の雪いかならむ」（四三三頁）と清少納言に問い掛け、清少納言はすばやく簾をあげてこれに応えた。

この記事からも、中宮定子と清少納言が、『白氏文集』の詩句によく通じていたものと想像される。

前述した漢文の日記『権記』の作者藤原行成は、当時の有名な能書家で「権蹟」と言われ、小野道風（八九四〜九六七）の「野蹟」、藤原佐理（九四四〜九九八）の「佐蹟」と合わせて有名な「三蹟」と呼ばれている。

特に、後世、世尊寺流や持明院流などの祖となり、日本の書の源流ともなった藤原行成の見事な書風は、『枕草子』第一二七段「二月、官の司に」（二三八頁）の章段の中に記されている。中国の孔子像を掛ける時期、藤原行成は、清少納言に一包の「餅餤」と消息文を送った。その手紙は「いみじうをかしげに書いたまへり」（二三九頁）と清少納言が讃美し、中宮定子にも「めでたくも書きたるかな。をかしくしたり」（同頁）と感服している。藤原行成の優れた書は清少納言にも少なからず影響を与えたものと考えられる。

藤原斉信、藤原行成、源俊賢（九六〇〜一〇二七）と藤原公任（九六六〜一〇四一）の四人は、一条天皇時代の「四納言」とも呼称され、いずれも『枕草子』の中に登場している。源俊賢と藤原公任は、それぞれ一箇所だけであるが、清少納言は彼らへの尊敬の心情を表した。藤原斉信と藤原行成は、多くの章段の中で、主要人物として活躍している。

以上の如く、清少納言は、長い年月における宮廷の上流貴族の環境のもとで、常々漢文の知識を聞いたり見たり、あるいは交際したりする中で、上流貴族の生活スタイル、宮廷文化の様式を基盤として、日本文学史においてユニークなジャンルである『枕草子』を書いたのである。

そのような『枕草子』をより深く理解するためには、漢学の才智、あるいは漢文学に関わる問題を解明することが必要であろう。

三　『枕草子』漢文受容の研究史

『枕草子』における漢文学を考察するに際し、まず直面する問題はどの本文を取り上げるかということである。かつて池田亀鑑（一八九六～一九五六）は、次のように述べている。

清少納言枕草子は、最も多くの異本を伝へている古典の一である。異本と云つても、色々程度の差があつて、字句の少々の異同位に止まるものもあるが、枕草子に至つては中々さう云ふものではない。字句の異同はもとより、時によつては、全く転写の誤とのみは考へられないやうな甚しい文章の相違があるのみならず、章段の数にも大さな出入があり、その順序にも亦非常な相違がある。(8)

多くの写本を研鑽し、池田が、『枕草子』の本文を三巻本、能因本、前田家本、堺本の「四系統本文」に分けた分類は、いまなお定説となっているが、本書は「四系統本文」ではなく、「三系統一種」と表現する。なぜなら前田家本本文は天下の孤本であるので、「系統本」と言わず、「一種」と強調したいためである。

これらの『枕草子』本文の差異を踏まえた上での漢文学の受容状況について、先行の研究では、如何に言及されてきたのか、簡潔に述べたい。

同じ一条天皇の時代に成立した『源氏物語』と比べてみると、『枕草子』の研究は、かなり遅れていると言っても言い過ぎではない。『源氏物語』の場合、すでに平安時代末期ころ成立した『源氏釈』があり、物語本文において漢詩、故事、仏典などの典拠に関して注が施されているが、『源氏物語』より先に成立した『枕草子』に関する注釈書は、この時期にはまだみえていない。

三巻本系統『枕草子』の「奥書」にある「耄及愚翁」に、「安貞二年（一二二八）三月」以前に注した断片的な

「勘物」が見えるが、それは主に年次の指摘にしか過ぎない。

江戸時代に至ってやっと、和学者による古典注釈における、いわゆる「三注」が成立した。加藤磐斎（一六二一～一六七四）『清少納言枕草紙抄』、北村季吟（一六二四～一七〇五）『枕草子春曙抄』、岡西惟中（一六三九～一七一一）『枕草紙傍註』である。これらは、いずれも『枕草子』本文における漢語、漢籍、あるいは漢文学に関わる典拠を様々な視点から指摘しており、『枕草子』の漢文学の研究においても貴重である。ただし、江戸時代の「三注」は、いずれも、今で言う能因本系統を底本にしている。(9)

明治以後、昭和三年（一九二八）、内閣文庫本（三巻本系統第二類）本文を底本として、至文堂から出版された藤村作の『清少納言枕草子』（至文堂、一九二八年）が比較的早期の三巻本本文の注釈書で、その後、『枕草子』の注釈はおもに三巻本系統を底本としている。例えば、『日本古典全書　枕草子』（朝日新聞社、一九四七年）、『日本古典文学大系　枕草子他』（岩波書店、一九五八年）、『新潮日本古典集成　枕草子』（新潮社、一九七七年）、『新日本古典文学大系　枕草子』（岩波書店、一九九一年）、『新編日本古典文学全集　枕草子』（小学館、一九九七年）などがある。その中、萩谷朴は、『新潮日本古典集成　枕草子』と同じく三巻本によって、『枕草子解環』一～五（同朋舎、一九八一～一九八三年）で最も詳細な注釈を著している。また最近のものでは、津島知明と中島和歌子の三巻本本文による『新編枕草子』（おうふう、二〇一〇年）がある。

能因本系統本文の注釈書は少なく、わずか三種である。すなわち松尾聰・永井和子校注『日本古典文学全集　枕草子』（小学館、一九七四年）と同『完訳日本の古典　枕草子』（小学館、一九八四年）及び田中重太郎の昭和四十七年（一九七二）から、昭和五十八年（一九八三）にわたる『日本古典評釈全注釈叢書　枕冊子全注釈』（角川書店、一九七二～一九九五年）第一冊から第四冊の出版と、第五冊（能因本にない本文）の田中重太郎、鈴木弘道及び中西健治による校注である。くわえて近年、島内裕子の校訂訳『枕草子』上・下（ちくま学芸文庫、二〇一七年）がある。

三巻本と能因本に対し、堺本、前田家本の注釈書はさらに少ない。前田家本が発見されてから、最初の全文の翻刻は、昭和二年（一九二七）、公益法人育徳財団の「尊経閣叢刊丁卯歳配本」『前田本まくらの草子』（育徳財団、一九二七年）である。注釈書は、田中重太郎校注『前田家本枕冊子新註』（古典文庫、一九五一年）のみである。堺本の場合、同じく田中重太郎翻刻『堺本枕冊子』（古典文庫、一九四八年）があり、速水博司『堺本枕草子評釈　本文・校異・評釈・現代語訳・語彙索引』（有朋堂、一九九〇年）がある。

ところが、これらの三系統一種の本文に関する注釈書は、漢語表現、漢籍の典拠、漢文学の影響等が指摘されているが、まだ多くの章段に潜伏している漢文受容の部分が必ずしも解明されたとは言えない。

次に、単篇の論文については、数が多いので、代表的な論考を述べたい。

昭和三十六年（一九六一）、『国文学　解釈と教材の研究』第六巻三号の特集「古典に投影した海外文学」中の田中重太郎の「枕冊子に投影した海外文学」が、『枕草子』における漢文受容の研究の重要な論文であろう。田中は「枕冊子に投影した海外文学[10]」における「李義山雑纂」[11]の影響に対して、「正直にいって、枕冊子と雑纂と、あるいは枕冊子と十列との関係をば、わたくしはそれほど重要に考えない。」と「根本的に雑纂は、遊戯の文学であると思う。したがって、たとえ、時代的に、雑纂の成立や渡来が、わが枕冊子に投影する可能性があったとしても、また、その文学形態上類似しているところがあるにしても、枕冊子の本質には、たいした投影力がないといえるであろう。」と述べている。そして、田中が「この冊子に見える作者の漢才について」において、漢籍、仏典からの詩句・文などを一覧表にし、そこで五〇以上の漢籍に関わる箇所をまとめている。それは『枕草子』における漢文受容を研究するために、今でも有力な参考文献となっている。

同時期の大曾根章介の「枕草子と漢文学」も重要であろう。この論考は『国文学　解釈と教材の研究』第十二巻七号（学灯社、一九六七年）に掲載された。大曾根は、『枕草子』における漢詩句の表現について、作者清少納言の独自の知識ではなく、当時の貴族の基本教養と重視した。つまり『白氏文集』の対句が中心で、また漢文章の華麗な秀句を用い、共に「断章取義」の立場の受容であるとする。しかもこれは全く『和漢朗詠集』の世界と重なり合うものであって、当時の一般的傾向であったといえると言う。『枕草子』に見られる漢詩文は、作者個人の才能に関わる特殊なものではなく、当時の一般の宮廷人に共通するものであったと論じられている。(12)

その後、相田満は、平安時代の「簡便な類書」『蒙求』における「漢故事」の出典に関する視座から、「『枕草子』漢故事考―『蒙求』故事とのかかわりを通して―」(『東洋文化』無窮会、一九九五年)を発表した。相田は『枕草子』における漢文学の典拠の性質については、「詩文に関するもの」と「漢故事に関するもの」の章段との違いを切り分けて検証しなければならないと述べている。また、三系統一種『枕草子』本文の古さについて検討する方法を明示している。例えば、『枕草子』第一五五段「故殿の御服のころ」における「宣方」に関する年齢について、三巻本(新編日本古典文学全集)系統本文では、「三十九歳」(二九〇頁)となり、能因本(日本古典文学全集「第一六六段」)系統本文では「四十九歳」(三一七頁)となる。この点について、相田は次のように述べている。

『枕草子』本段のこの本文箇所は、長徳二年《九九六》のことと推定され、その時の宣方の年齢は推定三十九歳である。『枕草子』の原初形態推定の観点からすれば、三巻本系本文は能因本系本文に対し比較的古形を保持しているとの見方が優勢であり、併せて『蒙求』の普及の様相から考えると、本段において念頭に置かれた朱買臣故事は、最古注系『蒙求』と目される国立故宮博物院蔵本[宮内庁書陵部転写本]にある「四十↑↓三十九」を以て理解することがふさわしいといえる。(13)

このように、「簡便な類書」の古注の故事を考証することは、『枕草子』における漢文学の受容の状況及び三系統一種『枕草子』(三巻本・能因本・堺本・前田家本)本文の素性を求め、検証するに際して、極めて有効な実証方法であろう。

また『枕草子』における漢籍の影響と考える箇所を纏めた研究について、代表的な考察は、矢作武の「枕草子の源泉」であり、『枕草子講座』（有精堂、一九七五年）第四巻に収録された。後に「枕草子と漢籍」と題して内容を充実させ、『枕草子大事典』（勉誠出版、二〇〇一年）にも収録された。矢作はその考察の冒頭で、次のように述べている。

> 枕草子と漢籍との全般的な影響・出典関係については、かつて田中重太郎氏の「枕冊子に投影した海外文学」（『国文学』昭和三六年二月号）があり、それを参考に、その他諸注釈書や論文等を参照し、新説に留意しながら、三巻本枕草子の章段に従って、筆者も以前、「枕草子の源泉―中国文学―」（有精堂『枕草子講座』第四巻所収、昭和五一年三月）に記した。その時の思い違い、誤記等もあったので訂正し、体裁も多少改めて記す。(14)

矢作は、それぞれ、一、「白氏文集」（一七箇所）。二、「和撰詩文集、抄、朗詠集」（一九箇所）。三、「幼学書、史書、類書等」（一四箇所）。四、「仏典」（七箇所）を分けて、『枕草子』における漢詩文に関わる箇所を列挙していた。矢作の整理は、当時、最も詳しく『枕草子』における漢詩文の典拠を一覧にし、現時点においても価値の高い文献となっている。ただ残念ながら、矢作本人が述べたように、『枕草子』の原文は三巻本だけで、ほかの系統文と照らし合わせるとどのようになるのかという点で、改善の余地はある。

また作者としての清少納言に関する漢才について、代表的な著作は、まず岸上慎二は出典として考えられるものにより、漢籍、仏典、和書などに類別、整理している。(15)また松田豊子「清女表現と漢籍典拠」の論考は重要な文献と考える。(16)また近年の研究では、漢詩文に関する表現手法について、鄭順粉(17)と李暁梅(18)の考察があり、三系統一種本文における漢詩文の表現の差異については、圷美奈子(19)の論著がある。また津島知明・中島和歌子(20)の新釈があり、近年の山中悠希(21)の著書もある。章段構成の方法に関する漢文の役割の重要性を論じたものに、古瀬雅義(22)の論考がある。さらに多様な読み方を示唆した土方洋一(23)の新作がある。

以上、三系統一種『枕草子』本文に関する主な注釈書及び代表的な漢文学の受容に関する考察について、簡潔に述べた。

四　本書の狙いと構成

本書の狙いは、三系統一種『枕草子』本文、いわゆる三巻本、能因本、堺本、前田家本本文における漢文に関わる問題点を検討することで、従来、あまり注意してこなかった部分や、先行の研究で未解明な疑問を新しい視点で解釈するため、特に前田家本本文を積極的に考察する。また『枕草子』と『白氏文集』を中心に、清少納言と白居易の詩的な表現の手法を比較しながら考証する。さらに『源氏物語』と『紫式部日記』を取り上げて、紫式部と清少納言に関わる漢文受容の位相を考察する。

本書の構成は、本「序章」と「終章」以外に、次のような三部を合わせた一五篇の論考である。

第一部は、「『枕草子』の基層と漢文」である。

本部は、六篇の論考を組み合わせたものである。具体的な六つの章段を取り上げて考察した。それは、まず「春はあけぼの」の章段、次に「心ときめきするもの」の章段、それから「文は」の章段と「九月二十日あまりのほど」の章段及び「三条の宮におはしますころ」の章段と最後の「雲は」の章段である。これらの章段の構成や表現に関わる漢文受容の問題を考察した。例えば、初めに文章としての「春はあけぼの」の章段は、漢文の賦を構成する方法と一致しているところが見える。第二に「心ときめきするもの」の章段における「唐鏡の少し暗き、見たる」について、従来の解釈と違う視点で、唐代伝奇小説の『古鏡記』（『新釈漢文大系　唐代伝奇』明治書院、一九七一年）の受容を考察した。第三に三巻本「文は」の章段にしか見えない「新賦」を考察した。第四に「九月二十日あまりのほど」の章段に関する深夜の月光が窓から射し込む風景の表現について、これは和歌ではなく、唐詩からの受容方法を論考した。第五に「三条の宮におはしますころ」の章段における「青ざし」というものは、本章段の五月五日の古代中国の端午節の背景によって、「青ざし」は植物の薬草の一種、いわゆる漢語である「青刺」と考えることを論じてみた。最後に「雲は」の章段における「朝にさる色」に関する典拠について、唐代の類書の表現を比べて新たに考察した。

第二部は、「『枕草子』と『白氏文集』」である。

本部には、六つの論考が含まれている。具体的には、次のような観点を集中的に考察した。

一つ目は、清少納言と白居易の詩的な寓意を考証した。例えば中宮定子の和歌には「花や蝶や」の表現と、『白氏文集』巻十一［〇五五六］感傷詩「歩二東坡一」の「萎花蝶飛去」（六九四頁）の表現の寓意が一致していることを論考した。

二つ目は、清少納言と白居易の詩的な心象を考察する。つまり詩的な言語で表した意象について、清少納言と白居易の表現は重なっているところが見える。例えば、清少納言の「正月一日」の章段の「柳」と「眉」の比喩、「七月ばかりに、風いたう吹きて」の章段における「扇もうち忘れたる」行為及び「うつくしきもの」の章段の「幼児」と「塵」の遊びの意象が、白楽天の詩句の表現の意象と重なっていることを考証した。

三つ目は、『源氏物語』に見えず、清少納言の独特な小さい虫に注目した表現と白居易及び元稹の詩的な手法を比較して考察した。例えば、「蚊の細声」と「蚊の睫」に関する「細い」発想は、白居易と元稹の手法と一致していることを明らかにした。

四つ目は、『枕草子』「跋文」における「枕」について、かつて池田亀鑑が指摘した『白氏文集』巻二十五［二五二九］律詩「秘省後庁」の「白頭老監枕レ書眠」（四六八頁）の詩句ではなく、元稹と藤原伊周の二人とも左遷された背景が一致していることに注目し、改めて『白氏文集』巻九〔〇四二一〕感傷詩「初与元九別後」の詩句「枕上忽驚起」（四九三頁）を考証した。

五つ目は、『枕草子』と『源氏物語』における『白氏文集』の引用の特徴を考察した。特に『源氏物語』より『枕草子』の方が「感傷詩」の引用が圧倒的に多いことを明らかにした。

最後に『紫式部日記』における「真名書きちらし」について、紫式部が清少納言を批判した真相を考察する。従来の視点と違って、紫式部の書を見る目で、写された『白氏文集』の詩句は不体裁のことを批判したのではないかという新見解を示した。

第三部は、「前田家本『枕草子』の本文と漢文」である。

本部には、三篇の論考が含まれている。前半の二篇は、近年あまり論じられなかった最も古い写本前田家本本文を中心として、特に昭和年代の楠道隆『枕草子異本研究』（笠間書院、一九七〇年）の「前田家本は能因本と堺本とを底本として集成して作られた後人による改修本である」（六頁）という説に注目し、漢詩文に関わる章段と他の三系統本文を対照しながら、前田家本本文にしか見えない特徴を検証した。前田家本本文には漢詩文の原典に最も近い特徴が明らかに見えることから、従来「定説」とされている「楠説」の信憑性を再考することが必要ではないかと提案した。また前田家本『枕草子』本文は十分に研究する価値があるテキストであることを明らかにした。

後半の一篇の論考は、三巻本と前田家本『枕草子』「文は」章段にしか見えない漢籍を中心として考察する。主に前田家本と三巻本にある「ごだいほんぎ」と「五帝本記」の問題を考察する。従来の解釈で、代表的な説は、「五帝本記」は、『史記』の中の第一巻「五帝本紀」説である。しかし本論の考察により、「五帝本記」は必ずしも『史記』の第一巻とは限らないのである。なぜなら、前田家本本文「ごたいほんぎ」（田中重太郎『前田家本枕冊子新註』古典文庫、一九五一年、四九頁）によると、唐代の末期に当たる梁、唐、晋、漢、周の『五代史』による「五代本紀」と考えられるからである。

終章では、各章によって考察した結果をまとめ、『枕草子』本文における漢文学の受容の特徴、及び今後の展望を述べた。

五　おわりに

以上、一条天皇の時代の漢詩文をめぐる背景を簡単に述べた。またこの時期における数年間の宮廷生活の中で、中宮定子の女房としての清少納言が、『枕草子』を創作する場合、自然的に漢文の影響を受けたと考えることを述べた。さらに古注から現代まで、『枕草子』における漢文受容の歴史に触れ、重要な史的考察を概略的に祖述した。最後に本論の狙いと構成を簡潔に述べた。作者の清少納言は、宮中で中宮定子と男性貴族が漢詩文をやり取りする環境の中で、深く漢詩文にふれて、和文で書いた『枕草子』には、漢文学受容は如何に存在していたのか、その代表的な『白氏文集』に関わる受容の問題を如何に定位させるべきか、これらの問題を解明することが本書の目的である。

注

（1）岸上慎二「一〇〇〇　宮仕終止（35）一〇〇一　宮仕退出（36）」（同『清少納言伝記攷』新生社、一九五八年）五一四～五一五頁。

（2）伊藤博「構成と原形　寛弘五年（一〇〇八）～寛弘七年（一〇一〇）」（同『新日本古典文学大系　紫式部日記他』岩波書店、一九八九年）五四四頁。

（3）この点については、本書の第十二章を参照。
（4）清少納言の宮仕え初めの時期について、正暦二年、三年などの諸説がある。ここでは岸上慎二の考証に従う。「正暦四月に初宮仕をしたと考へられる清少納言にとって、この長保三年はその九年目である。」（前掲（1）三七五頁）。
（5）福井迪子『一条朝文壇の研究』（桜楓社、一九八七年）一七六～一七七頁。
（6）滝川幸司『天皇と文壇―平安前期の公的文学―』（和泉書院、二〇〇七年）一二四頁。
（7）飯沼清子「平安時代中期における作文の実態―小野宮実資の批判を緒として―」（『国学院雑誌』第八十八巻六号、一九八七年六月）、後に同題の論文は、「二章　才と自律」の「一」として、同『源氏物語と漢世界』（新典社、二〇一八年）に所収。一四九～一五〇頁。
（8）池田亀鑑『清少納言枕草子の異本に関する研究』（至文堂、一九二八年）二頁。
（9）中西健治「伝能因所持本」（雨海博洋他『枕草子大事典』勉誠出版、二〇〇一年）七五頁。
（10）田中重太郎「枕冊子に投影した海外文学」（『国文学　解釈と教材の研究』第六巻三号、学灯社、一九六一年二月）四八頁。
（11）この問題に関して、代表的な論文は、川口久雄「枕草子における十列・雑纂の影」（『国語』第二巻、東京教育大学、一九五三年）及び同「李商隠雑纂と清少納言枕草子について」（『東方学論集』第二集、東方学会、一九五四年三月）である。後に川口久雄「唐代民間文学と枕草子の形成」が同『三訂平安朝日本漢文学史の研究』中（明治書院、一九八二年）に収録されている。また目加田さくをの論考には「義山雑纂通釈」（同『枕草子講読の副読本』私家版、一九六八年）があり、後に「校本義山雑纂と通釈」題目として、同『枕草子論』（笠間書院、一九七五年）に収録されている。四八九～五二三頁。
（12）大曾根章介「枕草子と漢文学」（『国文学　解釈と教材の研究』第十二巻七号、学灯社、一九六七年六月）五三頁。
（13）相田満「『枕草子』漢故事考―『蒙求』故事とのかかわりを通して―」（『東洋文化』第七十五号、無窮会、一九九五年九月）一八九頁。
（14）矢作武「枕草子と漢籍」（前掲（9）同）五九九頁。
（15）前掲（1）同。三三〇～三七五頁。

(16)　松田豊子『清少納言の独創表現』（風間書房、一九八三年）所収。
(17)　鄭順粉『枕草子表現の方法』（勉誠出版、二〇〇二年）。
(18)　李暁梅『枕草子と漢籍』（渓水社、二〇〇八年）。
(19)　圷美奈子『新しい枕草子論　主題・手法そして本文』（新典社、二〇〇四年）。
(20)　津島知明・中島和歌子『新編枕草子』（おうふう、二〇一〇年）。
(21)　山中悠希『堺本枕草子の研究』（武蔵野書院、二〇一六年）。
(22)　古瀬雅義『枕草子章段構成論』（笠間書院、二〇一六年）。
(23)　土方洋一『枕草子つづれ織り　清少納言、奮闘す』（花鳥社、二〇二二年）。

第一部　『枕草子』の基層と漢文

第一章 『枕草子』「春はあけぼの」章段考

——詩と賦の構成をめぐって——

一 はじめに

『枕草子』「春はあけぼの」章段は、三巻本、能因本、堺本、前田家本のいずれにおいても初段に置かれる極めて有名な文章である。従来の研究では、内容、形式の両方面から、さまざまに論議されてはきたが(1)、まだ新たに分析することも可能である。そこで、本章では、当時一般的に理解されていたと思しい、中国古典文学の詩賦の作法を援用して、「春はあけぼの」章段の構成の分析を試みたい。

例えば、春、夏、秋、冬の四季を四段落に分けることは当然であるが、その四段落のうち、最も長い段落は、なぜ秋段になるのか、要するに、四段落の中の第三段落が、最も長いという基準は、日本にしか見えない唐代『賦譜』(本書「附録資料二」参照)の新賦の規則である。

賦は、漢、魏、六朝時代にかけて、多くの対句の句法と駢文の表現を用いた「俳賦」や「駢賦」が作られ、科挙の試験に課される音韻や修辞の規則の定まった「律賦」、宋代には、古文が復興する趨勢の中で、「文賦」が流行した。これらのうち、『賦譜』によると、唐代の「律賦」は、新しい賦で、いわゆる「新賦」と言われた。新賦の文体と、それ以前の古賦である「俳賦」と「駢賦」との典型的な違いは、段落を四段落に分ける「新賦」のスタイルである。

また、漢詩の作法として、近体詩には四句から成る起、承、転、結の絶句の規則があり、律詩では、八句四韻から成る首聯、頷聯、頸聯、尾聯のような規則もある。「春はあけぼの」三系統一種本文のいずれもが、春夏秋冬の第二段落夏の段末が「をかし」、第四段落の冬段も「わろし」で終わることは、いわば、後代の五音相通に通じる技法ではあるが、それとても漢詩絶句の技法を援用したと見なすことも可能だろう。そのほかにも、「春はあけぼの」章段をさらに細かく分析していくと、対の構造、文字数などで、新たな視点で解釈することもできる。

当然のことながら、この種の作法書が、日本の歌論や詩論に及ぼしてきた影響は甚大で、歌では、古くは、『歌経標式』、詩文では、『文鏡秘府論』『作文大体』などをはじめ、多くの書が残されている。さらに文章の構成だけでなく、修辞上の重要な作法である「対」の構造をはじめ、音声、和歌のリズムの効果の演出など、中国古典文学の詩格の影響をさまざまな表現に重ね合わせることが可能である。

ところが、平安仮名文学を対象とする、こうした視点に立った分析については、これまで西洋の詩学理論に立った分析はあるものの、中国古典文学の詩賦学に依る考究は、特に散文において、試みられてこなかったようである。そこで、本章では、中国古典文学の詩賦学の理論を『枕草子』（三巻本・能因本・堺本・前田家本）序段「春はあけぼの」に適用し、その可否を判断してみたい。

二　「春はあけぼの」に見える和漢韻文の形式

「春はあけぼの」章段には、和文と漢詩文の韻文形式が見られる。ただし注意したいことは、韻文としての「春はあけぼの」を分析すると、和漢韻文の文字数の数え方が違うということである。すなわち詩賦である韻文は、一字（漢字）一音で、仮名である韻文は、漢字と同じように、一字（仮名）一音として数えるが、漢字の場合、一の漢字でも、仮名文字で、二字や二字以上になることがある。

例えば、『古今和歌集』の歌を取り上げて確認してみたい。

光《ひかり》なき谷には春もよそなれば咲《さ》きてとく散《ち》る物思（おもひ）もなし[2]　（巻十八・雑歌下・九六七　清原深養父《ふかやぶ》）

右のように、漢字と平仮名を合わせて数えると、二五の文字であるが、全て平仮名にして数えると三一の音となる。同じ方法で、「春はあけぼの」章段の四つの冒頭句をみると、それぞれ「はるはあけぼの」七音、「なつはよる」五音、「あきはゆふぐれ」七音、「ふゆはつとめて」七音になる。ここで留意したいことは、「なつはよる」の部分が七音ではなく、五音だということである。この点については、かつて小松英雄は次のように述べている。

作品の冒頭に置かれたこの一節は、たいへん凝った文章であり、作者のなみなみならぬ筆才を物語っている。「はるはあけほの」「あきはゆふくれ」「ふゆはつとめて」が、いずれも〈七音〉であり、また、「なつはよる」が〈五音〉になっている事実も、そのことに寄せて考えると、偶然ではなさそうにみえる。（中略）しかも、この「春はあけぼの」という〈七音〉は、それ以下につづく文章のトーンが詩的であることをも予告している。[3]

小松が指摘したように、「なつはよる」の五音は、「偶然」ではないと考えられる。なぜなら歌論書によって、同様な歌体があるからである。例えば、『歌経標式』「査体有㆑七」のうちの三番目「無頭有尾」の歌体と相似しているのである。神武天皇の「撃㆓梟師㆒歌」はその通りの歌体である。

エミシヲヒタリ　七音
愛瀰詩烏比隄利　二句
モヽナヒト　五音
毛々那比都　三句
ヒトハイヘドモ　七音
比苫破伊倍登毛　四句

タムカヒモセズ　　七音
多牟伽比毛勢受[4]　五句

右の如く、「春はあけぼの」の、春、夏、秋、冬の四つの冒頭句を合わせてみると、次のようになる。

ハルハアケボノ　　七音
はるはあけぼの　二句
ナツハヨル　　五音
なつはよる　三句
アキハユフグレ　　七音
あきはゆふぐれ　四句
フユハツトメテ　　七音
ふゆはつとめて　五句

前掲した神武天皇の歌を比べてみると、春、夏、秋、冬の冒頭句の形式、特に「なつはよる」五音は、第一句がない「無頭有尾」歌体と合致している。

和歌の形式と相似だけでなく、漢詩の形式にも酷似しているところが見られる。例えば、近体詩の四句になる絶句の場合、第二句の句末の字と第四句の句末の字を押韻しなければならない。確認のため、ここで、唐の李白の古近体詩「秋浦歌十七首」「其十五」を見てみたい（○は平声、●は仄声、◎は韻字を表す）。

1　起句　白髪三千丈　　●●○○●
2　承句　縁愁似箇長◎　　○○●●◎
3　転句　不知明鏡裏　　●○○●●

4　結句　何処得秋霜(5)◎　　○●●○◎

右のように、第二句の句末の「長」と第四句の句末の「霜」について、国会図書館蔵『大宋重修廣韻』デジタル版で確かめてみると、次のようになる。

長　直良切、平陽、澄

霜　色荘切、平陽、生

「長」と「霜」は同音（母音が同じ）していることが理解できる。興味深いことは、「春はあけぼの」章段の、春、夏、秋、冬の四段落の段末の文字を比べてみると、第二段落の夏の段末の字と第四段落の冬の段末の字と同音することが、次のように見られる。

1　春……………きたる

2　夏……………をかし◎

3　秋……………あらず

4　冬……………わろし◎

右に示したように、第二段落の夏の段末の「をかし」と第四段落の冬の段末の「わろし」は同字同音である。まさしく前掲の小松が提示した如く、「それ以下につづく文章のトーンが詩的であることをも予告している。」といえよう。引き続き「春はあけぼの」章段に見られる詩的な対句表現について考えてみたい。

三　「仮名序」と「春はあけぼの」の「対句」表現

詩的な対句の表現について、多くの中国詩学を参考とした空海の『文鏡秘府論』（盧盛江『文鏡秘府論彙校彙考』

中国・中華書局、二〇〇六年）の中では、「二十九対」（六七八頁）をまとめている。その後、『作文大体』にも、対句の種類や文字数が詳しく書かれている。しかしこれらの対句の規則は、基本的に漢詩文に対応しているルールであるが、仮名文に対して可能になるのか、まず『古今和歌集』「真名序」と「仮名序」を対応させて、確かめてみたい。

『作文大体』	真名序	仮名序
発句	夫	
発句	和歌者	やまと歌《うた》は、
長句　対	託二其根於心地一	人《ひと》の心《こゝろ》を種《たね》として、
	発二其華於詞林一	万《よろづ》の言《こと》の葉《は》と
送句	者也	ぞ成《な》れりける。
緊句　対	人之在レ世	世中《（よのなか）》に在《あ》る人、
	不レ能二無為一	事《こと》、業《わざ》、繁《しげ》きものなれば、
緊句	思慮易レ遷	心に思《おも》ふ事《こと》を、
	哀楽相変	見るもの、
緊句　対	感生二於志一	聞《き》くものに付《つ》けて、
	詠形二於言一	言《い》ひ出《いだ》せるなり。
発句	是以	
長句　対	逸者其声楽	花に鳴《な》く鶯《うぐひす》、
	怨者其吟悲	水《みづ》に住《す》む蛙《かはづ》の声《こゑ》を聞けば、

緊句　対　可㆓以**述**㆑**懐**　生《い》きとし生《い》けるもの、
　　　　　可㆓以**発**㆑**憤**　いづれか、歌《うた》を詠《よ》まざりける。(6)

右に示した如く、ゴシック字体にした真名序の対句は一目瞭然であるが、仮名序では、対句の表現がわかりにくい。ところが、仮名の表現を漢字に戻してみると、対句の表現は、見やすい。例えば、前掲の仮名序の次のア、イ、ウ、エにまとめてみる。なお、ルビと句読点は省略した。

ア　**人**の**心**を**種**として
　　万の**言**の**葉**と
イ　**見**るもの
　　聞くもの
ウ　**花**に**鳴**く**鶯**
　　水に**住**む**蛙**
エ　**生**きとし
　　生けるもの

では、同じ方法で、『枕草子』「春はあけぼの」章段には、対句の表現はどのように構成されているのか。まず全体の本文を引用してみたい。ただわかりやすくするため、一部の仮名を漢字に変更した。

四段落　「春はあけぼの」本文

1春　**春**は**曙**
　やうやう　**白**くなり　ゆく　**山**ぎは**少**し　あかりて
　紫だち　たる　**雲**の**細**く　たなびきたる

2夏

夏は**夜**
月の頃は　さらなり
闇もなほ　蛍の多く　飛び違ひ　たる　また　ただ
一つ
二つなど　ほのかにうち　**光りて行くも**　**をかし**
　　雨など**降**るも　**をかし**

3秋

秋は**夕暮**
夕日の射して　**山の端**　いと近う　成りたるに
　烏の**寝どころへ**行くとて**三つ四つ**
　　二つ三つなど
　飛び急ぐさへ　**あはれなり**
まいて**雁**などの**列ねたるが**
　いと小さく見ゆるは　**いとをかし**
日入り果てて
風の音
虫の音など　**はた言ふべきにあらず**

4冬

冬は**旦朝**《つとめて》
雪の降りたる**は言ふべきにもあらず**
霜の　**いと白きも**　又さらでも

いと寒きに　火など　急ぎ起こして　炭持て渡るも
いとつきづきし　昼になりて　温く　ゆるび持て行けば　火桶の火も
白き　灰がちに成りて　わろし

右の本文でゴシック字体にした部分は、対句の表現と考えられる。さらに分かりやすくため、次の図式にして分析した（次頁参照）。

ここで、注意されることとは、第二段落の夏段の段末と第三段落の段末の対句である。AとBを分けると次のようになる。

第二段落の夏の段末
A　光りて行くもをかし→ひかりてゆくもをかし
B　雨など降るもをかし→あめなどふるもをかし
第三段落の秋と第四段落の冬
A　はた言ふべきにあらず→はたいふべきにあらず
B　は言ふべきにもあらず→はいふべきにもあらず

右の二組の文字数はいずれも10音であるので、計算、整備されたものと思われる。また漢詩の律詩の対句の規則と一致していると考えられる。なぜなら八句の律詩の規則によると、1首聯（二句）、2頷聯（二句）、3頸聯（二句）、4尾聯（二句）のうち、1首聯と4尾聯は、対句するかしないかは自由で、ルールとしては、2頷聯と3頸聯は必ず対句にしなければならないからである。

以上のように、「春はあけぼの」章段の和漢韻文の形式や詩的な対句の表現について述べてきた。しかし、なぜ春、夏、秋、冬の四段落に分けるのかという疑問が浮かび上がってくる。この点については、節を変えて、詩より

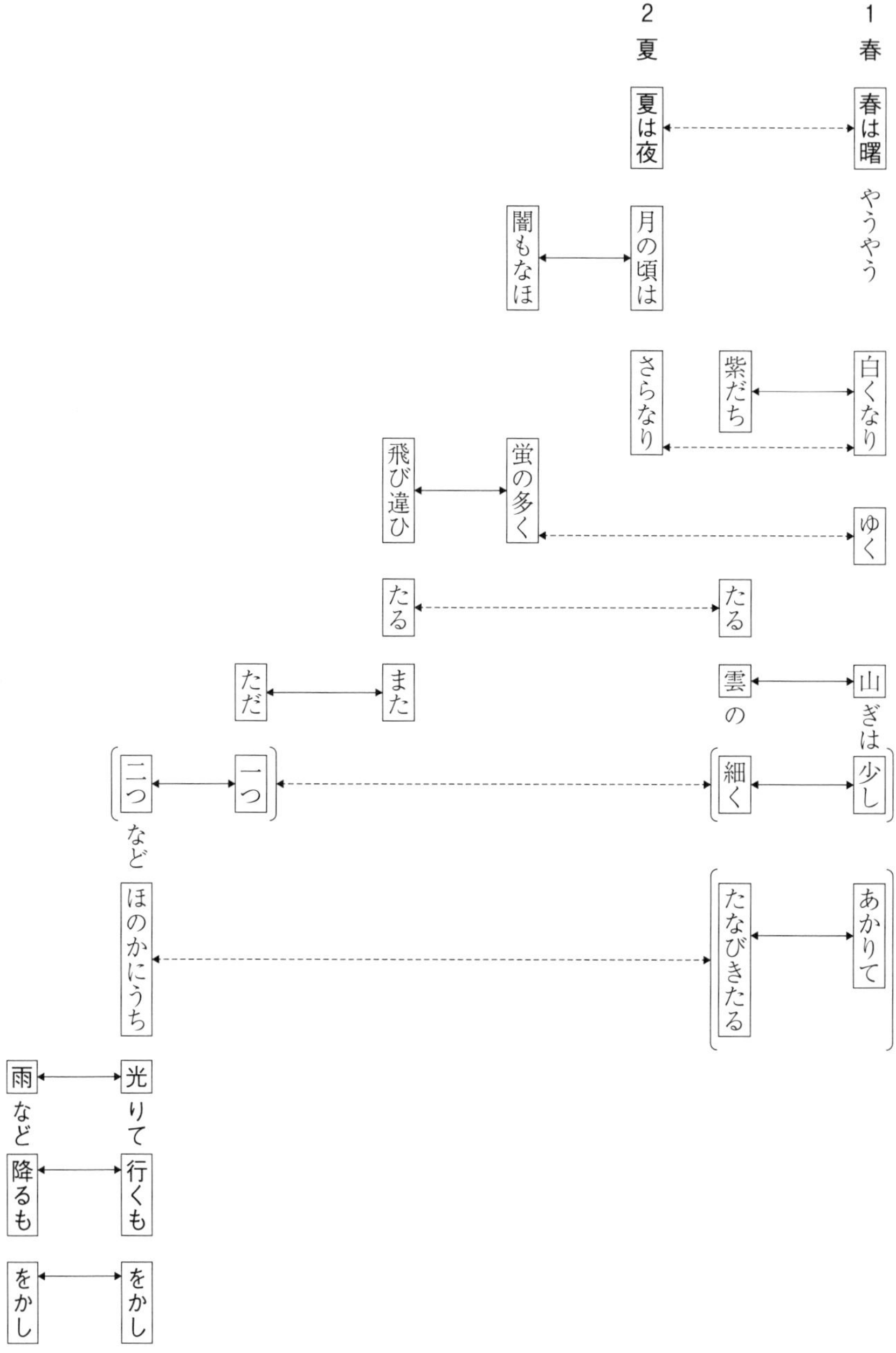
1
春
春は曙
やうやう
白くなり
紫だち
ゆく
たる
山ぎは
雲の
少し
細く
あかりて
たなびきたる
2
夏
夏は夜
月の頃は
闇もなほ
さらなり
蛍の多く
飛び違ひ
たる
また
ただ
一つ
二つ
など
ほのかにうち
光りて
雨など
行くも
降るも
をかし
をかし

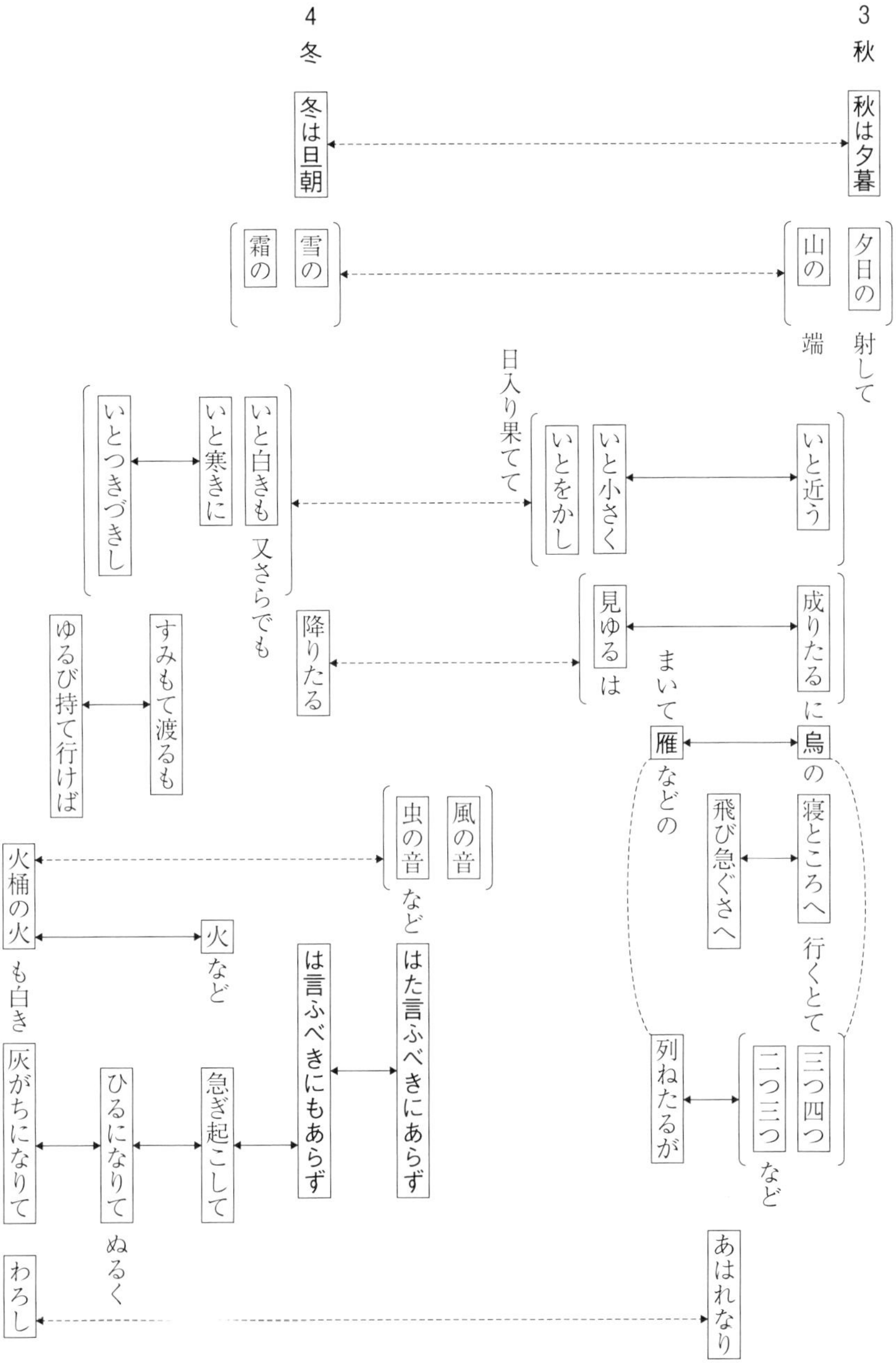
3
秋
秋は夕暮
夕日の
射して
山の
端
いと近う
成りたるに
烏の
寝ところへ
行くとて
三つ四つ
二つ三つ
など
飛び急ぐさへ
あはれなり
いと小さく
いとをかし
見ゆるは
まいて
雁
などの
列ねたるが
日入り果てて
風の音
虫の音
など
はた言ふべきにあらず
4
冬
冬は旦朝
雪の
霜の
いと白きも
又さらでも
いと寒きに
いとつきづきし
降りたる
すみもて渡るも
ゆるび持て行けば
は言ふべきにもあらず
急ぎ起こして
火
など
ひるになりて
ぬるく
火桶の火
も白き
灰がちになりて
わろし

賦の、韻文として段落を分ける方法に則って検証してみたい。

四　唐『賦譜』「新賦」の四段と文字数

平安時代の文章に関する段落について、大曾根章介は「平安時代の駢儷文について—文章の段落と構成を中心に—」の中で、次のように述べている。

平安時代の文章作法書には章段についての具体的な説明がない。作文大体に見える文章の分析も形式的な句型についてのもので、文章を構成している句の排列は分っても、その文体が如何なる内容を持ち、どの様な順序に叙述されているかという、一貫した文章の構成については解明されていない。これは日本だけでなく、当時の学者が手本にした中国の修辞学においても、文章の段落については筆が及んでいなかった様に思われる。(7)

たしかに大曾根が分析した通り、平安時代の文章の段落についての作法が見つからないのは、現時点では事実であろう。しかしながら、見つからないことから、存在していなかったとは言えないのである。例えば、中国では散逸し、日本に残された唐代の佚書『賦譜』には、賦の段落について、明記されている。

『賦譜』原本は、五島美術館に所蔵され、国立国会図書館等の少数の図書館には、複製本がある。決して『賦譜』は名著ではなく、唐代の進士の受験生のため、合格できる賦の文章を書く手引き書である。ただ唐代の賦の形式を知る上では、現時点で唯一の極めて貴重な文献であろう。

『賦譜』によると、賦の段落については、次のように書かれている。引用文は本書「附録資料二」（三九七頁）により、また張伯偉『全唐五代詩格彙考』（中国・江蘇古籍出版社、二〇〇二年）を参考にした。

凡〈賦体〉分段、各有所帰。但〈古賦〉段或多或少、若『登楼』三段、『天台』四段之類是也。至今〈新体〉、

分為〈四段〉

（およそ賦の文体の段落を分けるには、それぞれの方向性がある。だが古代の賦の文章の段落は多い場合も少ない場合もある。例えば、『登楼賦』は三段であり、『遊天台山賦』は四段である。新しい賦の文体は、四つの段落に分ける）

右に書いた通り、古賦の段落は、例えば、王粲「登楼賦」（〔梁〕蕭統〔唐〕李善『文選』第十一巻、中国・上海古籍出版社、一九八六年、四八九頁）は三段であり、孫綽「遊天台山賦」（『文選』同前・四九三頁）は四段という。ゆえに段数は不定である。一方、「古賦」に対して、新体の賦、いわゆる「新賦」は、まず「四段」に分けられる。この「新体」の賦は、『賦譜』では「新賦」と言われている。

また『賦譜』によると、四段の名称も決められている。例えば、1頭、2項、3腹、4尾であり、そのうち、3腹の段はさらに五つに分けられる。原文は次の通りである。引用文は前同。

初三、四対、約三十字為頭、次三対、約四十字為項、次二百余字為腹、最末約四十字為尾。就腹中更分為五：初約四十字為胸、次約四十字為上腹、次約四十字為中腹、次約四十字為下腹、次約四十字為腰。都八段、段転韻、発語為常体。

（初めは三の対句もしくは四の対句で、だいたい三〇字くらいの頭の段となり、次は三の対句で、だいたい四〇字くらいの項の段となり、次は二〇〇字あまりで腹の段となり、最後はだいたい四〇字くらいで尾の段となる。そのうち腹の段はさらに五つの段に分かれる。四〇字くらいで胸の段となり、次は四〇字くらいで上腹の段となり、次は四〇字くらいで中腹の段となり、次は四〇字くらいで下腹の段となり、次は四〇字くらいで腰の段となる。全て八段あり、段と段の間に転韻をする、発語を使っていることが常体である。）

このように、新賦の形は動物の体に見立てられており、いわゆる四段の1頭、2項、3腹、4尾のうち、3腹の段は、さらに「胸、上腹、中腹、下腹、腰」と分けられる。動物の体と同じように、頭より腹の方が太っているようである。つまり、1頭の段は、一番短く、3腹の段は一番長いという特徴が見える。このように四段から八段までを一覧にしてみると、次のようになるであろう。

新賦	四段		八段	八韻	文字数
第一段	頭		第①段	第一韻	三〇字
第二段	項		第②段	第二韻	四〇字
		胸	第③段	第三韻	四〇字
第三段	腹	上腹	第④段	第四韻	四〇字
		中腹	第⑤段	第五韻	四〇字
		下腹	第⑥段	第六韻	四〇字
		腰	第⑦段	第七韻	四〇字
第四段	尾		第⑧段	第八韻	四〇字

三一〇字（総合文字数）

ただ、一首の新賦の文字数は、必ず三一〇の文字ではなく、だいたい前後を合わせて、三六〇字が一般的である。原文は、次のように記している（引用文は前同、三九八頁）。

計首尾三百六十左右字

『賦譜』における新賦の用例を見ると、三六〇字前後の字数の賦は少なくない。

では、この法則に照らして、「春はあけぼの」章段の字数はどうなっているのか。次の節で分析してみたい。

五　「春はあけぼの」と「新賦」の四段の文字数

前に述べたように、日本語を数える場合、例えば、一字「春」は二つの仮名「はる」とし、すべて平仮名で数える。また、「春はあけぼの」本文は、四種類の写本があり、三巻本、能因本、堺本、前田家本の四種類を対照し、全て平仮名で表記し、該当する文字が当たらなかった場合、一字は「…」と示す。1春、2夏、3秋、4冬に分け、次のような一覧で「春はあけぼの」を徹底的に分析する。(8)

1春

三巻本49字
はるはあけぼの…………
………………………やう
やうしろくなりゆくやま
ぎは…すこし……あかり
てむらさきだちたるくも
のほそくたなびきたる…
……………

能因本49字
はるはあけぼの…………
………………………やう
やうしろくなりゆくやま
ぎは…すこし……あかり
てむらさきだちたるくも
のほそくたなびきたる…
……………

堺本70字
はるはあけぼののそら…
いたくかすみたるにやう
やうしろくなりゆくやま
のはのすこしづつあかみ
てむらさきだちたるくも
のほそくたなびきたるも
いとをかし

前田家本64字
はるはあけぼの…そらは
いたくかすみたるにやう
やうしろくなりゆくやま
ぎはのすこしづゝあかみ
てむらさきだちたるくも
のほそくたなびきたる…
……………

2夏

三巻本72字

能因本42字

堺本84字

前田家本72字

なつはよるつきのころは
さらなりやみもなほほた
るのおほくとびちがひた
るまたただひとつふたつ
などほのかにうちひかり
てゆくも……をかしあめ
など…………ふるも
…………をかし……

3 秋

三巻本120字

あきはゆふぐれゆふひの
…………さしてやまの
はいとちかうなりたるに
からすのねどころへゆく
とてみつよつふたつみつ
などとびいそぐさへあは
れなりまいてかりなどの
つらね………たるがい
とちひさくみゆるはいと

なつはよるつきのころは
さらなりやみもなほほた
る………とびちがひた
る…………………
…………………
…………………あめ
などの…………ふ……
るさへ……をかし……

能因本110字

あきはゆふぐれゆふひ…
はなやかにさしてやまぎ
はいとちかくなりたるに
からすのねどころへゆく
とてみつよつふたつ……
などとび…ゆくさへあは
れなりましてかりなどの
つらね………たるがい
とちいさくみゆる…いと

なつはよるつきのころは
さらなりやみもなほほた
る…おほくとびちがひた
るゆふただひとつふたつ
などほのかにうちひかり
てゆくもいとをかしあめ
……ののどやかにふりた
るさへこそをかしけれ

堺本126字

あきはゆふぐれゆふひの
きはやかにさしてやまの
は……ちかくなりたるに
からすのねに……ゆく
とてみつよつふたつみつ
などとび…ゆくも…あは
れなりましてかり……の
おほくとびつれたる…い
とちひさくみゆるはいと

なつはよるつきのころは
さらなりやみも……ほた
るのほそくとびちがひた
るまたただひとつふたつ
などほのかにうちひかり
てゆくも……をかしあめ
などの…………ふ……
るさへ……をかし……

前田家本123字

あきはゆふぐれゆふひの
きはやかにさしてやまの
はいとちかくなりたるに
からすのねに……ゆく
とてみつよつふたつみつ
などとび…ゆくさへあは
れなりましてかりなどの
つらね………たるがい
とちゐさくみゆる……

をかしひ…いりはてて…
…かぜのおとむしのね…
などはたいふべきに…あ
らず………

4冬

三巻本107字

ふゆはつとめてゆきのふ
りたる…はいふべきにも
あらずしも……のいとし
ろきもまたさらでもいと
さむきにひな…どいそぎ
おこしてすみ……もてわ
たるも…………いと
つきづきしひるになりて
………ぬる……くゆる
びもていけば…………
………ひをけのひもしろ
きはひがちに……なりて
……わろし

をかしひ…いりはてて…
…かぜのおとむしのね…
など………………
………

能因本113字

ふゆはつとめてゆきのふ
りたる…はいふべきにも
あらずしもなどのいとし
ろく…またさらでもいと
さむきにひな…どいそぎ
おこしてすみ……もてわ
たるも…………いと
つきづきしひるになりて
………ぬる……くゆる
びもてゆけば…………
すびつひをけのひもしろ
きはひがちに……なりぬ
るはわろし

をかしひ…いりはててての
ちかぜのおとむしのこゑ
などは…いふべきにもあ
らずめでたし

堺本129字

ふゆはつとめてゆきのふ
りたるには……さらにも
いはずしも……のいとし
ろきもまたさらねどいと
さむきにひなんどいそぎ
おこしてすみ……もてあ
りきなどするみるもいと
つきづきしひるになりぬ
ればやうやうぬるくゆる
びもていきてゆきもきえ
すびつひをけのひもしろ
きはいがちに……なりぬ
ればわろし

おかしひのいりはてて…
…かぜのをとむしのね…
などはたいふべきに…あ
らずめでたし

前田家本119字

ふゆはつとめてゆきのふ
りたる…はいふべき……
ならずしもなどのいとし
ろく…またさらでもいと
さむきにひな…どいそぎ
をこし…すみなどもてわ
たるも……………
つきづきしひるになりて
やうやうぬる……くゆる
びもてゆけばゆきもきえ
すびつひをけ……もしろ
きはひがちにきえなりぬ
るはわろし

さらに右の文字数を次の頁のような図表一と図表二に分けてみた。

右のように、「春はあけぼの」章段の1春、2夏、3秋、4冬の四段落の文字数と「新賦」の四段落の構成を対照させてみると、次のようになる。

四段落	新賦		春はあけぼの（三巻本）		
第一段落	頭	三〇字	第一段	春	四九字
第二段落	項	四〇字	第二段	夏	七二字
第三段落	腹	二〇〇字	第三段	秋	一二〇字
第四段落	尾	四〇字	第四段	冬	一〇七字
合計文字数		三一〇字			三四八字

このように対照させてみると、三系統一種『枕草子』のうち、三巻本「春はあけぼの」の四段落の構成は、新賦の規則である四段に分ける方法と合致する。すなわち「春はあけぼの」の1春の段落は四九字で一番短く、3秋の段落は一二〇字で一番長い段である。これは「新賦」の1頭の段は三〇字で一番短く、3腹の段は二〇〇字で一番長い段という規則に一致するということになる。

また、文字数からみると、前述したように、新賦の文字数は、三一〇字から三六〇字までくらいである。三四八字である三巻本「春はあけぼの」の章段の文字数は、新賦の規則による文字数の範囲に相応しいのである。

このように、賦の文章の構成によって、和文の音節を調整してきた結果ではないだろうか。まさに塚原鉄雄がかつて「春はあけぼの」章段の特徴を、次のように述べた如くである。

この文章は、論理的に、簡明で整然とした構成といえよう。だが、それは、決して単調なのではない。変化

図表一

四　段	1春	2夏	3秋	4冬	総計文字数
三 巻 本	49	72	120	107	348
能 因 本	49	42	110	113	314
堺　　本	70	84	126	129	409
前田家本	64	72	123	119	378

図表二

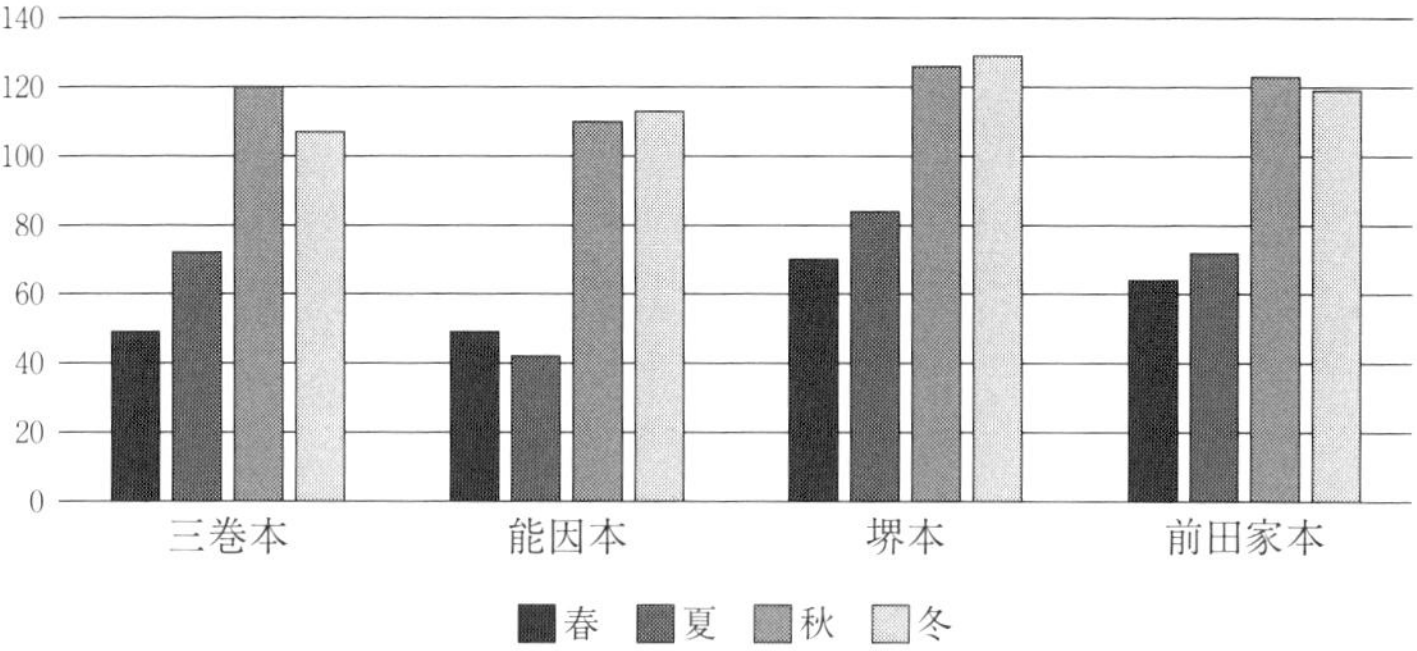

と屈曲とが、簡明と整然とに、調和し統一されているのである。(9)

六　おわりに

以上、和漢の韻文の視点から、特に中国古典文学の詩賦の作法により、『枕草子』「春はあけぼの」章段の構成について述べてきた。三系統一種の三巻本、能因本、堺本、前田家本の「春はあけぼの」本文を比較したうえで、とりわけ三巻本「春はあけぼの」本文に見える対句的表現に注目し、先行の研究を踏まえ、比較的善本である三巻本「春はあけぼの」の本文を中心として考察してきた。

その結果、「春はあけぼの」章段における中国古典文学の詩賦の作法受容については、主に二つの特色が指摘できる。

一つは、三巻本本文「春はあけぼの」章段で、対句的表現を使用している。これが詩のリズム、押韻及び詩の対句の規則、方法と同じであることが判明する。

もう一つは、段落の分け方である。詩や散文の要素が含まれた賦の文体、特に唐代の新賦による段落を分ける方法と合致している。その共通点とは、1春、2夏、3秋、4冬の四段落のうち、1春の段落は一番短く、3秋の段落は一番長いことで、唐代の新賦の1頭、2項、3腹、4尾の四段のうち、1頭の段は一番短く、3腹の段が一番長いということと一致している。このように詩賦の作法から、新たに「春はあけぼの」章段を読むことが可能になるものと思われる。

注

（1）例えば、江戸時代から平成までの重要な解釈と論考は、以下の通り。①加藤磐斎（一六二二～一六七四）「此一段を**四節**に見るべし。いはゆる春夏秋冬也。」（『清少納言枕草紙抄』日本文学古註釈大成、日本図書センター、一九七八年）三五頁。②北村季吟（一六二四～一七〇五）「此**発端**に、春は曙を賞していへる、少納言の心あらはれて、枕双紙一部の形容もこもり侍るべし。」（『枕草子春曙抄』日本文学古註釈大成、日本図書センター、一九七八年）一四頁。③岡西惟中（一六三九～一七一一）「是は**序文**の様に四季折々のおもしろきありさまを書きたり草紙ものがたり等の一体也。」（『枕草紙傍註』日本文学古註釈大成、日本図書センター、一九七八年）二一頁。④池田亀鑑「四季折々の自然を描くにあたって、先ずその**総序**《そうじょ》というような意味で、この一段を置いたものと考えられる。」（同『全講枕草子』上巻、至文堂、一九五六年）三頁。⑤萩谷朴「第一段は、いうまでもなく『枕草子』の序章である。清少納言がこの作品を制作するに際して、必ずしもこの第一段から起筆したと主張するのではない。しかし、作品全体の**序章**としてここに据えた一段の重みは十分に意識していたものといえよう。」（同『枕草子解環』一、同朋舎、一九八一年）六頁。⑥武藤元信（一八五四～一九一八）「かく**連体形**にて留め、次の詞を含蓄せしむるは、少納言の慣用手法也。」（同『枕草紙通釈』上巻、有朋堂、一九一一年）二頁。⑦田中重太郎「これは「春は　あけぼの（いと）をかし」「春は　あけぼのこそをかしけれ」などとある文よりも、このほうがずっと簡潔で力強い。散文学作品における**体言止め**は、平安時代において、清少納言の創始した文体といえよう。」（同『枕冊子全注釈』一、角川書店、一九七二年）二四頁。⑧小松英雄「作品の冒頭に置かれたこの一節は、たいへん凝った文章であり、作者のなみなみならぬ筆才を物語っている。「はるはあけほの」「あきはゆふくれ」「ふゆはつとめて」が、いずれも〈七音〉であり、また、「なつはよる」が〈五音〉になっている事実も、そのことに寄せて考えると、偶然ではなさそうにみえる。（中略）しかも、この「春はあけぼの」という〈七音〉は、それ以下につづく文章のトーンが詩的であることをも予告している。」（同『仮名文の原理』笠間書院、一九八八年）一五三頁。⑨上野理（a）「『白氏文集』「巻三二」「早春憶蘇州寄夢得」「呉苑四時風景好。就中偏好是春天」「霞光曙後殷於火。草色晴来嫩似煙」「「春曙」考」（『文芸と批評』第二巻、第八号、一九六八年四月）五二頁。（b）「『枕草子』の初段はこうした類書を中継に『修文殿御覧』や『芸文類聚』等の中国の類書の体系にしたがって構想され、執筆されたようだ。」（「枕草子初段の構想と類書の構造」『国文学研究』第五十号、早稲田大学国文学会、一九七三年六月）四九頁。⑩勝俣隆「枕草子冒頭部の構造について」（『国語と教育』第十四号、長崎大学国語国文学会、一九八九年十二月）。⑪古瀬雅義「『枕草子』冒頭章段の構成―対比の変容に着目して―」（『安田女子大学紀要』第二十六号、一九九八年二月）。⑫藤本宗利「「春はあけぼの」を活かすために　古典教材としての新たなる試み」（前田雅之他『〈新しい作品論〉へ、〈新しい教材論〉へ［古典編］3』右文書院、二〇〇三年）。⑬藤原浩史「『枕草子』第一段の国語学的解釈―潜在する論理の再構築」（『日本女子大学紀要』文学部、第五十五号、二〇〇六年三月）。⑭岸上慎二「この内容は（注、つまりこの「春は曙」の段のこと）純粋な記事評論であり、形式、内容ともに完備してをり、清少納言としては後年の執筆に属しはしまいかと考へられる。」（同『枕草子研究』新生社、一九七〇年）四七～四八頁。

（2）小島憲之・新井栄蔵『新日本古典文学大系　古今和歌集』（岩波書店、一九八九年）二九〇頁。

（3）前掲（1）⑧同、一五三頁。

（4）佐佐木信綱『日本歌学大系』第一巻「歌経標式」（風間書房、一九五七年）五四～五五頁。

（5）瞿蛻園・朱金城『李白集校注』（中国・上海古籍出版社、一九八〇年）五四一頁。

（6）引用文について、『作文大体』は、小沢正夫「作文大体注解」（『中京大学文学部紀要』第十九巻、第一～四号、一九八四～一九八五年）により、『古今和歌集』は、前掲（2）同。「真名序」三三八頁、「仮名序」四頁。

（7）大曾根章介「平安時代の駢儷文について―文章の段落と構成を中心に―」（『白百合女子大学研究紀要』第三号、一九六七年十二月）二一一頁。

（8）『枕草子』諸本の底本について、本書の凡例を参照。また松尾聰・永井和子『日本古典文学全集　枕草子』（小学館、一九七四年）、田中重太郎『前田家本枕冊子新註』（古典文庫、一九五一年）、速水博司『堺本枕草子評釈　本文・校異・評釈・現代語訳・語彙索引』（有朋堂、一九九〇年）、田中重太郎『校本枕冊子』上巻（古典文庫、一九五三年）、杉山重行『三巻本枕草子本文集成』（笠間書院、一九九九年）、林和比古『堺本枕草子本文集成』前篇（日本書房、一九八八年）を参照した。

（9）塚原鉄雄『枕草子研究』（新典社、二〇〇五年）三〇頁。

第二章　『枕草子』「心ときめきするもの」章段考

――「唐鏡のすこし暗き、見たる」を中心に――

一　はじめに

『枕草子』における漢文学の受容について、これまでにも多くの論が積み重ねられてきた。その点に関わる先行研究を一覧するだけでも、作者清少納言の漢籍についての素養は推し量られる。本章はさらに、一見、何気ないような叙述においても、清少納言の漢文素養が現れているのではないかと思われるテクスト、具体的には第二七段「心ときめきするもの」の章段を例に取り上げて、漢文受容を考えてみたい。

該当章段は、三巻本、能因本、堺本、前田家本の、いずれにも存在する。論述の便宜上、現在多くの論文に引用されている三巻本本文による。

第二七段　心ときめきするもの

心ときめきするもの　雀《すずめ》の子《こ》飼《がひ》。ちご遊ばする所の前わたる。よき薫物《たきもの》たきて一人《ひとり》臥《ふ》したる。唐鏡《からかがみ》のすこし暗き、見たる。よき男《をとこ》の、車とどめて、案内《あない》し問はせたる。頭《かしら》洗ひ化粧《けさう》じて、香《かう》ばしうしみたる衣《きぬ》など着たる。ことに見る人なき所にても、心のうちは、なほいとをかし。待つ人などのある夜、雨の音、風の吹きゆるがすも、ふとおどろかる。（六九～七〇頁）

清少納言は、七つの場面で、「心ときめきするもの」すなわち、心惹かれる瞬間の心情を表している。これらの心情について、過去の研究では、どのように解釈されてきたかを確認してみたい(1)。

1　雀の子飼
「その無邪気な様子に心がひかれるのである」（池田亀鑑・岸上慎二、六九頁）とあり、また「あまり小さいので、これが育つかしらと、心配してどきどきするが期待を持っている」（田中重太郎、二六三頁）との解説もある。

2　ちご遊ばする所の前わたる
「幼児を遊ばせている家の前を車で通り過ぎる時、一瞬の風景が心を暖かくする」（増田繁夫、二五頁）という解説があり、また「牛車にひかれはしまいかと心配する」（田中重太郎、二六三頁）という解釈もある。

3　よき薫物たきて一人臥したる
「数種の香を色々に組み合わせて作った練り香」（石田穣二、四六頁）という説明があり、また「何か良い事が起りそうなのである。話し相手などが居るとこういう気持は生じない」（渡辺実、三七頁）という解説も見える。

4　唐鏡のすこし暗き、見たる
「舶来の貴重な鏡。これに曇りが出はじめた。やがてひどく錆《さ》びてしまうのではないかと、未来は絶望につながって、胸もつぶれる思い」（萩谷朴、七六頁）と解釈されている。しかし、「「唐鏡のすこし暗き見たる」は、よく分らない。通説は、秘蔵の鏡の曇ったのを発見した時、とするが、言葉の解釈に少々無理があるようである」（石田穣二、二五二頁）という注解もある。

5　よき男の、車とどめて、案内し問はせたる
「取次を申し入れて（＝案内し）何か尋ねさせている時。「よき男」が何の用かとの期待」（渡辺実、三七頁）であり、また「果たして自分を訪ねてきてくれたのかどうか、誰に何の用件があるのだろうと、屋敷内の若い女性は、わくわくする」（萩谷朴、七六頁）との注解もある。

6　頭洗ひ化粧じて、香ばしうしみたる衣など着たる。ことに見る人なき所にても、心のうちは、なほいとをか

し

「お化粧をし、着飾った女性が、鏡の前でひとりほほ笑んだり、眉《まゆ》をひそめたり、自分に話しかけたり。夢と期待に満ちたナルシシズムがそこにはある」（萩谷朴、七六頁）という解釈があり、また「自分のために自分を装う内的な幸福感」（松尾聰・永井和子、六九頁）という注解もある。

7　待つ人などのある夜、雨の音、風の吹きゆるがすも、ふとおどろかる

「待人が訪れたのかと」（渡辺実、三七頁）注釈があり、また「恋人の訪れを待っているような夜」（萩谷朴、七六頁）との注解がある。

七つの場面に対する解釈を取り上げて見た。これらの解釈では、1と2は、いずれも「心配」と「心配ない」という両説が見える。つまり1「雀の子飼」と2「ちご遊ばする所の前わたる」は、必ずしも「心配」するとは言えない。また、3、5、6、7の解釈には、「心配」という解釈が見えない。このように考えると、「心ときめきするもの」の章段の主旨は、「心配」ではなく、すべて「心ときめく」ことに解釈することができる。問題になるのは、4だけである。前掲したように、4の解釈は、「曇り」や「錆び」また「未来の絶望」と指摘され、他説は認められなかった。

また「こころときめき」の意味については、従来の解釈が所説乱立している状態である。例えば、岩波書店『古語辞典』では、「（予想・期待）胸がどきどきすること」（補訂版、一九九〇年、四九三頁）と解釈している。「予想」と「期待」は、「心配」のことではない。

この「唐鏡のすこし暗き、見たる」という表現は、「曇り」や「心配」ではなく、「心のうちは、なほいとをかし」のような嬉しい「心ときめきするもの」に解釈することができるのではないか。本章では、この問題について、漢文学の受容の観点から解明してみたい。

二　三系統一種本文に関する「唐鏡」の表現

周知のように、古典文学を解釈するとき、極めて重要なことは本文である。論述のため、「唐鏡のすこし暗き、見たる」に関する三系統一種の三巻本、能因本、堺本、前田家本の本文を対照してみたい。(2)

三 巻 本（大東急記念文庫蔵三巻本枕草子本文）
　からかゝみのすこしくらききみたる
能 因 本（学習院大学蔵能因本枕草子本文）
　からかゝみのすこしくらき見たる
堺　 本（斑山文庫本堺本枕草子本文）
　からかゝみのすこしくもりたるみたる
前田家本（尊経閣叢刊丁卯歳刊行前田本枕草子本文）
　かゝみのすこしくらきみたる

まず、三巻本と能因本はほぼ一致。次に、前田家本には、「かゝみ」の前に「から」が見えない。それ以外は三巻本と合致する。また、堺本は、前半の「からかゝみ」は、三巻本、能因本と一致するが、後半は、三巻本、能因本、前田家本のいずれとも違い、「くもりたるみたる」という独自の表現である。

二つの語彙の表現する意味は、いずれも「暗い」であるが、「たる」という助動詞があることから見ると、「くもりたるみたる」ということは、既に「くもり」になったと断定することができる。

では、この部分に対して、先行研究では、どのように言及されてきたのだろうか。次節で確認してみたい。

三　研究史による「唐鏡」の解釈

『枕草子』の研究史を遡ると、古い注釈には、近世の加藤磐斎と北村季吟の注釈がある。磐斎と季吟は、「唐鏡」について、それぞれの次のように述べている。

○加藤磐斎

からの鏡のすこしくらき見いでたる。

【からのかゞみ】とは、**うれしき心**をいふ心を也。[3]

○北村季吟

からのかゞみのすこし**（くらき）**〔くもりたる、辰。〕**見**・たる

からのかゞみのすこしくらき　唐鏡也。いみじき鏡を、哀《アハレ》今少明ラかなれかしと思ふこゝろなるべし。[4]

右にゴシック字体を付けたように、磐斎と季吟の解釈は違う。磐斎の解説は「うれしい」という気持ちであり、季吟の解説は「うれしい」ではなく、「哀れ」である。

先行研究によると、磐斎と季吟が校訂した本文は、いずれも「能因本系統の本である」[5]。同じ能因本系統本文であるのに、磐斎と季吟の本文は異なる部分が存在している。例えば、前に挙げたように、磐斎の本文の「くらき見いでたる」のうち、「いで」という語は、季吟の本文には見えない。また、季吟の本文の「くらき見たる」の傍には「くもりたる・辰」という注記が施されている。この「くもりたる」という表現は、前述の如く、堺本系統本文である。ところが、この注記は、磐斎の本文には見えない。

以上のことから、二つの疑問が浮かび上がってくる。一つは、磐斎の校訂本文は、季吟の校訂本文には見えず、

磐斎が見た本文を、季吟が見たのか、それとも見たが重視していなかったのか。もう一つは、磐斎は堺本系統本文を見ていたのかという疑問である。

磐斎と堺本系統本文との関係については、磐斎自身が書いた「奥書」が参考となる。

此本者佐野満雅持来してけるを見るに世に流布の本とはかはりて少異なるゆへに写もて行に書写のあやまりと見えてあやしき所略あり然とも筆そめて次第として功終畢

承応四年八月晦日

信秀書生わかのみちにこゝろさしふかくありける故に大原にこもりてありし時かき侍るをみいてゝおくりぬるなりまくら草紙異本あまたありこれは幽斎法印のもてあそひ給ふ本の写なり(6)

寛文元年八月廿日

磐斎(7)

磐斎は承応四年（一六五五）佐野満雅が持来した堺本系統異本を書写した。その後、寛文元年（一六六一）信秀という人が別の異本を持って来て、磐斎がこれを書写したのである。磐斎が極めて早い時期に、堺本系統異本を書写したことが分かる。しかし、後に磐斎が校訂した『清少納言枕草紙抄』（本章注（3）同）本文には、「唐鏡」に関して、堺本系統異本について、特に注記をしていない。磐斎と季吟は、堺本系統異本に関して取捨する態度が違うことが分かる。

次に、磐斎が校訂した本文の「くらき見いでたる」のうち、「いで」という語は、季吟の本文には見えない。かつて、磐斎と季吟の、本文に対する忠実さについて、川瀬一馬は次のように述べている。

今回は磐斎抄を本書の底本とすることにした。これは枕草子の流布本となっている北村季吟著の「枕草紙春曙抄」（延宝二年刊）とほぼ同系統の本文であるが、春曙抄よりも本文をいじっていないと思われる。(8)

以上のように、磐斎と季吟の、「唐鏡のすこし暗き、見たる」に対して、それぞれ「うれしい」と「哀れ」と解釈した理由は、各自の依拠した本文が違う。

では、磐斎と季吟以降、現在に至るまで、「唐鏡のすこし暗き、見たる」に関しては、如何に解釈されてきたのだろうか。これを次のように確認してみたい。

周知のように、明治以降、昭和から現在に至るまで、多くの『枕草子』底本は、三巻本系統本文を利用している。例えば、『日本古典文学大系　枕草子他』（岩波書店、一九五八年）で、池田亀鑑・岸上慎二らは、次のように述べている。

胸がときめくことで、何かを予想し期待するとき心が自然に動く状態についていう。未知または未然の事態への予想なので心の動揺はさけ得ないが、悪いことについては用いられない。その点「胸つぶる」の語と対照的である。上等で高価な舶来の鏡がすこしかげりをもっているのを見た感じ。古来の諸説には従いがたい。↓補注二五　（七二頁）

続いて、「補注二五」を次のように取り上げる。

二五　「唐鏡のすこしくらき見たる」の部分はうれしき心をいうとか、今すこしあきらかなれかしと思う心なりとか、後々はいかがなりゆかんの心とか、従来種々に解されてきたが、詳解・集註・評釈などは、大切な鏡にすこし曇りが生じたのを見出して心ときめきされる意なりと解し、それが大体通説となっている。しかし、鏡に曇りを発見して驚く心「心ときめき」よりむしろ「胸つぶる」の語で表現されるべきであろう。かつて私見として、上等な鏡だというのに曇りが出ているのを見た時は、思わず苦情をいいたくなって自制できないとの解釈を提出したが、なお考えるのに、「くらき」を陰翳をおびた状態と解し、上等な鏡への心ときめきととることもできるように思う。(9)

しかし、池田・岸上らの解説は、田中重太郎に認められなかった。田中は、『日本古典評釈全注釈叢書　枕冊子全注釈』一（角川書店、一九七二年）の中で、次のように反対している。

池田亀鑑氏は「悪いことについては用いられない。その点『胸つぶる』の語と対照的である」（『大系』頭注）と説かれたが、「心ときめきする」を「胸つぶる」とあまり対照的に見ようとするところに無理があるようで、この冊子の「胸つぶるるもの」と読み比べると、この二つの語にはそうした要素もあるが、程度の差ということも考えられるし、「心ときめきす」には、期待と不安とが入りまじっている。「評」参照。　（二六三頁）

このように、田中は「心ときめきする」の意味は、「期待と不安が入りまじっている」様子として理解するべきと強調している。田中は、「悪いことについては用いられない。その点「胸つぶる」の語と対照的である」という池田・岸上らの解説に対して、「無理がある」と否定している。つまり、「不安」説のままがよいと解釈しているのだ。

その後、田中の解釈と類似するのは、萩谷朴の解釈である。萩谷は『枕草子解環』一で、次のように述べている。

高価な舶来の鏡、これに曇りが出はじめた。やがてひどく錆びてしまうのではないかと、未来は絶望にもつながって、胸もつぶれる思いがする。(10)

萩谷の解釈は、具体的に「曇り」を「錆び」と指摘し、また「未来は絶望」というような解釈を記した。しかし、萩谷の解説は必ずしも踏襲されているとは言えず、『新日本古典文学大系　枕草子』脚注で、渡辺実は次のように記述している。

「唐鏡」は中国製の鏡。「鏡」を「見る」と言えば、顔を映すことだから、これは、舶来の鏡のちょっと曇ったのに顔を映した時の気持である。自分が高貴な美女になったように見える。現実より良い方向にかけはなれた例。「少しくらき」は夜目遠目の類で、共感を呼んだであろう。(11)

つまり渡辺は、「曇った」鏡を見る時に、「未来は絶望」ではなく、「高貴な美女」になると解釈しているのである。

以上、近世以降、現在に至るまでの、「唐鏡のすこし暗き、見たる」に関する代表的な解釈を見てきた。四人の解釈は、二組に分けられる。一組は、悪いことではなく、良いことに惹かれる心情を表すもの。もう一組は、良いことではなく、大切な鏡が曇り錆びて、不安となり心配する気持ちである。

これらの二組の解釈は、近世の磐斎と季吟の説に類似している。すなわち磐斎は「うれしい」気持ちであり、季吟は「哀れ」である。要するに、「唐鏡のすこし暗き、見たる」に関する解釈は、近世から今に至るまで「両説」のまま留まっている状態である。

この両説はどちらが適切かという回答が、本章の目的である。また、堺本系統本文には、指摘され、問題となる箇所があるということは注意しなければならないところである。とすると、三巻本、能因本、前田家本の本文による「くらきみたる」に従って解釈するべきだと思われる。

私見によれば、この「唐鏡の少し暗き、見たる」という描写には、何か唐の鏡に関わる典拠があるのではないだろうか。あるいは、この「唐鏡」に関する発想は、唐代文学との関係があるのではないかと考える。そこで、「唐鏡」と漢籍の関係について考察してみたい。

四　平安文学における「唐鏡」及び「鏡」と漢籍の影響

該当段「心ときめきするもの」において「唐鏡」が、輸入された「唐鏡」か、それとも日本で唐の様式に作られたものかは、判断することが難しい。ただ、いずれにしても、この「唐鏡」は、唐との間に何か関係があることは察せられる。そして、おそらくこの鏡は、唐の鏡の文学と関係があるのだ。なぜなら、日本古典文学における鏡の表現は、中国古典文学との関係が深いからである。この点について、確認してみたい。

まず、最初に、風土記の『常陸国風土記』「久慈の郡」の、次のような記事を取り上げたい。

東山石鏡　昔有㆓魑魅㆒　萃集玩㆓見鏡㆒　則自去　俗云㆓疾鬼　面㆑鏡自滅㆒

東《ひむがし》の山に石《いし》の鏡《かがみ》あり。昔《むかし》、魑魅《おに》在り。萃集《あつま》りて鏡《かがみ》を玩《もてあそ》び見て、則《すなは》ち、自《おのづか》ら去《さ》りき。俗《くにひと》、疾《と》き鬼《おに》も鏡に面《むか》へば自《おのづか》ら滅《ほろ》ぶといふ。(12)

「魑魅」は、本書頭注で、「「人面獣身、四足にして好く人を惑はす」（史記注）という怪物の称」（八二頁）と記す。だが、この「怪物」が、鏡を見て逃げるという描写は興味深いところである。このような故事が、葛洪『抱朴子』内篇巻十七「登渉」にも見られる。

是以古之入山道士。皆以明鏡径九寸已上。懸於背後。則老魅不敢近。人或有来試人者。則当顧視鏡中。其是仙人。及山中好神者。顧鏡中。故如人形。若是鳥獣邪魅。則其形貌。皆見鏡中矣。(13)

〔だから昔、山に入る道士たちは皆な、直径九寸以上の鏡を背後に吊していた。こうすれば劫《こう》を経《へ》た魅《すだま》も人に近づけない。胆を試そうとしてやって来るものがあれば、ふり返って鏡の中を見よ。相手が仙人あるいは山中の良い神なら、鏡の中を見ると人間の姿のまま映《うつ》る。もしそれが鳥や獣の悪い魅《すだま》だったら、その顔かたちすべてが鏡の中に映る。(14)〕

右の描写を比べてみると、いずれも破邪の鏡のイメージが読み取れる。ただ、風土記の描写は、漢籍からの発想と考える。

次に、平安初期勅撰三集のうち、『文華秀麗集』（小島憲之『日本古典文学大系　文華秀麗集他』岩波書店、一九六四年）に収録された嵯峨天皇の御製「和内史貞主秋月歌」には、次のような鏡に関わる詩句がある。

雲　暗　空　中　清　輝　少。　雲暗く空中《くうちゆう》に清輝《せいき》少《すくな》く、風来吹払看更皎。　風来《きた》りて吹き払《はら》ひ看《みすみす》更《さら》に皎《あき》らかなり。
形如㆓秦鏡㆒出㆓山頭㆒。　形は秦鏡《しんきやう》の如く山頭《やまのは》を出で、
色似㆓楚練㆒疑㆓天暁㆒。　色は楚練《それん》に似て天の暁《あ》くるかと疑《うたが》ふ。
（三〇六～三〇七頁）

右の「秦鏡」は、空海の『三教指帰』（渡辺照宏・宮坂宥勝『日本古典文学大系　三教指帰　性霊集』岩波書店、一九六五年）巻下「仮名乞児論」にも、次のように見える。

吾当為汝等。略述綱目。宜鑑秦王顕偽之鏡。早改葉公懼真之迷。倶醒触象之酔。並学師吼之道。
吾当《まさ》に汝等が為に略綱目《ほぼかうぼく》を述べむ。宜しく秦王の偽《いつはり》を顕はす鏡《かがみ》を鑑《かんが》みて、早く葉公《せふこう》が真《しん》を懼《お》づる迷《まどひ》を改め、倶に触象《そくざう》の酔《ゑひ》を醒《さま》して並びに師吼《しく》の道《だう》を学ぶべし。
（一二六～一二七頁）

右の文は、いくつかの中国の故事を引用している。文字のように、秦王の鏡は、秦の朝廷の鏡に関わる故事である。「葉公」という人が、竜が好きで、本物の竜を見て失神気絶したという中国故事である。これらの「秦鏡」と「葉公」を、空海は『性霊集』（前書同）巻第一の「遊山慕仙詩」にも用いている。

葉公珍仮借　　葉公仮借《せつこうけしやく》を珍《たから》とし
秦鏡照真相　　秦鏡《しんけい》真相を照らす
（一五八～一五九頁）

右に示したように、「葉公」という故事は、元来、漢の劉向『新序』に見える。「秦鏡」は、秦の始皇帝の鏡である。この「秦鏡」は、横が四尺、高さが五尺九寸、いずれも表と裏が見られる。手を心の上に置いて見ると、腸や胃や肺などが見える。病気になった時、心を押してみると、その病因が分るという(15)。

次に、菅原道真『菅家後集』（川口久雄『日本古典文学大系　菅家文草　菅家後集』岩波書店、一九六六年）「秋夜九月十五日」の詩作には、次のような鏡に関わる詩句が見える。

昔被栄花簪組縛　　昔《むかし》は栄花《えいぐわ》　簪組《しむそ》に縛《ゆひつな》がれき

今為貶謫草萊囚　　今《いま》は貶謫《へんたく》　草萊《さうらい》の囚《とらはれびと》たり
月光似鏡無明罪　　月《つき》の光《ひかり》は鏡《かがみ》に似《に》たれども　罪《つみ》を明《あきら》むることなし
風気如刀不破愁　　風《かぜ》の気《き》は刀《たち》の如《ごと》くなれども、愁《うれ》へを破《やぶ》ることあらず
（四九九〜五〇〇頁）

この詩句の興味深いところは、月光は鏡に似ているけれども、「罪」と書かれたことである。『菅家後集』頭注に「我が無実を訴えたいというはげしい願望がこもる」（五〇〇頁）と注釈しているが、なぜ鏡に「罪」がないのかということは触れてこなかった。これは恐らく菅原道真は漢籍の典拠を援用したのではないであろうか。このような「鏡の罪」説が、『韓非子』上「観行第二十四」に見える。

古之人、目短二於自見一、故以レ鏡観レ面。智短二於自知一、故以レ道正レ己。故鏡無二見レ疵之罪一、道無二明レ過之怨一。目失レ鏡、則無三以正二鬚眉一、身失レ道、則無三以知二迷惑一。

〔昔の人は、目には自分（の顔）を見るのがむつかしいからとて、鏡を用いて顔をみることにした。また知る力も自分のことを知るには十分でないからとて、道（を定めこれを）用いて己れを正しく保つことにした。故に鏡が物のきずを照らし出すことは罪でなく、道が人の過《あやま》ちを明らかに示すことを怨む者はない。目は、鏡なしには自分の顔のひげや眉を正視することができず、人の身は、道に由ることなしには、行ないに迷っていることに気づかないのである。[16]〕

漢詩句だけではなく、真名で書かれた仏典及び説話における鏡の表現について、漢籍の故事との繋がりが見える。例えば、『大日本国法華経験記』巻下「源信僧都」の修行について、次のような記事がある。

夢見。堂中有蔵。其中有種々鏡。或大或小。或明或暗。爰有一僧。取一暗鏡与之。小児陳云。此小暗鏡中何用乎。欲得彼大明鏡。僧答云。彼非汝分。々々是也。持至横河。可加磨云々。夢覚。[17]

右は、『今昔物語集』三、巻第十二「横川源信僧都語第卅二」にも収録されている。

夢ニ見ル、「堂ノ中ニ蔵有リ。其ノ蔵ノ中ニ様様ノ鏡共《ドモ》有リ。或《アルイ》ハ大キ也、或《アルイ》ハ小サシ。或《アルイ》ハ明ラカ也、或《アルイ》ハ暗《クモリ》タリ。其ノ時ニ、一人ノ僧出来《イデキタリ》テ、暗《クモリ》タル鏡ヲ取《トリ》テ、源信ニ与フ。源信、僧ニ語《カタリ》テ云《イハ》ク、『此ノ鏡小《チヒサ》クシ暗《クモリ》タリ。我レ何《イカ》ニカセ』。彼《カ》ノ大キニ明ラカナ鏡ヲ取《トリ》テ、源信ニ与フ、『彼《カ》ノ大キナ明《アカ》キ鏡ハ汝ガ分ニハ非ズ。汝ガ分ハ此レ也。速ニ比叡ノ山ノ横川ニ持行《モテユキ》テ、可磨瑩《トギミガクベ》キ也』ト云《イヒ》テ、与フ」ト見テ、夢覚《サメ》ヌ。(18)

源信僧都は、比叡山に籠り居たとき、年に三回の斎戒を行っている。ある日、こんな夢を見た。中堂の中には、色々な鏡があった。一人の僧が暗い一つの鏡を源信にくれた。源信は、この鏡は暗くてまた小さいと言って、自ら明るく大きい鏡を取った。その時、僧都が、この大きな鏡は、あなたのものではなく、貴方の鏡は、こちらであると言って、一つの小さい暗い鏡を渡してくれた。はやく持っていって比叡山の横川で磨きなさいと僧都から言われた。その時、源信の夢は覚めたという。

この話の最後の鏡を磨くという挿話は、『北堂書鈔』（董治安『唐代四大類書』中国・清華大学出版社、二〇〇三年）「鏡六十五」の中に、「磨鏡取資」（五九八頁）という故事がある。すなわち、徐孺子という人が、貧乏で、鏡磨きで賃を稼ぎ、後に成功したという故事である。おそらく源信修行の説話は、暗い鏡を磨く、中国の「磨鏡取資」の故事から発想したのではないかと考えられる。つまり、源信は修業のため、自らの努力に励んだのではないかと考えられる。

この話の中では、暗い鏡が出てきたが、決して「心ときめく」ものではない。

次に、もう一つの漢文の世界で現われた「明鏡」について分析してみたい。

それは、『淮南子』上、巻二「俶真訓」の次の例である。

人莫レ鑑ニ於流沫一、而鑑ニ於止水一者、以ニ其静一也。莫レ窺ニ形於生鉄一、而窺ニ於明鏡一者、以ニ其易一也。

〔人が流水を鏡とせず、止水を鏡とするのは、それが静かだからである。粗鉄に姿をうつすことなく、明鏡にうつすのは、それが平らかだからである。(19)」

右に示したように、流れる水は鏡にならない、粗末な鉄に姿を映すこともできない。

文字の通り、「明鏡」は優れた特性があるゆえ、詩語として、人間の美徳を比喩する表現も見られる。例えば、『和漢朗詠集』（川口久雄他『日本古典文学大系　和漢朗詠集他』岩波書店、一九六五年）巻下「僧」に収録された野相公の詩句は、次のように見える。

明鏡乍開随境照
白雲不著下山来

明鏡《めいけい》乍《たちま》ちに開《ひら》けて境《をり》を随《したが》ひて照《てら》す
白雲《はくうん》は著《つ》かず山《やま》より下《お》りて来《きた》る　（二〇五頁）

以上のように、文学作品における鏡の意味は、日常の顔を映す道具だけではなく、人間の優れる知恵、美徳などの性格を比喩する表現である。また、平安時代における史書の名称による「鏡」についても、注意したいところである。例えば、『大鏡』という名称における中国文化からの影響については、すでに様々な論考があるが、ここでは、二例の漢籍の鏡に関する例を取り上げてみよう。まず『孔子家語』には、次のような名句がみえる。

夫明鏡所‐以察レ形、往古所‐以知レ今。

〔明鏡は形をはっきりと写し出すもので、往古は、現在を理解する手段である。(20)〕

次に、『旧唐書』には、唐太宗（五九八～六四九）に関わる「三鏡」という有名なエピソードが、次のように記されている。

夫以銅為鏡、可以正衣冠、以古為鏡、可以知興替、以人為鏡、可以明得失。朕常保此三鏡、以防己過。今魏徴殂逝、遂亡一鏡矣。(21)

〔唐太宗は、常に三つの鏡をご用意になる。一つ目は朝服を整理する銅鏡であり、二つ目は時代を変える興衰を知るための歴史の鏡であり、三つ目は自らの過失を知るための人の鏡である。この「人の鏡」は魏徴である。魏徴が急に逝去した。「三鏡」のうちの、一つの鏡は亡くなったと唐太宗皇帝は悲嘆している。）

右のエピソードは、『貞観政要』巻二「任賢」第三にも見える。白楽天の「百錬鏡」という詩作は、唐玄宗皇帝に関する鏡の故事を援用して作られた作品である。この「百錬鏡」が、『白氏文集』巻四［〇一四六］諷諭詩「新楽府」に収録されている。全詩は長いので、ここでは、唐太宗に関する典拠の部分を取り上げてみたい。

太 宗 常 以レ人 為レ鏡　太宗《たいそう》 常《つね》に人《ひと》を以《もつ》て鏡《かがみ》と為《な》し、
鑑レ古 鑑レ今 不レ鑑レ容　古《いにしへ》を鑑《かんが》み 今《いま》を鑑《かんが》みて 容《かたち》を鑑《かんが》みず。　（六六二頁）

この詩は、平安貴族は熟知しているはずであろう。なぜなら、右に挙げた二句の後に続けた詩句は、『和漢朗詠集』（前同）巻下「帝王」篇に収載されているからである。

四海安危照掌内　四海《しかい》の安危《あんくゐ》は掌《たなごころ》の内《うち》に照《てら》し
百王理乱懸心中　百王《はくわう》の理乱《りらむ》は心《こころ》の中《うち》に懸《か》けたり　百錬鏡《はくれんきやう》　白《はく》　（二一八頁）

漢詩文のみならず、仮名文学における鏡の表現にも、漢籍との関係が見える。例えば、『源氏物語』「賢木」巻では、源氏は、次のような「鏡」の和歌を詠んでいる。

さえわたる池の鏡のさやけきに見なれしかげを見ぬぞかなしき　（賢木・一〇〇頁）

厳冬に凍っている池の水面は鏡のようであるが、そこに絶えず拝顔していた桐壺院の面影を拝することのできないのが悲しいという心情を表している。このような池の鏡の和歌は、『大和物語』（阪倉篤義他『日本古典文学大系 大和物語他』岩波書店、一九五七年）第七十二段にも見える。

池《いけ》は猶昔《なをむかし》ながらの鏡《かがみ》にてかげみし君《きみ》がなきぞかなしき
（池の面は、昔のままに、鏡のようだが、そこに姿を映されていた宮様がもはやおいでなされぬのは悲しいことだ。）
（二六五頁）

この「池の鏡」という表現は、唐詩では、池を鏡に比喩する詩作が見える。例えば、白楽天が大和四年（八三〇）五九歳の時に書いた「看採菱」（『白氏文集』巻二十八［二八五〇］）律詩「看レ採レ菱」の冒頭詩句に、「菱池如レ鏡浄無レ波　白点花稀青角多」（一七四頁）があり、また張説「奉和聖製、同玉真公主、遊大哥山池、題石壁」（彭定求他『全唐詩』中国・中華書局、一九六〇年・九八二頁）には、「池如明鏡月華開、山学香炉雲気来」（池は明鏡の如く、月華を開く。山は香炉をまねて、雲気を流す）が見られる。

『枕草子』における「鏡」の用例は六箇所ある。本章段以外の場面、四例は、日常用の道具であるが、「鳥は」章段（第三九段）の一例は漢籍との関係があることが、すでに先行研究で指摘されている。念のため、本文を確認してみよう。

山鳥、友を恋ひて、鏡を見すれば、なぐさむらむ、心わかう、いとあはれなり。　（九五頁）

この山鳥が、鏡を見て自分で踊るという説話については、過去の研究に指摘されたように、中世の歌学書類に種々見える。例えば、

「山鳥はめをとこ一つ所には寝ず、山の尾を隔ててぬるに、暁にを鳥のはつ尾にめ鳥の影の映るを見て鳴けば、それをはつをに鏡かくとは云なり」（袖中抄十二）。山鳥と鏡の話は、大江朝綱「為清慎公辞右大臣、第三表」にも「山鶏ノ円鏡ニ対フニ類ス。舞ヒテ何ニカ為ン」（本朝文粋、五）と見える。ただし、『袖中抄』にいう二種の用法はいずれも漢籍を典拠とするものであるが、前者は『芸文類聚』鳥部の「山鶏」に引く諸話などによったものであり、後者は同じく「鸞」の話につながるものであると思われる。

と増田繁夫は述べている。[22]

『芸文類聚』第九十一巻「鳥部中」の「山鶏」には、次のような故事がある。ある山鶏は自らの毛が好きで、水に映してそれから踊る。後に、魏武の時、鶏を皇帝に献上した。公子蒼舒は大きな鏡を鶏の前に置いた。すると、

鶏は鏡を見ながら、踊り出し止まらず、疲れて死んでしまったという。

以上、いくつかの鏡に関する漢籍との関係がある表現を考察してきた。日中古典文学における鏡の意味は、日常用の道具より「真実」を言う、「偽装」を識別、「歴史」を見るなどの寓意であることに注目したい。大谷雅夫は次のように述べている。

中国の文学における鏡は、化粧道具としての鏡そのものを言うか、静かな水面の譬喩か、または、虚心ゆえに万事に融通無碍に応え、自らは損われないという聖人の心を譬える表現であった。それは、鏡を生活に実用した上に、それを自然描写にも、思想の表現にも応用した、いわば文明人としての鏡の見方なのであった。(23)

このように、本章段「心ときめきするもの」にある「唐鏡の少し暗き、見たる」においての「唐鏡」の解釈は、唐の文学における鏡の典拠について考えなければならないのである。なぜなら、多くの鏡に関わる故事は、唐の鏡と繋がるからである。

五　唐代伝奇小説『古鏡記』による「暗い鏡」――「宝鏡」

周知のように、唐代文学と言うと、多くの作品は、いわゆる「唐詩」である。唐詩における「鏡」については、前述した如く、鏡に関わる故事、典拠などを援用されている。しかし、暗い鏡は見当たらない。一方、唐代伝奇小説に目を向けて検証してみると、唯一暗い「宝鏡」がある。それは『古鏡記』という伝奇小説の中のものである。『古鏡記』作者の王度は、隋と唐の両朝代に関わる人物である。『古鏡記』によると、最後の年次は、大業十三年（六一七）、隋朝滅亡の直前であり、翌年（六一八）は、李家父子（李淵「高祖」と李世民「太宗」）が、唐を建国した年である。『古鏡記』は、唐の末期に編纂された伝奇小説である。唐の顧況が唐の「国書」一種「王度古鏡記」と

記している。(24)

作者王度は、隋の汾陰の侯先生から、一つの古い鏡を貰った。この鏡は、人間を侵害する妖怪を識見することができるので「宝鏡」という。大業七年（六一二）から大業十三年（六一七）まで、様々な場面で、この鏡の神奇的なことが現われている。

では、この「宝鏡」の不思議な特性は、どのようなものなのか、『古鏡記』の原文を次のように掲げる。

大業八年四月一日、　　大業八年の四月一日には、
太陽虧。　　日蝕があった。
度時在レ台直。　　私はその時、御史台の当直であった。
昼臥二庁閣一、　　昼間役所の部屋に寝ころんでいて、
覚二日漸昏一。　　太陽が次第次第に**暗くなる**のに気がついた。
諸吏告レ度以二日蝕甚一。　　役人たちがひどい日蝕だといって私に知らせにきた。
整レ衣時、引レ鏡出、　　起きあがり着物をきちんと着ようとして、
自覚三**鏡也昏**昧、　　**鏡を引き出したところ、鏡もやはり暗くなって、**
無二復光色一。　　以前のような光のないのに気がついた。
度以、宝鏡之作、　　私は思った、宝鏡の作り方は、
合二於陰陽光景之妙一。　　日月の光の霊妙なはたらきと合致させてあるのだ、
不レ然、　　そうでなければ、
豈合下以二太陽失レ曜、　　どうして太陽が光を失うことによって、
而宝鏡也無上光乎。　　宝鏡も光がなくなるようなことがあろう、と。

嘆ㇾ怪未ㇾ已、　　この不思議に感嘆しているうちに、
俄而光彩出、　　ほどなくうるわしい光が出だすと、
日亦漸明。　　太陽も次第次第に明るくなってきた。
比ㇾ及㆓日復㆒、　　太陽がもとにもどった時には、
鏡亦精朗如ㇾ故。　　鏡ももとのように光りかがやいた。
自ㇾ此之後、　　これからのち、
毎㆓日月薄ㇾ蝕、　　日蝕・月蝕が近づくたびに、
鏡亦昏昧。　　**鏡も暗くなるのであった。**[25]

このような宝鏡は、日蝕と月蝕のとき、自らの光を失い、暗くなることが特徴である。つまり宝鏡が少し暗くなる為に必要な条件は、日蝕、もしくは月蝕である。清少納言の時代の日蝕と月蝕の記録は次のように確認できる。

日蝕

天元五年（九八二）　三月一日、日蝕十五分之七、虧初辰三刻一分[26]
長徳四年（九九八）　十月一日、日蝕十五分之四、虧初午一刻二分[27]
長保二年（一〇〇〇）　三月一日、日蝕十五分之十二、虧初申二刻一分[28]

月蝕

天元五年（九八二）　二月十四日、月蝕十五分之三、虧初亥三分[29]
長徳四年（九九八）　十月十五日、月蝕大分皆既、虧初子三刻二分[30]
長保二年（一〇〇〇）　二月十五日、月蝕十五分之十二、虧初寅二刻三分[31]

右に示したように、九八二年から一〇〇〇年までの、わずか十八年の間に、日蝕と月蝕は合わせて六回あったのである。この背景を考慮すれば、清少納言が、「唐鏡」のすこし暗く、見えたことを発見し、唐代伝奇小説における「宝鏡」の意象を思い出し、目の前にある唐鏡が「宝鏡」ではないかと「心ときめきする」心情を表したのではないだろうか。

このように解釈すれば、本章段の七つの場面をすべて良いことと解釈することが可能である。

もう一度、本論の冒頭に上げた七箇所を見てみよう。

1　雀の子飼。
2　ちご遊ばする所の前わたる。
3　よき薫物たきて一人臥したる。
4　**唐鏡のすこし暗き、見たる**。
5　よき男の、車とどめて、案内し問はせたる。
6　頭洗ひ化粧じて、香ばしうしみたる衣など着たる。ことに見る人なき所にても、心のうちは、なほいとをかし。
7　待つ人などのある夜、雨の音、風の吹きゆるがすも、ふとおどろかる。

1は可愛い動物。2は可愛い子供。3は綺麗な匂い。4は不思議な宝鏡。5は好きな人と会う嬉しい気持ち。6は髪の毛を洗ってすっきりしたよい気持ち。7は恋人を待ち興奮している敏感な心情。このように、七つの場面は、よいこと、嬉しいこと、期待していることと解釈することが可能になるであろう。そうすると、この章段の描写は、実物より心の中の気持ちを表すことを趣旨として纏めることができるだろう。

またこのように解釈すると、近世の磐斎の「うれしき心」と一致し、現代の渡辺実のように、悪いことではなく良いものと解釈することに合致するのである。

六　おわりに

以上、『枕草子』「心ときめきするもの」の章段の「唐鏡のすこし暗き、見たる」を新たに考察してきた。古註釈から現代の解説までの「嬉しい」と「哀れ」の両説を考察してみた。漢詩文における鏡に関する描写を検証したところ、唯一暗い特徴がある「宝鏡」は、唐の伝奇小説『古鏡記』にあることを確認した。「唐鏡のすこし暗き、見たる」という表現は、『古鏡記』の「宝鏡」によれば、嬉しき心と解釈することができる。つまり「唐鏡のすこし暗き、見たる」は、「心配」ではなく、「宝鏡」からくる吉事を期待する「心ときめきする」心情を表すと考えられる。

この検証が正しいとすれば、今後、唐代伝奇小説と『枕草子』の間の密接な関係が新たな課題となるだろう。

注

（1）本章段に関する主な注釈は、次の諸本によった。
池田亀鑑・岸上慎二『日本古典文学大系　枕草子他』（岩波書店、一九五八年）
田中重太郎『日本古典評釈全注釈叢書　枕冊子全注釈』一（角川書店、一九七二年）
石田穣二『角川ソフィア文庫　新版枕草子　付現代語訳』上（角川学芸出版、一九七九年）
萩谷朴『枕草子解環』一（同朋舎、一九八一年）
増田繁夫『和泉古典叢書　枕草子』（和泉書院、一九八七年）
渡辺実『新日本古典文学大系　枕草子』（岩波書店、一九九一年）

（2）松尾聰・永井和子『新編日本古典文学全集　枕草子』（小学館、一九九七年）

（3）三系統一種（三巻本、能因本、堺本、前田家本）の底本は本書の凡例を参照。また田中重太郎『校本枕冊子』上（古典文庫、一九五三年）と杉山重行『三巻本枕草子本文集成』（笠間書院、一九九九年）及び林和比古『堺本枕草子本文集成』前篇（日本書房、一九八八年）も参照した。

（4）加藤磐斎『清少納言枕草紙抄』（日本文学古註釈大成、日本図書センター、一九七八年）一四一頁。

（5）北村季吟『枕草子春曙抄』（日本文学古註釈大成、日本図書センター、一九七八年）一一〇頁。

（6）中西健治「伝能因所持本」（雨海博洋他『枕草子大事典』勉誠出版、二〇〇一年）七五頁。

（7）この「も」については、堺本諸本による異なる部分がある。本章の引用文は、林和比古『堺本枕草子本文集成』（前掲（2））を参照した。

（8）翻字は、林和比古『堺本枕草子本文集成』後篇（日本書房、一九八八年）を参照した。

（9）川瀬一馬『枕草子』上（講談社、一九八七年）三～四頁。

（10）池田亀鑑・岸上慎二、前掲（1）同、三三六～三三七頁。

（11）萩谷朴、前掲（1）同、二七五頁。

（12）渡辺実、前掲（1）同、三七頁。

（13）秋本吉郎『日本古典文学大系　風土記』（岩波書店、一九五八年）八一～八三頁。

（14）金毅『抱朴子内外篇校注』上中下（中国・上海古籍出版社、二〇一八年）を参照。

（15）本田濟『東洋文庫　抱朴子』内篇（平凡社、一九九〇年）三五〇頁。

（16）周天游『新編諸子集成続編　西京雑記校注』（中国・中華書局、二〇二〇年）を参照。

（17）竹内照夫『新釈漢文大系　韓非子』上（明治書院、一九六〇年）三四〇頁。

（18）藤井俊博『索引叢書　大日本国法華経験記　校本・索引と研究』（和泉書院、一九九六年）八五頁。

（19）山田孝雄他『日本古典文学大系　今昔物語集』三（岩波書店、一九六一年）一七八～一七九頁。

（20）楠山春樹『新釈漢文大系　淮南子』上（明治書院、一九七九年）一一七～一一八頁。

（21）宇野精一『新釈漢文大系　孔子家語』（明治書院、一九九六年）一四七頁。

(21) 劉昫他『旧唐書』巻七十一「列伝第二十一・魏徴」（中国・中華書局、一九七五年）二五六一頁。
(22) 増田繁夫、前掲（1）同、二五八頁。
(23) 大谷雅夫『歌と詩のあいだ　和漢比較文学論攷』（岩波書店、二〇〇八年）一七七頁。
(24) 李昉他『文苑英華』巻七十七（中国・中華書局、一九六六年）を参照。
(25) 内田泉之助・乾一夫『新釈漢文大系　唐代伝奇』（明治書院、一九七一年）一八〜二〇頁。
(26) 東京大学史料編纂所『大日本古記録　小右記』一（岩波書店、一九五九年）一八頁。
(27) 東京大学史料編纂所『大日本古記録　御堂関白記』上（岩波書店、一九五二年）一〇頁。
(28) 右（27）同、五一頁。
(29) 前掲（26）同、一四頁。
(30) 前掲（27）同、一一頁。
(31) 前掲（27）同、五〇頁。

第三章　『枕草子』「文は」章段考
——「新賦」を中心に——

一　はじめに

『枕草子』（三巻本・能因本・堺本・前田家本）「文は」の章段は、諸本によって極めて複雑な様相を呈している。とりわけ、本章では三巻本系統の本文にしかない「新賦」を考察する。また本書の第三部の第十五章では、引き続き前田家本本文にしかない「こたいほんき」を中心として考証する。念のため、まずは三系統一種の「文は」章段の全文を取り上げておく。(1)

三巻本
文《ふみ》は　文集《ぶんしゆう》。文選《もんぜん》。**新賦**《しんぷ》。史記、五帝本紀《ほんぎ》。願文《ぐわんもん》。表《へう》。博士《はかせ》の申文《まうしぶみ》。　（三三六頁）

能因本
文《ふみ》は　文集《ぶんしゆう》。文選《もんぜん》。博士《はかせ》の申文《まうしぶみ》。　（三四三頁）

堺本
文は、文選。文集。論語もを《お》もしろし。　（三一一頁）

前田家本
書《ふみ》は　文集《ぶんしゆう》。文選《もんぜん》。論語《ろんご》。史記《しき》。ごだい本紀《ほんぎ》。願文《ぐわんもん》。博士《はかせ》の申文。　（四九〜五〇頁）

右の三巻本「文は」章段にある「新賦」は、三巻本にのみ存在する。しかし、これまでの三巻本注釈史においては、「新賦」の意味は必ずしも充分に解釈されてこなかった。本章は、新資料を用いて、その問題について考察を加えるものである。

二　先行研究による問題点

三巻本『枕草子』の注釈書は多いので、ここでは代表的な四つを挙げる。特に、それぞれの本文の句読点「、」「。」に注意してほしい。

（1）萩谷朴『新潮日本古典集成　枕草子』下（新潮社、一九七七年）

本文：書《ふみ》は、文集《ぶんしゆう》。**文選《もんぜん》、新賦**。史記、五帝本紀《ごていほんぎ》。願文《ぐわんもん》。表《へう》。博士の申文《まをしぶみ》。

注釈：諸注は「新賦《しんぷ》」を別個独立の書名と見て、未詳としているが、『史記』の中の「五帝本紀」を挙げるのと同じく、『文選《もんぜん》』の中の「新賦」を特に指したものと考える。つまり、『文選』の賦の中で、漢代蒼古《そうこ》の作品を「古賦」と通称するのに対して、通例「俳賦」または「駢賦《へんぷ》」と呼ばれる六朝の華麗清新な作品を「新賦」とも称したと考える。『文選』の中でも、**六朝の新賦**が好まれたことは、第百五十四段に、晋の潘安仁《はんあんじん》の「秋興賦」（『文選』巻十三）を引いた源英明《みなもとのひであきら》の詩句が見え、第百七十三段に、宋の鮑明《ほうめい》遠《えん》の「舞鶴賦」（『文選』巻十四）から「雪満群山」を取った詩句を朗詠した事実が描写されている点からも首肯される。（一〇五〜一〇六頁）

（2）石田穣二『角川ソフィア文庫　新版枕草子　付現代語訳』下（角川学芸出版、一九八〇年）

本文：書《ふみ》は　文集《ぶんしゆう》。**文選《もんぜん》**。**新賦《しんぷ》**。史記。五帝本紀《ほんぎ》。願文《ぐわんもん》。表《へう》。博士《はかせ》の申文《まをしぶみ》。

注釈：**未詳**。〔補注一五〇〕（八六頁脚注）賦は、叙事、詠物を主とする韻文の一体。荀子にはじまり、漢代より盛行を見、『文選』に多くの作例を見る。漢代の作を古賦、対句を多く用いる六朝の作を俳賦もしくは騈賦、修辞上の典型の定まった唐代のを律賦、散文的になった宋代の作を文賦と呼ぶ分類が後世にあるから、新賦というのも、そうした時代による作風の差に基づいた呼称なのであろう。

（二一四〜二一五頁）

（3）渡辺実『新日本古典文学大系　枕草子』（岩波書店、一九九一年）

本文：文《ふみ》は　文集《ぶんしゅう》。**文選《もんぜん》、新賦《しんぷ》**。史記、五帝本紀。願文《ぐわんもん》。表。博士《はかせ》の　申文《まうしぶみ》。

注釈：梁の昭明太子撰の詩文集。**その中の六朝の賦**。漢代のを「古賦」と呼ぶ、その対だとされる。

（二四五頁）

（4）松尾聰・永井和子『新編日本古典文学全集　枕草子』（小学館、一九九七年）

本文：文《ふみ》は　文集《ぶんしゅう》。**文選《もんぜん》。新賦《しんぷ》**。史記、五帝本紀《ほんぎ》。願文《ぐわんもん》。表《へう》。博士《はかせ》の申文《まうしぶみ》。

注釈：**未詳**。一説、『文選』中の六朝時代の作品を「新賦」と称したか。

（三三六頁）

まずは四つの本文を見ると、二つの組に分けられる。一つは、萩谷と渡辺の「文選、新賦。」であり、もうひとつは石田と松尾・永井の「文選。新賦。」である。これらを見ると、前者は「新賦」を「文選」の一部と考えているようであり、後者は「文選」と「新賦」を別々のものと理解しているようである。

もし、「新賦」が「文選」の一部であるならば、それはどういう「部分」なのだろうか。また「新賦」と「文選」が別々な物であるならば、具体的に「新賦」とはどのような賦なのだろう。

次は本文にある「新賦」に対する注釈を見てゆく。ゴシック字体を付けたように、萩谷の「六朝の新賦」の説に対して、石田と松尾・永井はいずれも冒頭に「未詳」と示したことから見ると、賛成しているとは言えない。また渡辺も「六朝の賦」を参考までに引用しているが、特に「六朝の新賦」説を賛同しているわけではないらしい。では、萩谷の説は本当に正しいのか。この点を明らかにしてみたい。

三　萩谷説に関する問題について

新潮日本古典集成の後に出版した『枕草子解環』四（同朋舎、一九八三年）の第一九七段、「問題点（一）」に、萩谷はさらに詳しく次のように述べている。

> 『文選』に収録せられた賦の中、漢代の作を「古賦」と通称するのに対して、六朝の作を、「俳賦」又は「騈賦」などと呼んでいるが、平安の詞人が特に好んだのは六朝騈驪の華麗な対句であるから、清少納言は、これを極く常識的に、「古賦」に対する「新賦」の名を以って呼んだのであろう。或いは、当時、「新賦」という呼称が、一般に通用していたかも知れない。ともかく、A**清少納言**が『枕草子』の中で紹介した、第百五十四段の晋の**潘安仁の「秋興賦」**（『文選』巻十三）を引いた源英明の詩句、第百七十三段の宋の**鮑明遠の「舞鶴賦」**（『文選』巻十四）から「雪満群山」を取った詩句を朗詠した事実などは、漢代の「古賦」ではなく、まさしく、**この「新賦」に該当するものであったからである**。
>
> 成程、そう言えば、定家が「白氏文集第一第二帙常可二握玩一」（『詠歌大概』）と主張したように、親しみ易い『白氏文集』ならば、当時の人の読書範囲も相当広汎に亙っていたであろうが、やや興趣に乏しい『文選』や『史記』では、一般人の学習領域は、極めて限定された狭い範囲であったろうことも首肯される。
>
> 右は、漢籍・詩賦に関する歴史的基準と、本段の文章構造を分析する文脈的規準との綜合判断によって得た新解釈であり、**集成**がこれを用いたことは言うまでもない。というよりは、右の新見は、**集成**執筆の過程において得られたものであった。

B**古賦・駢賦（俳賦）・律賦・文賦というような全体的な分類は、宋代以後の後世の所為**であって、北宋の太宗至道二年に相当する、原初狭本類纂型『枕草子』執筆の長徳二年当時にあっては、まだ、C**漢代のを古賦、六朝のを新賦と、『文選』所収の賦を新旧二派にのみ分類する**唐代の批評意識が伝来していたに過ぎなかったと考えてもよかろう。唐代が過ぎ、宋代にもなれば、六朝のものを新賦と呼ぶ習わしは消滅したであろうから、今日の漢文学史に「新賦」の名の残らないことも当然といえよう。　（二四九頁）

右の引用文にAとCのゴシック字体を付したように、次のような二つの疑問が浮かび上がってくる。一つは、A『文選』第十三巻の「潘安仁の「秋興賦」」と『文選』第十四巻の「鮑明遠の「舞鶴賦」」が、「新賦」となる証拠はない。C「漢代のを古賦、六朝のを新賦と、『文選』所収の賦を新旧二派にのみ分類する」ということにも根拠はない。これらの二点を、それぞれ詳しく分析して究明したい。

まず結論から言えば、A『文選』の潘安仁「秋興賦」と鮑明遠「舞鶴賦」は、「新賦」ではなく、むしろ「古賦」であろう。萩谷は、この二人の賦の句が『枕草子』に引用されているから、「新賦」と判断してきたのである。しかしその判断には不適切と考えられるところもある。とりわけ、鮑明遠「舞鶴賦」に関わる典拠について、『枕草子』第一七三段（新潮日本古典集成）「雪の、いと高うはあらで」の章段における「雪満群山」の出典は、なにより、『文選』か、それとも『和漢朗詠集』に見える漢詩句かという問題が残されている。この点については、萩谷は『枕草子解環』四の中で次のように述べている。

○**雪、なにのやまにみてり**「群山」というのを「某《なに》の山」と朧化している。原拠本文は、『文選』巻十四、鮑明遠の「舞鶴賦」に、

冰塞《とざシ》二長河ヲ一、雪満《テリ》二群山ニ一。

とあるのよりも、むしろ、『和漢朗詠集』上、雪に入れられた、

暁入レバ二梁王之苑一、雪満テリ二群山一。夜登レバ二庾公之楼一、月明ラカナリ二千里一。

とあるのが、よりふさわしいのであろう。但し、後者の出典は、覚明の『和漢朗詠集私註』に「雪賦、謝観」とし、『江談抄』巻六に「白賦、賈嵩」とするが、いずれも原典は所在不詳である。福田俊昭氏の教示によれば、『唐書芸文志』『宋書芸文志』に、「謝観賦八巻」「賈嵩賦三巻」の名を見出だすが、既に佚書となったものと思われる。(2)

因みに、他の注釈を見ると、Ⅰ池田亀鑑『全講枕草子』（至文堂、一九五六年）では、「和漢朗詠集上に見える唐の謝観の詩」（三七〇頁）であり、Ⅱ松尾聰・永井和子『新編日本古典文学全集　枕草子』（小学館、一九九七年）では、「和漢朗詠・雪」（三〇四頁）であり、Ⅲ渡辺実『新日本古典文学大系　枕草子』（岩波書店、一九九一年）も、また「和漢朗詠集・雪」（二二〇頁）であり、Ⅳ石田穣二『角川ソフィア文庫　新版枕草子　付現代語訳』下（角川学芸出版、一九八〇年）では、「和漢朗詠集、冬」（六三頁）となっている。

また、萩谷のB「古賦・騈賦（俳賦）・律賦・文賦というような全体的な分類は、宋代以後の後世の所為」について、萩谷の説の「漢代の古賦、六朝の新賦」の時代前後の分類によって、相反するケースが見える。

例えば、賦に関する四種の古賦、俳賦、律賦、文賦の分類は、確かに萩谷朴が指摘したように、宋代以後の明代の徐師曾『文体明弁序説』の分類である。その原文は下記の通りである。

三国、両晋以及六朝、再変而為俳、唐人又再変而為律、宋人又再変而為文。（中略）故今分為四体：一曰古賦、二曰俳賦、三曰文賦、四曰律賦。(3)（後略）

（三国と両晋及び六朝の時代では俳賦に変わり、また唐代では律賦に変わって、さらに宋代では文賦に変化した。〈中略〉ゆえに賦は四つの文体となった。一つは古賦、二つは俳賦、三つは文賦、四つは律賦〈後略〉）

徐師曾の分類には、興味深いことがある。賦の内容と形式の変化した四種の賦の順は、時代によるものではない。

時代的に言えば「四曰」の「律賦」は唐代で、「三曰」の「文賦」（宋代）より前だったのであろう。この点から見ても徐師曾の分類は時代によるものではないことが明らかである。

では、萩谷のC「漢代のを古賦、六朝のを新賦と、『文選』所収の賦を新旧二派にのみ分類する」という説を検討してみよう。

具体的には、『文選』の中の賦については、どれが古賦、どれが新賦であろうか。この点については、萩谷は次のように解説している。

> 『文選』六十巻に収められた七百五十三首（序二編を含む）の作品の中、賦は第一巻から第十九巻の半ばまでに五十六首（他に序二編）を収めるのみであるから、これ亦、一帙二帙を握玩する類いであったと言えよう。その五十六首の賦の中、**漢魏以前の古賦**に属するものは、戦国楚の宋玉四首、前漢の楊子雲・司馬長卿各三首、班叔夜・賈誼・王子淵各一首、後漢の張平子五首、班孟堅三首（他に序一篇）、曹大家・王文考・祢正平・傅武仲・馬季長各一首、後魏の王仲宣・何平叔・曹子建各一首、**計二十九首**であるのに対して、**六朝の新賦**と言うべきものは、東晋の潘安仁八首、左太冲三首（他に序一編）、陸子衡《ママ》二首、孫興公・郭景純・木玄虚・張茂先・向子期・嵆叔夜・成公子安各一首、宋の鮑明遠二首、謝恵連・謝希逸・顔延年各一首、梁の江文通二首、**計二十七首**であるから、より狭い範囲に好尚を限定したものと言えよう。[4]

右にゴシック字を付した部分に注目したい。萩谷は、「漢魏以前の古賦」は、計「二十九首」であり、「六朝の新賦」は、計「二十七首」であると言っている。ついでに「六朝の新賦」の作者のうち、陸士衡の「士」を、萩谷は「子」と記している。これは誤記・誤植であろう。陸士衡（二六一～三〇三）、名は機であり、字は士衡である。『晋書』巻五四に伝記がある。

『文選』の中には詩、賦、文併せて七百数篇以上あるが、どのような基準で集められたのだろうか。『文選』「序文」を見てみよう。

事出於沈思、義帰乎翰藻、故与夫篇什、雑而集之。遠自周室、迄于聖代、都為三十巻、名曰文選云耳。

凡次文之体、各以彙聚、詩賦体既不一、又以類分、類分之中、各以時代相次。(5)

〔内容は作者の深い独想的心情から生まれ、それが修飾された文章によって表現されている。したがって、私は文学作品である詩や文などといっしょに集め入れることにした。こうして遠く周代から現代に至るまでの作品を集めて、全部で三十巻とし、『文選』と名づけた次第である。作品を配列するにあたっては、文体ごとにまとめる方法をとった。詩と賦とのそれぞれの中身はスタイルが一様ではないので、各種に分類した。各分類の中の作品は、時代順に並べた。(6)〕

以上のことから、『文選』の選別基準には、「古賦」「新賦」という語が無いことが分かる。念のため、賦の目録を掲げると次の通りである。

『文選』目録（賦のみ）。首数、番号は見やすいように著者が付した。

第一巻	二首	賦甲	京都上	1班孟堅「西都賦」　2班孟堅「東都賦」
第二巻	一首		京都上	1張平子「西京賦」
第三巻	一首	賦乙	京都中	1張平子「東京賦」
第四巻	三首		京都中	1張平子「南都賦」　2左太沖「三都賦序」　3左太沖「蜀都賦」
第五巻	一首	賦丙	京都下	1左太沖「呉都賦」
第六巻	一首		京都下	1左太沖「魏都賦」
第七巻	三首	賦丁	郊祀	1楊子雲「甘泉賦並序」
			耕籍	2潘安仁「籍田賦」

第八巻　二首
第九巻　四首　賦戊
第十巻　一首
第十一巻　五首　賦己
第十二巻　二首
第十三巻　七首　賦庚
第十四巻　三首
第十五巻　二首　賦辛
第十六巻　八首

畋猟上　3司馬長卿「子虚賦」
畋猟中　1司馬長卿「上林賦」2楊子雲「羽猟賦並序」
畋猟下　1楊子雲「長楊賦並序」2潘安仁「射雉賦」
紀行上　3班叔皮「北征賦」4曹大家「東征賦」
紀行下　1潘安仁「西征賦」
遊覧　1王仲宣「登楼賦」2孫興公「遊天台山賦並序」3鮑明遠「蕪城賦」
宮殿　4王文考「魯霊光殿賦並序」5何平叔「景福殿賦」
江海　1木玄虚「海賦」2郭景純「江賦」
物色　1宋玉「風賦」2潘安仁「秋興賦並序」3謝恵連「雪賦」
4謝希逸「月賦」
鳥獣上　5賈誼「鵩鳥賦並序」6祢正平「鸚鵡賦並序」
7張茂先「鷦鷯賦並序」
鳥獣下　1顔延年「赭白馬賦並序」2鮑明遠「舞鶴賦」
志上　3班孟堅「幽通賦」
志中　1張平子「思玄賦」2張平子「帰田賦」
志下　1潘安仁「閑居賦並序」
哀傷　2司馬長卿「長門賦並序」3向子期「思旧賦並序」
4陸士衡「歎逝賦並序」5潘安仁「懐旧賦並序」6潘安仁「寡婦賦並序」
7江文通「恨賦」8江文通「別賦」

第十七巻　三首　賦壬　論文　1陸士衡「文賦並序」
　　　　　　　　　　　音楽上　2王子淵「洞簫賦」3傅武仲「舞賦並序」
第十八巻　四首　　　　音楽下　1馬季長「長笛賦並序」2嵇叔夜「琴賦並序」3潘安仁「笙賦」
　　　　　　　　　　　　　　4成公子安「嘯賦」
第十九巻　四首　賦癸　情　1宋玉「高唐賦並序」2宋玉「神女賦並序」3宋玉「登徒子好色賦並序」
　　　　　　　　　　　　　4曹子建「洛神賦並序」(7)

『文選』の中の賦は第一巻から第一九巻にかけて、併せて五七首である。賦の分類は、先ず、賦甲、賦乙、賦丙、賦丁、賦戊、賦己、賦庚　賦辛、賦壬、賦癸の一〇類に分かれ、また次の如く、京都（上・中・下）、郊祀、耕籍、畋猟（上・中・下）、紀行（上・下）、遊覧、宮殿、江海、物色、鳥獣（上・下）、志（上・中・下）、哀傷、論文、音楽（上・下）、情のあわせて一五種に分類されている。最後に、同一類の中に多くの作者がある場合は、作者の時代によって、前後に並ぶ。例えば、第一三巻の「賦庚」の中の「物色」篇、1宋玉「風賦」2潘安仁「秋興賦」3謝恵連「雪賦」4謝希逸「月賦」である。1宋玉の年は今でもはっきりわからないが、『史記』の「楚有宋玉」によると、紀元前の人物に違いない。2潘安仁（二四七～三〇〇）は晋の人であり、3謝恵連（三九七～四三三）は南朝の人であり、4謝希逸（四二一～四六六）も南朝の人であった。以上のような分類を見れば、『文選』の賦の分類は、宮廷の都、貴族の行事、自然の風景、動物、こころざし、文論、音楽等の移行が明白に見えるであろう。特にどちらが「古賦」、どちらが「新賦」という分類の規定はないのである。

以上、述べて来たように、萩谷朴『枕草子解環』四の中に書かれた「漢魏以前の古賦」と「六朝の新賦」という、単純的な時代前後を条件とした『文選』の中の「古賦」と「新賦」の判断は根拠が薄いと言える。ということは、清少納言が書いた「新賦」は全く別な物という可能性がある。次節ではそれについて考究しよう。

四　『賦譜』に見える「古賦」と「新賦」の区別

ではいったい、「新賦」とは何だろう。その手がかりは『賦譜』という唐代の書物にある。すでに本書の第一章に『賦譜』の「新賦」の段落について触れているが、ここでは少し詳しく説明したい。『賦譜』は中国の本土では失われ、一九八〇年代以前の文学史には記載がない。世界中では日本にしか残されず、一九三〇年代に日本で発見され、小西甚一、中沢希男、小沢正夫らは触れていたが、今までほとんど言及されてこなかった。まさに、渡辺秀夫が次に述べた通りである。

それは、『賦譜並文筆要決』（一一世紀・一九四一年重文指定・五島美術館蔵）に収められた『賦譜《ふふ》』である。平安朝の漢詩文創作の指針となった『作文大体』の編者が『賦譜』を利用したことは既に指摘されているが、（小西甚一『文鏡秘府論考』、中沢希男「賦譜校箋」）、その後、内容の具体的検討が十分になされず、現状ではその存在すら忘れ去られているかのようである。(8)

一方、外国、例えば、アメリカ、中国、香港や台湾などの国や地域では積極的に考察が進んでいる。特に唐代の賦に関する検証は不可欠な文献である。平安時代における賦の研究に関しても珍しい資料と言えるだろう。『賦譜』（本書「附録資料二」）の成立、日本への流入時期については、次の節に譲りたいが、ここで注目したいことは、『賦譜』は、賦に関して「古賦」と「新賦」の二種類に分けられている事実であった。しかしその判断基準は賦の時代ではなく、賦の本体、つまり、賦の文章の構造が基準であった。

では、一体、「新賦」という表現は、『賦譜』の中にどのように書かれているのか。具体的に『賦譜』の原文を挙げながら説明する。

『賦譜』（本書「附録資料二」）の内容は三つに分かれる。「賦句」「賦段」「賦題」である。「賦句」というのは、文字通り、賦の句法についての論述である。「賦段」は、賦の段落についての分ける方法である。「賦題」は、賦の題についての表現する規則である。さて、「新賦」については説明の都合上ひとまず置き、「古賦」という語が『賦譜』に最初に出るのは、賦段である。この点については、本書の第一章の「四」節に検討したが、「新賦」の段落に特徴があるので、ここでは再びその原文を見てみよう。引用文は本書「附録資料二」による。

凡〈賦体〉分段、各有所帰。但〈古賦〉段或多或少、若『登楼』三段、『天台』四段之類是也。至今〈新体〉、分為〈四段〉：初三、四対、約三十字為頭、次三対、約四十字為項、次二百余字為腹、最末約四十字為尾。就腹中更分為五：初約四十字為胸、次約四十字為上腹、次約四十字為中腹、次約四十字為下腹、次約四十字為腰。都八段、段転韻、発語為常体。

（三九七～三九八頁）

（一般に賦の文章を段落に分けると、それぞれの特徴がある、ただし古賦の段落は、ある時に多く、ある時に少ない。例えば、「登楼」賦は三段であり、「天台」賦は四段であるというような類型である。今に至る新しい賦体は、四段に分けること。初めは、三、四の対句で、三〇字くらいの頭となる。次は三の対句で、約四〇字で項となる。また二〇〇あまりの字で腹となる、最後はおよそ四〇字で尾となる。そのうち、「腹」段をさらに五つの段に分ける。初めは約四〇字で胸となり、次に約四〇字で上腹となり、次に約四〇字で中腹となり、次に約四〇字で下腹となり、次に約四〇字で腰となる。すべて八段であり、段と段の間に転韻し、発語を使っていることが常体である。）

そのうち、「登楼」と「天台」賦は、両方とも『文選』の中の賦である。前者は王粲の「登楼賦」であり、後者は孫綽の「天台賦」である。留意したいことは、これらの賦は潘安仁と鮑明遠の賦ではないが、『文選』の賦は「古賦」としての用例だということである。

つまり「古賦」は段落に分ける時、非常に自由で、多くても、少なくても良いのである。例えば、「登楼」は三つの段落に分かれる、「天台」は四つの段落に分けられる。しかし、新体の賦としての段落は四つの段落が決まっている。それは次のような構成である。すなわち（1）「頭」段、（2）「項」段、（3）「腹」段、（4）「尾」段である。しかし、また（3）「腹」段は、①「胸」段、②「上腹」段、③「中腹」段、④「下腹」段、⑤「腰」段に分けられているものもある。

さらに、厳密に言えば、各段の字数も次のようである。

（1）「頭」段は賦の初めの三と四の対句で文字数は三〇文字。

（2）「項」段は次の対句の文字数が約四〇文字。

（3）「腹」段は合わせて約二〇〇字である。内訳は更に次のように分かれている。

①「胸」段は約四〇文字。

②「上腹」段は約四〇文字。

③「中腹」段は約四〇文字。

④「下腹」段は約四〇文字。

⑤「腰」段は約四〇文字。

（4）「尾」段は約四〇文字で終わる。

以上のように、新体の賦は八段であり、また段落を換える場合、押韻することは規則である。右の如く、一般に、一首の「新賦」の総合文字数は「三一〇」字であるが、これよりもっと多くの文字数が見える。『賦譜』原文を確認してみると、次の通りである。

計首尾三百六十左右字。

つまり、首尾の文字数を合わせると三六〇字くらいということである。これは普通の新体の賦の文字数と考える。

だが、この「新体」の賦が、『枕草子』（三巻本）「文は」の章段の「新賦」と同じかどうかはこれだけでは決められない。それについては同じく「賦段」の原文に手がかりがある。さっそく『賦譜』の原文を確認してみたい。

故曰：〈**新賦**〉之体、項者、〈**古賦**〉之頭也。借如謝恵連『雪賦』：「歳将暮、時既昏。寒風積、愁雲繁。」是〈**古賦**〉頭、欲近雪、先叙時候物候也。『瑞雪賦』云：「聖有作兮徳動天、雪為瑞而表豊年。匪君臣之合契、豈感応之昭室。若乃玄律将暮、曽氷正堅。」是〈**新賦**〉先近瑞雪了、項叙物類也。

（四〇一～四〇二頁）

（ゆえに賦の文体では、新賦の項の段は古賦の「頭」の段となり。例えば、謝恵連の『雪賦』には、「年末になると、夕方の時、寒い風が吹く、憂鬱の雲が繁く」は古賦の「頭段」であり、雪になりそうな為、先に時候を叙述するのである。『瑞雪賦』に云うには、「聖上の美徳が天の神を感動させ、雪が多く降ると豊かな年を表す。それはまさしく君臣の意気投合であり、なんと天の神に導く素晴らしい王朝であろうか。冬が深まると、まさに氷が堅くなろう」は新賦の方が先に「瑞雪」を表現して、項段の物を叙述するのである。）

原文をゴシック字体にした箇所を見ると、「古賦」の「頭」段は「新賦」の「項」段になる。あるいは「新賦」は書き方が違うのである。例えば、古賦の作品は謝恵連「雪賦」であり、それに対して新賦の作品は「瑞雪賦」である。これら二つの「雪」についての賦の書き方を比べると分かってくる。古賦である「雪賦」の書き方は、まず「雪」について何もいわず、ただ天気の状態を表現する。つまり、「歳将暮、時既昏。寒風積、愁雲繁。」のように、雪が降る前の、周りの自然状況を表すのである。しかしながら、新賦である「瑞雪賦」の書き方は、まず先に、直接、雪を表現する。「聖有作兮徳動天、雪為瑞而表豊年。」である。これを見れば、「古賦」と「新賦」は、表現方法による相違であることが分かる。

以上のように、三巻本『枕草子』「文は」章段における「新賦」は、『賦譜』における「新賦」と同じものではないだろうか。すなわち『文選』の中のような「古賦」ではなく、唐代の新しい賦体の「新賦」である。いわゆる現代では「律賦」という形の賦であるが、ここで注意すべきことは「律賦」の言い方は『賦譜』の中ではまったく見えないということである。つまり平安時代では「律賦」より「新賦」という表現を先に使用していたことが明確なのである。

しかしながら、『賦譜』を利用すると、信憑性の疑問が浮かび上がってくる。また『賦譜』はいつ日本に入ったのか、清少納言の時代に『賦譜』を読んだ可能性があるのか。これらのような疑問を解明しなければならない。

五　『賦譜』成立及び日本への流入時期

まず『賦譜』はどのような書物かについて確認したい。『賦譜』は、白楽天と同じ時代の進士受験生に向けた賦の文章を書くための手引き書なのである。『賦譜』は中国の本土に残されず、日本にしか見えない「天下の孤本」である。現在「重要文化財」として五島美術館に所蔵されている。かつて、五島美術館、大東急記念文庫元理事の川瀬一馬によると、五島慶太の『賦譜』入手について、次のような回想文を書いている。

幕末からの本草家、伊藤圭介（有不為斎）の蔵書が、大阪府立図書館に寄託されていたのを子孫が引き取って入札してしまった。それは和漢の古写・古版・古文書など善本に満ちていて、その中に「**賦譜・文筆要訣**《ママ》」の古筆本があった。それを京都の佐々木竹苞楼が落札したが、どういう風の吹き廻しか、五島さんが求めたのである。(9)

ゴシック字を付けた「賦譜・文筆要決」は、巻子本で、一軸である。そのうち、『賦譜』は「紙数四枚、全長、十尺七寸七分、縦九寸一分」であり、『文筆要決』は「紙数三枚、全長、五尺二分、縦九寸一分」である（『国宝賦譜文筆要決』東京：五島慶太、複製、一九四三年、国立国会図書館蔵）。また本書の翻刻は、筑波大学附属図書館蔵の複製本によった(10)。

『文筆要決』は『日本国見在書目録』（孫猛『日本国見在書目録詳考』中国・上海古籍出版社、二〇一五年、五一四頁）の中に書名が見え、作者は唐の杜正倫である。ところが、『賦譜』は、『日本国見在書目録』には記載されず、作者も不明である。

次に、『賦譜』の成立及び日本へ入った時期について、検討してみたい。『賦譜』が日本で発見されてから、最初に研究した学者は小西甚一であろう。小西は、『文鏡秘府論考』研究篇下の中で、『賦譜』について、次のように述べている。

この方面の資料として現存最古のものは、五島慶太氏の秘蔵される『賦譜』である。杜正倫の『文筆要決』と同じ巻子本に合写されてをり、鎌倉初期の写かと思はれる（国宝指定趣意書に平安末期とあるが、従ひがたい）。さて『賦譜』は、何人の撰とも知れない。文体から推せば、唐代の作と認め得る。『日本国見在書目録』には著録されてをらず、また『国史経籍志』にもみえぬ。よほど珍しい書のやうである。しかし郭紹虞教授は『中国文学批評史』において中晩唐期の佚書を考証した条に、

賦要　一巻。唐白行簡（『宋史』文史類）。案行簡居易弟。
賦門　一巻。唐浩虚舟（『唐書』『崇文総目』『通志略』等）。
賦枢　三巻。唐張仲素（同右。『宋四庫闕書目』作一巻）。
賦格　一巻。唐紇于俞（『崇文総目』『通志略』『宋史』等）。案于俞元和中進士。
賦訣　一巻。唐范伝正（『唐書』『崇文総目』『宋史』等）。
賦格　一巻。五代周和凝（『宋史』文史類）。

などを挙げた後に（第五篇第三章第一節）、それらは「考唐代律賦之盛、至大暦貞元之際、風気始開、故論賦之著較多中

唐人作」と述べてゐる。**晩唐から五代にかけて**、復古思想が落潮となり、駢儷が勢を盛り返したのであって、律賦の完成もこの期に在る。『賦譜』も、その頃の作であらう。(11)

中国の史書には幾つかの賦に関する書名が見えるが、実物は残されていない。小西は『賦譜』の成立時期を、「晩唐から五代にかけ」と推測されていたが、後に中沢希男は『賦譜』の句例に基づいて、『賦譜』の成立時期を「中唐から晩唐にかけて」と推定し、次のように述べている。

「賦譜」は五島慶太氏の秘蔵にかかるものであり、通行本としては貴重図書影印本刊行会印行の影印本がある。「賦譜」は唐、杜正倫の「文筆要決」と合写され巻子本として伝わっている。平安末期の写本であるという。(国宝指定趣意書)「賦譜」は、漢土の書目にも、また日本国見在書目にも著録されていない。また伝本には撰者名が記されていないので、いつごろの著作であるかも明らかにしがたい。しかし、この書に引いてある句例から推して、大体中唐から晩唐にかけての著作であると断じて誤りはないと思う。(12)

さらにアメリカのStephen Robert Bokenkamp は、唐賦の研究テーマとして、『賦譜』を取り扱って、様々な角度から考察してきた。Bokenkamp の英語論文は中国語に翻訳され、柏夷「『賦譜』略述」としてある。柏夷(Bokenkamp)は、次のように推定した。

《賦譜》当成於浩虚舟就進士試的822年以後不久。(中略)賦譜即便不是浩虚舟之作、撰成年代也不会晩於850年、因為此譜若是要有用処、一定不可過時。(13)

(『賦譜』の成立は、浩虚舟が進士の試験を受けてまもない時期であるべきだ。〈中略〉『賦譜』は浩虚舟の作ではないとしても、撰成の年代は遅くとも八五〇年を過ぎない。なぜなら、もしこの『賦譜』に価値があるなら、絶対に時代遅れではいけないからである。)

柏夷の推定によって、『賦譜』の成立時期は、八二二年から八五〇年までの期間である。また中国の張伯偉はもっと詳しい推測をしている。張伯偉は次のように述べている。

唐代進士試律賦、賦格之作盛極一時、当与此有関。《賦譜》一書、不見於史志著録。書中云「近来官韻多勒八字」、据洪邁《容斎続筆》巻十三「試賦用韻」条載：「自太和（八二七～八三五年）以後、始以八韻為常。」書中又引及浩虚舟《木鶏賦》、据《唐詩紀事》巻五十五載、周墀長慶二年（八二二年）以「《木鶏賦》及第」、浩虚舟亦長慶二年及第、此《木鶏賦》即為当年試題。於此可推、《賦譜》或成書於此後不久、即文宗太和、開成年間（八二七～八四〇年）。(14)

（唐代では進士の試験で律賦や賦格を作文することは一時期きわめて盛んであったので、これと関係があるだろう。『賦譜』は、史籍の中で記録されていなかった。『賦譜』では「近年の試験では、八字を押韻することが多かった」とあり、洪邁『容斎続筆』巻一三「試賦用韻」の条の規則により、「太和〈八二七～八三五年〉以後、始めて八韻を常に使用している」。また『賦譜』では、浩虚舟『木鶏賦』を引用した。『唐詩紀事』巻五五の記載によって、周墀が長慶二年〈八二二〉『木鶏賦』で進士に合格した。また浩虚舟も長慶二年に進士に合格した。『木鶏賦』は、当年の試題である。ここから推量してみると、『賦譜』の成立の時期はこの直後と考えられる。すなわち文宗の太和、開成年間〈八二七～八四〇年〉である。）

以上、『賦譜』の成立について、簡潔にまとめていうと、（1）小西甚一は晩唐以後、（2）中沢希男は晩唐以前、（3）柏夷は八二一～八五〇年の間、（4）張伯偉は八二七～八三五年の間ということである。

また注目すべき点は、この時期はちょうど『白氏文集』の成立の時期と重なることである。八二四年一二月頃、白楽天の友人元稹が、長慶二年（八二二）までに書いた白楽天の二一五一首の作品を集めて、初めて五一巻の『白氏長慶集』を編纂した。元稹が「序文」で賛美した白楽天「性習相近遠」の賦は、『賦譜』の中で繰り返し引用されている。もちろん、偶然同じ時期だったとも言えるが、一時であれ、『賦譜』は流行していたと考えると、遣唐使の留学生らが『白氏長慶集』と共に『賦譜』を日本に持ち帰ったのではないかと著者は考えている。『賦譜』の中で、「新賦」と明示されている作者名、作品名については、当時平安貴族達に大流行した唐代の作品が多い。例えば、白楽天、浩虚舟、白行簡などである。(15) これらの「新賦」例と『通憲入道蔵書目録』（塙保己一『群書類従』第二十八輯、続群書類従完成会、一九七九年）に見える「新賦略抄」（一九八頁）を合わせて考察することで、平安時代では「新賦」が存在していたことが可能であろう。もちろん、このことは平安時代における漢文学の世界の新たな課題である。

清少納言の生まれた年は定かではないが、康保三年（九六六）に生まれたというのが通説であることから、『賦譜』によって「新賦」の存在を知っていた可能性は極めて高いと言えよう。

六　おわりに

以上、清少納言『枕草子』「文は」の章段の「新賦」は、萩谷朴の説く『文選』の六朝の賦を指すのではなく、唐代の新しい賦を指すものと考えられる。これは『文選』に収録された古代の賦体と違って、新たな賦体である。すなわち『賦譜』が説くような形式としての「新賦」であった。清少納言は「新賦」が好きであったらしい。だから、清少納言は唐代の賦に注目したのであろう。では、『枕草子』は唐代の賦をどのくらい受容したのだろうか。従来、『枕草子』に対する漢籍の影響については数多く指摘されたが、賦の受容については、あまり多くはない。このような新しい視座を設定すれば、清少納言の漢文受容について新しい側面が見えてくるだろう。

注

（1）三系統一種の底本については本書の凡例を参照。引用した各種の本文は次の通りである。三巻本は松尾聰・永井和子『新編日本古典文学全集　枕草子』（小学館、一九九七年）、能因本は松尾聰・永井和子『日本古典文学全集　枕草子』（小学館、一九七四年）、堺本は速水博司『堺本枕草子評釈　本文・校異・評釈・現代語訳・語彙索引』（有朋堂、一九九〇年）、前田家本は田中重太郎『前田家本枕冊子新註』（古典文庫、一九五一年）を用いた。各種の引用文の文末に頁数を示した。

（2）萩谷朴『枕草子解環』四（同朋舎、一九八三年）八八頁。

（3）呉訥・徐師曾『文章弁体序説　文体明弁序説』（中国・香港太平書局、一九六五年）一〇一頁。

（4）前掲（2）同、二五〇頁。

（5）［梁］蕭統・［唐］李善『中国古典文学叢書　文選』第一冊（中国・上海古籍出版社、一九八六年）三頁。

（6）小尾郊一『全釈漢文大系　文選』文章編（集英社、一九七四年）五三頁。

（7）参考にした文献は次の通りである。①前掲（5）の第一～二冊。②右（6）同。③中島千秋・高橋忠彦『新釈漢文大系　文選』賦篇（明治書院、一九七七～二〇〇一年）。

（8）渡辺秀夫「唐文化の受容と「国文文化」――唐伝来の科挙詩賦の指南書『賦譜』と《句題詩》」（『むらさき』武蔵野書院、二〇一八年十二月）八三頁。

（9）川瀬一馬「五島慶太翁の古経執心」（著者注：原文「訣」は本書では「決」として、以下「文筆要決」に統一した。）『久能寺経と古経楼』五島美術館、一九九一年、九二頁。

（10）筑波大学附属図書館複製本による『賦譜』全文は、本書の「附録資料二」を参照。

（11）小西甚一『文鏡秘府論考』研究篇下（講談社、一九五一年）一四〇頁。

（12）中沢希男「賦譜校箋」（『群馬大学教育学部紀要』人文・社会科学編、第十七巻、一九六七年十月）二一七～二一八頁。

（13）柏夷「『賦譜』略述」（『中華文史論叢』第四十九輯、中国・上海古籍出版社、一九九二年六月）一五四～一五五頁。

（14）張伯偉『全唐五代詩格彙考』（中国・江蘇古籍出版社、二〇〇二年）五五四頁。

（15）　ここでは、参考のために『賦譜』に引用されたおもな唐代の賦作と影印本『全唐文』（中国・中華書局、一九八三年）にあたる巻数と頁数を合わせて一覧にする。

『賦譜』引用例	題目	『全唐文』巻数・頁数
[唐] 喬琳	炙輠賦	巻三百五十六　一五九八頁
[唐] 王太真	朱絲縄賦	巻四百八　一八五二頁
[唐] 喬潭	群玉山賦	巻四百五十一　二〇四二頁
[唐] 崔損	霜降賦	巻四百七十六　二一五四頁
[唐] 崔損	五色土賦	巻四百七十六　二一五三頁
[唐] 黎逢	人不学不知道賦	巻四百八十二　二一八〇頁
[唐] 楊弘貞	月中桂樹賦	巻七百二十二　三二九四頁
[唐] 楊弘貞	溜穿石賦	巻七百二十二　三二九四頁
[唐] 裴度	簫韶九成賦	巻五百三十七　二四一六頁
[唐] 浩虚舟	**木鶏賦**	**巻六百二十四　二七八九頁**
[唐] 浩虚舟	舒姑泉賦	巻六百二十四　二七八九頁
[唐] 浩虚舟	陶母截髪賦	巻六百二十四　二七八八頁
[唐] 李程	竹箭有筠賦	巻六百三十二　二八二七頁
[唐] 席夔	冬日可愛賦	巻六百三十三　二八三一頁
[唐] 張仲素	三復白圭賦	巻六百四十四　二八八四頁
[唐] 張仲素	千金市駿骨賦	巻六百四十四　二八八八頁
[唐] 元稹	郊天日五色祥雲賦	巻六百四十七　二九〇一頁
[唐] 白居易	省試性習相近遠賦	巻六百五十六　二九五七頁
[唐] 白居易	汎渭賦	巻六百五十六　二九五七頁
[唐] 白居易	求元珠賦	巻六百五十六　二九五八頁

［唐］皇甫湜	鶴処鶏群賦	巻六百八十五	三一〇七頁
［唐］白行簡	望夫化為石賦	巻六百九十二	三一四三頁
［唐］陳仲師	土牛賦	巻七百十六	三一五九頁
［唐］陳仲師	駟不及舌賦	巻七百十六	三一六〇頁
［唐］蔣防	蛍光照字賦	巻七百十九	三一七五頁
［唐］蔣防	隙塵賦	巻七百十九	三一七六頁
［唐］蔣防	獣炭賦	巻七百十九	三一七六頁
［唐］独狐鉉	碎琥珀枕賦	巻七百二十二	三一九一頁
［唐］師貞	秋露如珠賦	巻九百四十六	四三五四頁

第四章　『枕草子』「九月二十日あまりのほど」章段考

――「月の窓より洩り」を中心に――

一　はじめに

『枕草子』第二二二段「九月二十日あまりのほど」の章段は次のようにある。

九月二十日あまりのほど、初瀬《はせ》に詣《まう》でて、いとはかなき家《いへ》にとまりたりしに、いとくるしくて、ただ寝《ね》に寝《ね》入《い》りぬ。

夜ふけて、**月の窓より洩《も》り**たりしに、人の臥《ふ》したりしどもが衣《きぬ》の上《うへ》に、白《しろ》うてうつりなどしたりしこそ、いみじうあはれとおぼえしか。さやうなるをりぞ、**人歌よむかし**。（三五〇頁）

本段は三巻本にしかないためか、加藤磐斎『清少納言枕草紙抄』、北村季吟『枕草子春曙抄』、岡西惟中『枕草紙傍註』などでは扱われず、先行の研究でも出典論の考察が行われてこなかった。

しかし、九月二十日に初瀬（長谷寺）へ参り、疲れていた夜中、皎々と照る月に感興を催したことを記す、この記載を改めて考えてみると、いくつかの問題点を挙げることができるだろう。例えば、ゴシック字体を付したところ、①「九月二十日」はいったい、いつの年なのか。②仮名文学において「窓」の用例は少ないが、ここで「月の窓より洩り」と「窓」が現れているのはどういう意味があるのだろうか。そして、③「人歌よむかし」において「人」はどのような人を想定していたのだろうか。本章では、これらの問題点を考えてみたい。

二　「九月二十日」はいつの「年」なのか

『枕草子』本文はその内容から三種の章段に分けられている。いわゆる類聚的章段、随想的章段、日記的章段であるが、厳密に言えば、これらの三種の区分法では分別し難い段は多い。例えば、本段「九月二十日あまりのほど」も、その典型的な例であろう。記述の流れをつかむためにも、本段の前後の章段を一覧にしてみよう。

(1) 三巻本	(2) 能因本	(3) 堺本	(4) 前田家本
第二一〇段　賀茂へ詣る道に	第二四八段	なし	なし
第二一一段　八月つごもり、太秦に詣づとて	第二四九段	なし	なし
第二一二段　九月二十日あまりのほど	なし	なし	なし
第二一三段　清水などにまゐりて	なし	なし	なし
第二一四段　五月の菖蒲の、秋冬過ぐるまで	第二〇六段	第一九八段	第二九七段
第二一五段　よくたきしめたる薫物の	第二〇七段	第一九九段	第二九八段
第二一六段　月のいと明かきに	第二〇八段	第一九七段	第二六〇段

三巻本[1]にある本段の前後の章段を見てみると、いずれも当時人気のあった寺を参詣した記事である。例えば、賀茂へ行く途中で見た田植えの風景、太秦（広隆寺）の途中で稲を刈る風情、初瀬（長谷）寺で粗末な家に宿泊した体験、清水寺の途中で柴を焚く印象を記したものである。このように賀茂、太秦、初瀬、清水などの名刹を主題に扱う視点に着目すれば、本段は「類聚的章段」と考えられる。一方、これらの特定の寺に参詣した自分の体験を記載しているという点に注意するならば、本段は「日記的章段」と言えなくもない。

では、文頭の「九月二十日」はどういう意図で記されたものなのだろうか。この点は、『枕草子』の古注を含む諸註では言及されてこなかった。[2] いつのことかについては、極めて少数の研究者には考察が試みられはしたものの、その年次がはっきりと提示されることはなかったのである。[3]

ところが、『小右記』を検すると、長徳三年（九九七）、藤原道長が九月二十日に、「長谷寺」へ参詣した記事がある。この年次を候補に加えることはできないであろうか。確認のため、その記事を示す。現代語訳は、倉本一宏『現代語訳小右記3―長徳の変―』（吉川弘文館、二〇一六年）により、文末に頁数を示した。

廿日、壬午、今暁左苻（府）被参長谷寺云々、一上布衣城外例、仰（抑カ）訪前古所不聞也、事々軽忽、未知所比、[4]
〔二十日、壬午。「今朝、左府は長谷寺《はせでら》に参られた」と云うことだ。一上《いちのかみ》が布衣《ほい》で京外に出る例は、そもそも前例を調べても聞いたことのないものである。事々軽率である。未だ比べるところを知らない。〕（七五頁）

二十日の晩方、左大臣藤原道長が、長谷寺に参詣した。「一上《いちのかみ》」が「布衣」たる軽々しい服装で平安京を出たことを、前代未聞の軽率なふるまいと非難している。

この記事と『枕草子』本段とを照らし合わせてみると、興味深いことに、清少納言は道長と同日に京を出発した可能性があることが指摘できる。

京から初瀬の、本段に記す「いとはかなき家」に到着するまでにかかった時間については、石田穣二に、次のような指摘がある。

更級日記によるに二泊の旅が普通のようで、早朝京を発ち、贄野の池の辺の下衆の小家に一泊、山の辺の寺に一泊、夜、寺に着いている。[5]

すなわち、清少納言が「九月二十日」に京から出発したとすれば、『小右記』に載った記事は年次さえ合えば、道長と同道の記事である可能性が生じてくるのである。では、この時期、すなわち長徳三年（九九七）頃、女房である清少納言と中宮定子との関係はどうだったのだろう。確認してみたい。

まず、先の道長の長谷寺詣の記事の前後、定子の動向について、岸上慎二の整理に従って示しておく。

長徳元年正月十九日　原子、東宮（のち三条院）に入内
　四月十日　道隆薨（四十三歳）
長徳二年二月二十五日　定子、梅壺より職へ
　三月四日　定子、職より二条北宮へ
　四月二十四日　伊周・隆家配流の宣命
　五月一日　定子、落飾
　六月八日　定子の里第二条宮焼亡、高階明順邸へ
　七月二十日　公季女、義子入内
　十一月十四日　顕光女、元子入内
　十二月十六日　脩子誕生（今上第一皇女、母定子）
長徳三年六月二十二日　定子、職へ遷る
長徳四年二月十一日　道兼女、尊子入内(6)

右に示したように、中宮定子の父道隆が薨去した後から、中宮定子の置かれた状況は急速に暗転する。例えば、長徳二年（九九六）二月二十五日から長徳三年（九九七）六月二十二日までの一年四ヶ月の間に、四回遷御している。その間の長徳二年（九九六）六月八日、里第の二条宮が火事に遭って、中宮定子は暫く御伯父高階明順の邸に身を寄せ、後に小二条殿に移っている。一方、この期間、清少納言は中宮定子と離れて自分の里にいた。このことについて、『枕草子』の中で次のように記述している。

第一三七段「殿などのおはしまさで後、世の中に事出で来」
殿《との》などのおはしまさで後《のち》、世の中に事出《い》で来《き》、さわがしうなりて、宮もまゐらせたまはず、小二条殿といふ所におはしますに、何《なに》ともなくうたてありしかば、久しう里にゐたり。
（二五九～二六〇頁）

これは、森本元子が指摘するように、清少納言の「中宮の逆境にはじめて触れた記事であり、自分も欝々とたのしまぬことがあって久しく里居をした由を述べている」(7) ものといえよう。周りの同僚女房達は清少納言が左大臣道長の人間だという噂をしており、清少納言は鬱々としている。この点について、圷美奈子も次のように述べている。

清女がこの秋定子後宮を去った直接の原因には、道長方との件が係わると思われる。七月二十日、ついに左大臣となった道長であったが、同僚女房の言葉に「左ノ大殿」とあることによって清女の退出はその後、おそらく直後と考えてよいのではないだろうか。(8)

圷が指摘したように、長徳二年（九九六）七月二十日に道長は左大臣になった。直後の時期、女房達の「左大臣側の者」という噂を避け、清少納言は退出したのであった。しかし、その時、萩谷朴は「清少納言の居所を本人から知らされていたのが、前夫則光は別として、源経房《つねふさ》・済政《なりまさ》等、道長方の人間であったところに、語るに落ちた清少納言の道長方への心寄せが露顕している（第七九・一三六段）といえよう。(9)」と指摘している。『枕草子』に確認できるように、定子が職の御曹司に遷御された後、清少納言の再出仕の時期は、長徳四年（九九八）である（二五六・二五七段）とすれば、おそらく清少納言は長く自分の里に居た時期、左大臣道長に誘われて長谷寺へ参詣した可能性があるのではないだろうか。

三　「人歌よむかし」の「人」や「歌」

前節で「九月二十日」はいつの年なのかについて考えた。ただし、「九月二十日」ということについては、この年次が、いつのことかと詮索することとは別に、「九月二十日」が歳時の風物として扱われる記事が、『枕草子』以外に見えることにも留意が必要である。

例えば、『枕草子』成立後の『和泉式部日記』十六段の「有明の月の手習文」にも、「九月二十日あまり」の記事が見える。

九月二十日あまりばかりの**有明《ありあけ》の月**に御目さまして、「いみじう久しうもなりにけるかな。あはれ、この月は見るらむかし。人やあるらむ」とおぼせど、例の童《わらは》ばかりを御供にておはしまして、門《かど》をたたかせたまふに、女、目をさまして、よろづ思ひつづけ臥《ふ》したるほどなりけり。[10]

帥宮が有明の月を眺めて、久しく逢わなかった人を思い出して感動している場面である。『枕草子』に記された九月二十日のことは、『和泉式部日記』に見えるように「有明の月」の月齢である。同様の場面は『徒然草』第三二段の「九月二十日の」にもみえる。

九月廿日《ながつきはつか》の比《ころ》、ある人に誘《さそ》はれ奉りて、**明《あ》くるまで月見歩《あり》く事侍《はべ》りしに**、思《おぼ》し出《い》づる所ありて、案内《あない》せさせて入り給ひぬ。荒れたる庭の露しげきに、わざとならぬ匂《にほ》ひ、しめやかにうちかをりて、忍《しの》びたるけはひ、いとものあはれなり。

よきほどにて出で給ひぬれど、なほ事ざまの優《いう》におぼえて、物のかくれよりしばし見ゐたるに、**妻戸《つまど》をいま少しおしあけて**、**月見る気色《けしき》なり**。やがてかけこもらましかば、口惜《くちを》しからまし。あとまで見る人ありとは、いかでか知らん。かやうの事は、ただ朝夕《あさゆふ》の心づかひによるべし。その人、ほどなくうせにけりと聞き侍《はべ》りし。[11]

九月二十日の頃、作者はある貴人に誘われて、あちらこちらで有明の月を眺め、その風情を記している。前掲の『和泉式部日記』に見られる場面と同じように、「九月二十日」は「有明の月」の月齢であるが、さらに注意したいのは、『徒然草』「九月二十日」という性格、記事、場面が、『枕草子』の本段を踏まえている可能性が高いことである。

『和泉式部日記』では、帥宮は有明の月に感動し、思い人も同じような月をみて感動するのではないかと自ら思い、次のような歌を詠んでいる。

秋の夜の有明《ありあけ》の月の入《い》るまでにやすらひかねて帰りにしかな(12)

有明の月を眺めながら宮は、あの人が月の入る前に来るのかなという心緒を表しているのである。

では、『枕草子』本段に書かれた「人歌よむかし」の「歌」はどうだろう。

清少納言は、平安京を離れて遠くの田舎に宿泊し、「いとくるしくて」、深夜、一人目が覚め、窓から洩りこむ月光が皆の衣の上に映された情景に感動した。こういう風情のある時に、「人歌よむかし」と清少納言は記した。清少納言が念頭に浮かべた「人」とはどういう人だろうか。清少納言のこの場での歌が残されているのかということを考えてみたい。

まず、清少納言の歌を詠む力量を確認してみよう。中世の『無名草子』の中に清少納言の歌詠みの評が次のように残されている。

歌詠《うたよ》みの方《かた》こそ、元輔《もとすけ》が娘にて、さばかりなりけるほどよりは、すぐれざりけるとかやとおぼゆる。『後拾遺《ごしふゐ》』などにも、むげに少なう入《い》りてはべるめり。みづからも思ひ知りて、申し請《こ》ひて、さやうのことには交じりはべらざりけるにや。さらでは、いといみじかりけるものにこそあめれ。(13)

清少納言が有名な歌人、元輔の娘にしては、『後拾遺和歌集』に収録された和歌が少ないという。確かに『後拾遺和歌集』における和泉式部と赤染衛門の入集数六八首、三二首に比べると、紫式部の入集数三首、清少納言の歌数は二首〈久保田淳・平田喜信『新日本古典文学大系　後拾遺和歌集』人名索引〈岩波書店、一九九四年〉。和泉式部四九頁、赤染衛門三六頁、紫式部二九頁、清少納言三五頁）と少ないが、勅撰集に入集したことからみると、清少納言の歌の評価は、それなりの価値があったと考えてよいだろう。では、本段に記した「歌」は清少納言本人の歌であろうか。この点については、森本茂はその故を分析して、次のように述べている。

　この段の末尾の「さやうなるをりぞ、人歌よむかし」の文は、「私みずからは歌がよめないのだが」という含みを持っているとみられる。清原深養父《ふかやぶ》の後裔《こうえい》、元輔《もとすけ》の娘であった清少納言が、こういう情景のもとで歌がよめないはずはないと、いちおう疑ってみたくもなるが、しかし、これは案外彼女の本心から出たことばのように思われる。[14]

森本が指摘したように、清少納言は本心からこの場で歌を詠みたかったと考えられもしよう。しかし、何をさすのか不明とあるように、清少納言のこの場での歌は残されていない。この点に関する指摘は、『枕草子』の諸注釈にも次のように見られる。

①自分は歌ができないがといふ気持ちがある。（田中重太郎『日本古典全書　枕冊子』朝日新聞社、一九四七年、三二五頁）

②歌の場を語って歌を記していない。（松尾聰・永井和子『新編日本古典文学全集　枕草子』小学館、一九九七年、三五〇頁）

③既に長徳四年五月頃には、中宮から詠歌御免の仰《おお》せをこうむっていたとはいいながら（第九十四段）、まるで他《ひ》人事《とごと》のように評論して、清少納言自身、ここで和歌を残していないことが面白い。『清少納言集』にも相当する歌はない。（萩谷朴『新潮日本古典集成　枕草子』下、新潮社、一九七七年、一二四頁）

①から③までの指摘は、ほぼ同じように、この場での、清少納言の歌は残されていなかったというものである。要するに、相応しい「歌」は残せなかったのである。ただし、本章段「九月二十日あまりのほど」の「月の窓より

洩《も》り」という描写を考えてみると、この場での「人歌よむかし」の「人」や「歌」は、必ずしも清少納言本人の歌を指すとは言えない。なぜなら、歌語として、一般的でない「窓」という文字が現れているからである。

四　仮名文学における「窓」

では、和文の世界における「窓」の使い方は、実際の所どのように表現されているのかを確認してみたい。

まず、『万葉集』には「窓」が二例。

（1）窓超尓《マドゴシニ》　月臨照而《ツキサシイリテ》　足檜乃《アシヒキノ》　下風吹夜者《アラシフクヨハ》　公乎《キミヲ》之《シ》其《ゾ》念《オモフ》（巻十一・二六七九）
　　まどごしに　つきおしてりて　あしひきの　あらしふくよは　きみをしぞおもふ
（2）牛窓之《ウシマドノ》　浪乃《ナミノ》塩左《シホサ》猪《ヰ》　嶋響《シマヒビキ》　所依之君尓《ヨラレシ(コヒシキ)キミニ》　不相鴨将有《アハズカモアラム》（巻十一・二七三一）
　　うしまどの　なみのしほさゐ　しまとよみ　よそりしきみは　あはずかもあらむ

（『新編国歌大観』（1）一〇一頁、（2）一〇二頁）

（1）と（2）は「窓」の早い用例である。平安時代勅撰集の『古今和歌集』『後撰和歌集』『拾遺和歌集』及び私撰集には「窓」は見当たらない。よって『万葉集』から平安朝までの和歌には窓は定着していないようである。

平安時代以後の歌の世界における「窓」の使用状況について、本間洋一は次のように述べている。

おしなべて窓・月・風で表現される世界は、潘岳《はんがく》の亡妻を悼む「皎々《タル》　窓中《ノ》月、照《ラス》二我《ガ》室《ノ》南端《ヲ》一、清商応《ジテ》レ秋《ニ》至《ル》」（悼亡詩）や「秋風入《ル》二窓裏《ニ》一、羅帳起《コリテ》　飄颺《へうやうス》。仰《ギテ》レ頭《ヲ》看二明月《ヲ》一、寄《ス》レ情《ヲ》千里《ノ》光《ニ》」（近代呉歌・秋歌）などの漢詩（玉台新詠集）世界の表現に由来するかと思われ、背後に孤独（孤閨）の心情を揺曳させていることが多い。また、

「恋しくは夢にも人をみるべきを窓打つ雨に目をさましつつ」（後拾遺集・雑三・一〇一五・高遠）は、上陽宮に幽閉された宮女の侘しくもやるせない心情を託した一節「蕭々タル暗キ雨ノ打ツレ窓ヲ声」（白居易・上陽白髪人）を句題に詠まれたものである。この句は『和漢朗詠集』（秋夜・二三三）にも所収され、以後「思ひ出でぬことこそなけれつれづれと窓打つ雨をきき明かしつつ」（清輔集・三五九）、「秋の夜のしづかに暗き窓の雨打ちなげかれてひましらむらん」（式子内親王集・一四五）、「明かしかね窓暗き夜の雨の音に寝覚めの心いくしほれしつつ」（玉葉集・雑二・二二七一・永福門院）など、この趣向に倣う作は枚挙にいとまなく、その浸透ぶりが窺えよう。(15)

本間が述べたように、歌の世界における漢字で書かれた「窓」（窗・囱・牖）は、やはり漢の世界と深く繋がるようである。

では、仮名日記はどうだろうか。『土佐日記』『蜻蛉日記』『紫式部日記』『更級日記』には、いずれも、「窓」が見えない。『和泉式部日記』八段「窓打つ雨」の「窓」が一例である。

五月五日になりぬ。雨なほやまず。ひと日の御返りの、つねよりもの思ひたるさまなりしを、あはれとおぼし出でて、いたう降り明かしたるつとめて、「今宵《こよひ》の雨の音は、おどろおどろしかりつるを」などのたまはせたれば、

「夜もすがらなにごとをかは思ひつる窓《まど》打つ雨の音を聞きつつ

かげに居《ゐ》ながら、あやしきまでなん」と聞こえさせたれば、(16)

右の「窓打つ雨の音」は、『和漢朗詠集』巻上「秋夜」に見える『白氏文集』巻三〔〇一三一〕諷諭詩「上陽白髪人」の「蕭蕭暗雨打レ窓声」を踏まえている。

物語では「窓」の表現はいかがであろう。例えば、『竹取物語』『伊勢物語』『大和物語』『篁物語』には「窓」は見えないが、『うつほ物語』に二例ある。本文の引用は、中野幸一『新編日本古典文学全集　うつほ物語』一（小

学館、一九九九年）による。

1夏は蛍を涼しき袋に多く入れて、書《ふみ》の上に置いてまどろまず、まいて日など白くなれば、**窓に向かひて光の見ゆる限り読み**、冬は雪をまろがして、そが光に当てて眼のうぐるまで学問をし、こくばくいはれたまふ妙徳、学問の力に恥救ひ、願ひ満てたまへと、心の内に祈り申しつつ、身の沈むことを嘆きつつあるに、院より出でたる人の、はたごぶるひの饗《あるじ》する日、曹司に雑色を使にて、「今日座《ざ》に奉れ。忠遠座にまかり着きたる日なり」といはす。（祭の使・四八七頁）

2南蔭の左大弁、参議に侍りしほど、兵《つはもの》のために命《めい》終り、兄弟遠く、残る屍《かばね》なく滅び果てて、季英一人なむかれが後とて侍る。三月のあいれしゐひはする輩《ともがら》、一生一人なし。七歳にて入学して、今年は三十一年、それよりいく眼《まなこ》の抜け、臓《ざう》の尽きむを期《ご》に定めて、**大学の窓に光ほがらなる朝《あした》は**、眼も交はさずまぼる、光を閉ぢつる夕べは、叢《くさむら》の蛍を集め、冬は雪を集へて、部屋に集へたること、年重なりぬ。（祭の使・四九五頁）

これらは平安時代に流行した『蒙求』「車胤聚蛍」と「孫康映雪」の著名な故事を念頭にした表現になっている点が注目される。

『源氏物語』には「窓」は七例。これにも同様に漢文学を踏まえた表現が見られる。

①「そこにこそ多く集《つど》へたまふらめ。すこし見ばや。さてなむ、この厨子も心よく開《ひら》くべき」とのたまへば、「御覧じどころあらむこそかたくはべらめ」など聞こえたまふついでに、「女の、これはしもと難《なん》つくまじきはかたくもあるかなと、やうやうなむ見たまへ知る。ただうはべばかりの情《なさけ》に手走り書き、をりふしの答《いら》へ心得てうちしなどばかりは、随分《ずいぶん》によろしきも多かりと見たまふれど、そも、まことにその方《かた》をとり出でむ選びにかならず漏《も》るまじきはいとかたしや。わが心得たることばかりを、おのがじし心をやりて、人をばおとしめなど、かたはらいたきこと多かり。**親など立ち添ひもてあがめて、生《お》ひ先籠《さきこも》れる窓の内なるほどは**、ただ片《かた》かど

を聞きつたへて心を動かすこともあめり。

頭注：「養ハレテ深閨ニ在リ人未ダ識ラズ」（長恨歌）。「籠れる」は前後の語を掛詞のように結んでいる。

（帚木・五六～五七頁）

②大臣《おとど》参りたまひて、かくとりどりに争ひ騒ぐ心ばへどもをかしく思して、「同じくは、御前にてこの勝負《かちまけ》定めむ」とのたまひなりぬ。かかることもやとかねて思しければ、中にもことなるは選《え》りとどめたまへるに、かの須磨《すま》、明石《あかし》の二巻《ふたまき》は、思すところありてとりまぜさせたまへりけり。中納言もその御心劣らず、このころの世には、ただかくおもしろき紙絵をととのふることを天《あめ》の下営《したいとな》みたり。「今あらため描《か》かむことは本意《ほい》なきことなり。ただありけむかぎりをこそ」とのたまへど、中納言は人にも見せで、**わりなき窓をあけて描《か》かせたまひけるを**、院にもかかること聞かせたまひて、梅壺《うめつぼ》に御絵ども奉《たてまつ》らせたまへり。

頭注：無理に部屋を用意して秘密裡に製作。源氏とは対照的。「深窓、秘蔵心也」（河海抄）。

（絵合・三八三～三八四頁）

③事果ててまかづる博士《はかせ》、才人《さいじん》ども召して、またまた文作《ふみつく》らせたまふ。上達部《かむだちめ》、殿上人《てんじやうびと》も、さるべきかぎりをば、みなとどめさぶらはせさせたまふ。博士の人々は四韻《しゐん》、ただの人は、大臣《おとど》をはじめたてまつりて、絶句《ぜく》作りたまふ。興ある題の文字選《え》りて、文章博士奉る。短きころの夜なれば、明けはててぞ講《かう》ずる。左中弁講師《かうじ》仕うまつる。容貌《かたち》いときよげなる人の、声《こわ》づかひものものしく神さびて読みあげたるほど、いとおもしろし。おぼえ心ことなる博士なりけり。かかる高き家に生《む》まれたまひて、世界の栄華《えいぐわ》にのみ戯《たはぶ》れたまふべき御身をもちて、**窓の蛍《ほたる》を睦《むつ》び**、枝の雪を馴《な》らしたまふ志《こころざし》のすぐれたるよしを、よろづのことによそへなずらへて心々に作り集めたる、句ごとにおもしろく、唐土《もろこし》にも持て渡り伝へまほしげなる世の文どもなりとなむ、そのころ世にめでゆすりける。大臣《おとど》の御《おほむ》はさらなり、親めきあはれなることさへすぐれたるを、涙落として誦《ず》じ騒ぎしかど、

女のえ知らぬことまねぶは憎きことをと、うたてあれば漏らしつ。

　頭注：いわゆる蛍雪の功を積むこと。「窓の蛍」は『晋書』や『蒙求《もうぎゅう》』にみえる車胤《しゃいん》の故事。「枝の雪」は、『孫氏世録』にみえる孫康の故事。　（少女・二六～二七頁）

④黄昏時《たそかれどき》のおぼおぼしきに、同じ直衣《なほし》どもなれば、何ともわきまへられぬに、大臣《おとど》、姫君を、「すこし、外出《とい》でたまへ」とて、忍びて、「少将、侍従など率《ゐ》て参《まう》で来たり。いと翔《かけ》り来まほしげに思へるを、中将のいと実法《じほふ》の人にて率《ゐ》て来《こ》ぬ、無心《むじん》なめりかし。この人々は、みな思ふ心なきならじ。なほなほしき際《きは》をだに、**窓の内なるほどは**、ほどに従ひて、ゆかしく思ふべかめるわざなれば、この家のおぼえ、内々《うちうち》のくだくだしきほどよりは、いと世に過ぎて、ことごとしくなむ言ひ思ひなすべかめる。方々《かたがた》ものすめれど、さすがに人のすき事言ひ寄らむにつきなしかし。かくてものしたまふは、いかでさやうならむ人の気色《けしき》の深さ浅さをも見むなど、さうざうしきままに願ひ思ひしを、本意《ほい》なむかなふ心地しける」など、ささめきつつ聞こえたまふ。
（常夏・二二七～二二八頁）

　頭注：（前略）長恨歌による。

⑤督《かむ》の君は、なほ大殿《おほいどの》の東《ひむがし》の対《たい》に、独《ひと》り住《ず》みにてぞものしたまひける。思ふ心ありて、年ごろかかる住まひをするに、人やりならずさうざうしく心細きをりをりあれど、わが身かばかりにてなどか思ふことかなはざらむとのみ心おごりをするに、この夕《ゆふべ》より屈しいたく、もの思はしくて、いかならむをりに、またさばかりにてもほのかなる御ありさまをだに見む、ともかくもかき紛れたる際《きは》の人こそ、かりそめにも、たはやすき物忌《ものいみ》、方違《かたたが》への移ろひも軽々《かるがる》しきに、おのづから、ともかくもものの隙《ひま》をうかがひつくるやうもあれ、など思ひやる方《かた》なく、**深き窓の内《うち》に**、何ばかりのことにつけてか、かく深き心ありけりとだに知らせたてまつるべきと胸いたくいぶせければ、小侍従がり例の文《ふみ》やりたまふ。

頭注：「深き窓の内」→帚木〔1〕五七㌻注一九。→付録五七〇㌻。五七〇頁：「深き窓の内に」は、→〔1〕付録四二三ページ、長恨歌第四句。→帚木①五七ページ注一九。ここの物語本文は通行本の「深閨」ではなく「深窓」とある『白氏文集』によっていることとなるが、諸伝本のうち古本に属する金沢文庫本系統本も同じく「深窓」である。

（若菜上・一四七〜一四八頁）

⑥君の御身には、かの一《ひと》ふしの別れより、あなたこなた、もの思ひとて心乱りたまふばかりのことあらじとなん思ふ。后《きさき》といひ、ましてそれより次々は、やむごとなき人といへど、みなかならずやすからぬもの思ひ添ふわざなり。高きまじらひにつけても心乱れ、人に争ふ思ひの絶えぬもやすげなきを、**親の窓の内ながら過ぐしたまへるやうなる心やすきことはなし**。その方は、人にすぐれたりける宿世《すくせ》とは思し知るや。思ひの外《ほか》に、この宮のかく渡りものしたまへるこそは、なま苦しかるべけれど、それにつけては、いとど加ふる心ざしのほどを、御みづからの上《うへ》なれば、思し知らずやあらむ。

頭注：「源の子のやうにして紫をとりたて給へば也」（岷江入楚）。→付録五七三ページ。《親の窓の内ながら過ぐしたまへるやうなる心やすきことはなし》「長恨歌」による（五七三頁）。

（若菜下・二〇六〜二〇七頁）

⑦花橘《はなたちばな》の月影にいときはやかに見ゆるかをりも、追風なつかしければ、「千代《ちよ》をならせる声」もせなんと待たるるほどに、にはかに立ち出づるむら雲のけしきいとあやにくにて、おどろおどろしう降り来る雨に添ひて、さと吹く風に灯籠《とうろ》も吹きまどはして、空暗き心地するに、「**窓をうつ声**」など、めづらしからぬ古言《ふること》をうち誦《ず》じたまへるも、をりからにや、妹《いも》が垣根《かきね》におとなはせまほしき御声なり。「独り住みは、ことに変ることなけれど、あやしうさうざうしくこそありけれ。深き山住みせんにも、かくて身を馴《な》らはしたらむは、こよなう心澄みぬべきわざなりけり」などのたまひて、「女房、ここにくだものなどまゐらせよ。男《をのこ》ども召さんもことごとしきほどなり」などのたまふ。

頭注：「秋ノ夜長シ　夜長クシテ眠ルコト無ケレバ天モ明ケズ　耿々《こうこう》タル残ンノ灯ノ壁ニ背ケタル影

蕭々タル暗キ雨ノ窓ヲ打ツ声」（白氏文集・巻三・上陽白髪人、和漢朗詠集・秋夜）。

（幻・五三九〜五四〇頁）

右『源氏物語』における①②④⑤⑥は『白氏文集』巻十二［〇五九六］感傷詩「長恨歌」の句を踏まえた「窓」である。③は『蒙求』の「車胤聚蛍」「孫康映雪」の故事による。⑦は『白氏文集』巻三［〇一三一］諷諭詩「上陽白髪人」による「窓打つ雨」であろう。

参考までに、『枕草子』以後の作品を取り上げてみたい。例えば、『浜松中納言物語』には「窓」が見えないが、『狭衣物語』のうちに「窓」は二例ある。本文の引用は、小町谷照彦・後藤祥子『新編日本古典文学全集　狭衣物語』全二冊（小学館、一九九九年）による。

①野分《のわき》だちて、風いと荒《あら》らかに、**窓打つ雨ももの恐ろしう聞こゆる宵の紛れに**、例の忍びておはしたり。いつもなよなよとやつれなしたまへるに、いとど雨にさへいたうそぼちて、隠れなき御匂《にほ》ひばかりは、ところせきまでくゆり満ちたるを、隣々《となりどなり》には、あやしがるもをかしかりけり。

頭注：「蕭蕭《せうせう》タル暗キ雨ノ窓ヲ打ツ声」（白氏文集・三・上陽白髪人、和漢朗詠集・秋・秋夜）による。

（巻一・一二二頁）

②九月には、嵯峨院《さがのゐん》に、入道の宮の作らせたまへる、法華《ほつけ》の曼陀羅《まんだら》、供養せさせたまひて、やがて、八講《はつこう》行はせたまふ。そのほどは、殿も日々に参らせたまへば、まいて、さらぬ人、上達部《かんだちめ》、殿上人《てんじやうびと》参りつつ、朝夕に居替《ゐかは》る講師《かうし》どもの、選《え》りすぐらせたまへる、各々年ごろ心を尽くしける、**窓の内の学問の本《もと》見ゆべき度《たび》なれば**、心尽くしたるしるしありて、尊くめでたきにも、おもしろき所多かり。宵、暁の懺法《せんぼふ》などにも、声優《すぐ》れたるを選《え》らせたまへれば、あはれに尊し。十方供《じつぽうぐ》の折は、蓮《はちす》の花、色々散り紛《まが》ひたるに、名香《みやうがう》の薫《かを》り合ひたるは、極楽もかくこそはと推し量らる。

頭注：「窓の内」は深窓の意。自家で大切に培われ伝えられた学問の意か。大系は、「窓前看古書、灯下尋書

義」（古文真宝前集・勧学文王安石）を引く。　（巻三・一七〇〜一七二頁）

これらの①と②の頭注に指摘されたように、いずれの「窓」の用例も、漢文学と密接に関わる表現と考えられる。

以上考察してきたように、仮名文学における「窓」の用例について、多くは『蒙求』（早川光三郎『新釈漢文大系　蒙求』上、明治書院、一九七三年、四六〇頁）の「孫《そん》康《かう》映《えい》雪《せつ》車《しゃ》胤《いん》聚《しう》蛍《けい》」や『白氏文集』の巻三［〇一三一］諷諭詩「上陽白髪人」や巻十二［〇五九六］感傷詩「長恨歌」の詩句を踏まえたものであった。

こうした状況を確認した上で、『枕草子』において一箇所、本段の「月の窓より洩《も》り」における「窓」はどのように考えればよいだろう。確認のため、先行の諸注を参考にしてみたい。

増田繁夫は「ここは、排煙や採光のために、屋根の部分にあけられたもの。当時の建物には現代でいう窓はまだない。」（増田繁夫『和泉古典叢書　枕草子』和泉書院、一九八七年、一八〇頁）と指摘している。石田穣二は「漢詩から来た言い方であろう。」（石田穣二『角川ソフィア文庫　新版枕草子　付現代語訳』下、角川学芸出版、一九八〇年、九四頁）と述べている。

また、鈴木日出男も「和文中には例の少ない用語で、漢詩文の影響がうかがえる。」（鈴木日出男『枕草子』下、ほるぷ出版、一九八七年、二〇一頁）と漢籍から導かれた視点であることをほのめかしている。

では、詩の世界において「窓」はどのように用いられているのか。

五　「詩」の世界における「窓」

ここでは日本の詩文集を中心に、奈良時代から平安時代までの代表的な作品集を確認してみたい。

まず、奈良時代の『懐風藻』には「窓」が一箇所ある。作者山田史三方の詩、「五言　秋日於長王宅宴新羅客」

の序の中で「窓」を用いた例である。

秋日於長王宅宴新羅客。　秋日《しうじつ》長王《ちやうわう》が宅《いへ》にして新羅《しらぎ》の客《まらひと》を宴《うたげ》す。一首。並《あは》せて序《じよ》。

（前略）

清談振発。　**清談振発《せいだんしんぱつ》して、**

忘二貴賤於窓鶏一。　**貴賤《きせん》を窓鶏《さうけい》に忘る。**

歌台落レ塵。　歌台《かだい》塵《ちり》を落《おと》して、

郢曲与二巴音一雑レ響。　郢曲《えいきよく》と巴音《はいん》と響《ひびき》を雑《まじ》へ、(17)

（後略）

ゴシック字体を付した「窓鶏」という表現は『幽明録』に指摘される。(18)晋の兗州刺史、沛国宋処宗は、かつて良く啼く一羽の鶏を買った。大事に養って恒籠の中に入れて窓に架けていたという。

次に、平安初期の勅撰三集、『凌雲集』『文華秀麗集』『経国集』を確認してみよう。

『凌雲集』（塙保己一「群書類従」第八輯、訂正三版第七刷、続群書類従完成会、一九九一年、四六五頁）には「窓」が一例。坂上今継の「詠レ史」の句の「遥尋二南岳径一　高嘯二北窓隈一」である。この「窓」は、「詠レ史」の首句である「陶潜不レ狎レ世」に見えるように、作者が陶淵明の「帰二園田居一」（園田《エンデン》の居《キヨ》に帰《かへ》る）（鈴木虎雄『東洋文庫　陶淵明詩解』平凡社、一九九一年、一〇二頁）からの発想と考えられる。

『文華秀麗集』の中で「窓」は一一例。そのうち「窓」をよく使った詩人巨勢識人の作品を確認してみたい。

①和伴姫秋夜閨情。　伴姫が「秋夜の閨情」に和す

一首。　巨識人　　一首　巨勢識人《こせのしきひと》

（前略）

真珠暗箔秋風閉。
楊柳疎窓夜月寒。
不計別怨経歳序。
唯知暁鏡玉顔残。
②春日侍神泉苑。賦得春月。
応製。一首。巨識人
皎潔孤明桂月来。
春天霽静無繊翳。
窓外曲鉤疑巻箔。
空中懸鏡不関台。

真珠《しんじゅ》の暗箔秋風閉《あんぱくしうふうと》ぢ、
楊柳《やうりう》の疎《そ》窓夜《さうや》月《げつ》寒し。
計《はか》らざりき別怨歳序《べつゑんさいじよ》を経《へ》むとは、
唯《ただ》知るは暁鏡玉顔《げうきやうぎよくがん》の残《そこな》はるるのみ。(19)
春日神泉苑《しゆんじつしんぜいゑん》に侍《はべ》り。賦《ふ》して「春月《しゆんげつ》」を得たり。
応製。一首。　巨勢識人《こせのしきひと》
春天霽静繊翳《しゆんてんせいせいせんえい》も無く、
皎潔孤明桂月《けうけつこめいけいげつ》来《きた》る。
窓外《さうぐわい》の曲鉤箔《きよくこうすだれ》を巻かむかと疑《うたが》ひ、
空中《くうちゆう》の懸鏡台《けんきやうだい》に関《かか》はれず。(20)

（後略）

①題名の如く、巨勢識人が姫大伴という女性詩人の「晩秋述懐」に応えて作った作品である。この詩句は秋の夜で、窓外の月の寒さを表している。②は巨勢識人が「春月」と題して作った詩である。窓の外の三日月の描写と考えられる。

『経国集』（塙保己一「群書類従」第八輯、訂正三版第七刷、続群書類従完成会、一九九一年、五一六頁）では「窓」が八例、「牖」は三例。「窓」と「月」の表現で関連性のある例を確認してみたい。太上天皇在祚「五言和下藤朝臣春日過〈遇イ〉二前尚書秋公帰レ病作上一首」（「藤原朝臣が『春の日に前尚書《さきの》秋公の帰病を尋ぬといふ作』」に唱和して、一首）には「夜来琴酒意　松月暁窓虚」（夜に入りて　琴酒《ことさけ》に寄する心あり、暁《あかつき》の窓べ　松の月むなし）とある。後句「松月暁窓虚」は、孟浩然の「歳暮帰二南山一」の終句「永懐レ愁不レ寐　松月夜窓虚」と一致することは先行の研究に指摘されている。(21)

『菅家文草』『菅家後集』の「窓」は二三例。そのうち「窓下」は五例、「窓頭」は四例、「窓中」は二例である。「窓」と「月」の文字を用いた句は四例。そのうち「暁月」をとりあげてみたい。

暁月
客舎陰蒙四面山
窓中待月甚幽閑
遠鶏一報廻頭望
挿著寒雲半欠環

客舎《かくしや》　陰《かげ》り蒙《おほ》る　四面《よも》の山《やま》
窓《まど》の中《うち》にして月《つき》を待《ま》つ　甚《はなは》だ幽閑《いうかん》なり
遠鶏《ゑんけい》一《ひと》たび報《ほう》じて　頭《かむべ》を廻《めぐら》して望《のぞ》めば
寒雲《かんうん》に挿著《さふちやく》す　半欠《なかばか》くる環《たまき》(22)

右の詩の第二句の「窓中待月甚幽閑」の典拠とされる表現は、先行の研究によると、『白氏文集』巻三十三［三二四八］律詩「老来生計」の頸聯の第一句「林下幽閑気味深（林下《りんか》の幽閑《いうかん》に気味《きみ》は深《ふか》し）」（三七八頁）と考えられる。ほかの漢詩集はどうだろう。例えば、『扶桑集』（塙保己一「群書類従」第八輯、訂正三版第七刷、続群書類従完成会、一九九一年、五七八頁）巻九、江相公の「重以吟贈」の「窓蛍役了辞応退」の「窓蛍」は、『蒙求』（本書一〇二頁同）の車胤の故事を念頭に置くもの。『本朝無題詩』（塙保己一「群書類従」第九輯、訂正三版第七刷、続群書類従完成会、一九九二年、五頁）巻第二、釈蓮禅「賦雪」の「孫氏寒窓如燭映」の詩句も、『蒙求』の「孫康映雪」の故事による。『江吏部集』（塙保己一「群書類従」第九輯、訂正三版第七刷、続群書類従完成会、一九九二年、二一六頁）にも「窓」が見える。それは巻中「釈教部・奉レ和二前源遠州刺史水心寺詩一」の、第三句「詩酒故窓花自散」である。また、『枕草子』よりやや後に編集された『和漢朗詠集』の詩句にも、いくつかの「窓」が見られるが、ここでは、「夜」「窓」「月」の文字が含まれる詩句を確認しておく。本文は、菅野禮行『新編日本古典文学全集　和漢朗詠集』（小学館、一九九九年）による。

①風生竹夜窓間臥　月照松時台上行　白

風の竹に生《な》る夜《よ》窓の間《あいだ》に臥《ふ》せり　月の松を照らす時台《うてな》の上に行《あり》く　白《はく》　（巻上・夏夜・一五一・九二頁）

②空夜窓閑蛍度後　深更軒白月明初　白　（巻上・夏夜・一五二・九三頁）
空夜《こうや》に窓閑《まどしづ》かなり蛍度《ほたるわた》つて後《のち》　深更軒《しんかうのき》白し月の明《あき》らかなる初　白

③触石春雲生枕上　銜嶺暁月出窓中　直幹　（巻下・山家・五六二・二九六頁）
石《いし》に触《さふ》る春の雲は枕《まくら》の上に生《しやう》ず　**嶺《みね》に銜《ふく》暁の月は窓の中《うち》より出《い》づ**　直幹《ちよくかん》

④幽思不窮　深巷無人之処　愁腸欲断　閑窓有月之時　閑賦　（巻下・閑居・六一五・三三二頁）
幽思《いうし》窮《きは》まらず　深巷《しんかう》に人無《ひとな》きの処《ところ》　愁腸《しうちやう》断《た》えんと欲す　**閑窓《かんさう》に月の有《あ》る時**　閑賦《かんふ》

⑤晦跡未抛苔径月　避喧猶臥竹窓風　佐幹　（巻下・閑居・六二一・三三四頁）
跡《あと》を晦《くら》ましては未《いま》だ苔径《たいけい》の月を抛《なげう》たず　**喧《けん》を避けては猶《な》ほ竹窓《ちくそう》の風に臥《ふ》せり**　佐幹《さかん》

⑥花月一窓交昔眤　雲泥万里眼今窮　正通　（巻下・慶賀・七七〇・四〇一頁）
花月一窓《くわげついつさう》　交《まじは》り昔眤《むつま》じかりき　雲泥万里《うんでいばんり》眼《まなこ》　今窮《きは》まんぬ　正通《せいつう》

これらのうち①②は『白氏文集』による詩句であり、いずれも「夏夜」の風景である。又④も白楽天の佳句であるが、これは「閑窓」に月のある時に、眺める人は思慕が生じ来るのであるという。③は春の暁月が山の上に出る風景である。⑤は「窓外」の風景と考えられる。⑥は「雲」のような「窓外」の月光と花影の重なる風情を表しているものであろう。

では、平安時代の漢詩人の表現の基層をなした典籍とされる『白氏文集』『文選』における「窓」はどうだろう。『白氏文集』には、前掲の『和漢朗詠集』に収録された佳句以外、「窓」は一三一例、それぞれ次の「東窓」「南窓」「西窓」「北窓」「隔窓」「傍窓」「臨窓」「点窓」「拂窓」「打窓」「送窓」「透窓」「涼窓」「紅窓」「緑窓」「竹窓」「松窓」「小窓」「夜窓」「紗窓」「軒窓」「経窓」「滅窓」「春窓」「闇窓」「陰窓」「水窓」「満窓」というような表現が使われている。

『文選』には「窓」が一〇例。たとえば、巻第二十三「哀傷」、潘安仁の「悼亡詩三首《たうばうのしさんしゅ》」の中の第二首は長く、二八句があり、最初の第一、二句を確認してみよう。「皎皎窓中月　照二我室南端一（皎皎《けうけう》たる窓中《さうちゆう》の月《つき》、我《わ》が室《しつ》の南端《なんたん》を照《て》らす）」（内田泉之助・網祐次『新釈漢文大系　文選』詩篇上、明治書院、一九六三年、二三五頁）。この作品については、既に掲げた本間洋一が解釈しているように、詩の世界で「窓」と「月」の典型的な用例である。

これら古代から平安朝にかけての代表的な仮名文学、漢詩文における「窓」の用例を挙げて見た結果、「窓」の表現は漢籍と深い関係があると言えるだろう。

六　「窓」から射し込む「月光」

ここまで述べてきたように、平安時代中期まで、歌語として「窓」は定着していなかったようであり、漢語的に仮名文学に使用されているようである。したがって、『枕草子』本段の「月の窓より洩《も》り」という描写は、漢詩や漢文的表現からの発想ではないかと考えられる。

では、窓から射し込む月光に対する詩作を確認してみたい。

詩の世界に見られる最も早い明月の例は、『古詩十九首』の中の「其十九」の作者不明の「明月何皎皎」（明月何ぞ皎皎たる）であろう。この詩句に倣う作は多い。例えば、『文選』巻第三十、陸士衡の「擬古詩十二首」のうち「擬二明月何皎皎一」の例がある。

擬二明月何皎皎一　明月《めいげつ》何《なん》ぞ皎皎《けうけう》たるに擬《ぎ》す
安寝二北堂上一　**安《やす》らかに北堂《ほくだう》の上《うへ》に寝《い》ぬれば、**
明月入二我牖一　**明月《めいげつ》は我《わ》が牖《まど》に入《い》る。**
照レ之有二余暉一　之《これ》を照《て》らして余暉《よき》有《あ》り、
攬レ之不レ盈レ手　之《これ》を攬《と》れば手《て》に盈《み》たず。
涼風繞二曲房一　涼風《ふう》は曲房《きよくばう》を繞《めぐ》り、
寒蟬鳴二高柳一　寒蟬《かんぜん》は高柳《かうりう》に鳴《な》く。
踟蹰感二節物一　踟蹰《ちちう》して節物《せつぶつ》に感《かん》ず、
我行永已久　我《わ》が行《かう》は永《なが》く已《すで》に久《ひさ》し。
游宦会レ無レ成　游宦《いうくわん》して成《な》る無《な》きに会《くわい》し、
離思難二常守一　離思《りし》は常《つね》には守《まも》り難《がた》し。(23)

作者は故郷を離れて、深夜の寝室に入って月光に感動した心情を表す作品である。このような風流は、白居易特集の「銘」「賛」「箴」「謡」「偈」に見え、「素屏謡」という作品の中にも見える。

『白氏文集』巻三十九［一四二九］素屏謡

素屏謡　素屏《そへい》の謡《うた》
素屏素屏、　素屏《そへい》よ素屏《そへい》よ、
胡為乎不レ文不レ飾、　胡為《なんす》れぞ文《ぶん》せず飾《しよく》せず、
不レ丹不レ青。　丹《たん》せず青《せい》せざる。
当世豈無　当世《たうせい》　豈《あ》に無《な》からんや

李陽冰之篆字、張旭之筆迹、
辺鸞之花鳥、張藻之松石。
吾不レ令レ加二一点一画於其上一、
欲二尓保レ真而全レ白。
吾於二香炉峰下一置二草堂一、
二屛倚在二東西墻一。
夜如三明月入二我室一、
暁如三白雲囲二我床一。
我心久養二浩然気一、
亦欲二與レ尓表裏相輝光一。
尓不レ見
当今甲第与二王宮一、
織二‐成歩‐障・錦‐屛‐風一。
綴レ珠陷レ鈿貼二雲母一、
五金・七宝相玲瓏。
貴豪待レ此方悦レ目、
然肯寝二‐臥乎其中一。
素屛素屛、
物各有レ所レ宜、

李陽冰《りやうひよう》の篆字《てんじ》、張旭《ちやうきよく》の筆迹《ひつせき》、
辺鸞《へんらん》の花鳥《くわてう》、張藻《ちやうさう》の松石《しようせき》。
吾《われ》一点一画《いつてんいつくわく》を其《そ》の上《うへ》に加《くは》へ令《し》めざるのは、
尓《なんぢ》の真《しん》を保《たも》ちて白《はく》を全《まった》うせんことを欲《ほっ》すればなり。
吾《われ》香炉《かうろ》峰《ほう》の下《ふもと》に於《お》いて草堂《さうだう》を置《お》き、
二《に》屛《へい》　倚《よ》せて東西《とうざい》の墻《かべ》に在《あ》り。
夜《よる》は明月《めいげつ》の我《わ》が室《しつ》に入《い》るが如《ごと》く、
暁《あかつき》は白雲《はくうん》の我《わ》が床《しやう》を囲《かこ》むが如《ごと》し。
我心《われこころ》に久《ひさ》しく浩然《かうぜん》の気《き》を養《やしな》ひ、
亦《ま》た尓《なんぢ》と表裏《へうり》して相輝光《あひきくわう》せんと欲《ほっ》す。
尓見《なんぢみ》ずや
当今《たうこん》　甲第《かうてい》と王宮《わうきゆう》と、
歩障《ほしやう》・錦屛風《ぎんびやうぶ》を織《お》り成《な》し、
珠《たま》を綴《つづ》り鈿《てん》を陷《はめこ》み　雲母《うんも》を帖《は》り、
五金《ごきん》・七宝《しつぽう》　相玲瓏《あひれいろう》たるを。
貴豪《きがう》は此《これ》を待《ま》ちて方《まさ》に目《め》を悦《よろこ》ばしむるも、
然《しか》れども肯《あ》へて其中《そこ》に寝臥《しんぐわ》せんや。
素屛《そへい》よ素屛《そへい》よ、
物《もの》には各々宜《おのおのよろ》しとする所有《ところあ》り、

用各有レ所レ施。
尓今
木為レ骨兮紙為レ面、
捨二吾草堂一欲二何之一。

用《よう》には各々《おのおの》施《し》く所《ところ》有《あ》り。
尓今《じこん》
木《き》を骨《ほね》と為《な》し紙《かみ》を面《めん》と為《な》し、
吾《わ》が草堂《さうだう》を捨《す》てて何《いづ》くにか之《ゆ》かんと欲《ほつ》する。
（二一八〜二二〇頁）

注目したいのは、白居易の「素屏謡」の中に書かれた月は実物ではない。作者が創造した明月が「我が室」に入った風景である。

詩の世界で最も多く明月を詠んだ詩人は李白であろう。興膳宏の論文によれば、月の出てくる詩は三〇〇首をこえる。四〇〇箇所あまりで月が書かれているという（「月明の中の李白」『中国文学報』第四十四冊、京都大学文学部中国語学中国文学研究室編、一九九二年四月）。ここでは、李白が書いた明月が寝室に射し込む詩を掲げたい。それは『宋本楽府詩集』に収録された「静夜思」である。

李白　静夜思
床前看二月光一
疑是地上霜
挙レ頭望二山月一
低レ頭思二故郷一

静夜思《せいやし》　李白《りはく》
床前月光《しやうぜんげつくわう》を看《み》る。
疑《うたが》ふらくは、是《こ》れ地上《ちじやう》の霜《しも》かと。
頭《かうべ》を挙《あ》げて山月《さんげつ》を望《のぞ》み、
頭《かうべ》を低《た》れて故郷《こきやう》を思《おも》ふ。[24]

開元十五年（七二七）、二十七歳の李白は安陸（湖北省）を訪れ、西北部にある寿山に隠れ住んだ。この詩はその年の秋、或る夜更けに月を見ながら故郷の思いを詠んだものである[25]。

題名「静夜思」のように、深夜、窓から射し込む月光は、白く霜のように寝台の直前に現れている。詩人は頭を挙げて山月を望み、頭を低れて故郷を思うという名作である。『唐詩選』に採られて、日本人には、あまりにもよく知られている詩ではあるが、平安時代における李白の詩作の享受は必ずしも盛んとは言い難く、当時にあって、周知の詩であったという保証はない。しかし、藤原佐世（八四七〜八九七）撰、八九〇年ころ成立の『日本国見在書目録』には「李白歌行集三巻」[26]が見え、『千載佳句』にも次に示すように李白の二首の佳句が見られる。

Ⅰ　玉階一夜留明月　金殿三春満落花

Ⅱ　三山半落青天外　二水中分白鷺洲[27]

これらの文献をもって考えれば、平安時代に李白の作品が読まれた可能性はあるだろう。

以上、窓から射しこむ月光に対する漢詩を検討してきた。同じように『枕草子』第二一二段「九月二十日あまりのほど」章段の「月の窓より洩《も》り」の「窓」はもとより漢文学の世界を想起した表現ではないだろうか。そして、深夜の寝室に白い月光の風情に対して「人歌よむかし」と「歌」が「やまとうた」の「和歌」ではなく、『古今和歌集』（小沢正夫・松田成穂『新編日本古典文学全集　古今和歌集』小学館、一九九四年）「仮名序」に書かれたように、この「歌」が「唐《から》の詩《うた》」（二九頁）と理解される。すなわち女性としての清少納言が男性のように漢詩を朗詠したがったという心情を表したのではないだろうか。

三巻本『枕草子』には月に関する漢詩を朗詠した場面を次のように確認することができる。

（1）第七四段「職の御曹司におはしますころ」

有明《ありあけ》のいみじう霧《き》りわたりたる庭に下《お》りてありくを聞《きこ》しめして、御前《おまへ》にも起きさせたまへり。うへなる人々の限りは出でゐ、下《お》りなどして遊ぶに、やうやう明けもて行《ゆ》く。「左衛門の陣にまかり見む」とて行《い》けば、我も我もと問《と》ひつぎて行《い》くに、殿上人《てんじゃうびと》あまた声して、**「なにがし一声秋《いっせいのあき》」**と誦《ず》してまゐる音すれば、逃げ入り、物など言ふ。**「月を見たまひけり」などめでて歌よむもあり。**夜《よる》も昼《ひる》も殿上人《てんじょうびと》の絶ゆるをりなし。上達部《かんだちめ》までまゐりたまふに、おぼろけにいそぐ事なきは、かならずまゐりたまふ。

（一三一〜一三二頁）

（2）第一二九段「故殿の御ために、月ごとの十日」

果てて、酒飲み、**詩誦《ず》じなどするに、**頭中将《とうのちゆうじやう》斉信《ただのぶ》の君の、「**月秋と期《き》して身いづくか**」といふ事をうち出《い》だしたまへりし、はたいみじうめでたし。いかでさは思ひ出でたまひけむ、おはします所に分けまゐるほどに、立ち出でさせたまひて、「めでたしな。いみじう今日《けふ》の料《れう》に言ひたりけることにこそあれ」とのたまはすれば、「それ啓《けい》しにとて、物見《ものみ》さしてまゐりはべりつるなり。なほいとめでたくこそおぼえはべりつれ」と啓すれば、「まいてさおぼゆらむかし」と仰せらる。（二四二～二四三頁）

（3）第一三一段「五月ばかり、月もなういと暗きに」

五月ばかり、**月もなういと暗きに、**「女房や候《さぶら》ひたまふ」と、声々して言へば、「出《い》でて見よ。例ならず言ふは誰《たれ》ぞとよ」と仰せらるれば、「こは、誰《た》ぞ。いとおどろおどろしうきはやかなるは」と言ふ。物は言はで、御簾《みす》をもたげて、そよろとさし入《い》るる、呉竹《くれたけ》なりけり。「おい。この君にこそ」と言ひわたるを聞きて、「いざいざ、これまづ殿上《てんじやう》に行《い》きて語らむ」とて、式部卿宮《しきぶきやうのみや》の源《げん》中将、六位どもなどありけるは、いぬ。

頭弁《とうのべん》はとまりたまへり。「あやしくてもいぬる者どもかな。御前《ぜん》の竹を折りて、歌よまむとてしつるを、『同じくは、職《しき》にまゐりて、女房など呼び出できこえて』と持《も》て来《き》つるに、呉竹《くれたけ》の名を、いととく言はれていぬるこそいとほしけれ。誰《た》が教へを聞きて、人のなべて知るべうもあらぬ事をば言ふぞ」などのたまへば、「竹の名とも知らぬものを。なめしとやおぼしつらむ」と言へば、「まことに、そは知らじを」などのたまふ。

まめごとなども言ひ合はせてゐたまへるに、**「栽《う》ゑてこの君の称す」と誦《ず》して、**またあつまり来たれば、「殿上にて言ひ期《き》しつる本意《ほい》もなくては、など帰りたまひぬるぞとあやしうこそありつれ」とのたまへば、「さる事には、何のいらへをかせむ。なかなかならむ。殿上にて言ひののしりつるは。上《うへ》も聞しめして、興《きよう》ぜさせおはしましつ」と語る。（二四七～二四九頁）

（4）第一八五段「大路近なる所にて聞けば」

大路《おほぢ》近《ちか》なる所にて聞けば、車に乗りたる人の、有明《ありあけ》のをかしきに簾《すだれ》あげて**「遊子《いうし》なほ残りの月に行《ゆ》く」という詩《し》を、声よくて誦《ず》したるもをかし**。馬《むま》にても、さやうの人の行《い》くはをかし

さやうの所にて聞くに、泥障《あふり》の音の聞ゆるを、いかなる者ならむと、するわざもうち置きて見るに、あやしの者を見つけたる、いとねたし。

（三二三頁）

（5）第二八三段「十二月二十四日、宮の御仏名の」

十二月二十四日、宮の御仏名《ぶつみやう》の半夜《はんや》の導師《だうし》聞きて出づる人は、夜中《よなか》ばかりも過ぎにけむかし。

日ごろ降りつる雪の、今日《けふ》はやみて、風などいたう吹きつれば、垂氷《たるひ》いみじうしだり、地《つち》などこそ、むらむら白き所がちなれ、屋《や》の上はただおしなべて白きに、あやしき賤《しづ》の屋《や》も雪にみな面隠《おもかく》しして、有明《ありあけ》の月の隈《くま》なきに、いみじうをかし。白銀《しろがね》などを葺《ふ》きたるやうなるに、水晶《すいさう》の滝など言はましやうにて、長く短く、ことさらにかけわたしたると見えて、言ふにもあまりてめでたきに、下簾《したすだれ》もかけぬ車の、簾《すだれ》をいと高う上げたれば、奥《おく》までさし入《い》りたる月に、薄色《うすいろ》、白き、紅梅《こうばい》など、七つ八つばかり着たる上に、濃き衣《きぬ》のいとあざやかなるつやなど、月に映《は》えてをかしう見ゆるかたはらに、葡萄染《えびぞめ》の固紋《かたもん》の指貫《さしぬき》、白き衣《きぬ》どもあまた、山吹《やまぶき》、紅《くれなゐ》など着こぼして、直衣《なほし》のいと白き紐《ひも》を解《と》きたれば、ぬぎ垂《た》れられていみじうこぼれ出でたり。指貫の片《かた》つ方《かた》はどじきみのもとに踏み出だしたるなど、道に人会ひたらば、をかしと見つべし。**月の影のはしたなさに**、うしろざまにすべり入るを、常に引き寄せ、あらはになされてわぶるもをかし。「**凛々《りんりん》として氷鋪《こおりし》けり**」といふことを、かへすがへす誦《ず》しておはするは、いみじうをかしうて、夜一夜《よひとよ》もありかまほしきに、行《い》く所の近うなるも、くちをし。

（四三六〜四三八頁）

これらの（1）〜（5）は主に月を主題として朗詠した場面である。季節によって様々な形の月を朗詠している。

例えば、（1）は秋の月、漢詩は源英明「納涼」、（2）も秋の月、漢詩は菅三品「懐旧」、（3）は五月の月、漢詩は藤原篤茂「竹」、（4）は有明の月、漢詩は賈嵩「暁」、（5）は冬の月、漢詩は公乗億「十五夜」である。このように、全て漢詩句を朗詠したものである。

男性は漢文学（真名）、女性は仮名文学（かな）という平安貴族の教養の棲み分けからみると、女性である清少納言は詩的世界を想起しながらも歌を詠もうとしたと考える方が穏当であろう。

七　おわりに

以上、三巻本『枕草子』にしか見えない第二一二段「九月二十日あまりのほど」章段について、おもに三点を考察した。一つは、文頭「九月二十日」の年時について、『小右記』長徳三年（九九七）、清少納言は中宮定子から離れて、自分の里にいる時期に、左大臣道長に誘われて長谷寺に参詣した可能性を提示した。

もう一つは、「月の窓より洩《も》り」の「窓」で、歌語としての「窓」は、『万葉集』から平安朝まで定着していなかったようである。仮名文学における「窓」を考察してみると、多くの場面で漢詩文と関係があることを明らかにした。

最後に、「月の窓より洩《も》り」や「人歌よむかし」の表現は、典型的な「和」と「漢」を融合した描写を考察した。『枕草子』における漢文学の背景を理解すれば、以上のような新たな読みの可能性が広がるであろう。

注

（1）三系統一種の諸本は本書凡例の通りである。

（2）加藤磐斎『清少納言枕草紙抄』（日本文学古註釈大成、日本図書センター、一九七八年）、北村季吟『枕草子春曙抄』（日本文学古註釈大成、日本図書センター、一九七八年）、岡西惟中『枕草紙傍註』（日本文学古註釈大成、日本図書センター、一九七八年）の中では、いずれも本章段はなし。明治以後、平成までの代表的な三巻本注釈書を見てみると、池田亀鑑・岸上慎二『日本古典文学大系　枕草子他』（岩波書店、一九五八年）、渡辺実『新日本古典文学大系　枕草子』（岩波書店、一九九一年）、松尾聰・永井和子『新編日本古典文学全集　枕草子』（小学館、一九九七年）、萩谷朴『新潮日本古典集成　枕草子』下（新潮社、一九七七年）、石田穣二『角川ソフィア文庫　新版枕草子　付現代語訳』下巻（角川学芸出版、一九八〇年）には、本章段「九月二十日」に対して、何年の九月二十日なのかについて触れていない。

（3）岸上慎二「『枕草子』と中関白家」（古代学協会『摂関時代史の研究』吉川弘文館、一九六五年）三五〇頁と、萩谷朴『枕草子解環』四（同朋舎、一九八三年）三四〇頁を参照。

（4）東京大学史料編纂所『大日本古記録　小右記』二（岩波書店、一九六一年）四一頁。この記録は『枕草子大事典』（勉誠出版、二〇〇一年）「枕草子総合年表」の「主要事項」の中にも、次のように書かれている。「九月二十日　道長長谷寺に参詣。「一上布衣城外の例、抑訪ぬるに前古聞かざる所なり、事々軽忽」（小右記）」一〇九五〜一〇九六頁。但し、「参考事項」には空白である。

（5）石田穣二、前掲（2）同、九四頁。

（6）岸上慎二『枕草子研究（続）』（笠間書院、一九八三年）一〇七〜一〇九頁。

（7）森本元子「枕草子和歌日記」（同『古典文学論考』新典社、一九八九年）二一五頁。

（8）圷美奈子『新しい枕草子論　主題・手法そして本文』（新典社、二〇〇四年）四六頁。

（9）萩谷朴『新潮日本古典集成　枕草子』上（新潮社、一九七七年）三七二頁。

（10）藤岡忠美他『新編日本古典文学全集　和泉式部日記他』（小学館、一九九四年）四七頁。

（11）神田秀夫他『新編日本古典文学全集　徒然草他』（小学館、一九九五年）一〇七〜一〇八頁。

（12）前掲（10）同、四八頁。

（13）樋口芳麻呂・久保木哲夫『新編日本古典文学全集　松浦宮物語　無名草子』（小学館、一九九九年）二六七頁。

（14）森本茂「枕草子鑑賞」（有精堂編集部『枕草子講座』三、有精堂、一九七五年）一八〇頁。
（15）本間洋一「窓【まど】𫡔」（久保田淳・馬場あき子『歌ことば歌枕大辞典』角川書店、一九九九年）八一一頁。
（16）近藤みゆき『角川ソフィア文庫　和泉式部日記　現代語訳付き』（角川書店、二〇〇三年）二二一～二二三頁。
（17）小島憲之『日本古典文学大系　懐風藻　文華秀麗集　本朝文粋』（岩波書店、一九六四年）一一六～一一七頁。
（18）補注（懐風藻）「窓鶏　芸文類聚（鳥部）に「幽明録曰、晋袞（えん）州刺史沛国宋処宗、嘗買二得一長鳴鶏一、愛養甚至、恒籠着二窓間一、鶏遂作二人語一、与二処宗一談論、極有二玄致一、終日不レ輟、処宗因レ此功業大進」とみえる。」（右（17）同）四五九頁。
（19）前掲（17）同、二四七頁。
（20）前掲（17）同、二九九頁。
（21）小島憲之『国風暗黒時代の文学―弘仁・天長期の文学を中心として―』下Ⅰ（塙書房、一九八五年）三〇八六頁。
（22）川口久雄『日本古典文学大系　菅家文草　菅家後集』（岩波書店、一九六六年）三五二頁。
（23）内田泉之助・網祐次『新釈漢文大系　文選』詩篇下（明治書院、一九六四年）六七四頁。
（24）目加田誠『新釈漢文大系　唐詩選』（明治書院、一九六四年）六〇六頁。
（25）宇野直人『NHK古典講読漢詩　李白』（日本放送出版協会、二〇〇七年）六四頁。
（26）矢島玄亮「［李白歌行集三］［巻］李白の歌行詩を邦人の収録したものか。」（同『日本国見在書目録―集証と研究―』汲古書院、一九八七年）二一五頁。孫猛「李白歌行集三巻」（同『日本国見在書目録詳考』中国・上海古籍出版社、二〇一五年）一九一八頁。
（27）後藤昭雄・金原理『新撰万葉集　千載佳句』（在九州国文資料影印叢書刊行会、一九七九年）による。Ⅰは五六頁であり、Ⅱは五八頁である。

第五章　『枕草子』「三条の宮におはしますころ」章段考

――「青ざし」を中心に――

一　はじめに

本章では、引き続き『枕草子』本文と漢文学との関連性を考察する。この点については、すでにさまざまな指摘が積み重ねられてきた。しかし一見すると和文のような表現であっても、漢文に着目すると、まだ幾つかの章段に、漢文学との関係が見えてくることがある。例えば、「三条の宮におはしますころ」の章段は、その典型例と考えられる。

考察に際して、まず、該当する三巻本と能因本の本文を取り上げたい。三巻本の本文は新編日本古典文学全集により、能因本の本文は日本古典文学全集による。(1)

三巻本第二二三段

三条の宮におはしますころ、五日の菖蒲《さうぶ》の輿《こし》など持《も》てまゐり、薬玉《くすだま》まゐらせなどす。若き人々、御匣殿《みくしげどの》など薬玉して、姫宮《ひめみや》、若宮につけたてまつらせたまふ。いとをかしき薬玉ども、ほかよりまゐらせたるに、青《あを》ざしといふ物を、持《も》て来たるを、青き薄様《うすやう》を、艶《えん》なる硯《すずり》の蓋《ふた》に敷きて、「これ籬越《ませご》しに候《さぶら》ふ」とてまゐらせたれば、

みな人の花や蝶《てふ》やといそぐ日もわが心をば君ぞ知りける

この紙の端《はし》を引き破《や》らせたまひて書かせたまへる、いとめでたし。（三五八頁）

能因本第二一六段

四条ノ宮におはしますころ、五日の菖蒲《さうぶ》の輿《こし》など持ちてまゐり、薬玉《くすだま》まゐらせなど、若き人々、御匣殿《みくしげどの》など薬玉して、姫宮、若宮につけさせたてまつり、いとをかしき薬玉、ほかよりもまゐらせたるに、青《あを》ざしといふ物を、人の持て来たると、青き薄様《うすやう》を、艶《えん》なる硯《すずり》の蓋《ふた》に敷《し》きて、「これ籬越《ませご》しに候《さぶら》へば」とて、まゐらせたれば、

みな人の花や蝶《てふ》やといそぐ日もわがこころをば君ぞ知りける

と、紙の端《はし》を破《や》りて書かせたまへるも、いとめでたし。（三六〇頁）

両系統の写本を比べてみると、右の翻刻には、若干違う表記が見える。例えば、三巻本において「薬玉」の「薬」は漢字でなく、「くす」であり、能因本において定子の和歌には、「わがこころ」の「こころ」は仮名でなく、漢字「心」であった。また三巻本と能因本には異文も見られる。

例えば、冒頭文では、三巻本は「三条」であり、能因本は「四条」である。ただし、本段の趣旨について、すなわち一条天皇と中宮定子の皇女「姫宮」（脩子内親王）と皇子「若宮」（敦康親王）のために、菖蒲、薬玉などが贈られた場面の内容は、いずれも一致している。

三巻本の勘物(2)「長保元年八月九日自式御曹司移生昌三条宅、二年五月」によると、本段冒頭の「五日」は、長保二年（一〇〇〇）五月であった。また脩子内親王が長徳二年（九九六）十二月十六日に誕生したことと（『日本紀略』）、敦康親王が、長保元年（九九九）十一月六日に誕生したこと（『日本紀略』）を照らし合わせると、本段の年次は勘物の記載通り、長保二年（一〇〇〇）五月五日のことであることは間違いないだろう。(3)

この年、二月二十五日、藤原彰子が新中宮となり、元中宮の定子は皇后に代わった。本段に関する歴史的背景は、当時の皇后定子の心情および『枕草子』を理解するために、重要な章段と認識されており、これまでも色々な視点から論じられてきた。(4)

しかし、それでも未解決の問題が、残されているといえよう。たとえば①「青ざし」は具体的にどのような物か。②皇后定子の和歌の下句「わが心をば君ぞ知りける」の「君」は、諸説があり、また加藤磐斎『清少納言枕草紙抄』本文には、「天」と見え、この点については、川瀬一馬の「この歌の「君」の字、磐斎抄には「天」とあり、天は一条天皇をさすと解している」（川瀬一馬『枕草子』下、講談社、一九八七年、二〇三頁）解説に従う。さらに「君」としても、日本国語大辞典第二版編集委員会『日本国語大辞典』（小学館、二〇〇一年）の解釈したように、「一国の君主。天皇。天子。」（二六四頁）と考え、定子が自分の心情を理解してくれる一条天皇に対して、感謝の気持を表すと考えること(5)を前提とする。③「花や蝶や」はどのように理解すれば良いだろう。

これらの疑問点については、先行研究の解釈でも揺れているようで、いまだ定説をみていない。そこで、本章では、まず「菖蒲」「薬玉」「輿」「艶」「硯」「蓋」「蝶」などの、中国渡来の五月五日の端午節の風物に関わる漢語から連想される事項を、改めて考え、とりわけ「青ざし」の表現を分析することを通じて、清少納言と中宮定子との応答の意味を考察したい。また「花や蝶や」の考察は、本書の第二部「『枕草子』と白氏文集」に譲りたい。

二　「青ざし」の先行の解釈

「青ざし」は、平安時代では、『枕草子』にしか見えず、三巻本写本「あをさし」（陽明文庫本、思文閣、一九七五年、二四八頁）と表記されるが、歴代の校訂本文を纏めてみると次のようになる。

①「あをざし」加藤磐斎『清少納言枕草紙抄』（日本文学古註釈大成、日本図書センター、一九七八年）六三九頁。
②「あをざし」北村季吟『枕草子春曙抄』（日本文学古註釈大成、日本図書センター、一九七八年）五八九頁。
③「あをざし」武藤元信『枕草紙通釈』（有朋堂書店、一九一一年）六四二頁。

④「青ざし」　金子元臣『枕草子評釈』（明治書院、一九四二年）八八八頁。
⑤「青ざし」　池田亀鑑『全講枕草子』（至文堂、一九五六年）四四九頁。
⑥「青刺」　岸上慎二『校訂三巻本枕草子』（武蔵野書院、一九六一年）一八二頁。
⑦「青ざし」　松尾聰・永井和子『日本古典文学全集　枕草子』（小学館、一九七四年）三六〇頁。
⑧「青稜子」　萩谷朴『新潮日本古典集成　枕草子』（新潮社、一九七七年）一二五頁。
⑨「青ざし」　石田穣二『角川ソフィア文庫　新版枕草子　付現代語訳』下（角川学芸出版、一九八〇年）一〇〇頁。
⑩「青刺」　田中重太郎『日本古典評釈全注釈叢書　枕冊子全注釈』四（角川書店、一九八三年）一七二頁。
⑪「あをざし」　萩谷朴『枕草子解環』四（同朋舎、一九八三年）三八四頁。
⑫「初熟麦」　増田繁夫『和泉古典叢書　枕草子』（和泉書院、一九八七年）一八三頁。
⑬「青ざし」　渡辺実『新日本古典文学大系　枕草子』（岩波書店、一九九一年）二六三頁。
⑭「青ざし」　津島知明・中島和歌子『新編枕草子』（おうふう、二〇一〇年）二三四頁。

これらを大別すると、「あをざし」（①②③⑪）、「青刺」（⑥⑩）、「青ざし」（④⑤⑦⑨⑬⑭）が最も多く、他に「青稜子」（⑧）と「初熟麦」（⑫）の五種にまとめられよう。そのうち、「青刺」については後述するが、これは漢語である可能性が高い。そして最も多い表記は、「青ざし」である。

では、この「青ざし」は、どのような物であろうか。前述の諸本から代表的な解釈を取り上げてみよう。

1『枕草子』（前掲⑬番）
　青麦をついて作った菓子　（二六三頁）

2『枕草子』（前掲⑦番）
　青麦の粉で作った菓子、という。　（三六〇頁）

3
『枕草子』（前掲⑧番）

『食物知新』に「初熟麦《ノ》（和制）釈名青稜子（和名アヲザシ）取《ツテ》二初熟《ノ》麦《ノ》青《キ》者《ヲ》一舂《つイテ》食《くらフ》。故《ニ》名《ヅク》。気味鹹《からク》温《ニシテ》無《シ》レ毒。平《たひらカニシ》レ胃《ヲ》益《ス》レ気《ヲ》」とある。当時皇后は妊娠三カ月、悪阻《つわり》の劇しい時期で、このような目先の変った、胃に受けつけやすい食物を献じた人がいたものか。（一三五頁）

4
『枕草子』（前掲⑫番）

青麦の粉製の細長い形の菓子。「初熟麦（アヲザシ）」（書言字考節用、服食）。（一八三頁）

5
『新編枕草子』（前掲⑭番）

青麦粉製の唐菓子。「初熟麦《アヲザシ》」（書言字考節用集）、「胃を平かにし気を益す」（食物知新）。（一三五頁）

1と2は、いずれも「青麦」で作った「菓子」と解釈し、3には、「菓子」と明記はされないが、『食物知新』から、「初熟麦」による「青麦」と同種と考える。また4は、3と同じ「初熟麦」と記し、ただ『食物知新』ではなく、『書言字考節用集』を引く。5も、3、4と同じように、『書言字考節用集』や『食物知新』を援用したものである。

しかし、3、4、5に指摘された『書言字考節用集』と『食物知新』という書物は、いずれも江戸の出版物で、前者の成立は、元禄年代（一六八八〜一七〇四）、後者は、享保年代（一七一六〜一七三六）であるから、平安時代（七九四〜一一八五）のものを考える際に、同列として扱えないだろう。

また、1〜5までの「青麦」「初熟麦」を採る説は、次に示す通り、江戸時代の注釈に見える。

6
『清少納言枕草紙抄』（前掲①番）

【あをざし】とは、今の世も、**青麦の芽《モヤシ》にてする也**。今日の御祝儀の薬玉などに取そえ、姫宮若宮を祝ひ奉りて、捧《サヽゲ》る成べし[6]。

7北村季吟『枕草子春曙抄』（前掲②番）

青麦にて調たる菓子也。(7)

6磐斎は「青麦の芽」、7季吟は、「青麦の菓子」とする。6、7は、いずれも「青麦」を材料としており、現在の諸注に引き継がれる。

近年は、「青ざし」が、「青麦で作った菓子」と断定された観もあるが(8)、今なお疑問も出されている。例えば、田畑千恵子（二〇〇一）は、「その詳細はわかっていない(9)」と疑義を呈し、藤本宗利(10)（二〇〇二）や山田利博（二〇〇三）も、実体が必ずしも明らかでないこと(11)を問題としているようである。

こうした疑問は、今も看過されるべきではないであろう。本章では、その問題について、五月五日の端午節の風物に着目し、薬草の視点から、一つの試案を提示したい。

三　「青ざし」の実態

まず、従来の説にあるように、「青麦」で作った「菓子」は、五月五日にあるものなのかを確認しておく。例えば、中村幸彦他『角川古語大辞典』（角川書店、一九八二年）では、次のような解釈がある。

あをむぎ【青麦】
名　まだ熟していないで色の青い麦（ぎむ）。『毛吹・二』には「四月…青麦」とあり、季語、夏。『年浪草』には「今式に曰、青麦は三月なり」とあり、春の季語となる。「なは手を下りて青麦の出来（＝季語、春）」（炭俵・上）　（一八三頁）

つまり、「青麦」は「三月」と「四月」の物である。当時の暦の宣明暦《せんみようれき》に従えば、長保二年五月五日（辛巳）は、ユリウス暦一〇〇〇年六月九日にあたり、また『大日本百科事典』には、「青麦　あおむぎ　麦青むともいう。寒いうちに芽を出した麦は、春暖の訪れに力強く生長する。」（小学館、一九六七年、七二頁）と記されている。

これらの記録からみると、六月に「青麦」がある物とは考えにくいであろう。

では、本章段の五月五日には、青麦以外に、何があるのだろうか。確認のため、『枕草子』における数箇所の「五月」に関する描写がある。それらの内容を確認してみたい。

①　第三七段「節は」

節《せち》は、**五月にしく月はなし。菖蒲《さうぶ》、蓬《よもぎ》など**のかをりあひたる、いみじうをかし。九重《ここのへ》の御殿《ごてん》の上《うへ》をはじめて、言ひ知らぬたみのすみかまで、いかでわがもとにしげく葺《ふ》かむと葺《ふ》きわたしたる、なほいとめづらし。いつかはことをりに、さはしたりし。空のけしき曇りわたりたるに、中宮などには、縫殿《ぬひどの》より御薬玉《くすだま》とて色々の糸を組みさげてまゐらせたれば、御帳《みちやう》立てたる母屋《もや》の柱に、左右《ひだりみぎ》につけたり。

（八九〜九〇頁）

②　第二〇七段「五月ばかりなどに山里にありく」

五月ばかりなどに山里にありく、いとをかし。草葉も水もいと青く見えわたりたるに、上《うへ》はつれなくて、草生《お》ひしげりたるを、ながながと、たたざまにいけば、下《した》はえならざりける水の、深くはあらねど、人などの歩《あゆ》むに、走りあがりたる、いとをかし。

左右《ひだりみぎ》にある垣にあるものの枝《えだ》などの車の屋形《やかた》などにさし入るを、いそぎてとらへて折らむとするほどに、ふと過ぎてはづれたるこそ、いとくちをしけれ。蓬《よもぎ》の、車に押しひしがれたりけるが、輪《わ》の廻《まは》りたるに、近ううちかかりたるもをかし。

（三四六〜三四七頁）

③　第二〇九段「五月四日の夕つ方」

五月四日の夕つ方、青き草おほく、いとうるはしく切りて、左右《ひだりみぎ》になひて、赤衣《あかきぬ》着たる男《をのこ》の行《ゆ》くこそ、をか

しけれ。　（三四八頁）

①は、五月の節会を最上とし、宮廷の中に菖蒲、蓬などを活用する風景の描写である。②は、五月頃、山里を漫歩する際、大自然の青葉に対する親近感を表す、車に蓬を挿して美的な心情を表現している。③は、端午節の前日の「五月四日」の夕方に、赤い衣を着た五位の官人達が、青き草を束ねて担いでいる情景の描写である。

ここで留意したいのは、諸注には「菖蒲」と解釈する(12)「青き草」が、蓬や別の青い草も「おほく」あったということである。

例えば、平安中期に惟宗公方《これむねのきんかた》が編纂した『本朝月令』五月五日に関する「菖蒲」「蓬」が次のように見える。

菖蒲。蓬。物盛二一輿一。(13)

菖蒲、蓬が大量に盛られることが述べられている。

また、『小右記』治安三年（一〇二三）五月四日にも次のような記録がある。

東宮庁進菖蒲蓬等、(14)

右の「菖蒲蓬**等**」の中の「等」に注目したい。

本章段でも、「五日の菖蒲《さうぶ》の輿《こし》**など**持《も》てまゐり」の中にも「**など**」が記されているということである。つまり他のものと一緒に進上されたと記されていることも考え合わせると、「青ざし」の正体を考えるヒントとして、五月五日の菖蒲のように雑給料として、他の青い草のようなものもあったと考えられる。

なぜ清少納言が「菖蒲」や「蓬」のような青い草の「青ざし」を取って皇后定子に献上するのか、その目的を考えた結果、「青ざし」は、「薬草」のような青い草ではないかと考えられる。そしてこの「薬草」は、一条天皇の命で送られてきたものと考える。なぜなら、五月五日までに、天皇の身辺では薬草を採る風習があるからである。

日本における薬猟は、『日本書紀』推古天皇十九年五月の記事の初出例として、次のようにある。

夏五月五日、薬猟之、集二于羽田一、以相連参二趣於朝一。

〔夏《なつさ》五月《つき》の五日《いつかのひ》に、薬猟《くすりがり》して、羽田《はた》に集《つど》ひて、相連《あひつづ》きて朝《みかど》に参趣《まうおもむ》く〕(15)

この風習は、古代中国の端午節の影響であった。「此月蓄薬以蠲除毒気」（徐堅他『初学記』〈中国・中華書局、一九六二年〉巻四、天部「五月五日」七四頁）とあるように、五月は季節の変り目であり、食中毒などの病気の起りやすい不吉な月なので、薬草を置いて、邪気を払うという風習があり、それが採り入れられたものであった。

本章段における「菖蒲」や「薬玉」も、五月五日の風物と考えられ、薬草として、邪気を祓うものと考えられるだろう。例えば、『校註荊楚歳時記』「菖蒲」には、「五月五日、（之を沿蘭節と謂ふ）、四民（荊楚の人）並びに百草を踏む、又百草を闘はすの戯あり、艾《よもぎ》を採りて以て人（形）に為《つく》り、門戸の上に懸け、以て毒気を禳《はら》ひ、（菖蒲を以て或ひは鏤め、或ひは屑とし、以て酒に泛ぶ）。」（守屋美都雄『校註荊楚歳時記』帝国書院、一九五〇年、一一三頁）とあるが、これは「ショウブの根や葉を切って漬けた酒。五月五日端午の節句に用いた。邪気を払い、万病を治すといわれた。しょうぶざけ。」（『日本国語大辞典』「あやめ-ざけ【菖蒲酒】」小学館、二〇〇一年、二五〇頁）の薬効が破邪気の風物と関連づけられたのであろう。

また、『校註荊楚歳時記』によると、五月五日には、「五采の糸を以て臂に繋け（纏め）、名づけて兵（及び鬼）を辟《さ》くと曰ふ、人をして瘟《をん》を病まざらしむ、」（一三六頁）と記されている。この「五采の糸」は、また「長命縷」「続命縷」「五色糸」などとも言われ、「薬玉」と呼ばれていることは、『内裏式』（塙保己一「群書類従」第六輯、訂正三版第五刷、続群書類従完成会、一九八三年）「五月五日観馬射式」には、次のように確認できる。

女蔵人等執二続命縷一。此間謂二薬玉一。　（二〇八頁）

さらに、国史大辞典編集委員会『国史大辞典』（吉川弘文館、一九八四年）では、「薬玉」について、次のように解釈されている。

五月五日の節日に、破邪・招福・延命の瑞祥とする菖蒲・蓬などの時節の薬草を五色の霊糸で長く結び垂らして薬玉といい、臂にかけたり、御帳台の柱に吊り下げたりして安寧を祈った。大陸の端午の続命縷の影響であり、『続日本後紀』仁明天皇嘉祥二年（八四九）五月五日条には「五月五日爾薬玉乎佩天飲レ酒人波、命長久福在止奈毛聞食須、故是以薬玉賜比、御酒賜波久止宣」とある。『延喜式』には、続命縷の糸は中務省の蔵司、菖蒲や蓬などは左右近衛府の奉仕とされ、『西宮記』三、五月には糸所の献上となって、次第に糸花（いとばな）による造り物と化し、麝香・沈香・丁子などの香料を綿や練絹に包んで加え、花やかな燕子花（かきつばた）や橘を交えた造花に、五綵の糸を垂らした匂い袋となった。内裏では、五月五日に糸所から献上された薬玉を昼の御座の御帳に九月九日の重陽の節までかけるのを例とし、重陽から菊花と茱萸（ぐみ）の袋に替えることとされた。　（七八〇頁）

このような風習と考え合わせてみると、本章段の五月五日に、清少納言が奉った「青ざし」は、一条天皇の命で用意された薬草と考えるのが自然であろう。

四　「青ざし」と「青刺」

しかし、「青ざし」も、「薬草」ならば、具体的にどのようなものであろうか。この点を、本草の面から考えてみたい。

当時の日本人が享受していた中国の本草書には、最も古い『神農本草経』（一世紀頃）に基づいて、陶弘景（四五六～五三六）が、『神農本草経集注』（五世紀末）を編纂し、唐の蘇敬（五九九～六七四）がそれを増補した勅撰の『新修本草』（七世紀）があった。同書はその後、『開宝本草』（一〇世紀）、『嘉祐本草』（一一世紀）、『大観本草』（一二世紀）、『政和本草』（一二世紀）、『紹興本草』（一二世紀）などに受けつがれ、宋代以後も増補、加注が重ねられたものであった。しかし、完本で現在に伝えられるのは、『証類本草』のみで、この点を、真柳誠は、次のように述べている。

宋代になると印刷技術の普及もあり、政府が続々と医薬書を校訂・刊行した。その口火を切ったのは『新修本草』に増補・加注した973年刊の『開宝本草』で、翌年には『神農本草経』の文を白字で、その他は黒字にするなどの改訂が行われ、再度刊行されている。以来この書式が踏襲され、1061年の『嘉祐本草』、1108年の『大観本草』（中略）、1116年の『政和本草』、1159年の『紹興本草』のように、歴代宋政府の命で増補・加注が重ねられていった。これらのうち、完全な形で現在に伝えられているのは、『証類本草』と統称される『大観本草』『政和本草』の2系統で、各々は影印本として現在も復刻されている。(16)

確かに『経史証類大観本草』第九巻「大小薊根」に、「図経」を引いて、「青刺薊」の記述が次のように見える。

図経：小薊根、本経不著所出州土、今処処有之、俗名青刺薊、苗高尺餘、葉多刺、心中出花、頭如紅藍花而青紫色、北人呼為千鍼草。(17)

（図経にいう、小薊の根、『本経』〈『神農本草経』〉では所出の州土が記されないが、今も多くの所で見られる。俗に青刺の薊といい、苗の高さは一尺余り、葉は多くの刺《とげ》があり、真中から花を出し、頭は紅藍の花の如く、青紫色であり、北方の人は千鍼草と呼んでいる。）

右「図経」は、『旧唐書』巻四十七、志第二十七・経籍下に、「本草図経七巻蘇敬撰(18)」と『新唐書』巻五十九、志第四十九・芸文三に「本草図経七巻（蘇敬）(19)」とあるもので、書名から推して、唐の蘇敬が、本草に絵を加えた注釈である。

『新唐書』では、次のように記載している。

本草二十巻
薬図二十巻
図経七巻
　顕慶四年（中略）蘇敬等撰。(20)

また、藤原佐世（八四七〜八九七）編『日本国見在書目録』には、『新修本草廿巻』『本草図廿七「巻」』が見えるが、(21)後者は合計の巻数から「薬図二十巻」と「図経七巻」を含むものではないかと考えられる。

いずれにせよ、「俗名青刺薊」との記述があることと、「図経」作者の蘇敬の『新修本草』が日本に渡来しており、蘇敬『図経』を含むと思しき「本草図廿七巻」も日本に伝わったと考えられることから、「俗名青刺薊」も伝えられていた可能性は高い。（ただし、唐宋代の技術で、しかも伝写を重ねた上での図がどこまで正確な情報を伝えていたかは疑問ではある。）

また、『延喜式』巻十八式部上に、次のような記事がある。

凡医生《ハ》。皆読二蘇敬新修本草一。(22)

右に示したように、『新修本草』は医学生の必読書であった。

さらに、同巻三十七典薬式には、読む期間がある。

凡応レ読二医経一者。大素経限二四百六十日一。新修本草《ハ》三百十日。(23)

一年以内に『新修本草』を修得するということである。「青刺薊」という表現は、今のところ、「図経」に引く俗名にしか見えない。しかし、こうした本草書の伝流を考えると、「青刺薊」の説が日本に伝わっていた可能性はきわめて高い。

五　薬草としての青刺の薊

薬草の「薊」は、『新修本草』佚文によると、「大小薊」が次のようにある。

大、小薊根、味甘、温。主養精保血。（中略）安胎（中略）令人肥健。五月采。(24)

（大小薊根は、味が甘く温にして、主に精を養ひ血を保つ〈中略〉胎を安じ〈中略〉人体を肥健ならしめる。五月に採る。）

右の如く、妊婦や産後の女性の血行改善に有効な薬草だったようである。こういうわけで、「青ざし」即ち「青刺」を「薊」とするならば、それこそが清少納言が、皇后定子に差し上げた理由であろう。

鄭樵『通志』巻七十五「草類」薊にも次のように見える。

青刺薊北方曰千針草以其茎葉多刺故也(25)

（青刺の薊、北の方は千針草というは、その茎と葉にとげ多き故を以てなり。）

このように、「薊」は、茎、葉に刺が多いことから「青刺」と呼ばれたが、日本でも食用と認識されていたことは、源順（九一一〜九八三）の『倭名類聚鈔』「菜蔬部」園菜の中に分類していることが分かる。

葪　本草云葪　音計和名阿佐美　味甘温　令人肥健　陶隠居曰　大小葪　葉並多刺(26)

とある（掲出字「葪」とほかの「⿱艹觔」等は、「薊」の俗字である(27)）。

薊が平安時代の宮廷で食用に供されたことは、例えば、『延喜式』巻三十三「大膳式下仁王経斎会供養料」に見える。

⿱艹觔四葉。好物料(28)

また『延喜式』巻三十九には次のような記録がある。

　薊《アザミ》六把。(29)

つまり、一日六把（束）が供されたとある。

さらに、『延喜式』巻三十九「内膳式」の「五月五日漬年料雑菜」にも詳細な使用量が見える。

　薊《アサミ》二石四斗。料塩七升二合　芹十石。(30)

すなわち五月五日に、年間の料として、二石四斗（60kg）供された。薊を塩漬にしたらしい。

また、『倭名類聚鈔』園菜で扱われたように、薊が栽培されたことは、『延喜式』巻三十九「内膳式」にも見える。

　営薊《アサミ》一段。種子三石五斗。総単功卅四人。耕地二遍。把犁一人。駆牛一人。牛一頭。料理平和二人。糞百廿担。運功廿人。殖功二人。芸二遍。第一遍三人。二月　第二遍三人。七月　刈功四人。択功八人。三年一度遷殖。(31)

このように一段の畑で栽培が営まれていた。

前掲の「図経」の引用によると、青刺の薊は、小薊であった（左図）(32)。また「本草」文にある通り、大、小薊は、いずれも婦人の胎児を安じた点から考えて、清少納言がわざわざ青刺の薊を、皇后定子に献上した理由は、五月五日当時の皇后定子は懐妊三ヶ月であったからと推測できる。

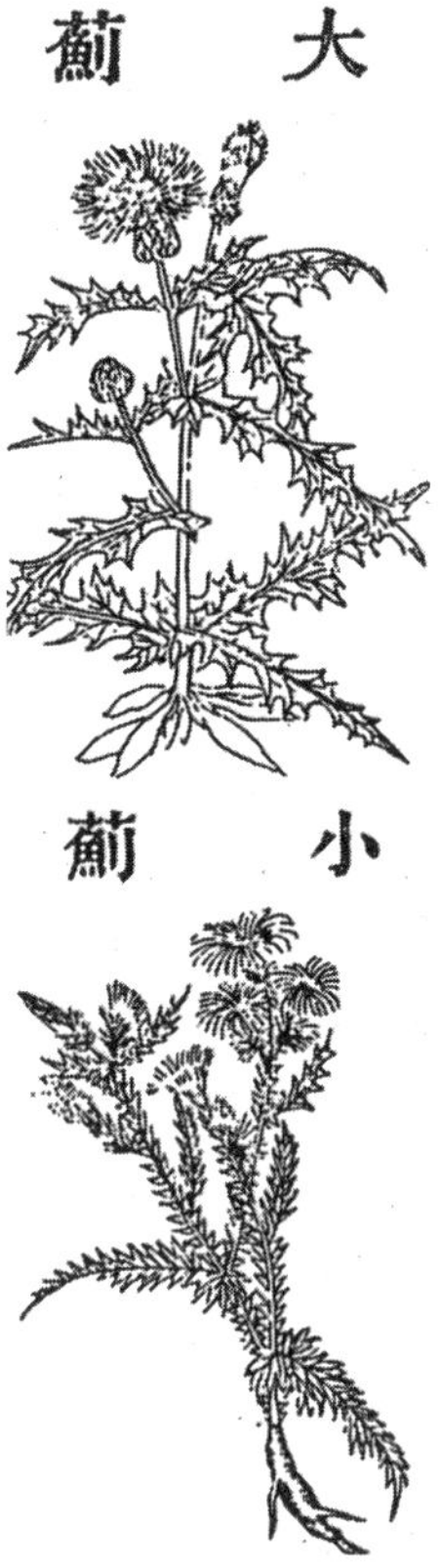

『本草綱目』大小薊図

しかし、中宮定子は、長保二年十二月十六日、三番目の皇女の媄子の出産時の不例により、媄子誕生後まもなく崩御した（『権記』『日本紀略』『扶桑略記』）。

平安時代の医学博士丹波康頼（九一二～九九五）の『医心方』（一〇世紀）には、妊娠三ヶ月の婦人の胎児の形成が次のように記されている。

懐身三月名曰始胎当之時未有定儀見物而化是故応見（中略）僂者侏儒醜悪。[33]　（九〇二頁）

〔懐身三月、名ヅケテ始胎ト曰フ、此時ニ当リテ、未ダ定儀アラズ、物ヲ見テ化ス、故ニ僂者、侏儒、醜悪ノモノヲ見ル〕[34]

懐妊三ヶ月目は、「胎児」を始めてなす「始胎」にあたる。くり返しになるが、皇后定子の懐妊された身体の状況を、清少納言は察しているはずで、それ故に清少納言は、一条天皇の許から送ってきた薬草としての「青ざし」を、すなわち漢語世界で俗名「青刺」と呼ばれた「薊」を以って、皇后定子に献上したのであろう。

六　おわりに

以上、『枕草子』「三条の宮におはしますころ」章段における漢語表現について考察してきた。特に「青ざし」の意味を検証してきた。その結果をまとめると、次のようになる。

まず、「青ざし」については、従来の研究の「青麦」で作られた「菓子」という解釈の場合、必ずしも本章段の五月の季節に合うものとは言えず、また青麦という材料から作られた菓子という説は、近世頃からにすぎないことから、それを再検証した結果、五月五日端午節の風物としての菖蒲や薬玉のような薬草の漢語である「青刺」の「薊」であると考証した。

注

(1) 三系統一種『枕草子』底本は本書凡例の通りである。また三巻本は松尾聰・永井和子『新編日本古典文学全集　枕草子』（小学館、一九九七年）、能因本は松尾聰・永井和子『日本古典文学全集　枕草子』（小学館、一九七四年）、前田家本は田中重太郎『前田家本枕冊子新註』（古典文庫、一九五一年）、速水博司『堺本枕草子評釈　本文・校異・評釈・現代語訳・語彙索引』（有朋堂、一九九〇年）、渡辺実『新日本古典文学大系　枕草子』（岩波書店、一九九一年）、田中重太郎『校本枕冊子』下（古典文庫、一九五六年）及び津島知明・中島和歌子『新編枕草子』（おうふう、二〇〇一年）を参照した。

(2) 田中重太郎解説「「枕・ほそとのにひんなき人なん　三條の宮に（三ウ）」勘物「長保元年八月九日自式御曹司移御生昌三条宅、二年五月」」（同『陽明叢書国書篇　枕草子　徒然草』第十輯、思文閣、一九七五年）二四八頁。

(3) ①黒板勝美『国史大系　日本紀略　百錬抄』（吉川弘文館、一九六五年）一九六頁。②渡辺直彦『史料纂集　権記』二（続群書類従完成社、一九八七年）六八頁。

(4) 本章段に関する考察は、昭和から平成まで、主な論は発表年次によって、次のように示す。①下玉利百合子「青ざしの歌至高なる人間芸術—定子皇后と清少納言—」（同『枕草子幻想　定子皇后』思文閣、一九七七年）。②藤本宗利「籬越しの歌語り—三条の宮におはしますころの段をめぐって—」（『常葉国文』第二十号、一九九五年十一月）。③田畑千恵子「三条の宮におはしますころ（第二二五段）」（雨海博洋他『枕草子大事典』勉誠出版、二〇〇一年）。④圷美奈子「五月五日の定子後宮—まだ見ぬ御子への予祝—」（『物語研究』第三号、二〇〇三年三月）。⑤山田利博「『枕草子』「三条の宮におはしますころ」段についての一私解」（『宮崎大学教育文化学部紀要　人文科学』第九号、二〇〇三年九月）。⑥井上新子「『枕草子』「三条の宮におはしますころ」の段考—定子後宮における文学的機知という視点からの試解—」（浜口俊裕他『枕草子の新研究　作品の世界を考える』新典社、二〇〇六年）。⑦中島和歌子「『枕草子』の五月五日—「三条の宮におはしますころ」の段が語る本書の到達点—」（小森潔他『枕草子　創造と新生』翰林書房、二〇一一年）。

(5) 右（4）⑤同、三四頁。後に同『源氏物語解析』（明治書院、二〇一〇年）に収録。

(6) 加藤磐斎『清少納言枕草紙抄』（日本文学古註釈大成、日本図書センター、一九七八年）六四一頁。

（7）北村季吟『枕草子春曙抄』（日本文学古註釈大成、日本図書センター、一九七八年）五八九頁。
（8）近年、本章段に関する論考では、「青ざし」という物については、基本的に「青麦で作った菓子」と理解されている。例えば、①井上新子「そうした営みのかたわらで、清少納言が持って来てあった「青ざしといふ物」（青麦で作った菓子）を「これ、籬越しにさぶらふ」という発言とともに皇后定子へ献上し、これに定子は「皆人の」歌をもって応えた。」（前掲（4）⑥同、三三五頁）。②赤間恵都子「清少納言の趣向は、「青ざし（麦で作った菓子）」に『古今和歌六帖』の歌「ませ越しに麦はむ駒のはつはつに及ばぬ恋も我はするかな」をかけたものである。」（「長保二年の章段について」同『枕草子日記的章段の研究』三省堂、二〇〇九年、二〇二頁）。
（9）前掲（4）③同、四七〇頁。
（10）藤本宗利「「三条の宮におはしますころ」の歌語り」（同『枕草子研究』風間書房、二〇〇二年）二六三頁。
（11）前掲（5）同、四〇二頁。
（12）例えば、①『新潮日本古典集成　枕草子』下（新潮社、一九七七年）「五日の節供に消費する菖蒲草《あやめぐさ》の量は莫大《ばくだい》である」一二一頁。②『新日本古典文学大系　枕草子』（岩波書店、一九九一年）「節句直前だから、当然「菖蒲」である。」一二五四頁。③『新編日本古典文学全集　枕草子』（小学館、一九九七年）「節句に用いる菖蒲《しょうぶ》」三四八頁。④『新編枕草子』（おうふう、二〇一七年）「端午の菖蒲」二二九頁。
（13）清水潔『新校本朝月令』（皇学館大学神道研究所、二〇〇二年）三三頁。
（14）東京大學史料編纂所『大日本古記録　小右記』六（岩波書店、一九七一年）一六一頁。
（15）坂本太郎他『日本古典文学大系　日本書紀』下（岩波書店、一九六五年）一九七頁。
（16）真柳誠『中国本草図録』九（中央公論社、一九九三年）二一八〜二二九頁。
（17）木村康一・吉崎正雄『経史証類大観本草』三一巻（廣川書店、一九七〇年）二四六頁。
（18）劉昫他『旧唐書』（中国・中華書局、一九七五年）二〇四八頁。
（19）欧陽修他『新唐書』（中国・中華書局、一九七五年）一五七〇頁。
（20）右（19）同。
（21）矢島玄亮『日本国見在書目録―集証と研究―』（汲古書院、一九八四年）一九四〜一九五頁。

(22) 皇典講究所『校訂延喜式』下（大岡山書店、一九三二年）六六四頁。
(23) 右(22)同、一一四四頁。
(24) 尚志鈞『唐・新修本草』（中国・安徽科学技術出版社、一九八一年）二三七頁。
(25) 鄭樵『通志』巻七十五（中国・中華書局、一九八七年）八六六頁。
(26) 正宗敦夫『倭名類聚鈔』（風間書房、一九六二年）巻十七、二十二（裏）による。
(27) 正宗敦夫『類聚名義抄』（風間書房、一九六二年）九五二頁。
(28) 前掲(22)同、一〇六二頁。
(29) 前掲(22)同、一二一六～一二一七頁。
(30) 前掲(22)同、一二一八頁。
(31) 前掲(22)同、一二二八頁。
(32) 参考図絵は、楊家駱『国学名著珍本彙刊　本草綱目』（鼎文書局、一九七三年）による。
(33) 半井家伝来（現文化庁保管）原写本の影印『国宝半井家本医心方』五（オリエント出版社、一九九一年、一九〇二頁）による。
(34) 富士川游『日本医学史』全（真理社、一九五二年）七一頁。

第六章　『枕草子』「雲は」章段考

――「朝にさる色」を中心に――

一　はじめに

『枕草子』「雲は」の章段は、三系統一種本文に見えるが、異文は少なくない。本文を対照するために、四種引用文を示す。(1)

三巻本『新編日本古典文学全集　枕草子』（小学館）

二三七　雲は

雲は　白き。紫。黒きもをかし。風吹くをりの雨雲《あまぐも》。明けはなるるほどの黒き雲の、やうやう消えて、しろうなり行《ゆ》くも、いとをかし。「朝《あした》にさる色」とかや、文《ふみ》にも作りたなる。

月のいと明かき面《おもて》に薄き雲、あはれなり。（三七一〜三七二頁）

能因本『日本古典文学全集　枕草子』（小学館）

二三〇　雲は

雲は　白き。紫。黒き雲あはれなり。風吹くをりのあま雲。（三七二頁）

堺本『堺本枕草子評釈　本文・校異・評釈・現代語訳・語彙索引』（有朋堂）

九四

雲は、むらさき。風ふく日のあまぐも。ひいりはてたるやまのはの、まだなごりとまれるに、うすきばみたる雲の、ほそくたなびきたる、いとあはれなり。

あけはななほど、くろきくものやうやうきゑ《え》て、しろくなり行をかし。「**あしたにさるいろ**」とかや、ふみにもつくりためり。（四七頁）

前田家本『前田家本枕冊子新註』（古典文庫）

【一〇】雲は白《しろ》き。紫《むらさき》。風吹《かぜふ》くをり《（お）》のあま雲《ぐも》。いま明《あ》けはなるゝほど、黒《くろ》き雲のやう〳〵明《あ》けてしろくなりゆく、をかし《（お）》。「**朝《あした》にさる色**」とかや、ふみにも作《つく》りためる。（七頁）

右に掲げた四種本文を比べてみると、能因本本文には、他の本文にある、風吹く「あま雲」以後の文が見えない。これは能因本で欠落したのかどうか、容易に定め難い(2)。他の二系統及び前田家本にはあるが、能因本だけにない。ここで注意したいのは、ゴシック字体を付した「**朝にさる色**」、あるいは「あしたにさるいろ」という表現である。その後、「文にも作りたなる」などと記されているが、出典については、古来解釈が揺れているところなので、本章ではこの点を詳しく考証してみたい。

二　先行研究の解釈と問題の所在

最初に江戸時代の三つの注釈書における「朝にさる色」に関する解釈を確認しておきたい。

加藤磐斎『清少納言枕草紙抄』（日本文学古註釈大成、日本図書センター）

【朝さる色】とは、朝にさうある色と云義なり。

【標註】同「かすが山朝ゐる雲のしら〴〵にわが恋まさる月に日ごとに」文選宋玉賦云《ニク》。朝《ニハ》為二行雲一。暮《テハ》為二行

雨㆒。　（六五九頁）

北村季吟『枕草子春曙抄〔杠園抄〕』（日本文学古註釈大成、日本図書センター）

雲は〔辰ニ記セル如シ〕

【標註】朝《アシタ》に去《サル》色　古詩の詞なるべし。未考。

【美】抄云、宋玉賦（文選ニアリ）ニ「朝ニハ為㆓行雲㆒暮ニハ為㆓行雨㆒ト」　（六一〇〜六一一頁）

岡西惟中『枕草紙傍註』（日本文学古註釈大成、日本図書センター）

○宋玉賦云朝為㆓行雲㆒暮為㆓行雨㆒　（二一四頁）

磐斎は「朝にさる色」について、『万葉集』（佐竹昭広他『新日本古典文学大系　萬葉集』一、岩波書店、一九九九年、三九六頁）巻第四［六七七］の和歌にある「朝居雲」の典拠と同じように、『文選』（蕭統『文選』一、中国・上海古籍出版社、一九八六年、八七六頁）第十九巻の宋玉「高唐賦」にある「旦為朝雲、暮為行雨」と注記していた。しかし季吟は磐斎の指摘を踏まず、古代の詩の言葉であるべきと肯定し、いまだに考証されていないことを指摘した。ところが、岩崎美隆が『春曙抄』を補記する際に磐斎の説を傍注した。後に岡西惟中も磐斎の指摘に従って、宋玉の賦を記したのである。

古注から昭和初めまでの『枕草子』注釈書では、「朝にさる色」に関する解釈は、基本的に宋玉の高唐賦と説明している。例えば、武藤元信は、『枕草紙通釈』の中では、「朝にさる色　宋玉が高唐賦に（中略）とあり、こゝは巫山の故事を連想して、かくいへるにや。」（有朋堂書店、一九一一年、六六八頁）、金子元臣も『枕草子評釈』にて「朝に去る色　本文あるべしと思へど、未だ考えず。準據は巫山の故事なり。」（明治書院、一九三一年、九一二頁）と述べている。

しかし「朝にさる色」の典拠は、必ずしも『文選』第十九巻による宋玉の「高唐賦」ではないという疑問が見られる。それは次のような関根正直『補訂枕草子集註』（思文閣出版、一九七七年）の文である。符号の表記を改めた箇所がある。

◎朝に去る色 春 古詩の詞なるべし。未勘。補 千蔭夏蔭二翁は、文選宋玉が高唐賦に拠るとし、通釈には賦の文を引き載せたれど、なほ確かにそれとも思はれず。（五五六頁）

昭和三十三年（一九五八）に出版された『日本古典文学大系 枕草子他』（岩波書店、一九五八年）頭注には、池田亀鑑と岸上慎二が、「朝にさる色」について、「関係のありそうな詩に宋玉の高唐賦」があることを注記したが、「さる」は然るで、「朝に何々の色」の意に採るか、「漢詩の句と解されるが、いかなる詩か未詳。」（二七一頁）と説いている。要するに池田らは、古注の磐斎に指摘された宋玉の高唐賦はありそうだとは言ったものの、定めることができなかったのである。ただ漢詩句であることは肯定している。しかし、どのような漢詩句かはまだ決定されていなかったのである。

その後、萩谷朴が新たな説を出した。それは萩谷が昭和十六年（一九四一）に「松浦宮物語作者とその漢学的素養」（『国語と国文学』第十八巻八号、九号）の中ですでに指摘した白楽天の「花非花」である。『新潮日本古典集成 枕草子』下巻（新潮社、二〇〇五年）によって、引用してみよう。

白楽天が『文選《もんぜん》』巻十九、宋玉の「高唐賦」を踏まえて作った『白楽天詩集』巻十二所収「花非花」の「花《カ》非《あらズ》レ花《ニ》、霧《カ》非《あらズ》レ霧《ニ》。夜半来《リ》、天明去《ル》。来《タルコト》 如《シ》二春夢《ノ》一幾多時《ノ》。去《ルコト》 似《テ》二朝雲《ニ》一無《シ》二覓《もとむル》 処一」を引く。

（一五二～一五三頁）

また萩谷は『枕草子解環』四（同朋舎、一九八三年）で、次のように補筆している。

集成がこの卑見をそのままに用いたことは勿論、**角文**も補注に、この萩谷説を「この詩、すこぶる近く、ほとんど当れるかと思われる」とし、『枕草子講座』第四巻「枕草子の源泉――中国文学」（矢作武氏）も、右の拙稿を引用している。

また、津島知明・中島和歌子編『新編枕草子』（おうふう、二〇一〇年）も、萩谷朴の説に従っている。（四六一頁）

「花か花に非ず、霧か霧に非ず。夜半に来《きた》り、天明に去る。来ること春夢の如く。幾多の時。去ること朝雲に似て、覓《もと》むる処無し」（文集・十一・花非花）に拠る。↓補注1・112（二四四頁）

右「補注1・112」は次のようである。

補注1

「朝雲《ちょううん》」は、楚の王が昼寝の夢中で契った神女の「去るときに辞して曰く、妾は巫山の陽《みなみ》、高丘の阻に在り。旦には朝雲と為り、暮には行雨と為り、朝朝暮暮、陽台の下にあらん。旦朝、之を視るに言の如し」（文選・十九・宋玉・高唐賦序）が出典。これに拠る白詩「花非花」（二三九注）や、劉禹錫「嗟く所有り、二首」の「相逢ふも相失ふも尽く夢の如し、雨と為り雲とや為りにけん、今は知らず」「鄂渚濛濛として煙雨微なり、女郎（恋人）の魂暮雲を逐ひて帰る」等にも拠る。（三〇八頁）

補注112

「曙をみれば、霧か雲かと見ゆるもの立ちわたりて、あはれに心すごし」（蜻蛉・下・天禄二年・鳴滝籠り）も、同詩句を引くか。又「花非花」の出典は、願文や詩歌に引かれる「朝雲暮雨」による。「（神女は王に）去るときに辞して曰く、妾は巫山の陽《みなみ》、高丘の阻に在り。旦には朝雲と為り、暮には行雨と為り、朝朝暮暮、陽台の下にあらん。旦朝之を視るに言の如し」（文選・十九・宋玉・高唐賦の序）。本段は、これ自体も踏まえるか。（三二四頁）

しかし、この説で決着したかと言えばそうではない。例えば、上坂信男や神作光一らが校注した『講談社学術文庫　枕草子』下では、「朝にさる色」に対して、「出典未詳」（講談社、二〇〇三年、七二頁）としている。『新編日

本古典文学全集　枕草子』の頭注にも「出典未詳」（三七二頁）、増田繁夫『和泉古典叢書　枕草子』（和泉書院、一九八七年）の頭注にも「出典不明」（一九〇頁）と記してある。

　このように、古注から現代の論考までの「朝にさる色」については、二つの出典が指摘されてきた。一つは、宋玉の高唐賦の賦句であり、もう一つは白楽天の「花非花」の詩句である。しかし、どちらが相応しいかについては、確定されていないのが現状である。また、もし「朝にさる色」が、宋玉の高唐賦の典拠と関係があるとしても、これを踏まえた白楽天の「花非花」とは言えないのである。なぜなら「朝雲」や「巫山」に関わる唐詩は白楽天の「花非花」だけではないからである。したがって、萩谷朴の説は定説になっていないと言える。萩谷説にはどのような問題が存在しているのか、この点については、次の節に譲って詳しく分析してみたい。

三　萩谷説の疑問

　なぜ萩谷朴は白楽天の「花非花」と限定したのか。そのわけは、「高唐賦」を踏まえた詩句は多いからである。例えば、次のような唐代の一〇人の詩句があげられる。引用文は『全唐詩』（中国・中華書局、一九六〇年）による。

詩人	**詩題**	**詩句**		**巻数**	**頁数**
李白	雑曲歌辞	一辞玉階下	去若**朝雲**沒	第二十六巻	三六一頁
陳子昂	綵樹歌	状瑶台之微月	点巫山之**朝雲**	第八十三巻	九〇二頁
張説	節義太子楊妃挽歌	**朝雲**将暮雨	長繞望思台	第八十七巻	九五八頁
杜甫	舟中	今**朝雲**細薄	昨夜月清円	第二百三十二巻	二五六〇頁
元稹	楚歌十首	巫峡**朝雲**起	荊王安在哉	第三百九十九巻	四四七六頁

李商隠	楚宮二首	**朝雲**暮雨長相接	猶自君王恨見稀	第五百四十巻	六一八六頁
賈島	感秋	**朝雲**蔵奇峰	暮雨灑疏滴	第五百七十一巻	六六一九頁
温庭筠	答段柯古見嘲	尾薪橋下未為痴	暮雨**朝雲**世間少	第五百八十三巻	六七六一頁
羅隠	姹山	為逐**朝雲**来此地	因随暮雨不帰天	第六百六十五巻	七六二一頁
李治	感興	**朝雲**暮雨鎮相随	去雁来人有返期	第八百五巻	九〇五八頁

右のように、一〇首の詩句にはいずれも白楽天の「花非花」の「去似朝雲無覓處」と同じように、「朝雲」があるので、対照のために取り上げてみた。

唐詩ではなく、平安時代における漢詩にも「朝雲」が含まれた詩句を見ることができる。例えば、『本朝麗藻』に収録された中宮定子の兄、藤原伊周（儀同三司）の「牛女秋意」には、「已至二**朝雲**欲レ別時一（已《すで》に朝雲《てううん》の別《わか》れなむとする時《とき》に至《いた》る）」（本文は川口久雄、本朝麗藻を読む会『本朝麗藻簡注』勉誠社、一九九三年、一〇四頁による）。言うまでもなく、藤原伊周の詩句にある「朝雲」の典拠は「高唐賦」の説であろう。だが「朝にさる色」の典拠とは言い難い。

なぜ萩谷朴は、白楽天の詩句にある「朝雲」の「花非花」を、「朝にさる色」の典拠としたのか。その理由については、萩谷の『枕草子解環』四の解釈を確認したい。なお、萩谷の解説は長文であるため、本章の論述に必要な箇所のみを次に引用する。

Aしかし、高唐賦というも神女賦というも、枕草子に「朝に去る色」と引いたものに合致する章句を、そこから見出だすことは出来ない。その点は、関根集注が「確とそれとも思はれず」といい、金子評釈が「本文あるべしと思へど未だ考へず。準拠は巫山の故事なり」という如く、朝雲暮雨の巫山神女の故事に基づく古詩を引用したもので、直接に、宋玉の賦を引用したものとは思われないのである。

Bそこで田中全書と全講とは、この本文個所を「朝に去る色」とよむことをやめて、巫山の故事と一応切り離し、「朝に然《さ》る色」と原詩を朧化したもの、それゆえに、原典を見出だし難いのであろうと考え始めた。確かに、三巻本第七三段には、源英明の「池冷水無二三伏夏一。松高風有二一声秋一」（和漢朗詠集上）を「なにがし一声の秋」つまり「なんとかかんとかで一声の秋」というように朧化して引叙し、第一七三段には、謝観の「暁入二梁王之苑一雪満二群山一」（和漢朗詠集上）を「雪なにがしの山に満てり」即ち「雪なんとかの山に満てり」というように朧化して引叙したところはある。

しかし、それをもってこれを類推するならば、「朝になにがしの色」もしくは「朝になにの色」とあるのが、猶適切であろう。

Cそこで筆者は、やはり「朝に去る色」と訓んで、巫女神女の故事を詠じた古詩を引用したものと考え、現在の調査の段階において、最も有力な原典として、白氏文集感傷四にある「花非花」の詩を挙げるのである。

花《カ》非レ花《ニ》、霧《カ》非レ霧《ニ》、夜半来《リ》、天明《ニ》去《ル》。来《ルコト》如《シ》二春夢《ノ》一幾《ノ》多時、去《ルコト》似《テ》二朝雲《ニ》一無《シ》二覓《ムル》処一。

これは、藤原定家（推定）が、松浦宮物語一篇を創作し、それが如何にも古いむかしの物語であるかの如くに見せ、終末もなく書きさしになっていることを、冊子の奥が巧ちて散佚したものであるかのように見せかける為に付した偽跋に引用したところであったが（「松浦宮物語作者とその漢学的素養」『国語と国文学』昭和十六年二〇八―二一〇九号所載拙稿参照）、「花非花」の詩は、有名な白氏の「長恨歌」と同巻に収められていたものであるから、勿論清少納言の目にも触れていることと考えられるのである。

D「天明ニ去ル」は「アシタニ去ル」ともよみ得るし、「去ルコト朝ノ雲ニ似テ」からも「朝に去る色」の句は導き出すことが出来る。「色」は即ち「雲の色」に他ならないからである。或いはもし、「色」と「雲」と酷似する草書字体を媒体として、「朝に去る雲」が「朝に去る雲」から転化した誤謬本文であると仮定したら、「朝に去る雲」という句は、全くこの「花非花」の詩から出たものに他ならないと確定してもよい位なのだが。因みに、白氏の「花非花」を、この句の原典であろうとする推測説を最初に発表したのは、昭和二十七年八月「季刊国文」第二号所載の拙稿においてであったが、本誌（朴云、『国文学』）二月号所載「枕草子に投影した海外文学」（田中重太郎稿）の一覧表にも洩れているので、念の為に再度御紹介に及んだ次第である。

（四六〇～四六一頁）

右に挙げたA、B、C、Dの文をよく読んでみると、次のような疑問が浮かび上がってくる。

まず、原文の「朝にさる色」が「朝に去る雲」に転化した証拠がない。

それが更にはっきり表示された部分は、萩谷の「朝にさる色」の現代語訳文である。

「朝に去る雲」とか何とかね、詩にも作っているようだ。（前掲書同、四五九頁）

右に挙げた訳文には二つ問題がある。

第一は、「去る」の問題である。「さる」は「去る」と「然る」の二つの説がある。なぜ萩谷は「去る」と解釈したのだろうか。その理由は、おそらくBに「朝に然る色」と「原詩を朧化したもの」、「そのゆえに、原典を見出し難いのであろうと考え始めた」から、「然る」をやめて、「やはり」Cでは「花非花」の中の「天明去」に基づいて推定したのだろう。その推定過程はD文に展開されている。もう一度見てみよう。

「天明ニ去ル」は「アシタニ去ル」ともよみ得るし、「去ルコト朝ノ雲ニ似テ」からも「朝に去る色」の句は導き出すことが出来る。（前掲したD本文）

一般に原典を推定する場合、表示された語句に類似するものを探すはずである。しかし、萩谷は決めた漢詩に基づいて清少納言の書いた文を推定したので、本末転倒の可能性があると思われる。

第二は、「色」を「雲」に転化した問題である。それでは「雲は」の章段に相応しくない。何故なら、その章段は、他の類聚的な「…は」の章段と同じく、最初に「雲は」という主題を提示し、次いでその一側面である「（美しい雲の）色」を羅列していくことによって統合を図る章段であるのに、その「朝にさる色」ではなく「朝にさる雲」という句が登場するのは如何にも不自然だからである。

ここで注意しなければならないのは、もう一つの漢詩句を指摘した論文である高橋敬子の「「朝にさる色」（枕草子）の出典」である。(3)

四　高橋の指摘の問題

高橋の論文で指摘された漢詩は、「早発白帝城」である。引用は大野実之助『李太白詩歌全解』（早稲田大学出版部、一九八〇年）による。

早発白帝城
朝辞白帝彩雲間
千里江陵一日還
両岸猿声啼不尽
軽舟已過万重山

早《つと》に白帝城《はくていじょう》を発《はっ》す
朝《あした》に辞《じ》す白帝彩雲《はくていさいうん》の間《かん》
千里《せんり》江陵《こうりょう》一日に還《かえ》る
両岸《りょうがん》の猿声《えんせい》啼《な》きて尽《つ》きず
軽舟《けいしゅう》すでに過《よ》ぎる万重《ばんちょう》の山
（一〇五六頁）

以上の漢詩は、すこぶる「朝にさる色」に似ているのであるが、やはり、清少納言がこの漢詩を引用したとは思えない。圷美奈子氏は次のような疑問点を述べた。

高橋敬子氏（略）は新たに、典拠として李白の「早発白帝城」詩の「朝辞白帝彩雲間」を指摘する。しかし、清女が主体を李白から雲に転じて「朝に彩雲が去って行く」の意に解したとまでみることの蓋然性については、

章段の文脈とも合致せず疑問である。(4)

さらに付け加えれば「朝にさる色」の出典が、確実に「巫山」の故事を踏まえるのかも断定できないが、前に引用した古注に指摘されているし、「巫山」の故事自体は「朝雲」との間に密接な関係がある。念のため、中国の『辞源』による「巫山」と「白帝」の解説を、それぞれ記入する。

【巫山】㈠山名。1、在四川巫山県東、即巫峡。巴山山脈特起処。有十二峰、峰下有神女廟。（略）2、在山東肥城県西北。（略）㈡県名。属四川省。㈢文選戦国楚宋玉高唐賦記楚襄王遊雲夢台館、望高唐宮観、言先王（懐王）夢与巫山神女相会。神女辞別時説：「妾在巫山之陽、高丘之阻、旦為朝雲、暮為行雨。朝朝暮暮、陽台之下。」後人附会、為之塑像立廟、号為朝雲。後称男女幽会為巫山、雲雨、高唐、陽台、皆本此。

（『辞源』中国・商務印書館、一九九八年、五二〇頁）

（【巫山】㈠山の名前。1、四川省巫山県の東にあり、すなわち巫峡である。巴山の山脈にそびえるところである。十二の峰があり、峰の下に神女廟がある。〈略〉2、山東省の肥城県の西北にある。〈略〉㈡県の名前。四川省に属する。㈢『文選』戦国の楚の宋玉「高唐賦」によると、楚の襄王が宋玉と雲夢の台館で外遊した。高唐の宮殿を眺めて、宋玉が、先王〈懐王〉が夢の中で巫山の神女と会い、神女が別れる際に：「私は巫山の南、高丘の険しいところにおり、朝は朝雲となり、夕方は行雨となり、朝夕の陽台の下におります。」と言った。後人は、そこで彼女のために像を作って廟を建てた。朝雲という名前を付けた。後の時代では、男女のあいびきに使われた巫山、雲雨、高唐、陽台は、すべてこの故事からきた表現である。）

【白帝】㈠五帝之一。（略）㈡城名。在今四川奉節県城東瞿塘峡口。東漢公孫述至魚復、見白気如竜出井中、自以為瑞、改魚復為白帝。三国時蜀漢以此為防呉重鎮、改名永安。唐李白李太白詩二二早発白帝：「朝辞白帝彩雲間、千里江陵一日還。」即此地。

（前同、一一七〇頁）

（【白帝】㊀五帝のうちの一つ。〈略〉㊁三国の時代の都市の名前。現在四川省の奉節県の都市の東にある瞿塘峡の入口のところである。東漢の公孫述は魚復に行った際、龍が井から出たような白気を見た。自ら吉祥地と思い、魚復を白帝に変えた。三国の時代に蜀と漢は呉を防ぐために、白帝は重要な都市となり、永安の名前に換わった。唐代の李白の「早発白帝城」詩作にある、「朝に辞す白帝彩雲の間、千里江陵一日に還る」典拠は、この場所である。）

以上に挙げたように、「巫山」は、四川省の巫山県の東にあり、「白帝」は四川省の奉節県の城東にある。これらは同じ場所ではない。また「白帝」と「朝雲」は全く関係がない。

以上のことから見ても、高橋が指摘した李白の「早発白帝城」は論の出発点からして間違いではないだろうか。また前掲したように、「朝雲」をキーワードとすると、李白の詩と似ている唐詩が多く可能性もある。

更に、「早発白帝城」の趣旨と清少納言の「朝にさる色」が相対的に相応しくないという点であるが、それについては、まず高橋の論の次の箇所をみてほしい。

「朝《あした》にさるいろ」という引用は、「朝辞白帝彩雲間」の詩句から、「朝」「辞」「彩」の三文字を採り上げ、上から順に和訓読みをして、つなげた形である。「雲」が取上げられていないのは、この段のテーマが雲なので、引用詩句には当然「雲」の文字が含まれているはずだからである。「白帝」は固有名詞であり、話題と関係がなく、「間」は、作者の関心が「雲」までであったので採り上げなかったものと思われる。

夜明けの雲の様子に感興を覚えた作者は、同じように朝の雲の情景が美しく表現されたこの詩句を想起して引用したものと思われる。

詩の「辞（さる）」の主語は李白であるのだが、作者は本来の意味を知らず、「朝に彩雲が去って行く」と解釈したのかもしれない。あるいは、本来の意味は知ってはいたが、雲の話題に引用するのであるから雲を主体

（引用文は注（3）による）

とした解釈にしたかったものと思われる。

しかし、この文章から次のような疑問が浮かび上がって来る。

問題は、なぜ清少納言が「朝辞白帝彩雲間」の中の「朝にさるいろ」のみを採ったのだろうか。高橋の文では「白帝」は「固有名詞であり、話題と関係がなく」（注（3）同）と指摘されたが、なぜ清少納言がこれらの「話題と関係がなく」とある漢詩を思い出したのだろうか。その理由について、高橋は一切説明していない。

例えば、『枕草子』第二八〇段「雪のいと高う降りたるを、例ならず御格子まゐりて」の中に中宮定子は「「少納言よ、香炉峰《かうろほう》の雪、いかならむ」と仰せらるれば、御格子上げさせて、御簾《みす》を高く上げたれば、笑はせたまふ。」（四三三頁）という例がある。もちろん、この章段の引用漢詩は『白氏文集』巻十六［〇九七五］律詩「香炉峰下、新卜㆓山居㆒、草堂初成。偶題㆓東壁㆒」の「重題」のうち、第三番の詩の中の［〇九七八］「香炉峰雪抜㆑簾看」（四一九～四二三頁）であるが、清少納言がこの漢詩の内容を知らない場合、「御簾を高く上げる」ことはできないだろう。

もう一つ例を挙げてみよう。これは『枕草子』第七八段「頭中将のすずろなるそら言を聞きて」の章段で、頭中将は清少納言の状況を聞くため『白氏文集』巻十七［一〇七九］律詩の詩句「蘭省花時錦帳下」を引用して、手紙として送った。清少納言は次のように「草の庵《いほり》を誰かたづねむ」と返事をしたのである。もし、清少納言が元々漢詩を原文の「蘭省花時錦帳下、廬山雨夜草庵中」（八一～八二頁）を理解していないとしたら、返事の中で「草の庵」の文字を書くことはないだろう。ここで『枕草子』の全ての漢籍の分析はできないが、これだけの例を見ても、高橋が言う「作者は本来の意味を知らず」は当たっていないと思われる。

以上の論述を纏めて言えば、高橋に指摘された「朝にさる色」の「さる」は、「朝辞白帝彩雲間」の「辞」と理解することとは相応しくない。李白の「早発白帝城」と『枕草子』「雲は」の章段を比べてみると、内容的に関係ないので、清少納言がこの漢詩を引用した可能性は低い。既に前文に論証した「朝にさる色」の「さる」は白楽天の

「花非花」の中の「天明去」の「去」でもないことがわかった。これらを考えてみると、既に述べた可能性が再び浮かび上がる。一つは、「さる」は「然る」になる可能性が極めて高いことである。もう一つは引用原典の特定である。先行研究で指摘されたように、「準拠は巫山の故事なり」であるので、「巫山」をキーワードとして、『全唐詩』（中国・中華書局、一九六〇年）で検索すると、結果、一四八首全てを読んでも見つけられなかったことから考えて、「朝にさる色」の出典の時代は、おそらく『文選』による楚の宋玉「高唐賦」後から、唐代前までなのであろう。これらの分析から、結論を先に言えば、「朝にさる色」の出典は中国南朝の沈約（四四一～五一三）の「朝雲曲：陽台氛氳多異色、巫山高高上無極、雲来雨去長不息、長不息、夢来遊、経万世、度千秋。」ということになるのではないだろうか。その理由を以下に説明する。

五　沈約「朝雲曲」における「多異色」

私は「朝にさる色」の出典は沈約の「朝雲曲」と考える。主な理由を三つ挙げる。第一に、漢詩の「巫山」の典拠があるからである。第二に、漢詩のテーマ「朝雲」と一致しているからである。第三に、「色」と合致しているからである。これらの三つの理由をそれぞれ分析していきたい。

第一に、漢詩「巫山」の典拠である。前掲した『辞源』に解説したように、「後人附会、為之塑像立廟、号為朝雲。後称男女幽会為巫山、雲雨、高唐、陽台、皆本此」から、「朝雲」と「巫山」の間に物語が繋がっている。このような有名な故事は清少納言も知っている可能性が高い。だとすれば、「雲は」の章段を書く時に、「巫山」の「朝雲」の色についての漢詩を思いだしたのは自然であろう。

第二に、漢詩のテーマ「朝雲」である。既に述べたように、「巫山」についての漢詩の中には「朝雲」の文字が多く出て来るのは事実であるが、「巫山」の「朝雲」を中心として詠んだ漢詩は、沈約の「朝雲曲」しかなかった。「朝雲曲」の「曲」の意味は『辞源』によると、次のような説明がある。

楽曲。（中略）楽曲的唱詞。又韻文的一種文体。（七八七頁）

同じように、清少納言は「雲」を見て、「白」の雲、「紫」の雲、「黒」の雲及び雨雲を表現し、翌日の朝の雲を見て、同じ朝雲を中心にした漢詩を思い出すことは自然であろう。

第三に、「色」である。「色」は「朝にさる色」の漢詩の出典を特定する時に十分注意しなければならないポイントである。「雲は」の章段にある「白き」「紫」「黒き」「黒き雲の、やうやう消えて、白うなり行くも」は沈約の「朝雲曲」の「陽台氛氳多異色」を踏まえていた発想と考えられる。

先行研究に指摘された宋玉の「高唐賦」、白楽天の「花非花」、李白の「早発白帝城」は、いずれも「色」がない。この事実を無視してそれらを出典と認定することは難しい。

最後に、沈約の時代、つまり清少納言はどこから沈約の「朝雲曲」を読んだのかについて、解説しなければならない。

まず沈約について、次の『世界文学大事典』（集英社、一九九七年）による解説を取り上げておきたい。

中国、南朝宋《そう》・斉・梁《りょう》代の文人。〈永明体〉の創始者の一人。字《あざな》は休文。呉興武康（浙江《せっこう》省徳清県）の人。沈《しん》氏は江南では由緒ある家柄であったが、淮南《わいなん》太守の父沈璞《しんはく》が宋朝王室の内訌《ないこう》のため元嘉《げんか》の末年に誅殺《ちゅうさつ》されるや、少年期は流亡生活を余儀なくされ、貧窮に苦しみつつも、学問に励み博識多聞となり文章力も身につけた。四六五（泰始二）年彼が二五歳のころ、尚書右《う》僕射《ぼくや》蔡《さい》興宗の知遇を得、奉朝請に任官し、記室参軍、尚書度支郎に遷《うつ》り、念願の『晋書《しんじょ》』撰述《せんじゅつ》の勅許もすでに得ていた（『隋《ずい》書』経籍志に百十一巻の書を著録）。（五八六頁）

また、沈約の「朝雲曲」については『芸文類聚』巻第四十二「樂部二」樂府に見られる。『芸文類聚』については、唐代の最大類書と言われ、編纂する方法も先行の類書と違って、最も読みやすい類書とも言われている。この類書は早く日本に伝来してきた。平安中期に成立した『日本国見在書目録』には、一〇〇巻と記録されている。小島憲之は『上代日本文学と中国文学―出典論を中心とする比較文学的考察―』上巻（塙書房、一九六二年）の中で「芸文類聚の利用」（一二六頁）を論述したが、それを簡略に纏めたものとして、小島の『日本古典文学大辞典』の『芸文類聚』の解説文を下に引用する。

芸文類聚《げいもんるいじゅう》　百巻。漢籍。子部・類書類。唐の欧陽詢ら撰。六二四年（武徳七年）成立。『唐会要』巻三十六「修撰」に「武徳七年九月十七日、給事中欧陽詢奉勅撰芸文類聚成、上レ之」とみえ、唐の高祖の勅命によることがわかる、諸書より同じ類に属する「事」と「文」の佳句を類聚した一大類書、百科文学辞典として名高い。（中略）【日本への伝来・影響】本書の伝来は、『日本書紀』の文中に利用された跡が見られ、したがって『日本書紀』成立の養老四年（七二〇）を降らず、遅くとも遣唐使帰朝の養老二年頃には伝来していたであろう。『日本書紀』の撰者は本書の語句を利用することによってその文を美しく飾り、（中略）『懐風藻』の詩句の中にも本書を利用した詩句が見られ、本書の上代文学に及ぼした影響は多大である。平安時代初期の漢詩文の場合も同様であり、佚書『修文殿御覧』を除いては、「類書」の白眉としてわが文学の宝典となった。(5)

以上のように、清少納言が『芸文類聚』を読んだ可能性は極めて高いのが分かるし、信憑性も問題がないと思う。もちろん、清少納言の漢文の能力については言うまでもないだろう。かつて矢作武は「枕草子と漢籍」（雨海博洋他『枕草子大事典』勉誠出版、二〇〇一年、五九九〜六一五頁）の中で、『芸文類聚』と関係ある章段についても幾つか指摘している。

最後に、「雲は」の章段に関わる『芸文類聚』の性格について、次に解明してみたい。

本章段「雲は」の前の「日は」「月は」「星は」の章段に関する配列の特徴について、かつて池田亀鑑は『全講枕草子』の中で、次のように述べている。

以上「日は」「月は」「星は」「雲は」の四段は、諸本のどれもこの順序で、まとめて記されている。（ただし堺本は「星は」を欠く）これは作者が執筆した折の順序と解されはすまいか。文章がどれも短く、紙の一面に続けて書き得るということも、この推定を支持するであろう。作者がはじめて枕草子を執筆した折の意図は、辞書的な美の分類を、体系的に述べるところにあったものと考えられるが、その最初に構想されたものは、おそらくこの日・月・星・雲などの天体現象であったであろう。これは**天地玄黄とか日月星辰**とかの、支那的な分類であって、辞書的な書物を執筆しようと意図した作者が、当然採用したものと考えて誤りないと思われる。(6)

しかし、ゴシック字体を付けた「天地玄黄」と「日月星辰」は辞書にも類書にもない表現である。また厳密に言えば、『枕草子』には「日は」「月は」「星は」「雲は」の章段しか見えないし、「日月星辰」の配列はない。また池田は「辞書」と言ったが、具体的にどのような辞書なのかは示してこなかった。ただ昭和五年（一九三〇）『国語と国文学』第七巻、第十号に掲載された「美論としての枕草子」（後日『研究枕草子』に収録）の論文の中で、次のように述べている。

さて当時の分類法は、**口遊・綺語抄・類聚古集・和歌童蒙抄・色葉字類抄**等に試みられたる実例によって、その大略が察せられるが、これ等には、遠く**尓雅**に見るような支那式の分類法によった**倭名類聚抄**と、その感化をうけたらしい古今和歌六帖との影響があったのではないかと想像される。(7)

『綺語抄』（康和四年〈一一〇二〉以後成立）、『類聚古集』（保安元年〈一一二〇〉頃成立）、『和歌童蒙抄』（久安元年〈一一四五〉頃成立）、『色葉字類抄』（天養元年〈一一四四〉〜治承五年〈一一八一〉の間に成立）は、いずれも清少納言の後の時代に成った書物であるから、清少納言はこれらの辞書を参考にすることは不可能である。確かに『口遊』『尓雅』『倭名類聚抄』『古今和歌六帖』は、すべて『枕草子』より先に成立した書物なので、清少納言が見ることは可能であるが、ここで、「雲は」章段の前に「日、月、星」の章段の配列順について確認してみたい。

『口遊』（『続群書類従・第三十二輯上　雑部』続群書類従完成会、一九五八年）

日月星。**日月五星**（後略）　（六二頁）

『尓雅』（『古典研究会叢書　神宮文庫蔵　尓雅』汲古書院、一九七三年）

釈天第八、四時、祥、災、年陽、歳名、**月陽**、**月名**、**風雨**、**星名**、祭名（後略）　（七一～八一頁）

『倭名類聚抄』（『諸本集成　倭名類聚抄〔本文篇〕』臨川書店、一九六八年）

天地部第一、景宿類一、**日**、**陽烏**、**月**、**弦月**、**望月**、**暈**、**蝕**、**星**、**明星**、**長庚**（後略）　（一一～一三頁）

『古今和歌六帖』（『細川家永青文庫叢刊　古今和歌六帖（上）』汲古書院、一九八二年）

六帖第一、歳時春、歳時夏、歳時秋、歳時冬、**天**、六帖第二、**山**、**田**、**野**、**都**、**田舎**（後略）　（三～五頁）

右のように、『枕草子』「日、月、星、雲」と一致している配列は見えない。この結果からみると、辞書よりむしろ唐代類書から受容した方法と考えるのが相応しいのではないだろうか。例えば、次のような中国古代類書を比べてみたい。引用文は、董治安『唐代四大類書』（中国・清華大学出版社、二〇〇三年）により、該当する頁数を示した。

『北堂書鈔』　巻第一百四十九　天部一　天　**日**

巻第一百五十　天部二　**晷**　**月**　**星**　**漢**　**雲**　（二九頁）

『芸文類聚』　第一巻　天部上　天　**日**　**月**　**星**　**雲**　風　（七五九頁）

『初学記』　第一巻　天部上　天　**日**　**月**　**星**　**雲**　風　雷　（一四三八頁）

『白氏六帖事類集』　第一巻　天地　**日**　**月**　**星**　**辰**　**雲**　雨　風　雷　四時節臘　（一九四一頁）

右の四つの類書を比較してみると、一目瞭然であることは、ゴシック字体を付けた箇所のように、『枕草子』「日は、月は、星は、雲は」とまったく一致している配列は、『芸文類聚』「日　月　星　雲」にしか見えないことである。このことを確認するとともに、前に述べた沈約「朝雲曲」は『芸文類聚』にしか見えないことを合わせて考えると、清少納言は『芸文類聚』を読んでいたとすることに矛盾はないだろう。

六　おわりに

以上、『枕草子』「雲は」の章段における「朝にさる色」の典拠を考察してきた。「朝雲」に関する有名な故事について、すでに加藤磐斎が指摘しているが、典拠としては認めていなかった。また白楽天「花非花」と李白「早発白帝城」については、いずれも詩句には「色」がないから、相応しくないと考えた。また「雲は」の章段の前に「日は」「月は」「星は」の配列の特徴から見ると、唐代の『芸文類聚』天部の配列と一致する。さらに沈約の「朝雲曲」にみえる「多異色」の詩句は、『芸文類聚』にしか見えない。清少納言は、「雲は」の章段を書く際に、自然と沈約の「朝雲曲」の「陽台氛氳多異色」を思い出したのではないだろうか。『芸文類聚』と『枕草子』の間の新たな課題として、今後、引き続き考察してみたい。

注

（1）　三系統一種『枕草子』底本は、本書凡例に記載。また以下の文献を参考にした。①田中重太郎『校本枕冊子』下巻（古典文庫、一九五六年）六二七頁。②杉山重行『三巻本枕草子本文集成』（笠間書院、一九九九年）六一四頁。③林和比古『堺本枕草子本文集成』前篇（日本書房、一九八八年）二七〇～二七三頁。④大東急記念文庫蔵『清少納言枕草子』下の複製写本。⑤『陽明叢書国書篇　枕草子・徒然草』（思文閣、一九七五年）二六〇頁。⑥「尊経閣叢刊丁

卯歳配本」の写本の複製『前田本まくらの草子』一（育徳財団、一九二七年）。⑦吉田幸一『堺本枕草子　斑山文庫本』（古典文庫、一九九六年）四六頁。

（2）田中重太郎『日本古典評釈全注釈叢書　枕冊子全注釈』四（角川書店、一九八三年）二四二頁。

（3）高橋敬子「「朝にさる色」（枕草子）の出典」（『語学と文学』第三十五号、群馬大学語文学会、一九九九年三月）三五～四二頁。

（4）圷美奈子『新しい枕草子論　主題・手法そして本文』（新典社、二〇〇四年）四九〇頁。

（5）市古貞次・野間光辰『日本古典文学大辞典』第二巻（岩波書店、一九八四年）三六九頁。

（6）池田亀鑑『全講枕草子』（至文堂、一九七三年）四六九頁。

（7）池田亀鑑『研究枕草子』（至文堂、一九八一年）二一四頁。

第二部　『枕草子』と『白氏文集』

第七章　清少納言と白居易の詩的な寓意

――「花や蝶や」と「萎花蝶飛去」――

一　はじめに

論述のため、数次掲げている「三条の宮におはしますころ」の段の三巻本と能因本の当該する本文を呈示する。

三巻本　第二二三段（『新編日本古典文学全集　枕草子』小学館、一九九七年）

　三条の宮におはしますころ、五日の菖蒲《さうぶ》の輿《こし》など持《も》てまゐり、薬玉《くすだま》まゐらせなどす。若き人々、御匣殿《みくしげどの》など薬玉して、姫宮《ひめみや》、若宮につけたてまつらせたまふ。いとをかしき薬玉ども、ほかよりまゐらせたるに、青《あを》ざしといふ物を、持《も》て来たるを、青き薄様《うすやう》を、艶《えん》なる硯《すずり》の蓋《ふた》に敷きて、「これ籬越《ませご》しに候《さぶら》ふ」とてまゐらせたれば、

　みな人の**花や蝶《てふ》や**といそぐ日もわが心をば君ぞ知りける

この紙の端《はし》を引き破《や》らせたまひて書かせたまへる、いとめでたし。（三五八頁）

能因本　第二二六段（『日本古典文学全集　枕草子』小学館、一九七四年）

　四条ノ宮におはしますころ、五日の菖蒲《さうぶ》の輿《こし》など持ちてまゐり、薬玉《くすだま》まゐらせなど、若き人々、御匣殿《みくしげどの》など薬玉して、姫宮、若宮につけさせたてまつり、いとをかしき薬玉、ほかよりもまゐらせたるに、青《あを》ざしといふ物を、人の持て来たるを、青き薄様《うすやう》を、艶《えん》なる硯《すずり》の蓋《ふた》に敷《し》きて、「これ籬越《ませこ》しに候《さぶら》へば」とて、まゐらせたれば、

　みな人の**花や蝶《てふ》や**といそぐ日もわがこころをば君ぞ知りける

と、紙の端《はし》を破《や》りて書かせたまへるも、いとめでたし。（三六〇頁）

ゴシック字体を付けた「花や蝶や」の表現は、懐妊中の定子が、清少納言の奉った「青ざし」（本書第五章を参照）を受け取って、素早く詠んだ和歌の表現である。すなわち「みな人の**花や蝶《てふ》や**といそぐ日もわが心をば君ぞ知りける」下句「わが心をば君ぞ知りける」の文中の「君」には清少納言、一条天皇の二説あって、清少納言とする説が優勢だが、第五章で述べたように、磐斎の校訂本文には「天」とあり、「天皇」を指すと考えられ、また『日本国語大辞典』の解釈のように、「君」とは、「一国の君主。天皇。」であり、さらに山田利博の考証に従って(1)、ここでは「君」は一条天皇として考えることが相応しいであろう。

ここで注意したいことは、上句「花や蝶や」である。「花や蝶や」は、従来解釈が必ずしも明らかにされていないのである。

「蝶よ花よ」という言葉は現代でも使われているが、「花や蝶や」は、今では使われず、一般の辞書にされてもいない。『日本国語大辞典』では、「蝶よ花よ」を「子をひととおりでなくいつくしみ愛するさまをいう」と説明し、「蝶や花や」とも書いて、「はなやぎ栄えるさま」という意味を表すとある。そして最も古い例として、鎌倉時代の慈光寺本『承久記』で、「加程に成なんに落行たりとも、**蝶や花や**と栄べきか」を挙げている。また延享二年（一七四五）七月初演の浄瑠璃『夏祭浪花鑑』第四の「手代が恋を掘出した　浮牡丹の箱入娘」にも、次のように見られる。

乳母は　此様に、皺《しは》も白髪《が》もいとはず。こなたの背《せ》長《（たけ）》の延《のび》るのを。蝶《てふ》よ花《はな》よと　楽《たの》しみて　おのれやがて聟御《ご》を取《り》。玉の様な子を産《うま》して(2)。

しかし、「蝶や花や」や「蝶よ花よ」と「花や蝶や」の表現は同じだろうか。この点に問題をしぼって考えたい。

二　「花や蝶や」の先行の解釈

まず最も古い注釈書である加藤磐斎『清少納言枕草紙抄』を取り上げてみよう。

花やてふやとは、姫宮若宮を、花や蝶やと冊《カシツキ》祝ひ奉ると也。(3)

介添えの女房達が、端午節のため、子供達（姫宮、若宮）をちやほや大切に扱い祝う様子という。

二ヶ月後に上梓された北村季吟『枕草子春曙抄』では、

みな人は薬玉をして、花蝶と色々細工を急ぐ。(4)

と「花や蝶や」を、端午節の薬玉を飾る華やかな花蝶の細工としている。いずれも解釈は、前述の「蝶や花や」、「蝶よ花よ」の説明に類似するといえよう。

次に、平成までの諸説で代表的なものを示す。

①池田亀鑑・岸上慎二『日本古典文学大系　枕草子　他』

すべての人が権勢に赴く花やかな節日の今日、あなただけはさびしい私の心を知っているのですね。(5)

②渡辺実『新日本古典文学大系　枕草子』

「みな人の花や蝶やといそぐ日」は、彰子方の隆盛への思いが言わせる言葉であろう。(6)

③田畑千恵子「三条の宮におはしますころ（第二二五段）」

この段の構成が、定子の歌を核とした、一種の歌語りとも言うべきものであることには異論がないだろう。だとすれば、詠歌の背景は、歌の直前までに語られているはずである。上の句の「みな人の花や蝶やといそぐ」は、若い女房たちや御匣殿（道隆四女、定子の妹）が、薬玉をもてはやし興ずる華やいだ様子に対応する。

（中略）端午の節句の華やかな気分につつまれた皇后の里第、諸勢力から薬玉が献上され、周囲には大勢の若い女房たちが伺候している。この段が描くのは、今上帝の第一皇子、皇女とともにある、后の誇り高い姿そのものである。「みな人の～」の歌も、そうした文脈の中で解釈すべきものと考える。(7)

右①の解釈を、権勢ある側になびく態度と見ているが、②と③では、「権勢」の対象は異なる。②は「彰子方の隆盛」と解釈され、③は「華やかな気分につつまれた皇后の里第」、つまり「皇后定子」方を指す。

このように、解釈はまだ揺れていると見られよう。そこで、本節では、「花や蝶や」の表現を掘り下げて、「花や蝶や」の表現には、定子の念頭に何か寓意が込められているか、などの問題を考えることにより、定子の歌の上句の意味を考えてみたい。

三　「花や蝶や」と和漢文学の表現

「花」は、奈良時代から平安時代までの歌に詠まれてきたが、「蝶」を詠む歌は少ない。古代日本人は「蝶」をあまり好まなかったらしい。たとえば、『古事記』や『日本書紀』には「蝶」が見えず、『万葉集』には、「蝶」が二箇所見えるが、いずれも、「序」で使われたものである。

Ⅰ『万葉集』

梅花歌卅二首并レ序　天平二年正月十三日

庭舞二新蝶一　空帰二故雁一　　庭に新蝶《しんてふ》舞ひ、空に故雁《こがん》帰る。(8)

（巻五・八一五序　大弐《だいに》紀《き》卿《きやう》）

Ⅱ『万葉集』

二月二十九日、大伴宿祢家持

紅桃灼々　戯蝶廻花舞
翠柳依々　嬌鶯隠葉歌

紅桃《こうたう》灼々《しやくしやく》、戯蝶《ぎてふ》は花《はな》を廻《めぐ》りて舞《ま》ひ、
翠柳依々《すいりういい》、嬌鶯《けうあう》は葉《は》に隠《かく》れて歌ふ。(9)

（巻十七・三九六六　大伴宿祢家持《おおとものすくねやかもち》）

Ⅰは、天平二年（七三〇）、太宰帥大伴旅人が、宴席での「梅花」歌群に、賦した序に使われたもの。庭には生まれたばかりの蝶が舞い、空には昨年の秋に来た雁が北に帰って行くという初春の風景を詠む。「新蝶」「蝶舞」「舞蝶」等は、いずれも唐詩に頻出するもので、例えば、李賀「悩公」に「晩樹迷新蝶」があり、李商隠「即日」にも「舞蝶不空飛」(10)が、また李嶠「春日侍宴幸芙蓉園応制」に、「飛花随蝶舞」(11)が見られる。

Ⅱ「戯蝶」や「蝶戯」は、例えば、『初学記』第二十八巻「果木部・李」に唐太宗皇帝の詩、「蝶戯脆花心」があり、『芸文類聚』第五十巻「職官部・刺史」に、梁元帝「戯蝶時飄粉」があるなど唐代類書に引かれる語彙である。(12)『万葉集』の用例は、いずれも「序文」に現れるもので、歌語ではない。その意味で、歌語としての「蝶」は詠まれていないといえる。

『万葉集』以降も、『枕草子』以前の勅撰集、私撰集、私家集で、「蝶」が詠まれた歌は少ないが、『古今和歌集』と『拾遺和歌集』に各一首、『古今和歌六帖』には二首ほど、「蝶《てふ》」を物名題として詠んだものがある。

（1）『古今和歌集』
散《ちり》ぬれば後《のち》は芥《あくた》になる花を思《おもひ》しらずもまどふ**てふ**哉《かな》(13)

（巻十・物名・四三五　僧正遍昭）

（2）『拾遺和歌集』
我《わ》が宿《やど》の花の葉にのみ寝《ぬ》る**蝶**《てふ》のいかなるあさかほかよりは来《く》る(14)

（巻七・物名・三六四　作者不明）

（3）『古今和歌六帖』
おほえてらこれはたれぞも世の中にあだなる**てふ**にみゆる花かは(15)

（巻六・四〇二二　作者不明）

（4）『古今和歌六帖』

いへばえにいはねばさらにあやしくもかげなるいろの**てふ**にも有るかな(16)　（巻六・四〇二三　作者不明）

右（1）の「てふ」は、異本に「といふ」とも示され、「夢中になるということだ」の説もあるが(17)、「てふ」は、「蝶」とすると、美しい花が散りしおれてゴミとなっていくことに心を乱すと言う。（2）の「てふ」は、いつもは我が家の花の葉にばかり寝るが、今朝はいったいどうしてほかのところからやってきたのか。（3）と（4）は、『古今和歌六帖』第六帖「虫」の「むし、せみ、夏むし、きりぎりす、まつむし、すずむし、ひくらし、ほたる、はたをりめ、くも、てふ」の「てふ」の二首であるが、いずれも作者が分からず、不明な点多い。いずれにせよ、（3）と（4）及び（1）と（2）の四首における「蝶」の詠み込まれ方は、本章段における定子が詠んだ「花や蝶や」と異なる使われ方であることは言えるであろう。

では、漢語としての「花蝶」は、奈良から平安までの漢詩文では、どのように使われているのだろうか。そこで、代表的な漢詩文の作品集から追ってみよう。

A『懐風藻』

1　紀麻呂「春日」

階梅闘**素蝶**(18)　階梅《かいばい》素蝶《そてふ》に闘《きほ》ひ、

塘柳掃芳塵　塘柳《たうりう》芳塵《はうぢん》を掃《はら》ふ。

2　犬上王「遊覧山水」

吹台哢鶯始　吹台《すゐだい》哢鶯《ろうあう》始《はじ》め、

桂庭**舞蝶**新(19)　桂庭《けいてい》舞蝶《ぶてふ》新《あらた》し。

3　紀古麻呂「望雪」

柳絮未**飛蝶**先舞　柳絮《りうじょ》も未《いま》だ飛ばねば蝶《てふ》先《ま》づ舞ひ、

梅芳猶遅花早臨(20)　　梅芳《ばいはう》猶《なほ》し遅《おそ》く花早く臨《のぞ》む。

B『凌雲集』

4　御製「神泉苑花宴賦　落花篇」

紅英落処鶯乱鳴　　紅英《こうえい》落つる処《ところ》に鶯《うぐひす》乱れ鳴く、

紫蕚散時**蝶**群驚(21)　　紫蕚《しがく》散らふ時に蝶《てふ》群れ驚く。

5　小野岑守「雑言於神泉苑侍讌賦落花篇応製」

遊蝶息尋葉初見　　遊蝶《いうてふ》尋ぬること息《や》めて葉初めて見ゆ、

群蜂罷醸巣纔生(22)　　群蜂《ぐんぽう》醸むこと罷《や》めて巣《す》纔《わづか》に生《お》ふ。

6　小野岑守「雑言奉和聖製春女怨」

林暮帰禽入簷嘐　　林暮れ帰禽《ききん》簷《のき》に入りて嘐《さわ》ぐ、

園曛**遊蝶**抱花眠(23)　　園曛《そのく》れ遊蝶《いうてふ》花を抱《いだ》きて眠《ねむ》る。

C『文華秀麗集』

7　御製「舞蝶」

数群**胡蝶**飛乱空　　数群《すうぐん》の胡蝶《こてふ》空に飛び乱れ、

雑色紛紛花樹中(24)　　雑色《ざつしよく》紛々《ふんぷん》なり花樹《くわじゆ》の中。

8　桑原腹赤「和野内史留後看殿前梅之作」

待**蝶**香猶富　　蝶を待つ香《か》猶《なほ》富めど、

蔵鶯影未寛(25)　　鶯を蔵《かく》す影未《いま》だ寛《ゆる》らかにあらず。

9　巨勢識人「神泉苑九日落葉篇応製」

繞叢宛似**荘周蝶**　叢《くさむら》を繞《めぐ》れば宛《あたか》も荘周《さうしう》が蝶《てふ》に似《に》て、
度浦遥疑郭泰舟(26)　浦を度《わた》れば遥かに郭泰《くわくたい》が舟かと疑《うたが》ふ。

D『経国集』

10　御製「春江賦」
花飛江岸　花江岸《かうがん》に飛ぶ、
草長河畔　草河畔《かはん》に長し。
蝶態紛紜　蝶態紛紜《てふたいふんうん》たり、
鶯声撩乱(27)　鶯声撩乱《あうせいれうらん》たり。

11　石上宅嗣「七言三月三日於西大寺侍宴応詔」
青糸柳陌鶯歌足　青糸《せいし》の柳陌鶯歌《りうはくあうか》足《た》らふ、
紅蘂桃渓**蝶舞**新(28)　紅蘂《こうずい》の桃渓蝶舞《たうけいてふぶ》新《あらた》し。

12　菅原清公「五言奉和春日作」
樹暖鶯能語　樹暖《きぎあたた》かにして鶯《うぐひす》能《よ》く語る、
藂芳**蝶**自奢(29)　藂　芳《くさむらかぐは》しくして蝶《てふ》　自《おのづか》らに奢《おご》る。

13　滋野貞主「雑言臨春風効沈約体応制」
黄鶯雑沓誰求媒　黄鶯雑沓《くわうあうざつたふ》し誰にか媒《なかだち》を求《もと》むる、
素蝶翩翻不倦廻(30)　素蝶翩翻《そてふへんばん》として廻《めぐ》ることを倦《う》まず。

14　桑原腹赤「雑言奉和清涼殿画壁山水歌」
蜂蝶紛飛寧換藂　蜂蝶紛飛《ほうてふふんぴ》寧《なに》ぞ藂《くさむら》を換《か》へむや、

煙霞澹蕩不復空(31)　煙霞《えんか》澹蕩《たんたう》空《そら》に復《かへ》らず。

E『性霊集』

15　空海「為酒人内公主」

既知**夢蝶**之非我　既に夢蝶《ぼうてふ》の我《われ》に非ざることを知つて、

還驚谷神之忽休(32)　還つて神《しん》を谷《やしな》ふこと忽《たちま》ちに休《きう》することを驚く。

16　空海「九想詩十首」「璅骨猶連相」

畏影不知陰　影《かげ》に畏《おそ》れて陰《かげ》を知らず、

如**蝶**居世雲(33)　蝶《てふ》の如くして世雲《せうん》に居《を》り。

F『本朝麗藻』

17　左金吾「賦度水落花舞応製」

双行蝶導流心動　行《つら》を双《なら》ぶる蝶導《てふみちび》きて　流心動《りうしんゆる》きたり、

送曲風来浮艶軽(34)　曲《きよく》を送《おく》る風来《かぜきた》て　浮艶軽《ふえんかろ》らかなり。

18　右金吾「賦度水落花舞応製」

鶴**遊蝶**戯応同意　鶴遊《つるあそ》び蝶戯《てふたはむ》るるも同じ意《こころ》なるべし、

率舞皆知治世声(35)　率《こぞ》り舞《ま》ひ　皆《あまね》く治世《ちせい》の声《こゑ》を知《し》らしむ。

G『本朝無題詩』

19　藤原敦基「賦残菊」

褰簾倩見遊蜂戯　簾を褰《かか》げては　倩《つらつら》遊蜂の戯るるを見、

移榻豈饒**舞蝶**忙(36)　榻《しぢ》を移しては　豈に　舞蝶の忙《いそがは》しきに饒《ゆづ》らんや。

20　惟宗孝言「春夜述懐」

偏感**荘周夢作蝶**　偏へに　荘周の夢に蝶と作《な》れるを感《おも》ひ、
暫交翹楚暁聞鶏(37)　暫く　翹楚《げうそ》の暁に鶏を聞くに交はれり。

21　藤原忠通「秋」

日高**蝶**臥老甚哉　日高くして蝶は臥す　老いたること甚しき哉《かな》、
紙隔松門慵未開(38)　紙隔と松門と　慵《ものう》ければ未だ開《あ》けず。

22　藤原通憲「秋日即事」

空疲鑽仰聚蛍業　空しく疲る　鑽仰《さんぎやう》　聚蛍の業、
未識是非**夢蝶**心(39)　未だ識らず　是非夢蝶の心。

H『菅家文草』

23　菅原道真「残菊詩」

蝶栖猶得夜　蝶《てふ》は栖《す》みて　なほし夜《よる》を得《え》たり、
蜂採不知秋(40)　蜂《はち》は採《と》りて　秋《あき》を知《し》らず。

I『菅家後集』

24　菅原道真「弁地震」

至レ若下栩**蝶**ノ飛説、関二素道之玄宗一、游梟ノ寓言、定中三年之一動上。(41)

J『都氏文集』

25　都良香「決群忌」

蝶迎軍騎　蝶の軍騎を迎ふるは、

定為何徴(42)　　定めて何の徴をか為さむ。

K『田氏家集』

26　島田忠臣「五言禁中瞿麦花詩」

当時駆**蝶子**　　時《とき》に当《あた》りて　蝶子《てふし》駆《か》く、

毎日引蜂王(43)　　日毎《ひごと》に　蜂王《ほうわう》を引《ひ》く。

27　島田忠臣「七言就花枝応製」

非暖非寒陪月砌　　暖《あたた》かならず寒からず　月砌《つきせい》に陪《ばい》す、

如蜂如**蝶**就花枝(44)　　蜂《はち》の如く蝶《てふ》の如く　花枝《くわし》に就《つ》く。

28　島田忠臣「菊花」

醸蜜蜂休投葉底　　蜜《みつ》を醸《かも》す蜂《はち》は　葉底《えうてい》に投《とど》むるを休《や》む、

尋香**蝶**断上花唇(45)　　香《かをり》を尋《たづ》ぬる蝶《てふ》は　花唇《くわしん》に上《のぼ》るを断《た》つ。

L『本朝文粋』

29　兼明親王「兎裘賦」

夢レ**蝶**之翁、任二是非於春叢一。冥々之理、無レ適無レ莫(46)。

30　源順「後三月」

遂使下帰レ谿歌鶯、更逗二留於孤雲之路一、辞レ林**舞蝶**、還翩中翻於一月之華上(47)。

31　大江朝綱「暮春同賦」

於レ是遠尋二姑射之岫一、誰伝二鶯歌一、亦問二無何之郷一、不レ奏二**蝶舞**一(48)。

M『和漢朗詠集』巻上「閏三月」

32　辞林**舞蝶**[49]

右A〜Mまでの1〜32箇所にわたる「蝶」に関する表現の、G19〜22までの作者の時代は『枕草子』成立以後であり、参考のために掲げた。またF17と18の藤原公任と藤原斉信の詩句は、清少納言と同時代人の作であるが、寛弘三年（一〇〇六）三月四日に藤原道長より宮廷で行った詩会[50]の作品である。つまり、これも『枕草子』の後詩作である。

右でゴシック字体にした箇所を見ても分かるように、漢詩や賦句における「花」と「蝶」に関わる描写は少ない。例えば、Aの3、Bの6、Cの7、Dの11、Kの27、28、Lの30、Mの32などがある。しかし、詩語としての「花蝶」は見当たらない。また、前述のように、『万葉集』序文に表した「舞蝶」「飛蝶」「戯蝶」等の表現にも見えるように、これらの蝶に関する表現にも、中国古代の詩賦の影響が見られる。例えば、Cの9などの夢に関する蝶は、『荘子』内篇「斉物論」による夢の蝶[51]と関係があるが、詩語として使われる方法は、白楽天の詩作に、幾つかの場面で援用されている。一例を示してみると、『白氏文集』巻二十八［二八六六］律詩「疑夢二首」の二のうち、「蝶化㆓荘生㆒詎可㆑知」（一九一頁）があるだろう。

このように、詩語としての「花蝶」は、現存の日本漢詩文の中には見えない。では、中国古代の詩集における「花蝶」はどうであろうか。たとえば、『全唐詩』における「花蝶」の用例は、次の通りである。

（ア）［唐］楊　続「安徳山池宴集」
花蝶辞風影　蘋藻含春流[52]
（イ）［唐］上官儀「早春桂林殿応詔」
花蝶来未已　山光暖将夕[53]
（ウ）［唐］董思恭「詠風」

花蝶自飄舞　蘭蕙生光輝(54)

（エ）**［唐］白居易「歩東坡」**

新葉鳥下来　萎花蝶飛去(55)

（オ）［唐］万俟造「竜池春草」

遅引縈**花蝶**　偏宜拾翠人(56)

（カ）［唐］李弘茂「詠雪」

甜於泉水茶須信　狂似**楊花蝶未知**(57)

（キ）［唐］清　江「春遊（后略）」

春深**花蝶**夢　暁隔柳煙鞞(58)

右のように、（ア）～（キ）まで七箇所の「花蝶」が見える。

一方、詩作以外に目を向けると、日本でも、永観二年（九八四）成立の源為憲『三宝絵』の序文の中に、漢字と片仮名交じりの「花ヤ蝶ヤ」があること(59)が注目される。しかも、これは『枕草子』に先行する唯一(60)の例である。これも併せて、検討されるべきものだろう。まず、現存三種の伝本の該当する箇所を示してみよう。

Ⅰ東寺観智院旧蔵本

男女奈ト仁寄ツ、**花ヤ蝶ヤ**トイヘレハ罪《トイ》ノ根ノコ葉ノ林ニ露ノ御心モト、マラシナニヲ(61)

Ⅱ前田育徳会尊経閣蔵本

寄男女云花蝶罪根辞林露心不留(62)

Ⅲ東大寺切　関戸家蔵本

（該当する本文なし）(63)

右のように、Ⅲは該当する本文は残されず、Ⅱの表記は漢文で、Ⅰには漢字の間に片仮名混じりの表現である。どの系統が源為憲の原文に近いかについては、定説を見ていない(64)。

しかも、『三宝絵』には、『枕草子』より先に唯一「花ヤ蝶ヤ」の表現がある。ここで注意したい点は、いずれも前掲した漢語としての詩語「花蝶」からの表現ではないかと考えられることである。要するに、相田満が指摘していたように、「先蹤となる中国作品の存在は考えられないか、あるいは詩文秀句・漢故事・格言の引用典拠は何か等の問題(65)」がある。従って、前掲した「花蝶」の詞句を検証してみたところ、著者は最も相応しい詩句は、『白氏文集』巻十一［〇五五六］感傷詩「歩東坡」の「萎花蝶飛去」と考えたい(66)。

では、この詩句を含む全詩「歩東坡」を取り上げておきたい。本文は、本書凡例の記載による。

歩㆓東坡㆒　　東坡《とうば》を歩《ある》く
朝上㆓東坡㆒歩　　朝《あした》に東坡《とうば》に上《のぼ》りて歩《ほ》し、
夕上㆓東坡㆒歩　　夕《ゆふ》べに東坡《とうば》に上《のぼ》にて歩《ほ》す。
東坡何所㆑愛　　東坡《とうば》　何《なん》の愛《あい》する所《ところ》ぞ、
愛㆓此新成樹㆒　　此《こ》の新成《しんせい》の樹《き》を愛《あい》す。
種植当㆓歳初㆒　　種植《しゆしよく》　歳初《さいしよ》に当《あ》たり、
滋栄及㆓春暮㆒　　滋栄《じえい》　春暮《しゆんぼ》に及《およ》ぶ。
信㆑意取次栽　　意《い》に信《まか》せて取次《しゆじ》に栽《う》ゑ、
無㆑行亦無㆑数　　行無《かうな》く亦《ま》た数無《すうな》し。
緑陰斜景転　　緑陰《りよくいん》　斜景転《しやけいてん》じ、
芳気微風度　　芳気《はうき》　微風度《びふうわた》る。

新葉鳥下来
萎花蝶飛去
閑携二斑竹杖一
徐曳二黄麻屨一
欲レ識二往来頻一
青苔成二白路一

新葉《しんえふ》　鳥《とり》　下《くだ》り来《きた》り、
萎花《ゐくわ》　蝶《てふ》　飛《と》び去《さ》る。
閑《しづ》かに斑竹《はんちく》の杖《つゑ》を携《たづさ》へ、
徐《おもむ》ろに黄麻《くわうま》の屨《くつ》を曳《ひ》く。
往来《わうらい》の頻《しきり》なるを識《し》らんと欲《ほっ》せば、
青苔《せいたい》　白路《はくろ》と成《な》る。(67)

元和十三年（八一八）、詩人が「江州司馬」から「忠州」に異動し、「忠州刺史」を勤めた二年目の元和十五年（八二〇）、四十九歳の白楽天が、右の感傷詩「歩東坡」を書いたのである。

注意したいのは、ゴシック字体で示した部分「新葉鳥下来　萎花蝶飛去」である。「鳥」と「蝶」で擬人法を用い、新しい葉が出る際には、鳥が飛んでくる。萎れる花に対して、蝶が飛び去るという人間において新しいものを好み、古いものを厭う人情を表す。これは詩人白居易が左遷された生活経験によって、深く内心に響いたものといえよう。

前掲した源為憲『三宝絵』序文による「男女奈と仁寄ツ、**花ヤ蝶ヤ**トイヘレハ罪《トイ》ノ根ノ」（東寺観智院旧蔵本）、あるいは「寄男女云花蝶罪根」（前田育徳会尊経閣蔵本）において「花ヤ蝶ヤ」「花蝶」の典拠もまた、同じ白居易の感傷の詩句「萎花蝶飛去」の「花蝶」と考えられよう。「萎花蝶飛去」という新しいものを好み、古いものを厭う男女関係の場合の移り気は、罪の根になるということであろう。

皇后定子が、「萎花蝶飛去」を取り込んだ手法について、次の節に述べたい。

四　定子「花や蝶や」と白居易「萎花蝶飛去」の寓意

定子が白詩に習熟しており、それを取り込んだことは、例えば、『枕草子』第二八〇段「雪のいと高う降りたるを、例ならず御格子まゐりて」の中で、定子が次のように、『白氏文集』の詩句を引用したことで著名である。

雪のいと高う降りたるを、例《れい》ならず御格子《みかうし》まゐりて、炭櫃《すびつ》に火おこして、物語などしてあつまりさぶらふに、「少納言よ。香炉峰《かうろほう》の雪いかならむ」と仰せらるれば、御格子上げさせて、御簾《みす》を高く上げたれば、笑はせたまふ。（四三三頁）

定子が「少納言よ、香炉峰の雪はどんなであろう」と清少納言に尋ねるやいなや、清少納言が、すばやく御簾を高く巻きあげたやりとりは、『白氏文集』巻十六［〇九七五］律詩の「香炉峰下、新卜㆓山居㆒草堂初成。偶題㆓東壁㆒」の［〇九七六］「重題」の其の三のうち、対句の下句の［〇九七八］「香炉峰」をふまえた応報である。

遺愛寺鐘欹㆑枕聴　香炉峰雪抜㆑簾看
〔遺愛寺《ゐあいじ》の鐘《かね》は　枕《まくら》を欹《そばだてて》　聴《き》き、香炉峰《かうろほう》の雪《ゆき》は、簾《れん》を抜《かか》げて看《み》る〕（四二三頁）

同様に、本章段では、定子が『白氏文集』巻十一［〇五五六］感傷詩「歩㆓東坡㆒」のち、「萎花蝶飛去」の「花蝶」を援用したのではないかと著者は考えている。「新葉鳥下来　萎花蝶飛去（本文は前掲同）」いずれも対句の下句を部分的に引用したことも、受容の手法は一致している。

平安時代では、詩語、詩句を部分的に摂取する手法について、金子彦二郎が指摘したように、「黄泉」を「きなるいづみ」、「風流」を「かぜのながれ」と言った類の一種の訓読的用例も多く見える。例えば、紀貫之の歌に『白氏文集』巻二十六［二六二四］律詩「和㆔劉郎中望㆓終南山秋雪㆒」の「遍覧㆓古今集㆒　都無㆓秋雪詩㆒」（五七四頁）

のうち、「都無㆓秋雪詩㆒」の詩語「秋雪」を摂取した「衣手は寒からねども月かげをたまらぬ秋の雪かとぞ見る」[68]とあるのがそれである。

　このような方法で、白居易の詩句を翻案して和歌に読む場面は、『枕草子』にも見られる。例えば、第一〇二段「二月つごもりごろに、風いたう吹きて」の中で、藤原公任から来た手紙の中には、『白氏文集』巻十四［〇七五八］律詩「南秦雪」の対句の「三時雲冷多飛㆑雪　二月山寒少㆑有㆑春」（一五三頁）の下句を翻案した和歌に対して、清少納言は、対句の上句を摂取して返事をしたという場面である。対句と翻案の和歌は次のようになる。

白氏文集：二月山寒少㆑有㆑春

藤原公任：すこし春ある心地《ここち》こそすれ

白氏文集：三時雲冷多飛㆑雪

清少納言：空寒《そらさむ》み花にまがへて散る雪に

（『枕草子』二〇九～二一〇頁）

公任は漢詩句「少有春」を「すこし春ある」と詠み、清少納言は、「多飛雪」を「散る雪に」と詠んだ。清少納言の返答について、藤原公任の評判が見えないが、前掲した定子との『白氏文集』の詩句を応答する場面とを合わせてみると、清少納言が深く『白氏文集』の詩句を知っていたことは十分推察できるであろう。

　本章段において定子の歌の「花や蝶や」が、『白氏文集』の詩句「萎花蝶飛去」を踏まえるものであることは、当然、清少納言が知っているはずだと理解され、それに対して清少納言は「いとめでたし」との賛美で段を結んでいると考えられる。皇后定子の「花や蝶や」において「萎花蝶飛去」の寓意を知った上でのこととすると、段落の余韻は俄然深いものになってくる。すなわち定子は、自らの状況を萎れる花に例え、周りの若い女房達が蝶のように急ぎ飛び去ってゆくことを比喩として定子が詠んだことから、悲劇的な現実に対する定子の心情を表す慨嘆さえも伝わるのである。

定子の不幸な境遇は、否定できない事実として、古記録に残されている。例えば、本章段の長保二年（一〇〇〇）五月五日に関わる前後を一覧してみよう。

長保二年（一〇〇〇）

二月十日　女御彰子蒙下可二立后一之宣旨上。仍出二御内裏一。（『日本紀略』）

二月廿五日　以二女御従三位藤原朝臣彰子一為二皇后一。号二之中宮一。即任二宮司一以二元中宮職一為二皇后宮職一。（『日本紀略』）

三月廿七日　皇后《定子》宮出二御散位平生昌朝臣宅一。（『日本紀略』）

五月四日　主上（一条天皇）渡御中宮（藤原彰子）御方、（『権記』）

八月八日　皇后《定子》宮自二生昌朝臣宅一入二御内裏一。（『日本紀略』）

八月廿七日　皇后宮還二御本宮一。（『日本紀略』）

十月十一日　天皇自二一条院一還二御新造内裏一。（『日本紀略』）

十二月十五日　皇后定子於二前但馬守平生昌朝臣宅一。有二御産事一。（『日本紀略』）(69)

十二月十六日　皇后崩給。年廿五。在位十一年。（『日本紀略』）

右に示したように、二月二十五日から藤原彰子が新たな中宮となり、中宮定子は皇后となった。そして翌月二十七日に定子が識の御曹司を出て、本章段の三條の宮の平生昌宅に遷御する。五月五日の前夜、一条天皇は新たな中宮のところに出向くことは分かる。翌日の端午節のお祝いの状況は、中宮彰子と皇后定子とで対照的であったと『栄花物語』に記される。

〔宮中の有様〕はかなく五月五日になりぬれば、人々菖蒲《さうぶ》、楝《あふち》などの唐衣《からぎぬ》、表着《うはぎ》なども、をかしう折知《をりし》りたるやうに見ゆるに、菖蒲の三重《みへがさね》の御几帳《きちやう》ども薄物《うすもの》にて立てわたされたるに、上《かみ》を見れば御簾《みす》の縁《へり》もいと青やかなるに、軒のあやめも隙《ひま》なく葺《ふ》かれて、心ことにめでたうをかしきに、御薬玉《くすだま》、菖蒲の御輿《こし》など持《も》てまゐりたるもめづらしうて、若き人々見興《きやう》ず。(70)

右の中宮彰子方では、若き人々の興奮している場面が見える。一方、皇后定子方では、「涙」をこぼすばかりの状況である。

〔里邸の定子〕皇后宮《くわうごうぐう》には、あさましきまでもののみおぼえたまひければ、御おととの四の御方をぞ、今宮の御後見《うしろみ》よく仕《つか》まつらせたまふべきやうに、うち泣きてぞのたまはせける。御匣殿《みくしげどの》も、「ゆゆしきことを」と聞えて、うち泣きつつぞ過ぐさせたまひける。月日もはかなく過ぎもていきて、内にはいとど皇后宮の御有様《ありさま》をゆかしく思ひきこえさせたまひつつ、おぼつかなからぬ御消息《せうそこ》つねにあり。宮たちのうつくしうおはしますさまかぎりなし。(71)

右に述べた「御匣殿《みくしげどの》」は、清少納言が本章段で、（御匣殿《みくしげどの》など薬玉して、姫宮《ひめみや》、若宮につけ）として書いた定子の妹、藤原道隆の四女であり、第一皇子敦康親王（二歳）、脩子内親王（五歳）に薬玉を付けた人である。また、清少納言は応答の中で、定子の涙にはまったく触れていなかった。しかし、定子は白居易の「萎花蝶飛去」の寓意を込めて、自らの愁思を歌に託して吐露する。それに対し、清少納言は感心して無言で「いとめでたし」と記したのである。

皇后定子の悲劇的な状況について、圷美奈子は次のように述べている。

定子の短い生涯のその晩年は実に過酷なものであった。それまでも、后として受けたさまざまな試練から、一条がその定子を守る術はなかったのである。(72)

まさしく圷が指摘したように、前に掲げた古記録の如く、懐妊中の皇后定子は八月八日、平生昌の宅から内裏に還御し、しかも月末にまた平生昌の宅に戻る。この時期、定子は妊娠六ヶ月に相当するであろう。このような不安定な生活もあり、三番目の皇女を出産し、まもなく崩御することとなった。わずか二十五歳（『日本紀略』）、あるいは二十四歳（『権記』）であった。

　こうした背景を踏まえると本章段においての定子の歌は、彼女の絶唱とも言えるものなのではないだろうか。

五　おわりに

　以上、『枕草子』「三条の宮におはしますころ」章段における漢語表現について、特に「花や蝶や」に注目して検証してきた。その結果をまとめると、次のようになる。

　皇后定子が、清少納言から奉った「青ざし」を受け取って、素早く詠んだ和歌の「花や蝶や」の意味については、これも白居易の詩句を受容したと考察した。「花や蝶や」という表現は、「花ヤ蝶ヤ」「花蝶」として『三宝絵』「序文」にも見え、これらの「花や蝶や」の典拠としては、『白氏文集』巻十一感傷詩「歩二東坡一」の詩句「萎花蝶飛去」からの「花蝶」と考証した。定子が自らを萎れた花として、若い女房達らが蝶のように飛んでゆく例えであり、清少納言が「いとめでたし」と賛美したのである。

　こうしたことを踏まえて本章段を考えると、『枕草子』の新たな読みが可能になってくる。長保二年（一〇〇〇）五月五日、懐妊している皇后定子は、白居易の感傷詩の「萎花蝶飛去」[73]を踏まえた歌を読み、清少納言は当時の定子の心情を知った上で「いとめでたし」と述べたのである。この点にも、また『枕草子』の一面を見ることができるだろう。

注

（1）山田利博「『枕草子』「三条の宮におはしますころ」段についての一私解」（『宮崎大学教育文化学部紀要（人文科

学)』二〇〇三年九月)、後に同『源氏物語解析』(明治書院、二〇一〇年)所収。
(2)乙葉弘『日本古典文学大系　浄瑠璃集』上(岩波書店、一九六〇年)二四一頁。
(3)加藤磐斎『清少納言枕草紙抄』(日本文学古註釈大成、日本図書センター、一九七八年)六四〇頁。
(4)北村季吟『枕草子春曙抄』(日本文学古註釈大成、日本図書センター、一九七八年)五九〇頁。
(5)池田亀鑑・岸上慎二『日本古典文学大系　枕草子他』(岩波書店、一九五八年)二六三頁。
(6)渡辺実『新日本古典文学大系　枕草子』(岩波書店、一九九一年)二六三頁。
(7)田畑千恵子「三条の宮におはしますころ(第二二五段)」(「第二章　作者と作品　Ⅱ　作品Ⅰ、主要章段解説」雨海博洋他『枕草子大事典』勉誠出版、二〇〇一年)四六九～四七二頁。
(8)佐竹昭広他『新日本古典文学大系　萬葉集』一(岩波書店、一九九九年)四六五～四六六頁。
(9)右(8)同『新日本古典文学大系　萬葉集』四(岩波書店、二〇〇三年)一二四～一二五頁。
(10)引用文は李賀「悩公」、本文は、彭定求他『全唐詩』第十二冊(中国・中華書局、一九六〇年)巻三百九十一、四四一〇頁。
(11)引用文は右(10)同、第三冊、巻五十八に、題「春日侍宴幸芙蓉園応制」が見られる。六九二頁。
(12)類書の引用文は、董治安他『唐代四大類書』(中国・清華大学出版社、二〇〇三年)『初学記』影印本による。一八七八頁。また、『芸文類聚』影印本による。一〇九九頁。
(13)小島憲之・新井栄蔵『新日本古典文学大系　古今和歌集』(岩波書店、一九八九年)一四三頁。
(14)小町谷照彦『新日本古典文学大系　拾遺和歌集』(岩波書店、一九九〇年)一〇五頁。
(15)谷山茂他『新編国歌大観』(角川書店、二〇〇三年)二四八頁。
(16)右(15)同。
(17)引用文は、片桐洋一『原文&現代語訳シリーズ　古今和歌集』(笠間書院、二〇〇五年)一九四～一九五頁を参考にした。「といふ」考証について、次の竹岡正夫『古今和歌集全評釈』上(右文書院、一九八一年)に拠る。「「といふ」のつづまったと解するもの。
○　花ハチッテシマヘバ後ニハ芥ニナツテシマウテ　ナンデモナイ物ヂヤニ　ソレヲエガテンセズシテアハウナ

サテモマア花ニマヨウ事カナ（遠鏡）

○花に夢中になるということだ。「てふ」は、本阿弥切には「といふ」とある。（大系）」九九七頁。

(18) 小島憲之『日本古典文学大系　懐風藻　文華秀麗集　本朝文粋』（岩波書店、一九六四年）八六頁。
(19) 右（18）同、九一頁。
(20) 前掲（18）同、九三頁。
(21) 小島憲之『国風暗黒時代の文学　弘仁期の文学を中心として』中（中）（塙書房、一九七九年）一三七〇頁。
(22) 右（21）同、一六三六頁。
(23) 前掲（21）同、一六六六頁。
(24) 前掲（18）同、二八五頁。
(25) 前掲（18）同、三〇三頁。
(26) 前掲（18）同、三一三頁。
(27) 前掲（21）同、中（下）Ⅰ（塙書房、一九八五年）二二一〇頁。
(28) 前掲（21）同、中（下）Ⅱ（塙書房、一九八六年）二七八七頁。
(29) 前掲（21）同、下Ⅰ（塙書房、一九九一年）三〇六四頁。
(30) 右（29）同、三二〇九～三二一〇頁。
(31) 前掲（21）同、下Ⅲ（塙書房、一九九八年）三九七〇頁。
(32) 渡辺照宏・宮坂宥勝『日本古典文学大系　三教指帰　性霊集』（岩波書店、一九七一年）二五五頁。
(33) 右（32）同、四六五頁。
(34) 川口久雄・本朝麗藻を読む会『本朝麗藻簡注』（勉誠社、一九九三年）三八頁。
(35) 右（34）同、四〇～四一頁。
(36) 本間洋一『新典社注釈叢書　本朝無題詩全注釈』一（新典社、一九九二年）一二六頁。
(37) 右（36）同、四九〇頁。
(38) 前掲（36）同二（新典社、一九九三年）一七頁。

(39) 右（38）同、二七頁。
(40) 川口久雄『日本古典文学大系　菅家文草　菅家後集』（岩波書店、一九七一年）一〇七頁。
(41) 右（40）同、五五一頁。
(42) 中村璋八・大塚雅司『都氏文集全釈』（汲古書院、一九八八年）一七九頁。
(43) 小島憲之『田氏家集注』巻之下（和泉書院、一九九四年）二八〜二九頁。
(44) 右（43）同、二一七頁。
(45) 前掲（43）同、三八八頁。
(46) 大曾根章介他『新日本古典文学大系　本朝文粋』（岩波書店、一九九二年）二二九頁。
(47) 右（46）同、二六三頁。
(48) 前掲（46）同、三〇四頁。
(49) 川口久雄他『日本古典文学大系　和漢朗詠集他』巻上（岩波書店、一九七〇年）六二頁。この詩句の出典は、前掲（43）である。
(50) 『御堂関白記』「寛弘三年（一〇〇六）三月四日（中略）権中納言輔忠献題、渡水落花舞、奏聞後、聞人付韻字、軽字（後略）」（東京大学史料編纂所『大日本古記録　御堂関白記』上、岩波書店、一九五二年）一七七頁。
(51) 『荘子』「斉物論」における「蝶」については、次のようなものである。引用文と訳文は、市川安司・遠藤哲夫『新釈漢文大系　荘子』上（明治書院、一九六六年）による。

昔者、荘周夢為二胡蝶一。栩栩然胡蝶也。自諭適レ志与。不レ知レ周也。俄而覚、則蘧蘧然周也。不レ知下周之夢為二胡蝶一与、胡蝶之夢為レ周与上。周与二胡蝶一、則必有レ分矣。此之謂二物化一。

〔先ごろ荘周は蝶になった夢を見た。それはひらひらと飛ぶ蝶で、いかにものびのびとしていたが、自分では荘周であることに気がつかない。ふと目が覚めると、何と自分は荘周ではないか。これはいったい荘周が蝶になった夢を見たのだろうか、蝶が荘周になった夢を見たのだろうか。しかし、荘周と蝶とは、区別があるはずだ。このような変化を物化（物の変化）という。〕（一八五〜一八六頁）

(52) 彭定求他『全唐詩』第三十三巻（中国・中華書局、一九六〇年）四五三頁。

(53) 右(52)同、第四十巻、五〇五頁。
(54) 前掲(52)同、第六十三巻、七四三頁。
(55) 前掲(52)同、第四百三十四巻、四八〇四頁。
(56) 前掲(52)同、第七百八十二巻、八八三五頁。
(57) 前掲(52)同、第七百九十五巻、八九五〇頁。
(58) 前掲(52)同、第八百一十二巻、九一四四頁。
(59) 津島知明・中島和歌子『新編枕草子』(おうふう、二〇一〇年)。「『三宝絵』序に見える。「花」「蝶」は姫宮・若宮(盤)、美麗なもの(田中)。字音語「蝶」和歌は稀。新奇な麦菓子と対応。」二三五頁。
(60) 平安時代では、『枕草子』以後、一箇所「花や蝶や」が見える。一つは『源氏物語』「夕霧」である。「(前略)悲しきことも限りあるを、などか、かく、あまり見知りたまはずはあるべき、言ふかひなく若々しきやうに、と恨めしう、異事《ことごと》の筋に、花や蝶《てふ》やとかけばこそあらめ、わが心にあはれと思ひ、もの嘆かしき方《かた》ざまのことをいかにと問ふ人は、睦《むつ》ましうあはれにこそおぼゆれ(後略)」四四五頁。もう一つは、『堤中納言物語』「虫めづる姫君」である。(本文は、三谷栄一他『新編日本古典文学全集 落窪物語 堤中納言物語』小学館、二〇〇九年による。)「うらやまし花や蝶《てふ》やと言ふめれど烏毛虫《かはむし》くさきよをも見るかな」四一〇頁。
(61) 吉田幸一・宮田祐行『三宝絵』東寺観智院本(古典文庫、一九六五年)一五頁。
(62) 前田育徳会尊経閣文庫『三宝絵』(八木書店、二〇〇七年)九頁。
(63) 小泉弘・高橋伸幸『諸本対照 三宝絵集成』(笠間書院、一九八〇年)五頁。
(64) 山田孝雄「三宝絵詞の研究」(『三宝絵略注』宝文館、一九七一年)四二一~四二二頁。
(65) 相田満「『枕草子』漢故事考―『蒙求』故事とのかかわりを通して―」(『東洋文化』第七十五号、無窮会、一九九五年九月)一八一頁。
(66) 諸本『三宝絵』の注釈では、「花ヤ蝶ヤ」に関する解説については、漢語に関わる説は見えない。主な解釈は、次のようになる。「花ヤ蝶ヤ」と漢語「花蝶」に繋がる説は見えない。
①山田孝雄『三宝絵略注』(宝文館、一九七一年)九頁。

男女《をとこをんな》などに寄《よ》せつゝ花《はな》や蝶《てふ》やといへれば、罪《つみ》の根《ね》事葉《ことば》の林《はやし》に露《つゆ》の御心《みこころ》もとゞまらじ。

②馬淵和夫他『三宝絵』（岩波書店、一九九七年）六頁。

男女《をとこをむな》ナドニ寄《よせ》ツヽ花ヤ蝶《てふ》ヤトイヘレバ、罪《つみ》ノ根《ね》、事葉《ことのは》ノ林《はやし》ニ露《つゆ》ノ御心《みこころ》モトヾマラジ。

③江口孝夫『三宝絵詞』上（現代思潮社、一九八二年）三八頁。

男女などに寄せつつ花や蝶やと云へれば、罪の根、言葉の林につゆの御心《みこころ》もとどまらじ。

④出雲路修『三宝絵　平安時代仏教説話集』（平凡社、一九九〇年）五頁。

男女などに寄《よ》せつつ花や蝶やといへれば、罪の根・事葉《ことば》の林に露の御心もとどまらじ。

(67) 本文の異文がある。最後の句は、岡村繁『新釈漢文大系　白氏文集』の「青蕪」を朱金城『白居易集箋校』の「青苔」に改めた。

(68) 金子彦二郎『増補　平安時代文学と白氏文集』（培風館、一九五五年）八三頁。

(69)『日本紀略』本文は、黒板勝美『国史大系　日本紀略後篇　百錬抄』（吉川弘文館、一九六五年）により、『権記』本文は、渡辺直彦『史料纂集　権記』第一（続群書類従完成会、一九七八年）による。

(70) 山中裕他『新編日本古典文学全集　栄花物語』（小学館、一九九五年）三一六頁。

(71) 右（70）同、三一七頁。

(72) 圷美奈子『王朝文学論　古典作品の新しい解釈』（新典社、二〇〇九年）三八九〜三九〇頁。

(73) 谷山茂他『新編国歌大観』（前掲（15）同）には、「萎花蝶飛去」を翻案した歌は、次の三首が見える。

（A）『雪玉集』

よの中を思ふもかなし花といへどうつれば蝶もすまずなり行く　（三〇六五・三条西実隆）（六五二頁）

（B）『うけらが花』

とぶ蝶のは風にとがはおはじとやうつろふ花を返り見もせぬ　（巻一・春・橘千陰）（四九八頁）

（C）『桂園一枝』

このさとは花散りたりと飛ぶてふのいそぐかたにも風や吹くらむ　（春・一一二・香川景樹）（六二六頁）

第八章　清少納言と白居易の詩的な意象
――「柳・雨・稚児」と「眉・扇・塵」――

一　はじめに

本章では、引き続き『白氏文集』の詩句との関係がある章段を考察する。特に先行の研究では殆ど言及されてこなかった章段に注目したい。また清少納言の単に詩句を引用するだけではなく、詩的な心象や意象を受容する方法を解明したい。具体的には、『枕草子』では、次のような三つの章段に関わる場面である。一つは、第三段「正月一日は」の章段のうち、「三月」の「桃の花」、「柳」と「まゆ」の表現である。これは、和歌や日本の漢詩文の出典とは言えず、白居易の詩的な語彙と繋がっていることは確実である。二つ目は、第四二段「七月ばかりに、風いたう吹きて」の章段の「扇もうち忘れたるに」の場面である。これも白居易の詩的な意象と一致している。三つ目は、第一四五段「うつくしきもの」の章段のうち、稚児が塵と遊ぶ場面である。この観察は白居易の詩的な発想と合致している。本章は、これらの章段を中心に、白居易作で相応する詩句を照合しながら、清少納言と白居易それぞれの詩的な手法を解明してみたい。

二　詩的な心象と意象

右のタイトルにおける「心象」については、「意象」と同じ意味と考える。例えば、北原保雄他『日本国語大辞典』（小学館、二〇〇二年）では、次のように解釈している。

「しんーしょう［・・シャウ］【心象】

（1）**想像力の働きによって心に描く具体的な情景。**

（2）「しんぞう（心像）」に同じ。　（六六二頁）

ゴシック字体のように、心象は、想像力による心の中の情景である。同じく「イメージ」は、『日本国語大辞典』（小学館）では、次のように解釈している。

イメージ〔英〕image

（1）**人が心に描き出す像や情景**など。芸術、哲学、心理学の用語として、肖像、画像、映像、心象、形象などと訳される。

（2）物事について、あることから、これこれであろうと心にいだく、全体的な感じ。心像。　（一三四七頁）

右の通り、そもそも「イメージ」は西洋の言語からきた表現である。かつてR・ウェレックとA・ウォーレンは『文学の理論』の中で、「心象」について、次のように述べている。

この心象は、「多くの初期の詩ではとくに顕著にみられる」とウェルズはいっている。この心象は「二つの広汎なかつ想像上からみて価値の高い用語」を、二つの広汎かつ円滑な面を、直接に相対するように、並置するのである[1]。

西洋の文学理論だけでなく、「心象」のイメージのような思惟は、古代中国の文学理論である「意象」論と類似している。例えば、古代中国文学理論の白眉と言われている『文心雕龍』「神思」（戸田浩暁『新釈漢文大系　文心雕龍』下、明治書院、一九七八年）の中では、作者の想像力について、次の「独照之匠、闚二**意象**一而運レ斤。此蓋馭レ文之首術、謀レ篇之大端。」（三九六頁）がある。以下現代語訳を引用する。

〔名匠の独創性がイメージにのっとって活動を開始するのである。これこそ蓋し文章の道の基本であり、創作の出発点であるといえよう。(2)〕

まさにこのようなイメージを創作する方法が、清少納言と白居易の表現にしばしば見られる。本章では、前述したように、具体的な三つの章段を取り上げて、白居易の詩句を対照しながら、二人の共通点に関わる心象と意象を確認してみたい。

三　春の「柳」と「眉」の意象

まず当該する『枕草子』本文を取り上げておきたい。

第三段　正月一日は

三月三日は、うらうらとのどかに照りたる。**桃**の花の今咲きはじむる。**柳**《やなぎ》などをかしきこそさらなれ。それもまだ、**まゆ**にこもりたるはをかし。ひろごりたるはうたてぞ見ゆる。（三〇頁）

右にゴシック字体を付けた「三月三日」と「桃」及び「柳」の一連の描写は、詩の世界と類似している。例えば、中宮定子の兄藤原伊周は「三月三日」に「侍宴」(3)の漢詩がある。

三月三日　侍レ宴同賦三　　三月三日《さんぐゑつみか》、宴《えん》に侍《はむべ》りて同《ひと》しく

間レ**柳**発二紅桃一、　　「柳《やなぎ》に間《まじは》て紅桃《こうたう》発《ひら》く」といふことを賦《ふ》し、

応レ製。　　製《せい》に応《こた》へまつる。

以レ春為レ韻。　　「春《しゅん》」を以《も》て韻《ゐん》と為《な》す。

儀同三司　　儀《ぎ》同三司《どうさんし》

三日花朝和暖辰
紅桃間レ柳発レ粧新
煙濃纔透綏山月
黛動半蔵曲水春
碧玉簾中裁レ錦妓
青羅帳後挙レ灯人
震遊如レ旧群臣酔
酔意詠歌魏代塵

三日《みか》　花《はな》の朝《あした》　和暖《わだん》の辰《とき》
紅桃柳《こうたうやなぎ》に間《あひだ》みて粧《よそほ》ひを発《ひら》くこと新《あら》たなり
煙濃《けぶりこまや》かにして纔《わづ》かに透《す》きたり　綏山《すいざん》の月《つき》
黛《まゆずみゆる》　動きて半《なか》ば蔵《かく》れたり　曲水《きよくすい》の春《はる》
碧玉《へきぎよく》の簾《すだれ》の中《うち》　錦《にしき》を裁《た》つ妓《まひひめ》
青羅《せいら》の帳《とばり》の後《うしろ》　灯《ともしび》を挙《かか》ぐる人《ひと》
震遊《しんいう》は旧《むかし》の如《ごと》く　群臣《ぐんしん》酔《ゑ》へり
酔意《すいい》詠歌《えいか》す　魏代《ぐゐだい》の塵《ちり》(4)

右の律詩は、高階積善が編纂した『本朝麗藻』に収録されている。詩の内容は、皇族と群臣の曲水の宴に関する歓楽の場面を表している。頷聯と頸聯は、対句や音韻ともに適切に対応してくる。尾聯に反復される「酔」から見ると、当時の盛り上がる状況が真に迫っている。首聯にある「三月三日」と「桃」及び「柳」の表現は、清少納言の発想と同じである。「三月」、春の「柳」や「桃」などの風物は、唐詩にも常に見られる。(5)例えば、『白氏文集』巻十［〇五〇三］感傷詩「春晩寄二微之一（春晩《しゆんばん》　微之《びし》に寄《よ》す）」には、「三月江水闊、悠悠桃花波（三月《さんぐわつ》　江水闊《かうすいひろ》し、悠悠《いういう》たり　桃花《たうくわ》の波《なみ》）」がある。また巻九［〇四二三］感傷詩「重到二渭上旧居一（重《かさ》ねて渭上《ゐじやう》の旧居《きうきよ》に到《いた》る）」には、「挿柳作二高林一、種桃成二老樹一（挿柳《さふりう》　高林《かうりん》と作《な》り、種桃《しゆたう》　老樹《らうじゆ》と成《な》る）」という表現も見える。

ここで注意したいことは、三月の桃と柳だけでなく、前掲したゴシック字体を付けた柳の葉に関する「まゆ」である。いわゆる清少納言の独特な柳「まゆ」の意象の描写である。

まず確認したいことは、日本語としての「まゆ」の意味は、二種あることである。例えば、『角川古語大辞典』（角川書店、一九八七年）では、次のように解釈している。

①まゆ【眉】

目の上、眼窩の上縁部に生えている毛。（四四二頁）

②まゆ【繭】

ある種の昆虫の幼虫が口から糸を吐いて殻を作り、その中に入って蛹の期間を過すもの。（四四二頁）

このように、「まゆ」は「眉」と「繭」の二種の解釈があるものの、当該の「まゆ」は、従来の解釈では、ほぼ「繭」と説明している。例えば、『新編日本古典文学全集　枕草子』頭注では、次のように述べている。

柳がまだ芽ぐんだばかりで十分にひろがらないさま。人の眉に似た形を、**蚕の繭によそえて言ったもの**。「青柳のまゆにこもれる糸なれば春の来るにぞ色まさりける」（兼輔集）。（三〇頁）

右と類似している解釈は、渡辺実『新日本古典文学大系　枕草子』（岩波書店、一九九一年）の脚注に次のように見える。

まだ開かない葉の形。柳の葉の開いたのを「柳の糸」と言うので、芽ぐんでふくらんだのを「**繭にこもる**」と言う。（六六頁）

また田中重太郎『前田家本枕冊子新註』（古典文庫、一九五一年）と萩谷朴『枕草子解環』一（同朋舎、一九八一年）はそれぞれの解釈では「繭」と繋がっていることが次のように確認できる。

田中重太郎：「青柳のまゆにこもれる糸なれば春のくるにぞ色まさりける」（兼輔集、和漢朗詠集上、新千載集春上）のやうに繭にたとへ、又柳の葉・芽を眉にも見たてる。「**繭に籠れる」に眉をかけてゐる**。（一五二頁）

萩谷朴：この柳を、諸注は悉く、（A）柳の葉と見ている。従って、「まゆにこもりたる」も、柳の嫩芽が細く巻いたような形でいる時を指すとして、その形を眉に喩え、**「眉」から「繭」への掛詞で、「こもる」という縁語を引き出したと考える点において、諸注は、大同小異と考えてよかろう。**（二一六頁）

しかし、清少納言の文脈から、漢詩文による桃の花と柳の葉の表現を合わせてみると、「まゆ」は、「繭」より「眉」の方が相応しいであろう。なぜなら詩的な表現には、美しい桃の花は美人の顔、細い柳の葉は美人の眉という比喩が、すでに古代の詩文の中に見えるからである。例えば、『万葉集』巻第五［八五三］（佐竹昭広他『新日本古典文学大系　萬葉集』一、岩波書店、一九九九年）「遊二於松浦河一序」（松浦《まつら》河《がは》に遊びし序）には、「花容無レ双（花容《くわよう》双《なら》びなく）、光儀無レ匹（光儀《くわうぎ》匹《たぐひ》なし）、開二**柳葉**於眉中一（柳葉《りうえふ》を眉中《びちう》に開き）、発二**桃花**於頬上一（桃花《たうくわ》を頬上《けふじやう》に発《ひら》く）」（四七九～四八〇頁）がある。これらの表現は、まさに小島憲之他『新編日本古典文学全集　萬葉集』二（小学館、一九九五年）の頭注に指摘された通り、「娘たちの美しさをほめた中国的表現」（五一頁）である。このような柳の葉と美人の眉が繋がる表現について、清少納言が引用した『白氏文集』巻十二［〇五九六］感傷詩「長恨歌」にも類似した表現がみえる。すなわち「芙蓉如レ面**柳如レ眉**（芙蓉《ふよう》は面《おもて》の如《ごと》く**柳《やなぎ》は眉《まゆ》の如《ごと》し**）」（八一三頁）である。この詩句から考えて、清少納言の柳に関わる「まゆ」の表現は、美人（楊貴妃）の「眉」の意象と一致していると考えるのが相応しいのではないだろうか。

もし清少納言の柳に関する「まゆ」の表現が、「繭」の意味だとすると、次の『枕草子』章段にある「柳のまゆ」は解釈することが難しい。

第二八二段　三月ばかり物忌しにとて

三月ばかり物忌《ものいみ》しにとて、かりそめなる所に人の家に行きたれば、木どもなどのはかばかしからぬ中に、柳といひて、例のやうになまめかしうはあらず、ひろく見えてにくげなるを、「あらぬものなめり」と言へど、「かかるもあり」など言ふに、

さかしらに**柳のまゆ**のひろごりて春のおもてを伏する宿かな

とこそ見ゆれ。（四三四～四三五頁）

右の「柳のまゆ」の「まゆ」は、「繭」として解釈すると、合わないところが見える。例えば、萩谷朴は次のように述べている。

> 従って第二段の場合は、柳の花が苞につつまれている間を「繭にこもりたる」と言ったのであって、葉が「眉にこもりたる」と言ったのではないことを説明した。
> ところで本段の場合は、「柳」とは言うが、例の柳のようになまめかしくはなく、**葉も幅が広そうで、憎らしい感じがするというのであるから**、葉が成長した後も、線状披針形で佳人の眉のように媚かしいシダレヤナギとは、全然別種の「柳」を考えねばならない[6]。

右のように、「柳」の「まゆ」は、蚕の「繭」と解釈すると、閉じ込められて、実際の柳の葉が広がっている事実と矛盾し、明晰に解釈することはできない。ところが、美人の「眉」と解釈すれば、清少納言の文脈と相応しい。例えば、渡辺実は、

> 生意気に柳の葉が広がって、春の面目を丸つぶしにする家だこと[7]。

と解釈したように、清少納言は、細い柳の新芽は美人の眉であることから、柳の葉は粗放な状態で、綺麗な春の美人の顔をつぶしていたのではないかという意象である。このように解釈すれば、必ずしも清少納言の「柳のまゆ」の表現は、白居易の「柳は眉の如し」の美人の意象と矛盾しているとは言えないだろう。

四　秋の「雨」と「扇」の意象

秋の季節で、雨が降って涼しくなってきた。そして扇を使うことを忘れているのである。このように格別な行為に関する表現は、清少納言と白居易の意象が重なっているところが見える。この点について確認してみたい。

まず、『枕草子』本文を取り上げておく。

第四二段　七月ばかりに、風いたう吹きて

七月ばかりに、風いたう吹きて、雨などさわがしき日、おほかたいと涼しければ、**扇《あふぎ》もうち忘れたるに**、汗の香《か》すこしかかへたる綿衣《わたきぬ》の薄きを、いとよく引き着て、昼寝したるこそをかしけれ。（一〇〇頁）

この章段は、あまり長くはないが、ユニークな表現が少なくない。例えば、後半にある「汗の香」の描写について、三田村雅子は次のように述べている。

枕草子の汗は、単にその発汗作用に対する言及があるばかりでなく、汗の香への不思議な愛着を見せている点でも特徴的である。「流れる」汗や、「おしひたす」汗は書かれても、汗の匂いを取り上げる作品は同時代に皆無である。(8)

三田村が指摘したように、「扇もうち忘れたるに」の表現にも、同時代の作者が取り上げてこなかった部分が見える。例えば、『竹取物語』『大和物語』『蜻蛉日記』『うつほ物語』『落窪物語』における「扇」の表現について、それぞれのA、B、C、D、Eの代表的な一箇所を次のように取り上げて確認してみたい。

A『竹取物語』（片桐洋一他『新編日本古典文学全集　竹取物語他』小学館、一九九四年）

〔四〕かぐや姫、五人の求婚者に難題を提示

日暮るるほど、例《れい》の集りぬ。あるいは笛を吹き、あるいは歌をうたひ、あるいは声歌《しやうが》をし、あるいは嘯《うそ》を吹き、**扇《あふぎ》を鳴らしなどするに**、翁、いでて、いはく、「かたじけなく、穢《きたな》げなる所に、年月を経《へ》てものしたまふこと、きはまりたるかしこまり」と申す。（二三頁）

B『大和物語』（高橋正治他『新編日本古典文学全集　大和物語他』小学館、一九九四年）

九十一　扇の香

三条《さんでう》の右《みぎ》の大臣《おとど》、中将《ちゆうじやう》にいますかりける時、祭《まつり》の使《つかひ》にさされていでたちたまひけり。通《かよ》ひたまひける女の、絶えて久《ひさ》しくなりにけるに、「かかることにてなむいでたつ。**扇《あふぎ》もたるべかりけるを**、さわがしうてなむ忘れにける。ひとつたまへ」といひやりたまへりける。よしある女なりければ、よくておこせてむと思ひたまひけるに、色などもいと**清《きよ》らなる扇**の、香《か》などもいとかうばしくておこせたる。ひき返したる裏のはしの方《かた》に書きたりける。

　ゆゆしとて忌《い》むとも今はかひもあらじ憂《う》きをばこれに思ひ寄せてむ

とあるを見て、いとあはれとおぼして、返《かへ》し、

　ゆゆしとて忌《い》みけるものをわがためになしといはぬはたがつらきなり

（三一四～三一五頁）

C『蜻蛉日記』（木村正中他『新編日本古典文学全集　蜻蛉日記他』小学館、一九九五年）

上巻（康保元年秋～二年秋）

あるべきことども終はりて帰る。やがて服《ぶく》ぬぐに、鈍色《にびいろ》のものども、**扇《あふぎ》まで**祓《はらへ》などするほどに、

　藤衣《ふぢごろも》流す涙の川水はきしにもまさるものにぞありける

とおぼえて、いみじう泣かるれば、人にも言はでやみぬ。

（一三七頁）

D『うつほ物語』（中野幸一『新編日本古典文学全集　うつほ物語』小学館、一九九九年）

祭の使

　君だちさながらさぶらひたまふに、おとど、**御扇にかく書きつけて**、式部卿の宮の御方に奉れたまふ。

　　枝繁み露だに漏らぬ木隠れに人まつ風の早く吹くかな

とて、侍従の君して奉れたまふ。親王見たまひて、かく書きつけて、右の大殿に奉れたまふ。

（四六三頁）

E『落窪物語』（三谷栄一他『新編日本古典文学全集　落窪物語他』小学館、二〇〇〇年）

巻之二〔二五〕三日夜の露顕《ところあらわし》で、面白の駒だとばれる。
この兵部《ひやうぶ》の少輔《せう》に見なしては念ぜず、「ほほ」と笑ふ中《なか》にも、蔵人《くらうど》の少将《せうしやう》は、はなばなと物笑ひする心にて、
笑ひたまふこと限りなし。「面白《おもしろ》の駒《こま》なりけりや」と**扇を叩《たた》きて笑ひて立ちぬ**。
（一五九～一六〇頁）

右の通り、Aは、かぐや姫が五人の求婚者に難題を提示する際、そのうち一人が拍子を取っている道具として「扇」を使っている。Bは、二条の右大臣が賀茂の祭の勅使に指名されてお出かけになったとき、扇を忘れてしまって、女から扇を借りたという場面である。Cは、道綱の母の随身の扇である。Dは、大殿に和歌を書かれた扇である。Eは、蔵人の少将の手中の扇である。ところが、これらの扇の表現は、清少納言の秋の雨が降った後、涼しくて扇を使うのを忘れた描写とは違う。確かにBには、「扇」を忘れる場面が見えるが、それは秋の雨が降って、扇を使わない背景と根本的に違うのである。

清少納言の「扇もうち忘れたるに」の表現は、おそらく漢詩文との関係があるだろう。この視点から考察してみると、日本漢詩文では同じ場面が見えない。ただ扇に関する詩句はないとは言えない。例えば、次の二例を取り上げてみよう。

Ⅰ『懐風藻』（小島憲之『日本古典文学大系　懐風藻他』岩波書店、一九六四年）
贈正一位太政大臣藤原朝臣史。　贈《ぞう》正一位　太政大臣藤原朝臣史《だいじやうだいじんふぢはらのあそみふひと》。
五言。春日侍宴。応詔。一首。五言。　春日宴《しゆんじつうたげ》に侍す、応詔。一首。
淑気光天下。　淑気《しゆくき》天下に光《て》らひ、
薫風**扇**海浜。　薫風海浜《くんぷうかいひん》に扇《はふ》る。
（九九～一〇〇頁）

Ⅱ『文華秀麗集』（小島憲之『日本古典文学大系　文華秀麗集他』岩波書店、一九六四年）

和滋内史秋月歌　桑腹赤　滋内史《じないし》が「秋月歌」に和す　桑原腹赤

長信深宮円似レ**扇**。　長信《ちやうしん》の深宮円《しんきゆうまど》かなること扇に似《に》、

昭陽秘殿浄如レ練。　昭陽《せうやう》の秘殿浄《ひでんきよ》きこと練《ねりぎぬ》の如し。

（三〇八〜三〇九頁）

右Iの「扇」は、今でも日常生活の中で、ものとしての扇の比喩。またIIの「扇」は、扇と似ている半円の宮廷を表している表現である。ほかの詩句にもまた扇が見えるが、秋雨の後に登場している「扇」はまったく見当たらない。ところが、『白氏文集』巻三十四［三三七一］律詩「雨後秋涼」には見える。しかも白居易の表現にしか見えない。その全詩句を取り上げてみたい。

『白氏文集』巻三十四［三三七一］律詩

雨後秋涼　雨後《うご》の秋涼《しうりやう》

夜来秋雨後　夜来秋雨《やらいしうう》の後《のち》、

秋気颯然新　秋気颯然《しうきさつぜん》として新《あら》たなり。

団扇先辞レ手　団扇先《だんせんま》づ手《て》を辞《じ》し、

生衣不レ著レ身　生衣《せいい》身《み》に著《つ》けず。

更添二砧引一レ思　更《さら》に砧《きぬた》の思《おも》ひを引《ひ》くを添《そ》へ、

難二与レ簟相親一　簟《たかむしろ》と相親《あひした》しみ難《がた》し。

此境誰偏覚　此《こ》の境《きやう》誰《たれ》か偏《ひとへ》に覚《おぼ》ゆる、

貧閑老痩人　貧閑老痩《ひんかんろうそう》の人《ひと》。

（五八頁）

注目したいポイントは、ゴシック字体を付けた詩句である。つまり雨の後、まず扇を使わない背景である。季節は秋である。白居易の詩的な意象から見ると、清少納言の「雨などさわがしき日、おほかたいと涼しければ、扇《あふぎ》も

うち忘れたるに」の描写のイメージは、白居易の表現と重なっているのである。一致している背景は二箇所。一つは季節の秋である。清少納言ははっきり「秋」とは書いていないが、「七月ばかり」は「秋」の季節に間違いない。もう一箇所は、雨の後の涼しい表現ということである。白居易の「雨後」と「秋涼」と清少納言の「雨などさわがしき日、おほかたいと涼しければ」の中に、両方とも明記している。

清少納言の詩的な発想は、まさに三田村雅子が次のように指摘した通りである。

物の日常的イメージと実態がずれていく瞬間を捉えてその差異性を対象化していくこと（前書同）。

五　「稚児」と「塵」の意象

前節に述べたように、清少納言の鋭い観察力は幼い稚児についての描写にも見える。例えば、『枕草子』第二七段「心ときめきするもの」の章段には、「ちご遊ばする所の前わたる」時に心がときめきすると明言する。清少納言の心情はよく分かる。ここでは、もう一つの清少納言の稚児の観察記事を見ておきたい。それは第一四五段、「うつくしきもの」の章段である。本文は次の通りである。

第一四五段　うつくしきもの

うつくしきもの　瓜《うり》にかきたるちごの顔。雀《すずめ》の子のねず鳴きするにをどり来《く》る。二《ふた》つ三《み》つばかりなるちごの、いそぎて這《は》ひ来《く》る道に、いと小さき**塵**《ちり》のありけるを、目ざとに見つけて、いとをかしげなる指《および》にとらへて、**大人**《おとな》ごとにみせたる、いとうつくし。頭《かしら》はあまそぎなるちごの、目に髪《かみ》のおほへるを、かきはやらで、うちかたぶきて物など見たるも、うつくし。

大きにはあらぬ殿上童《でんじやうわらは》の、装束《さうぞ》きたてられてありくもうつくし。をかしげなるちごの、あからさまに抱《いだ》きて、遊ばしうつくしむほどに、かいつきて寝《ね》たる、いとらうたし。

雛《ひひな》の調度《てうど》。蓮《はちす》の浮《う》き葉《は》のいと小さきを、池より取りあげたる。葵《あふひ》のいと小さき。何も何も、小さきものは、みなうつくし。

いみじう白く肥《こ》えたるちごの、二つばかりなるが、二藍《ふたあゐ》の薄物《うすもの》など、衣長《きぬなが》にて襷結《たすきゆ》ひたるが、這《は》ひ出《い》でたるも、また短きが袖《そで》がちなる着てありくも、みなうつくし。八《や》つ九《ここの》つ十《とを》ばかりなどのをのこ子《ご》の、声は幼《をさな》げにて文《ふみ》よみたる、いとうつくし。

鶏《にはとり》の雛《ひな》の、足高《あしだか》に、白うをかしげに、衣《きぬ》短かなるさまして、ひよひよとかしがましう鳴きて、人の後先《しりさき》に立ちてありくもをかし。また親の、ともに連れて立ちて走るも、みなうつくし。かりのこ。瑠璃《るり》の壺《つぼ》。

（二七一～二七二頁）

注目したいことは、ゴシック字体を付けた「塵」というポイントである。特に幼児と塵に関する描写ということである。すなわち幼い子供が塵を発見して、拾って遊び喜んでいる場面は、当時のほかの仮名文学では見えない。日本漢詩文にも見えない。ここで、一例をあげてみたい。『本朝麗藻』に収録された左金吾（藤原公任）「白河山家眺望詩」には、次のような詩句が見える。

白河山家眺望詩　　白河山家《しらかはさんか》眺望《てうばう》の詩《し》

左金吾　　左《さ》金吾《きんご》

郊外卜レ居**塵**事稀　　郊外《かうぐわい》に居《きよ》を卜《ぼく》して**塵**事《ぢんじ》稀《まれ》らなり

迢々春望思依々　　迢々《てうてう》たる春望《しゆんばう》　思《おも》ひ依々《いい》たり(9)

右「塵」は漢語の「塵世」の意味で、いわゆる「俗世」である。作者公任は郊外に住んでいることにより、世の中の煩わしいことが少ない、やや寂しい心境で、春を望んでいる心情を表している。ところが、この詩句には幼児が登場していない。日本漢詩文の中で、「塵」と「子供」が両方とも見える作品は、平安前期の勅撰漢詩集『経国集』にある良岑安世の作品である。全詩文は、次のようになる。

良岑安世
五言別男子
出家入山一首
我有一児子
塵煩不可侵
天縦成道器
童歯抜禅心
新負心経帙
初諳梵字音
野縫青葛衲
□□緑蘿襟
杖錫岩苔上
提瓶澗水濤
苦行何処所
雪嶺白雲深

良岑安世《よしみねのやすよ》
五言、男子《だんし》
出家《しゆつけ》して山に入るを別《わか》る、一首
我に有《あ》り一児子《いちじし》、
塵煩《ぢんはん》侵《をか》すべからず。
天縦《てんしよう》　道器《だうき》を成《な》す、
童歯《どうし》禅心《ぜんしん》を抜《ぬ》く。
新しく負《せお》ふ心経《しんぎやう》の帙《ちつ》、
初めて諳《そら》に梵字《ぼんじ》の音《おん》。
野は縫《ぬ》ふ青葛《せいかつ》の衲《なふ》、
□□緑蘿《りよくら》の襟《きん》。
錫《しやく》を杖《つゑつ》く岩苔《がんたい》の上、
瓶《へい》を提《ささ》ぐ澗水《かんすい》の濤《きし》。
苦行《くぎやう》するは何《いづ》れの処所《ところ》ぞ、
雪嶺白雲《せつれいはくうん》深し。(10)

右のゴシック字体のように、「児子」と「塵」が見えるが、幼児が塵を見つけて喜ぶ場面ではない。清少納言のユニークな表現はどこからきたのか。この点については、現代の注釈書や研究ではほとんど注目していない。しかし、江戸時代の岡西惟中は『枕草紙傍註』の中で、『白氏文集』巻十［〇四六三］感傷詩「観児戯」と指摘している。この興味深い指摘は、明治から平成までの『枕草子』の注釈書の中では見えない。例えば、田中重太郎『枕冊子全注釈』一〜五（角川書店、一九七二〜一九九五年）と萩谷朴『枕草子解環』一〜五（同朋舎、一九八一〜一九八三年）には、いずれも「塵」に関する注釈は見えない。

では、『白氏文集』巻十［〇四六三］の感傷詩「観児戯」は、どのように書かれているのか。全詩句を取り上げて確認してみたい。

『白氏文集』巻十［〇四六三］感傷詩

観二児戯一　　児《じ》の戯《たはむ》るるを観《み》る
齠齓七八歳　　齠齓《てうしん》　七八歳《しちはちさい》、
綺紈三四児　　綺紈《きぐわん》　三四児《さんしじ》。
弄レ塵復闘レ草　　塵《ちり》を弄《ろう》し　復《ま》た草《くさ》を闘《たたか》はし、
尽日楽嬉嬉　　尽日《じんじつ》　楽《たの》しむこと嬉嬉《きき》たり。
堂上長年客　　堂上《だうじやう》　長年《ちやうねん》の客《かく》、
鬢間新有レ糸　　鬢間《びんかん》に新《あら》たに糸《し》有《あ》り。
一看二竹馬戯一　　一《ひと》たび竹馬《ちくば》の戯《ぎ》を看《み》れば、
毎憶二童騃時一　　毎《つね》に童騃《どうがい》の時《とき》を憶《おも》ふ。
童騃饒二戯楽一　　童騃《どうがい》　戯楽《ぎらく》饒《おほ》く、
老大多二憂悲一　　老大《らうだい》　憂悲《いうひ》多《おほ》し。
静念彼与レ此　　静《しづ》かに念《おも》ふ　彼《かれ》と此《これ》と、

不レ知誰是痴　　知《し》らず　誰《だれ》か是《こ》れ痴《ち》なる。　（五六一頁）

まさしく岡西惟中に指摘されたように、清少納言と白居易の表現には、「塵」の視点から幼児や子供と遊ぶ喜びの意象で一致しているところがある。

清少納言が漢詩文の表現から、特に白居易の詩句の意象を受容した描写は、彼女のユニークな方法と考えられる。このような幼児の意象を受容する方法を、かつて佐藤保は次のように述べている。

おさな子は、わが子は言うに及ばず、たとい見ず知らずの他人の子でも、その愛らしさが人の心をうつ。それは、おさな子の邪気や打算のない言動が、世の中の汚れた部分を見ている大人の心をなごませてくれるからである。[11]

また無視できないことは、清少納言と白居易の「真心」の表現である。ようするに、ある事情や風景などの対象によって、心が感動し、その瞬間に思った心情を真摯に表すということである。換言すれば、二人とも心に従って書く姿勢は合致している。例えば、『白氏文集』巻四十五［一四八六］「与二元九一書（元九《げんきう》に与《あた》ふる書《しよ》）」の中で、白居易は次のように述べている。

詩者根レ情苗レ言、華レ声実レ義。　（三四七頁）

右の訓読みは、『新釈漢文大系　白氏文集』（明治書院）によると、次のようになる。

詩は真心を根とし、ことばを苗とし、声を花とし、意味内容を果実とするのである。　（三四八頁）

白居易は心の「根」は詩であるという。清少納言は『枕草子』を書く経緯について、跋文の中で次のように書いている。

この草子《さうし》、目に見え心に思ふ事を、人やは見むとすると思ひて、つれづれなる里居《さとゐ》のほどに、書きあつめたるを、あいなう人のために便《びん》なき言ひ過ぐしもしつべき所々もあれば、よう隠しおきたりと思ひしを、心より

ほかにこそ洩《も》り出でにけれ。　（四六七頁）

このような心を書くことは、中国古典文学の中でも、明記している例は少なくない。二例をあげてみたい。一例は、『文選』の中に収録された「書序」である。引用文と書き下し文は竹田晃『新釈漢文大系　文選』（文章篇）中（明治書院、一九九八年）による。

毛詩序　　毛詩《もうし》の序《じょ》
在レ心為レ志　　心《こころ》に在《あ》るを志《こころざし》と為《な》し、
発レ言為レ詩　　言《げん》に発《はつ》するを詩《し》と為《な》す。　（四五八～四五九頁）

もう一つの例は、『文心雕龍』第五十「序志」の文である。引用文と書き下し文は、戸田浩暁『新釈漢文大系　文心雕龍』下（明治書院、一九七八年）による。

夫文心者、言二為レ文之用心一也
夫《そ》れ文心《ぶんしん》とは、文《ぶん》を為《つく》るの用心《ようじん》を言《い》ふなり。　（六七二頁）

仮名文学の作者としての清少納言は、白居易の詩句を受容し、意象を完全に吸収し、自らの心によって新しい表現にしている。その効果については、まさにヴォルフガング・カイザーが、次のように述べた通りである。

詩的言語は可塑性を持って、すなわち心象《イメージ》を喚起する特殊な力をもって特徴づけられる。[12]

六　おわりに

以上、『枕草子』の幾つかの章段を取り上げて、『白氏文集』の詩句と対照しながら、清少納言と白居易の表現方法について考察した。その結果、二人とも同じ対象に関する意象が一致する傾向がみられる。例えば、第三段「正月一日」の章段における柳の葉の意象は、「長恨歌」における楊貴妃のような美人の「柳葉眉」と比喩する心象としては合致している。また第四二段「七月ばかりに、風いたう吹きて」の章段では、秋雨の後に、涼しい日に扇を使わない行為の場面に関する描写においては、白居易の「雨後秋涼」の詩句の背景に親近性がある。さらに第一四五段「うつくしきもの」の章段において、幼い稚児が塵を見つけて喜んで遊ぶ場面は、白居易の「観児戯」における幼児の塵遊びのイメージと重なる。

清少納言と白居易の心から感動したことに注目する表現も同じであることに気付かされる。特に女性としての清少納言が白居易の詩句の意象を受容して表現する方法は、『枕草子』の特有な特徴と言えるだろう。

注

(1) R・ウェレック、A・ウォーレン『文学の理論』(太田三郎訳、筑摩書房、一九六七年)二一三頁。

(2) 一海知義、興膳宏『世界古典文学全集　陶淵明　文心雕龍』(筑摩書房、一九六八年)三四七頁。

(3) この「宴」は、詩のタイトル「三月三日」と頷聯の「曲水」を合わせてみると、古代中国から発生した三月三日に詩文を作る「曲水宴」である。中村義雄は、次のように解釈している。「「きょくすいのえん」「めぐりみずのとよのあかり」とも、流觴《りゅうしょう》曲水ともいう。陰暦三月上巳(じょうし)の日、または三月三日に行われた風流の行事。曲りくねって流れる水のほとりに坐し、水に酒盃を浮かべ、流れてくる盃が自分の前を通りすぎぬうちに詩歌を詠ずる。『荊楚歳時記』に「三月三日、士民並出二江渚池沼間一、為二流レ杯曲水之飲一」とあり、古代中国で河水により禊祓(けいふつ)を行う水辺の行事が遊宴化したものとみられる。起源については諸説がある。わが国では『日本書紀』顕宗天皇元年―三年の三月上巳に曲水宴を行なったことがみえ、天平勝宝二年(七五〇)三月三日の大伴家持邸での宴の歌が『万葉集』一九にある。平城天皇の代に一時廃されたが嵯峨天皇が復活、村上天皇のころ盛んに行われ、摂関時代には私邸で催され、寛弘四年(一〇〇七)三月三日の藤原道長邸での宴(『御堂関白記』)、寛治五年(一〇九一)三月十六日の藤原師通の六条殿での宴(『後二条師通記』『中右記』)は『今鏡』四、藤波の上にも記されている。」

『国史大辞典』（吉川弘文館、一九八四年）による。

（4）川口久雄『本朝麗藻簡注』（勉誠社、一九九三年）二頁。

（5）今浜通隆が「儀同三司「間柳発紅桃」詩題。出典は、王維『王右丞詩集』〈巻七「春園即事」〉の第四句目」と指摘している。『本朝麗藻全注釈』一（新典社、一九九三年）九頁。

（6）萩谷朴『枕草子解環』五（同朋舎、一九八三年）二三四頁。

（7）渡辺実『新日本古典文学大系　枕草子』（岩波書店、一九九九年）三二二頁。

（8）三田村雅子『枕草子　表現の論理』（有精堂、一九九五年）三一八頁。

（9）前掲（4）同、二二六頁。

（10）小島憲之『国風暗黒時代の文学　弘仁・天長期の文学を中心として』中（下）Ⅱ（塙書房、一九八六年）二七〇五～二七〇六頁。

（11）佐藤保『漢詩のイメージ』（大修館書店、一九九二年）二七〇頁。

（12）ヴォルフガング・カイザー『文芸学入門　文学作品の分析と解釈』（谷口伊兵衛訳、而立書房、二〇〇六年）一七八頁。

第九章　清少納言と白居易及び元稹の詩的な手法

――「蚊の細声・蚊の睫」と「微細・蚊睫」――

一　はじめに

『枕草子』における白居易と元稹詩の享受については、すでに多くの業績が蓄積されている。しかし、まだいくつかの章段において元白詩の受容を指摘することが可能である。例えば、元白の詩にまつわる「蚊」については、『竹取物語』『土佐日記』『落窪物語』『源氏物語』『紫式部日記』などの仮名文学では登場しないが、『枕草子』には、「蚊」に関わる表現が二箇所見られる。

一つ目は、第二六段「にくきもの」の章段の「蚊の細声」、もう一つは、第二五七段「大蔵卿ばかり耳とき人はなし」の章段の「蚊の睫」である。これらの「蚊」を「細い」とする表現は、清少納言の独特な発想と言えよう。一方、白居易と元稹の詩では、特に「蚊」に関する「微細」や「蚊睫」が、清少納言の描写と重なるように思われる。また、『江談抄』第五「詩の事」に見える当代の白居易と元稹の詩集に関連する記事から見ると、一条天皇の宮廷では元白の詩がよく読まれたようである。このことからも清少納言が白居易、元稹の「蚊」に関する詩作と無関係であったとは言えないだろう。そこで、本章では「蚊の細声」と「蚊の睫」に着目して、『枕草子』における「蚊」に関する表現が、元白の詩作に由来したのではないかと考えている。

二　「蚊の細声」と「蚊の睫」及び問題の所在

まず、『枕草子』第二六段「にくきもの」の章段における「蚊の細声」に関する本文を取り上げる。

ねぶたしと思ひて臥《ふ》したるに、**蚊《か》の細声《ほそごゑ》**にわびしげに名のりて、顔のほどに飛びありく。羽風《はかぜ》さへその身のほどにあるこそいとにくけれ。　（六七頁）

右のゴシック字体の「蚊の細声」は、三系統一種の『枕草子』本文にはいずれにも見える。念のため、該当する部分を比べてみよう。(1)

三巻本：蚊《か》の細声《ほそごゑ》（『新編日本古典文学全集　枕草子』小学館、一九九七年）六七頁。

能因本：蚊《か》の細声《ほそごゑ》（『日本古典文学全集　枕草子』小学館、一九七四年）一〇一頁。

堺　本：かのほそごゑ（『堺本枕草子評釈　本文・校異・評釈・現代語訳・語彙索引』有朋堂、一九九〇年）九八頁。

前田家本：蚊《か》のほそごゑ（『前田家本枕冊子新註』古典文庫、一九五一年）一一一頁。

それぞれの漢字と仮名の表記は異なるが、「蚊の細声」であることは共通している。この「蚊の細声」に典拠があることは、すでに江戸時代から指摘されていた。例えば、加藤磐斎（一六二一〜一六七四）『清少納言枕草紙抄』（日本文学古註釈大成、日本図書センター、一九七八年）には、

荘子云、蚊虫噆レ膚。間二通宵一不レ寐云々。山谷詩云、半夜蚊雷起。西風為解レ紛。　（一二七頁）

と、出典は『荘子』であると示しているが、厳密には、『荘子』の原意が「蚊虻《ぶんばう》膚《はだ》を噆《か》めば、則《すなは》ち通夕《つうせき》寐《い》ねじ。」（市川安司・遠藤哲夫『荘子』下、明治書院、一九六七年、四三七頁）にあるように「蚊」の声についての記述はなく、また後半「山谷詩」は、宋代の黄庭堅（一〇四五〜一一〇五）の別集であり、清少納言以後の時代に成立した書物

である。

北村季吟（一六二四～一七〇五）は、磐斎の説を引かず、「蚊」の「ぶんぶん」という音が、「蚊」の「文」の「つくり」によると説明する。引用文は、『枕草子春曙抄』（日本文学古註釈大成、日本図書センター、一九七八年）による。

　蚊のぶん〱となく心也。蚊の字ぶんのこゑなれば也。（九五頁）

明治以降、今に至るまでの諸注釈は、「蚊」の「音」や「名のり」の面白さに重点が置かれているものが多い。例えば、金子元臣は『枕草子評釈』（明治書院、一九四二年）の中で、次のように述べる。

　蚊の細声に名のりて、「名のりて」は名を告《の》ることとなれども、こゝは只鳴くをいふ。我こゝにありといふやうに聞ゆる故なり。時鳥の鳴くを名告るといふも、その始こそ、名義の起源を思ひて用ゐもしたれ、この頃は単に鳴くをいふこと、尚水鶏の鳴くを、叩くといひ習へるが如し。蚊の字、ブンの音なればなどいへる説は、拘はれり。（一三八頁）

田中重太郎も同様で『枕冊子全注釈』一（角川書店、一九七二年）では、「蚊」の名前と「蚊」の音について、次のように解釈している。

　「蚊」は、『和名抄』に「蚊賀《か》、小飛虫、夏月夜噬レ人也」とあり、「蚊加阿《かあ》」（『最勝王経音義』）のように「カア」という発音もあったらしい。（一三〇頁）

これら以降の『枕草子』諸注釈も北村季吟や金子元臣の解釈と大差なく、蚊の「名」と「音」に関することしかみえない。

例えば、池田亀鑑他『日本古典文学大系　枕草子他』は「自分の名を言う。存在を告げるなどの意。」（岩波書店、一九五八年、七〇頁）と解説している。松尾聰・永井和子『新編日本古典文学全集　枕草子』は「羽音の形容。

「蚊」の音読「ブン」から「ブーン」といったとする説、「カー」とする説などがある。「ぶーん」と羽音を立てて蚊であることが分かるようにやって来るのを擬人化したものであろう。」（小学館、一九九七年、六七頁）と述べている。また津島知明・中島和歌子『新編枕草子』は「「蚊のぶんぶんとなく心也。蚊の字、ぶんの声なれば也」（春）。音読みが「ぶん」。」（おうふう、二〇一〇年、四五頁）と解釈している。

ただ、渡辺実は『新日本古典文学大系　枕草子』（岩波書店、一九九一年）の中で、

蚊だとわかる音を立てるから「名告る」と擬人化した。それが「細声」なので「侘しげに」。（三五頁）

と、「蚊」を擬人化した表現から「細声」は生まれたとする説を提起したが、「細声」の典拠については検討していない。

以上、「蚊の細声」、つまり蚊に関する「細」の表現に典拠があることについて、従来の解釈では渡辺以外に言及されなかったことが分かる。

また、注目したいことは、『枕草子』の中には、もう一箇所の「蚊」に関する描写がある。それは第二五七段「大蔵卿ばかり耳とき人はなし」の章段の「蚊の睫」である。本文は以下の通りである。

大蔵卿《おほくらきやう》ばかり耳とき人はなし。まことに**蚊《か》の睫《まつげ》**の落つるをも聞きつけたまひつべうこそありしか。職《しき》の御《み》曹《ざう》司《し》の西面《にしおもて》に住みしころ、大殿《おおとの》の新中将宿直《とのゐ》にて、物など言ひしに、そばにある人の、「この中将に、扇《おふぎ》の絵の事言へ」とささめけば、「今かの君の立ちたまひなむにを」と、いとみそかに言ひ入るるを、その人だにえ聞きつけで、「何《なに》とか、何とか」と、耳をかたぶけ来《く》るに、遠くゐて、「にくし。さのたまはば、今日《けふ》は立たじ」とのたまひしこそ、いかで聞きつけたまふらむと、あさましかりしか。（三八六〜三八七頁）

ゴシック字体の「蚊の睫」の典拠は、江戸時代から『列子』が指摘されてきた。例えば、加藤磐斎は『清少納言枕草紙抄』（前同、六四四頁）の中で、次のように解釈した。原文と現代文訳は、小林信明『新釈漢文大系　列子』

「湯問第五」（明治書院、一九六七年）による。文末に頁数を示した。

江浦之間、生㆓麼虫㆒。其名曰㆓焦螟㆒。群飛而集㆓於蚊睫㆒、弗㆓相触㆒也、栖宿去来、蚊弗㆑覚也。

〔川の水ぎわのあたりに、ごく小さな虫がわく。その名を焦螟と呼ぶ。群がり飛んで蚊《か》のまつげに集まってくるが、一向にさわった感じがせず、まつげに住み着いていて行ったり来たりするが、蚊の方では一向に気がつかないほどである。〕（二一〇～二一一頁）

北村季吟も、磐斎と同じように『列子』を踏まえた。以来、現在に至る『枕草子』の諸註釈では、「蚊の睫」の典拠は、『列子』である。

しかし、反論がないとは言えない。例えば、かつて関根正直は、次のように述べている。

◎蚊のまつげの落つる音　補例の清少獨擅の警句なり。之を列子湯問篇の文より、思ひつきたる詞として、春抄を始め、夏蔭翁等、列子の文を長々と、引き出でたるは徒労ならずや。且列子には、蚊の睫落つとは見えざるをや。

（『補訂枕草子集註』思文閣出版、一九七七年、五四四頁）

関根が指摘したように、『列子』の「蚊睫」の前後の文脈は、『枕草子』の「蚊の睫」の文脈と合わないだろう。『枕草子』では、大蔵卿の耳が優れていることを表すために、清少納言が「蚊の睫」の落ちる音が聞こえるという比喩の描写である。従って、「蚊の睫」が落ちる音が聞こえることから、周りは極めて静かな状態と考える。一方、『列子』の場合、この蚊の睫の周りは静かな状況ではなく、むしろうるさい状況であろう。

では、『枕草子』における「蚊の細声」と「蚊の睫」の表現の由来は、どのように解釈すればよいのだろう。この点を追及するために、まず日本古代文学における「蚊」に関する表現を考察してみる。

三　『枕草子』前後の文献における「蚊」の表現

日本古代文学における「蚊」の表現は多くない。例えば、『古事記』と『日本書紀』には「蚊」がそれぞれの三箇所しか見えない。ここで両書の各一例を取り上げてみよう。(2)

『古事記』中巻「開化天皇」（山口佳紀他『新編日本古典文学全集　古事記』小学館、一九九七年）

次、袁耶本王者、葛野之別・近淡海蚊野之別祖也。（後略）

〔次に、袁《を》耶《ざ》本王《ほのみこ》は、〈葛野之別《かづののわけ》・近淡海《ちかつあふみ》の蚊野之別《かののわけ》が祖ぞ〉。〕

（一七八～一七九頁）

『日本書紀』巻第十「誉田天皇　応神天皇」（小島憲之他『新編日本古典文学全集　日本書紀』①、小学館、一九九四年）

歳次庚辰冬十二月上、生二於筑紫之蚊田一。（後略）

〔歳次庚辰《さいじかうしん》の冬十二月を以《も》ちて、筑紫《つくし》の蚊田《かだ》に生《あ》れませり。〕

（四六八～四六九頁）

『古事記』の「蚊野」は、日本古代の地名である。例えば、『日本歴史地名大系』（滋賀県の地名、平凡社地方の資料センター、平凡社、一九九一年）には、「「延喜式」神名帳に記す愛知郡三座の一つ軽野神社の訓に古本はカルノとともにカノがあり、同社の鎮座する秦荘《はたしょう》町南部の宇曽《うそ》川流域には蚊野・蚊野外《かのとの》・上蚊野《かみがの》などの地名を残すので、訓はカノで、所在地もこの地域とみてよいと考えられる。」とある。『日本書紀』の「蚊田」も古代の地名である。すなわち、応神天皇の生誕地とされる地名だ。

また『風土記』(3)には「蚊」の表現は二箇所見える。一つは「蚊屋」である。もう一つは「蚊嶋」である。前者は、『延喜式』に見える「蚊帳」のような蚊を防ぐための用具である。後者は、古代の海の中の「嫁が島」という島の

名である。(4)

次に『万葉集』では最も多く、八箇所の「蚊」は、すべて万葉仮名として使われている。(5)

以上のように、古代日本の文献では、「蚊」に関する表現は、地名及び万葉仮名を表している。

平仮名が発明された以後、仮名作品では、「蚊」は殆ど見えない。例えば、『竹取物語』『伊勢物語』『土佐日記』『大和物語』『落窪物語』『源氏物語』『和泉式部日記』『紫式部日記』などの作品では「蚊」が見えないが、『古今和歌集』と『蜻蛉日記』及び『うつほ物語』の中には、それぞれ一箇所「蚊」が存在している。確認のため、これらの三つの「蚊」に関する本文を次のように比べてみたい。

（1）『古今和歌集』巻第十一恋歌［五〇〇］（小沢正夫他『新編日本古典文学全集　古今和歌集』小学館、一九九四年）

読人知らず

夏なれば屋戸《やと》にふすぶる**蚊遣り火**《かやりび》のいつまでわが身下燃《したも》えをせむ

（二〇六頁）

（2）『蜻蛉日記』「巻末歌集」（木村正中他『新編日本古典文学全集　蜻蛉日記他』小学館、一九九五年）

道綱母

あやなしや宿の**蚊遣火**つけそめて語らふ虫の声をさけつる

（三七八頁）

（3）『うつほ物語』「藤原の君」二八（中野幸一『新編日本古典文学全集　うつほ物語』①、小学館、一九九九年）

兵衛佐行政、

蚊遣火《かやりび》の煙も雲となるものを下草をしも結ばざらめや

御返しなし。

（二〇四頁）

ゴシック字体を付けたように、「蚊遣火」は、「そもそも「蚊を追いはらうためにいぶす火」であるが、「蚊遣火をたくの意で「燻《く》ゆる」と同音の「悔《く》ゆ」にかかり、また、蚊遣火の火が見えないで燃えていくところから、ひそかに思いこがれる意の「下に燃ゆ」「下燃え」などにかかる」（北原保雄他『日本国語大辞典』小学館、二〇〇二年）と述べている。

ここまで確認した如く、仮名文には「蚊」の漢字が見えるが、実際には蚊のことは書かれていなかった。『枕草子』の「蚊の細声」と類似している唯一の表現は、『三宝絵』中巻「十七　美作国採鉄山人《みまさかのくににくろがねをとるやまのひと》」の中の「蚊《か》ノコヱノゴトシ」である[6]。しかしこれは『枕草子』の典拠とは言えない。なぜなら『三宝絵』の「蚊の声の如し」の中には「細」字は見えないからである。

また『三宝絵』と似ている仏教に関わる漢文で書かれた作品には、いくつかの「蚊」が見られる。例えば、『日本霊異記』には二箇所、『性霊集』には五箇所、『三教指帰』にも一箇所である[7]。ただ『日本霊異記』の「蚊田」（「賀太」とも書かれる）は、すでに『日本書紀』に見えたように、古代の地名であるが、『性霊集』の「蚊虻」と「蚊響」及び『三教指帰』の「蚊羽」のような漢語表現は、先行の研究では、『漢書』や『列子』からの出典が明らかである。

またここで注意したいことは、古代日本人が書いた漢詩文の中には「蚊」が見えないことである。例えば、『懐風藻』『凌雲集』『文華秀麗集』『経国集』『扶桑集』『本朝麗藻』『本朝無題詩』『都氏文集』『菅家文草』『菅家後集』『江吏部集』『法性寺関白御集』『和漢朗詠集』『本朝文粋』『続本朝文粋』等には、「蚊」は見当たらない。

以上、「蚊」に関する「細い」表現は、日本古代の文献に見あたらず、中国の詩文から受容されたと考えられる。この点を解明するために、次の節で詳しく考察する。

四　白居易と元稹の詩作における「蚊」の「細い」イメージ

中国の典籍からみると、まず儒教の経典には、「蚊」が見えない。例えば、『易経』『尚書』『詩経』『周礼』『儀礼』『礼記』『左伝』『公羊伝』『穀梁伝』『論語』『孝経』『孟子』などの経書には「蚊」は書かれていない。ところが、道教の思想と言われた経典には幾つかの場面で蚊が登場している。例えば、『荀子』には一箇所、『荘子』には六箇所、『列子』には二箇所ある。しかしながら、これらの蚊に関する表現を確認したところ、「蚊」の「細い」表現は見えない。(8)

また『文選』では、八箇所の「蚊」が見えるが、うち七箇所は李善の注釈文である。『文選』本文には「蚊」が一回しか見えない。それは『文選』巻第五十一による賈誼「過秦論」の中の「蚊蝱」である。李善の注釈によると、これは『荘子』からの典拠である。また類書である『初学記』『芸文類聚』などにも「蚊」に関する「細い」表現は見当たらない。

ところが、膨大な唐詩を検証してみると、特に「細」の漢字を使って、「蚊」を表した作者は、白居易と元稹が挙げられる。(9)

では、具体的に白居易と元稹の詩作の中には、蚊に対して細い表現がどのように使われていたのか。清少納言は如何に白居易と元稹の詩的なイメージを受け取ったのだろうか。この点については、白居易と元稹の詩句を取り上げて、その表現の特徴を確認してみたい。

『旧唐書』によると、唐の元和年間（八〇六～八二〇）、白居易と元稹が都の長安を離れて遠くの地方に左遷された。白居易は江州の司馬に務め、元稹は通州の司馬に移った。この頃、二人の間で多くの詩作が唱和された。その唱和詩は、「元和体」と言われ、極めて人気があったそうである。『旧唐書』巻百六十六、列伝第百十六の元稹伝に書かれた「二人来往贈答、凡所為詩、有自三十、五十韻乃至百韻者」（中国・中華書局、一九七五年、四三三二頁）の通りである。

唐代の通州は現在の四川省に属する場所である。当時の元稹の住居の環境は良くなかったらしい。特に蛇や蚊などの虫が多かったようである。そういう体験から、元稹は、「蟲豸詩」というタイトルで、詳しく「巴蛇」「蛒蜂」「蜘蛛」「蟻子」「蟆子」「浮塵子」及び「蝱」をテーマとした詩作を書いたのである。そのうち、最も人間を襲う有害な蚊の一種である「蟆子」について、元稹が序文の中で、次のように述べた。引用文は、冀勤『元稹集』（修訂本）上冊（中国・中華書局、二〇一〇年）による。

蚊蟆与浮塵、皆巴蛇鱗中之**細虫**耳、故齧人成瘡、秋夏不愈、膏楸葉而伝之、則差。（四八～四九頁）

（蚊蟆と浮塵は、皆巴蛇の鱗中の細蟲のみ、故に人を齧んで瘡を成す、秋夏愈えず、楸の葉から油をしぼり、それをあぶらぐすりにして、瘡に塗ると、治る。）

ここで留意したいポイントは、蛇の鱗の中に集めた蚊蟆と浮塵の小さい虫に対して、元稹が「細蟲」という表現を使用していることである。これは元稹の独特の発想と言えるだろう。また元稹の「浮塵子」[10]（うんか）という虫のタイトルの詩作では、次のような詩句が見える。

乍可巣**蚊睫**　胡為附蟒鱗

（むしろ蚊の睫に巣す、いかにうわばみの鱗に附すのか。）

詩人によって、浮塵子は蚊の睫に巣を作ることができるのに、なぜ大きな蛇の鱗に付着するのか。ここでは蚊類の浮塵子は極めて細い虫が想像される。蚊の睫はほぼ見えないもので、その上に巣を作ることは不可能であろう。清少納言が、大蔵卿の耳の素晴らしさを表すには、次のような表現が見える。

大蔵卿《おほくらきやう》ばかり耳とき人はなし。まことに蚊《か》の睫《まつげ》の落つるをも聞きつけたまひつべうこそありしか。（三八六頁）

右の蚊の睫が落ちるのも聞こえるというほぼ不可能な比喩は、元稹の細い虫に関するイメージと類似している。つまり元稹のような視覚的な表現を受容して、聴覚的な表現に転化したと見える。

もちろん、元稹は細い蚊に対して良い気持ちを持っていない。なぜなら、人が嚙まれると、しばらく治らないからである。まさしく清少納言の「蚊の細声」は「いとにくしけれ」と同感である。

この同感は、白居易も同じである。

白居易は元稹の唱和詩を読んで、元稹の通州の様子を知っていた。友人の苦痛を思って、次のタイトル「得㆓微之到㆑官後書㆒、備知㆓通州之事㆒、悵然有㆑感。因成㆓四章㆒（微《び》子《し》が官《くわん》に到《いた》りし後《のち》の書《しよ》を得《え》て、備《つぶさ》に通州《つうしう》の事《こと》を知《し》り、悵然《ちやうぜん》として感有《かんあ》り。因《よ》つて四章《よんしやう》を成《な》す）」で、四首の律詩を書いている。そのうちの一の律詩を引用してみたい。

『白氏文集』巻十五［〇八五四］律詩

得㆓微之到㆑官後書㆒　微《び》子《し》が官《くわん》に到《いた》りし後《のち》の書《しよ》を得《え》て、
備知㆓通州之事㆒　備《つぶさ》に通州《つうしう》の事《こと》を知《し》り、
悵然有㆑感　悵然《ちやうぜん》として感有《かんあ》り。
因成㆓四章㆒　因《よ》つて四章《よんしやう》を成《な》す

来書子細説㆓通州㆒　来書《らいしよ》　子《し》細《さい》に通州《つうしう》を説《と》く。
州在㆓山根峡岸頭㆒　州《しう》は山根峡岸《さんこんけふがん》の頭《ほとり》に在《あ》り。
四面千重火雲合　四面千重《しめんせんちよう》し　火雲合《くわうんあ》ひ、
中心一道瘴江流　中心一道《ちうしんいちだう》　瘴江流《しやうかうなが》る。
虫蛇白昼欄㆓官道㆒　虫蛇《ちうだ》は白昼《はくちう》に官道《くわんだう》を欄《さへぎ》り、

蚊蟆黄昏撲㆓郡楼㆒
何罪遣㆔君居㆓此地㆒
天高無㆑処㆑問㆓来由㆒

蚊蟆《ぶんばく》は黄昏《くわうこん》に郡楼《ぐんろう》を撲《う》つ。
何《なん》の罪《つみ》ありてか、君《きみ》をして此《こ》の地《ち》に居《を》らしむ、
天高《てんたか》くして、来由《らいいう》を問《と》ふに処無《ところな》し。

（二七五～二七六頁）

後に、白居易が自ら「蚊蟆」のタイトルで詩を書いた。白居易は「蚊」の意象を、元稹の「細虫」と同様に、特に「微細」と表現している。当該全詩を引用する。

『白氏文集』巻十一［〇五五八］感傷詩

蚊蟆
巴徼炎毒早
三月蚊蟆生
咂㆑膚払不㆑去
繞㆑耳薨薨声
斯物頗微細
中㆑人初甚軽
有㆑如㆓膚受譖㆒
久則瘡痏成
痏成無㆓奈何㆒
所㆑要防㆓其萌㆒
麼虫何足㆑道
潜喩儆㆓人情㆒

蚊蟆《ぶんばく》
巴徼《はけう》は炎毒早《えんどくはや》く、
三月《さんぐわつ》にして蚊蟆生《ぶんばくしやう》ず。
膚《はだ》を咂《す》ひて払《はら》へども去《さ》らず、
耳《みみ》を繞《めぐ》る薨薨《こうこう》たる声《こえ》。
斯《こ》の物《もの》は頗《すこぶ》る微細《びさい》にして、
人《ひと》に中《あ》たること初《はじ》めは甚《はなは》だ軽《かる》し。
膚受《ふじゆ》の譖《しん》の如《ごと》き有《あ》り、
久《ひさ》しくして則《すなは》ち瘡痏成《さうゐな》る。
痏成《ゐな》るは奈何《いかん》ともする無《な》し、
要《えう》する所《ところ》は其《そ》の萌《ばう》を防《ふせ》がんのみ。
麼虫《まちゆう》　何《なん》ぞ道《い》ふ足《た》らん、
潜《ひそ》かに喩《たと》へて人情《にんじやう》を儆《いまし》む。

（六九六～六九七頁）

右の「蚊蟆」詩は、白居易が、元和十五年（八二〇）四十九歳で書いた作品で、感傷詩に分類した。白居易の「禽蟲十二章」の序文によると、虫に関する詩は、「多与㆓故人微之・夢得㆒共㆑之」（五三一頁）。つまり、虫類の詩作は元稹（微之）と劉禹錫（夢得）とで行われた唱和詩である。前述した元稹の「細虫」の形容と白居易の「微細」の描写は、二人とも蚊に関する表現に「細」の字を使っているのである。

一方、清少納言『枕草子』における「蚊の細声」と「蚊の睫」のような「蚊」に関する細いイメージは、元稹の詩句の「細虫」と白居易の詩句の「微細」と同じ審美と言えよう。

また「蚊」に対する態度は、白居易、元稹、清少納言の、三人とも一致している。例えば、元稹の「蚊蟆」には、もし蚊に刺されたら、暫く治すことはできないと述べている。

白居易と清少納言の「蚊」に対する態度を比べてみると、二人とも蚊に対する気持ちは同様であることが少なくない。

例えば、まず、白居易の「蚊蟆」詩の前半部分の現代語訳を取り上げてみたい。

人の皮膚に吸い付いて、払いのけても**飛び去らず**、**ぶんぶん**と数多く**羽音**を立てて**耳の当り**を**飛び回る**。この虫は**かなり微細**で、人の皮膚に当たった時の最初の感覚は**非常に軽い**のだが、それはまるで皮膚の表面に受けただけの誹謗中傷のようなところがあって、しばらくすると**傷ができるのである**。**傷ができて**しまったら、もうどうすることもできない。大切なのは、そのごく初期に防ぎとめることである。

（岡村繁『新釈漢文大系　白氏文集』二下、明治書院、二〇〇七年、六九七頁）

次に、『枕草子』（松尾聰・永井和子『新編日本古典文学全集　枕草子』小学館、一九九七年）「にくきもの」の章段の現代語訳文を掲げてみたい。

眠たいと思って横になっている時に、**蚊が細い**かすかな声で心細そうに**ぶーん**と名のって、**顔のあたりにと**

びまわるの。羽風《はかぜ》までも蚊の身体《からだ》相応にあるのこそ、ひどくにくらしい。

（六七頁）

右のゴシック字体を付けた箇所のように、いずれも「蚊」に関する描写については似ているところが多い。白居易は、「飛び去らず、ぶんぶんと数多く羽音を立てて耳の当たりを飛び回る。」とし、清少納言は、「顔のあたりにとびまわるの、羽風《はかぜ》までも」である。何より蚊に関する「細い」の書き方は一致している。それは白居易が「この虫はかなり微細で」、清少納言が「蚊が細いかすかな声で」というところである。清少納言の「ひどくにくらしい」蚊に対する感情は元稹と白居易と極めて一致しているのではないだろうか。

以上のように、清少納言の『枕草子』の中にある二箇所の蚊の細い表現、つまり「蚊の細声」と「蚊の睫」は、白居易と元稹の蚊に関する詩的な描写の意象と合致していることが明らかである。また無視できない事実は、『白氏文集』は言うまでもなく、一条天皇が『元稹集』を読んだ記録が残されている。例えば、『江談抄』第五「詩事」には、次のような記録が見える。引用文は後藤昭雄他『新日本古典文学大系　江談抄他』（岩波書店、一九九七年）による。

斉名不点元稹集事

又被命云、一条院以元稹集下巻斉名可点之由被仰之。雖然辞遁云々。

（五二六頁）

斉名《ただな》、元稹《げんしん》集に点《てん》せざる事

また命《おほ》せられて云はく、「一条院、元稹集下巻をもつて、斉名に点じ進《たてまつ》るべき由仰せらる。しかりといへども、辞し遁《のが》れたり」と云々。

（一七三頁）

中宮定子の女房として、清少納言は、一条天皇の周りの男性貴族、すなわち『枕草子』に登場した藤原伊周、藤原斉信、藤原行成と頻繁に付き合うことによって、知らず知らずにその白居易と元稹の詩句の影響を受けたのであろう。

そして、白居易と元稹の詩句における蚊に関する「微細」や「細虫」の「蚊睫」の表現によって、蚊の「細い」形象から、独特な「蚊の細声」と「蚊の睫」の表現を創出したのではないだろうか。

五　おわりに

以上、『枕草子』における蚊に関わる「蚊の細声」と「蚊の睫」という表現を考察してきた。平安散文にはあまり見えない蚊の表現を問題点として、漢詩文の受容から考証した。『枕草子』前後の文献において蚊に関する「細い」表現は見当たらない。ところが、中国の典籍や類書や唐詩を検証してみると、『白氏文集』巻十一［〇五五八］感傷詩「蚊蟆」の「微細」と元稹の「虫豸詩」の「細虫」とが、清少納言の蚊に関する細い表現と合致していることが明らかとなった。このように、『枕草子』における漢文受容の方法は、単なる詩句の直接引用だけでなく、詩的な意象を受容する方法であると考えることが可能ではないだろうか。この点については、今後、新たな課題として展開してみたい。

注

（1）三系統一種『枕草子』底本について、本書凡例を参照。また参考した文献は、次の通りである。田中重太郎『堺本枕冊子』改定版（古典文庫、一九五六年）。田中重太郎『校本枕冊子』一〜二（古典文庫、一九五三年）。引用文の後に頁数を示した。

（2）他の『古事記』と『日本書紀』にある四箇所の「蚊」は、次の通りである。①『古事記』（山口佳紀・神野志隆光『新編日本古典文学全集　古事記』小学館、一九九七年）下巻・安康天皇「綿之**蚊屋野**、多在二猪鹿一」（三三四頁）②前書同、清寧天皇「即、獲二其御骨一而、於二其**蚊屋野**之東山一、作二御陵一葬」（三六二〜三六三頁）、③『日本書紀』（小島憲之他『新編日本古典文学全集　日本書紀』小学館、一九九四年）巻第十、応神天皇「是女人等之後、今呉衣縫・**蚊屋**衣縫是也」（四九六～四九七頁）、④前書同、巻第十三、安康天皇「是時難波吉師日香**蚊**父子並仕㆓于大草香皇子㆒」（一三四～一三五頁）。

（3）『風土記』（植垣節也『新編日本古典文学全集　風土記』小学館、一九九七年）における二箇所の蚊に関する表現は次のようになる。①『播磨国風土記』「右、称㆓加野㆒者、品太天皇、巡行之時、此処造㆑殿、仍張㆓**蚊屋**㆒。故号㆓加野㆒」（右《みぎ》、加野《かや》と称《い》ふは、品太《ほむだ》の天皇《すめらみこと》、巡《めぐ》り行《おは》しましし時《とき》に、此処《ここ》に殿《との》を造《つく》りて、すなはち**蚊屋**《かや》を張《は》りたまひき。故《かれ》、加野《かや》と号《なづ》く。）（三四～三五頁）②『出雲国風土記』「野代海中**蚊嶋**。周六十歩。中央涅土、四方並礒。中央有㆓手掬許木一株㆒耳。其礒有㆑蚊。有㆓螺子・海松。㆒」（野代《のしろ》の海《うみ》の中《なか》に**蚊嶋**《かしま》あり。周《めぐ》り六十歩《あし》なり。中央《まなか》は涅土《くろつち》にして、四方《よも》は並《なら》びに礒《いそ》なり。中央《まなか》に手掬許《たつかばか》りなる木《き》一株《ひともと》あるのみなり。**その礒《いそ》に蚊《か》あり。**螺子《しただみ》・海松《みる》あり。）（一五六～一五七頁）。

（4）右（3）同、『風土記』頭注による。

（5）『万葉集』（小島憲之他『新編日本古典文学全集　萬葉集』小学館、一九九四年）に見える八箇所の「蚊」は、次の通りである。①『万葉集』巻第二［一三八］番「或本歌一首　幷短歌　石見之海《いはみのうみ》　津乃浦乎無美《つのうらをなみ》　浦無跡《うらなしと》　人社見良米《ひとこそみらめ》　滷無跡《かたなしと》　人社見良目《ひとこそみらめ》　吉咲八師《よしゑやし》　浦者雖㆑無《うらはなくとも》　縦恵夜師《よしゑやし》　滷者雖㆑無《かたはなくとも》　勇魚取《いさなとり》　海辺乎指而《うみへをさして》　柔田津乃《にきたつの》　荒礒之上尓《ありそのうへに》　**蚊**青生《かあをくおふる》　玉藻息都藻《たまもおきつも》　明来者《あけくれば》　浪己曽来依《なみこそきよれ》　夕去者《ゆふされば》　風己曽来依《かぜこそきよれ》　浪之共《なみのむた》」（一〇四頁）、②『万葉集』巻第十一［二六二四］番「紅之《くれなゐの》　深染衣《ふかそめのきぬ》　色深《いろぶかく》　染西鹿歯**蚊**《しみにしかばか》　遺不得鶴《わすれかねつる》」（二三二頁）、③『万葉集』巻第十一［二六三二］番「夜干玉之《ぬばたまの》　黒髪色天《くろかみしきて》　長夜叮《ながきよを》　手枕之上尓《たまくらのうへに》　妹待覧**蚊**《いもまつらむか》」（二三四頁）、④『万葉集』巻第十一［二六四二］番「灯之《ともしびの》　陰尓**蚊**蛾欲布《かげにかがよふ》　虚蝉之《うつせみの》　妹蛾咲状思《いもがゑまひし》　面影尓所㆑見《おもかげにみゆ》」（二三七頁）、⑤『万葉集』巻第十一［二六四九］番「足日木之《あしひきの》　山田守翁《やまだもるをぢ》　置**蚊**火之《おくかひの》　下粉枯耳《したこがれのみ》　余恋居久《あがこひをらく》」（二三九頁）、⑥『万葉集』巻第十三［三二二五］番「天雲之《あまくもの》　影塞所見《かげさへみゆる》　隠来笑《こもりくの》　長谷之河者《はつせのかは》　浦**無蚊**《うらなみか》　船之依不㆑来《ふねのよりこぬ》　礒**無蚊**《いそなみか》　海部之釣不㆑為《あまのつりせぬ》　吉咲八師《よしゑやし》　浦者無友《うらはなくとも》　吉画矢寺《よしゑやし》　礒者無友《いそはなくとも》　奥津浪《おきつなみ》　諍榜入来《しのぎこぎりこ》　白水郎之釣船《あまのつりぶね》」（三八九頁）、⑦『万葉集』巻第十六［三七九一］番「緑子之《みどりこの》　若子**蚊**見庭《わきごがみには》　垂乳為《たらちし》　母所㆑懐《ははにむだかえ》　褨襁《ひむつきの》　平生**蚊**見庭《はふこがみには》　（中略）　結幡之《ゆふはたの》　袂著衣《そでつけごろも》　服我矣《ふしわれを》　丹因《にほひよる》　子等何四千庭《こらがよちには》　三名之綿《みなのわた》　**蚊**黒為髪尾《かぐろしかみを》　信櫛持《まくしもち》　於㆑是**蚊**寸垂《ここにかきたれ》　取束《とりつかね》　挙而裳纏見《あげてもまきみ》　解乱《ときみだり》　童児丹成見《わらはになしみ》　羅丹津**蚊**経《きにつかふ》　色丹名著来《いろなつかしき》（後略）」（九二頁）、⑧『万葉集』巻第十六［三七九四］番「娘子等和歌九首　端寸八為《はしきやし》　老夫之歌丹《おきなのうたに》　大欲寸《おおほしき》　九児等哉《ここのこらや》

（6）**蚊間毛**而将レ居《かまけてをらむ》　二」（九七頁）。

本文は馬淵和夫他『新日本古典文学大系　三宝絵他』（岩波書店、一九九七年）による。

『三宝絵』中「十七　美作国採鉄山人《みまさかのくににくろがねをとるやまのひと》」

美作国英多郡《みまさかのくにあいたのこほり》ニ、オホヤケ鉄《くろがね》ヲトル山《やま》アリ。帝姫安倍天皇御代《ていひめあべのてんのうのみよ》ニ、国《くに》ノ司《ツカサ》民十人《たみじふにん》ヲ召《めし》テ、此山《このやま》ニノボセテ、穴《あな》ニ入《いレ》テ鉄ヲホラシム。時ニアナノクチクヅレ、フタガル。人《ひと》ヲ《お》ドロキヲ《お》ソレテ穴ヨリキヲヒ《ほ》イヅルニ、九人《くにん》ハワジカニイデヽ、一人《ひとり》ヲ《お》ソク出《いづ》ルホドニ、穴ノクチクヅレアヒヌ。国ノ司ナゲキアハレミ、妻子《めこ》カナシビ泣《な》ク、仏《ほとけ》ヲカキ、経《きやう》ヲウツシテ、卌九日法事《しじふくにちほふじ》修《しゆ》シヲハリヌ。此人《このひと》一人穴ノウチニヰテ思《おもはく》、

我昔《われむかし》　法花経《ほふくゑきやう》カキタテマツラムトイフ願《ぐわん》ヲ発《おこ》セリ。イマダウツシタテマツラズ。我命《わがいのち》ヲタスケ給ハヾ、カナラズトクカキテマツラム。

ト念《ねむ》ズ。穴《あな》ノヒマヲヲ《お》ヨビサス許《ばかり》通《トホリ》アキテ、日《ひ》ノ光《ひかり》ワヅカニキタレリ。独《ひとり》ノ沙弥《しやみ》アリテヒマヨリ入来《いりきた》リテ、食物《くひもの》ヲソナヘアタフ。カタリテ云《いはく》、

汝《なむぢ》ガ妻子《めこ》ノ我《われ》ニアタヘツル物《もの》ナリ。汝ガウレヘワブレバ、コトサラニ来《き》ツル也。

トイヒテ、又ヒマヨリイデヌ。サリテノチ久《ひさし》カラズシテ、居《ゐ》タルイタヾキニアタリテ、穴《あな》ヒラケトホリテ、ソラアラハニミユ。ヒロサ三尺余《さむじやくよ》、高《たか》サ五尺許《ごしやくばかり》也。

時ニ村人卅《むらびとさむじふ》　余《よ》人葛《にんかづら》ヲタリニ山《やま》ニ入《いり》テ、コノ穴《あな》ノホトリヨリユキスグルニ、人〱《ひとびと》ソノカゲヲミテ、ヨバヒサケビテ、

我《われ》タスケヨ。

トイフ。山人《やまびと》ホノカニキクニ、**蚊**《か》**ノコヱノゴトシ**。即《すなはち》キヽ、アヤシビテ、葛《かづら》ニ石《いし》ヲツケテソコニイレテ心見《こころみ》ルニ、底《そこ》ナル人《ひと》ヒキウゴカス。「人《ひと》ナリケリ」トシリテ、葛ヲムスビテ籠《こ》ニツクリテ、葛ヲナヒテ縄《なは》ニツケテオトシイレツ。底ノ人ノリヰテ、ウヘノ人ヒキアゲツ。オヤノイヱ《へ》ニヰテオクル。家《いへ》ノ人コレヲミテ、悲《かなし》ビ悦《よろこぶ》　事《こと》カギリナシ。国《くに》ノ司《つかさ》オドロキ問《とふ》ニ、ツブサニ件《くだり》ノ事ヲ申《もうす》。即《すなはち》オホキニタウトビ、カナシビテ、国内《くにのうち》ニ知識《ちしき》ヲトナヘテ、是《これ》ヨリハジメテチカラヲクハヘテ、其法花経《そのほふくゑきやう》ヲ書《かき》タテマツリテ、オホキニ供養《くやう》ズ。イキガタクシテイキタル事、

是法華経《これほふくゑきやう》ノ願力《ぐわんのちから》也。霊異記《りやういき》ニ見《みえ》タリ（一二二～一二四頁）。

（7）引用文は次の（A）（B）（C）に分けて取り上げる。（A）遠藤嘉基・春日和男『日本古典文学大系　日本霊異記』（岩波書店、一九六七年）、①下巻「将レ写二法花経一建レ願人断内暗穴頼二願力一得レ全レ命縁　第十三（穴の底の人、人影を見て叫《さけ》びて言はく、「我が手を取れ」と云ふ。山人側《ホノカ》ニ聞くに、**蚊の音《こゑ》**の如し。）」（三五〇～三五三頁）、②下巻「用レ網漁夫値二海中難一憑二願妙見菩薩一得レ全レ命縁　第卅二（海に漂ひ、波を拒《こば》み、力を疲らし、心を惑《まど》はし、寐《ぬ》るが如くにして覚《さ》むること無し。皎天《けうてん》に覚《おどろ》きて瞻《み》れば、身は彼《そ》の部内の**蚊田**《かた》の浦浜の草の上に在《あ》り。）」（四一〇～四一三頁）。（B）渡辺照宏・宮坂宥勝『日本古典文学大系　三教指帰　性霊集』（岩波書店、一九六五年）、①巻第四「為人求官啓」「雖然。巨石得舟者過深海於万里。**蚊虻**附鳳者翔高天於九空（然りと雖《いへど》も巨石舟《きよせきふね》を得つれば深海を万里に過《す》ぎ、**蚊虻**《ぶんばうほう》鳳に附《つ》きぬれば高天を九空《きうこう》に翔《か》ける。）」（二五九～二六一頁）、②巻第九「大僧都空海嬰疾上表辞職奉状」「沙門空海言。空海。従沐恩沢竭力。報国歳月既久。常願。奮**蚊虻**力。答海岳徳（沙門《しやもん》空海言《まう》す。空海恩沢《おんたく》に沐《ぼく》せしより、力を竭《つく》して国に報ずること歳月《さいげつ》既に久し。常《つね》に**蚊虻**《ぶんぼう》の力を奮《ふる》つて海岳《かいがく》の徳を答《たふ》せむこと願ひき。）」（三九〇～三九一頁）、③巻第九「奉造東寺塔材木曳運勧進表」「木大力劣。成功大難。譬如。蟷螂対車。**蚊虻**負岳（木は大きに力は劣《れつ》にして功《こう》を成さむこと太《はなは》だ難し。譬《たと》へば蟷螂《たうらう》、車に対《むか》ひ、**蚊虻**《ぼんばう》、岳《がく》を負《お》はむが如し。）」（三九三～三九五頁）、④巻第十「綜芸種智院式」「或有人難曰。国家広開庠序。勧励諸芸。霹靂之下。**蚊響**何益（或は人有つて難じて曰《いは》く、国家に広く庠序《しやうしよ》を開きて諸芸勧《すす》め励《はげ》ます。霹靂《へきれき》の下《もと》には**蚊響**《ぶんきやう》何の益かあらむ。）」（四二一～四二三頁）⑤巻第十「叡山澄和上啓返報書」「若使。附竜尾以揚名。寄鳳翼以顕行。則。**蚊蜩**之質。不労而凌雲漢（若しくは竜《りよう》の尾に附《つ》いて名《な》を揚《あ》げ、鳳《ほう》の翼《よく》に寄《よ》つて行《かう》を顕《あら》はさしめば、**蚊蜩**《ぶんまう》の質労《すがたらう》せずして雲漢《うんかん》を凌《しの》ぎ）」（四四〇～四四一頁）。（C）前同、『三教指帰』巻下「仮名乞児論」「築幻城於五陰之空国。興泡軍於四蛇之仮郷。甲蛛蝥網。鎧蟭螟騎。鼓虱皮而驚陣。旗**蚊羽**以標旅（幻城《げんじやう》を五陰《おん》の空しき国《くに》に築《つ》き、泡軍《はうぐん》を四蛇《じや》の仮《かり》の郷《さと》に興《おこ》す。蛛蝥《ちうぼう》の網《あみ》を甲《かぶと》にし蟭螟《せうめい》の騎《むま》に鎧《よろひ》せり。虱《しつ》皮《び》を鼓《つづみ》として陣《ぢん》を驚かし、**蚊《か》の羽《は》**を旗《はた》として旅《たむろ》を標《あら》はす。）」（一一七～一二五頁）。

（8）ここでは、【ア、イ、ウ、エ、オ、カ】を冒頭に付けて、『荘子』における六箇所の蚊に関する表現の特徴を確認したい。本文は阿部吉雄他『新釈漢文大系　荘子他』上（明治書院、一九六六年）による。【ア】『荘子』内篇・人間世第四「夫愛レ馬者、以レ筐盛レ矢、以レ蜄盛レ溺。適有二**蚊虻**僕縁一、而拊レ之不レ時、則欠レ銜毀レ首砕レ胸。意有レ所至レ、而愛有レ所レ亡。可レ不レ慎邪（馬をかわいがる人は〈りっぱな〉籠にその糞を入れ、おおはまぐりにその小便を入れるほどですが、たまたま**蚊や虻《あぶ》**が愛馬に止まったとき、いきなり叩くと、馬は驚いてくつわを嚙《か》み砕き、首の飾りをこわし、胸の飾りを砕いてしまいます。これは、注意が行き届いていながら、愛情に欠陥があるためなのです。〈きみの場合もこれと同じで〉用心が大切ですな。）」（二一五～二一六頁）。【イ】『荘子』内篇・応帝王第七「其於レ治二天下一也、猶二渉レ海鑿レ河、而**使**二**蚊負**レ**山也**（天下を治めることは、海を歩いて渡ったり、地面を掘って大河を作ったりするほど〈に危険を伴い困難なこと〉だ。〈それを人為によって治めようとするのは、〉**蚊に山を背負わせる**ようなものだ。）」（二八〇頁）。【ウ】『荘子』外篇・天運第十四「老聃曰、夫播糠眯レ目、則天地四方易レ位矣、**蚊虻**噆レ膚、則通夕不レ寐矣（老聃が意見を述べた。飛ばしたもみがらが目にはいると、天地四方がひっくりかえったように〈何も見えなく〉なりましょうし、**蚊や虻《あぶ》**に皮膚を刺されると、一晩中〈かゆかったり痛かったりして〉眠れますまい。）」（四二七頁）。【エ】『荘子』外篇・秋水第十七「且夫知不レ知二是非之竟一、而猶欲レ観二於荘子之言一、是**猶**レ**使**二**蚊負**レ**山**、商蚷馳レ河也、必不レ勝レ任矣（且つ又、そもそも是非の限界を知り得ない知力によって、なお且つ荘子の言葉の意味を考えようとするのは、**あたかも蚊に山を背負わせたり**、やすでに黄河を走り渡らせるようなものである。とうていでき得ないことだ。）」（四八一～四八三頁）。【オ】『荘子』雑篇・寓言第二十七「曰、既已県矣。夫無レ所レ県者、可二以有一レ哀乎。彼視二三釜三千鍾一、如二鸛雀**蚊虻**相過乎前一也（孔子がそれに答えた、「いや、彼はすでにわずらわされているのだ。一体、心がわずらわされない者であるなら、悲しいという気持などあるはずがないのである。そのような人物になると、俸禄が三釜であろうと三千鍾であろうと、あたかもこうの鳥や雀、**蚊やあぶ**が目の前を飛び過ぎるのを見るかのように、その差違によって心を動かすことがないのだ。」）」（七〇八頁）。【カ】『荘子』雑篇・天下第三十三「由二天地之道一、観二恵施之能一、其猶二**一蚊一虻**之労者一也（天地の大道の立場から恵施の才能を観察すれば、それはあたかも**一匹の蚊や虻《あぶ》**が空しく飛び回って働いているようなものである。）」（八二五～八二六頁）。

（9）　ここでは五〇首の蚊が含まれた唐詩の二句をまとめてみた。引用文は『全唐詩』（中国・中華書局、一九六〇年）による。冊数と巻数及び頁数を示した。

①韋承慶「螢光向日尽、**蚊力**負山疲」第二冊・四十六巻、五五七頁。②陳子昂「駆**蚊蚋**之師、忽雷霆之伐」第三冊・八十四巻、九〇八頁。③張説「器留魚鱉腥、衣点**蚊虻**血」第三冊・八十六巻、九三二頁。④韋応物「**蚊蚋**落

其中、千年猶可覿」第六冊・百九十三巻、一九八五頁。⑤杜甫「冬温**蚊蚋**在、人遠鳧鴨乱」第七冊・二百二十巻、二二三一七頁。⑥杜甫「氛埃期必掃、**蚊蚋**焉能当」第七冊・二百二十三巻、二三八四頁。⑦李端「豈意今朝駆不前、**蚊蚋**満身泥上腹」第九冊・二百八十四巻・三二三九頁。⑧王建「南中三月**蚊蚋**生、黄昏不聞人語声」第九冊・二百九十八巻、三三八六頁。⑨范灯「**蚊蚋**成雷沢、袈裟作水田」第十冊・三百七巻、三四八九頁。⑩権徳輿「醯鶏伺晨駕**蚊翼**、毫端棘刺分畛域」第十冊・三百二十七巻、三六六八頁。⑪韓愈「雖得一餉楽、有如聚**飛蚊**」第十冊・三百三十七巻、三七七四頁。⑫韓愈「我実門下士、力薄**蚋与蚊**」第十冊・三百四十巻・三八一三頁。⑬韓愈「朝蠅不須駆、**暮蚊**不可拍」第十冊・三百四十二巻、三八三五頁。⑭劉禹錫「沈沈夏夜蘭堂開、**飛蚊**伺暗声如雷」第十一冊・三百五十六巻、四〇〇〇頁。⑮劉禹錫「撮**蚊**妖鳥亦夜起、翅如車輪而已矣」第十一冊・三百五十六巻、四〇〇一頁。⑯孟郊「**蚊蚋**亦有時、羽毛各有成」第十一冊・三百七十四巻、四二〇五頁。⑰孟郊「五月中夜息、**飢蚊**尚営営」第十二冊・三百八十巻、四二六〇頁。⑱元稹「未飽風月思、已為**蚊蚋**図」第十二冊・三百九十七巻、四四五八頁。⑲**元稹**「**蚊蟆**与浮塵。皆巳蛇鱗中之**細虫**耳」第十二冊・三百九十九巻、四四七四頁。⑳**元稹**「乍可巣**蚊睫**、胡為附蟒鱗」第十二冊・三百九十九巻、四四七四頁。㉑元稹「**蚊声**靄窓戸、蛍火繞屋梁」第十二冊・四百三巻、四五〇二頁。㉒元稹「索綆飄**蚊蚋**、蓬麻甃舳艫」第十二冊・四百七巻、四五三二頁。㉓元稹「卒章還慟哭、**蚊蚋**溢山川」第十二冊・四百八巻、四五三五頁。㉔元稹「不堪堤上立、満眼是**蚊虫**」第十二冊・四百九巻、四五四七頁。㉕元稹「**蚊幌**雨来巻、燭蛾灯上稀」第十二冊・四百十巻、四五五三頁。㉖元稹「司馬見詩心最苦、満身**蚊蚋**哭煙埃」第十二冊・四百十五巻、四五九〇頁。㉗元稹「**蚊螭**与変化、鬼怪与隠蔵」第十二冊・四百十八巻、四六〇九頁。㉘**白居易**「**斯物頗微細**、中人初甚軽」第十三冊・四百三十四巻、四八〇五頁。㉙白居易「虫蛇白昼攔官道、**蚊蚋**黄昏撲郡楼」第十三冊・四百三十八巻、四八六九頁。㉚白居易「魚蝦遇雨腥盈鼻、**蚊蚋**和煙癢満身」第十三冊・四百三十八巻、四八七二頁。㉛白居易「**蚊蚋**経冬活、魚竜欲雨腥」第十三冊・四百四十二巻、四九三七頁。㉜白居易「林静**蚊**未生、池静蛙未鳴」第十四冊・四百五十二巻、五一一〇頁。㉝白居易「蟭螟殺敵**蚊巣**上、蛮触交争蝸角中」第十四冊・四百六十巻、五二四五頁。㉞雍裕之「**蚊眉**自可託、蝸角豈労争」第十四冊・四百七十一巻、五三四九頁。㉟李紳「鳳儀常欲附、**蚊力**自知微」第十五冊・四百八十三巻、五四九四頁。㊱殷尭藩「鷹拳擒野雀、蛛網猟**飛蚊**」第十五冊・四百九十二巻、五五六五頁。㊲施肩吾「池辺道士誇眼明、夜取蟭螟摘**蚊睫**」第十五冊・四百九十四巻、五五九三頁。㊳張祜「雨気朝忙蟻、雷声夜**聚蚊**」第十五冊・五百十巻、五八一四頁。㊴項斯「**蚊蚋**已生団扇急、衣裳未了剪刀忙」第十七冊・五百五十四巻、六四二四頁。㊵薛能「退紅香汗湿軽紗、高捲**蚊厨**独臥斜」第十七冊・五百六十一巻、六五二〇頁。㊶皮日休「雨工避罪者、必在**蚊睫**宿」第十八冊・六百九巻、七〇二七頁。㊷皮日休「松扉欲啓如鳴鶴、石鼎初煎若**聚蚊**」第十八冊・六百十四巻、七〇八六頁。㊸羅隠「**蝿蚊**漸無況、日晩自相親」第十九冊・六百六十巻、七五七六頁。㊹羅隠「**蝿蚊**猶得志、簞席若為安」第十九冊・六百六十一巻、七五八三頁。㊺羅隠「**蚊蚋**有毒、食人肌肉」第十九冊・六百六十五巻、七六一〇頁。㊻唐彦謙「俯仰歳時久、帖然困**蚊蝿**」第二十冊・六百七十一巻、七六七六頁。㊼唐彦謙「**蚊蝿**如俗子、正尓相妒嫉」第二十冊・六百七十一巻、七六七八頁。㊽韓偓「不道惨舒無定分、却憂**蚊響**又成雷」第二十冊・六百八十巻、七七八九頁。㊾呉融「天下有**蚊子**、候夜噆人膚」第二十冊・六百八十七巻、七九〇二頁。㊿韋荘「**蚊吟**頻到耳、鼠門競緑台」第二十冊・六百九十六巻、八〇一四頁。

右に示した①〜㊿の唐詩における蚊の表現を確認してみた。詩語として、沢山使われていたのは「蚊蚋」（②④⑤⑥⑦⑧⑨⑯⑱㉒㉓㉖㉙㉚㉛㊴㊺）と言えるだろう。この「蚊蚋」は、『大漢和辞典』によると、「ブンゼイ　か。蚋も亦蚊。白鳥。〔説文、蚊、段注〕秦晋謂之蚋、楚謂之蚊。〔大戴礼、夏小正〕丹鳥羞白鳥、丹鳥者謂丹良也、白鳥者、謂蚊蚋也」（一〇四四八頁）。このように、また蚊のなきごえ、蚊のまつげ、蚊の微力で重任に耐えない喩の蚊に関わる表現である。十分注意したいことは、白居易（㉘）と元稹（⑲⑳）の詩句には、ユニークな「微細」と「細虫」と書いてある。しかもこのような「細」の字を使ったのは、白居易と元稹の詩句にしかみられない特徴である。

（10）本文は冀勤『元稹集』（修訂本）上冊（中国・中華書局、二〇一〇年）による。ただし、句読点と漢字は日本語の表記に直した箇所がある。

浮塵子三首并序

浮塵、蟆類也。其実微不可見、与塵相浮而上下。人苦之、往往蒙絮衣自蔽、而浮塵輒能通透及人肌膚。亦巣巴蛇鱗中、故攻之用前術。

可歎浮塵子、纖埃喩此微。寧論隔紗幌、並解透綿衣〔二〕。有毒能成痏、無声不見飛。病来双眼暗、何計弁雰霏？

乍可巣蚊*睫、胡為附蟒鱗？已微於蠢蠢、仍害及仁人。動植皆分命、毫芒亦是身。哀哉此幽物、生死敵浮塵。

但覚皮膚憯、安知瑣細来？因風吹薄霧、向日誤軽埃。暗齧堪銷骨、潜飛有禍胎。然無防備処、留待雪霜摧。

（四九～五〇頁）

【校勘記】

〔一〕仁人：『全唐詩』巻三九九注「一作人人」、似是。

＊著者注：原文の漢字は「蛟」であり、『全唐詩』によって「蚊」に直した。

第十章　『枕草子』「跋文」の「枕」と感傷詩

——池田説をめぐって——

一　はじめに

『枕草子』「跋文」[1]の「枕」とは何だろう? もちろん、この点についても、すでに多くの優れた考察が積み重ねられてきた[2]ものの、まだ定説はない。そこで白居易の感傷詩受容の視点から、特に「枕」をめぐる段落の冒頭文に記された内大臣（伊周）の左遷事件に注目し、中宮定子と清少納言の会話の中に出てきた「枕」は、内大臣の左遷と関係があるのではないかと考えてみたい。また『枕草子』の他の章段においても中宮定子と清少納言の間で、『白氏文集』の詩句のやりとりをする会話の場面があることからみると、跋文における会話中の「枕」も『白氏文集』の詩句ではないかと思われるのである。これは池田亀鑑がすでに『白氏文集』巻二十五［二五二九］の四句となる「秘省後庁」の最後の詩句である「白頭老監枕レ書眠（白頭《はくとう》の老監《らうかん》書《しょ》を枕《まくら》にして眠《ねむ》る）」（四六八頁）を指摘したものの広く認められていない。なぜ池田亀鑑の指摘は認められないのか、もっと相応しい『白氏文集』の詩句があるのか、これらの問題も含めて、本章では、改めて跋文の「枕」の背景を解明してみたい。

二　諸説の問題と解読のヒント

まず『枕草子』「跋文」における「枕」の一節を取り上げておきたい。ここで強調したい箇所である、最も善本と言われている三巻本の跋文を考察する。

宮の御前《おまへ》に内《うち》の大臣《おとど》の奉りたまへりけるを、「これに何を書かまし。上《うへ》の御前には史記《しき》といふ文《ふみ》をなむ、書かせたまへる」などのたまはせしを、「**枕《まくら》にこそは侍《はべ》らめ**」と申ししかば、「さは得《え》てよ」とて給はせたりしを、あやしきをこよや何やと、つきせずおほかる紙を書きつくさむとせしに、いと物おぼえぬ事ぞおほかるや。

（四六七頁）

右のゴシック字体を付けた「**枕《まくら》にこそは侍《はべ》らめ**」については、従来様々な説がある。代表的な説は、三つだろう。①田中重太郎「枕詞」説、②池田亀鑑『白氏文集』「詩句」説、③萩谷朴「しきたへのまくら」の「秀句」説である。しかし残念ながら、これらの説はいずれも定説になってこなかった。渡辺実が次のように述べたことが現状である。

枕でございましょう。「枕草子」の名の由来らしい大切な所で、諸説があるがよくわからない。(3)

つまり『枕草子』跋文「枕」は、未解明の問題として残されている。

では、清少納言はいったい何を念頭に「枕」と言上したのか。解読のヒントとして考えられるのは、定子と清少納言の会話の特性である。それは『枕草子』の他の章段より、この二人のやりとりは、白居易の詩句を踏まえる場合が多いということである。例えば、有名なエピソードである第二八〇段「雪のいと高う降りたるを、例ならず御格子まゐりて」の章段の中では、定子の「香炉峰《かうろほう》の雪いかならむ」（四三三頁）を聞いて、それが『白氏文集』巻十六［〇九七五］律詩「香炉峰下、新卜二山居一、草堂初成。偶題二東壁一」の五首のうち、第四首の中の「香炉峰雪抜レ簾看」の前半部分を踏まえるべきだと察し、清少納言はすばやく御格子を上げた。また第七八段「頭中将のすずろなるそら言を聞きて」（一三四頁）の章段では、藤原斉信が久しぶりに清少納言を尋ねる時に、『白氏文集』巻十七［一〇七九］律詩「廬山草堂、夜雨独宿、寄二牛二・李七・庾三十二員外一」の対句「蘭省花時錦帳下　廬山雨夜草庵中」（八二頁）の「蘭省花時錦帳下」を送って来た。もちろん、清少納言は次の句を知っているが、たどたどしい漢文を避け、時機を外さず即断して、「廬山雨夜草庵中」を意訳した、「草の庵《いほり》を誰《たれ》かたづねむ」（一三六頁）と返信したのである。これらの例を勘案すれば、跋文の「枕」も『白氏文集』の詩句から踏まえたものではないかと私には思われる。まさしく池田亀鑑が指摘した通り、「清少納言が白詩を生す場合に常にとる方法である。」（『アテネ文庫　枕草子』弘文堂、一九五五年、六二頁）のである。

　しかしながら、これが『白氏文集』の詩句とすると、周知の如く、すでに池田亀鑑が『白氏文集』巻二十五［二五二九］の「秘省後庁」の最後の一句「白頭老監枕レ書眠」（四六八頁）を指摘している。だが、最初にも述べたように、池田亀鑑の指摘は認められていない。例えば、塩田良平は次のように述べている。「この「枕にこそ」の「枕」は白氏文集の「白頭老監書を枕にして眠る」か、「経を枕にして書を籍《し》く」の文選の句をとったという考え方である。ところがどうも廻《まわ》りくどい。」（塩田良平・島田良二『古典アルバム　枕草子』明治書院、一九七〇年、一五八頁）。また上野理も「その場の雰囲気が「枕経籍書」や「枕書」をおもいださせるにふさわしく、かりに中宮が、「枕にこそは」の意味を〈正しく〉理解したとしても、その場をしらぬ読者の理解は期待できない。読者を意識しすぎるほど意識してかいた跋文がこの部分だけ読者への配慮をまったくやめたというのだろうか。」（「枕にこそは」『国文学研究』第四十七集、早稲田大学国文学会、一九七二年六月、三三～三四頁）と疑問視している。なぜ池田亀鑑の指摘は認められていないのか、この点については、次の節で詳しく分析する。

三　池田亀鑑の指摘に関する問題：季節的ずれ

池田亀鑑は『枕草子』が『白氏文集』の詩句[4]を、如何に引用するかの規準について、次のように徹底している。

清少納言が白氏文集の詩句を転用して来る時は、決して単なる語呂合せとか、軽口とか、駄洒落とかではない。その時の天候とか、周囲の事情とか、雰囲気とかの綜合の上に、白詩の世界が彷彿と眼前に浮び上るような場合、云わば、白詩が再生するという意味に於ての転用であることは云うまでもない。(5)ところが、跋文の「枕」について、池田亀鑑が次のように述べたことは、白詩のイメージと跋文の背景を合わせてみると、ふさわしくない点があると思われる。

そこで、この白詩の趣に従って、この日の詩的環境がどうであったかを考えて見ると、先ず（一）**初秋であったであろう。**（二）雨が降って、それが霽れた夕方であったであろう。（三）槐の花が雨にぬれて、涼風にふかれていたであろう。（中略）かような環境にあって、聡明な心の中には、白詩の世界が想起されるのはきわめて自然である。七十段・八十段・九十二段・二百六十一段・二百七十六段等は、すべてこれである。白詩ではないが、かの、「年ふれば齢は老いぬしかはあれど」という良房の歌が思い出された時は、

勾欄のもとに、青き瓶の大きなるをすゑて、桜のいみじう面白き枝の五尺ばかりなるを、いと多くさしたれば、勾欄の外まで咲きこぼれたる……

という清涼殿の弘徽殿の上の御局の今日の情景と、古今集春上の

染殿の后のお前に、花がめに桜の花をささせ給へるを見てよめる

という昔の情景との中に、全く共通する世界が感じられたのであった。

秘省後庁という白詩の世界が、中宮の御身の上に開けたのは、やはり**六月八日二条宮焼亡以後のこととするのが至当であろう。**「尽日後庁無一事」というのは、「故殿などおはしまさでのち、世の中に事いできて、さわがしうなりて、宮もまゐらせ給はず、小二条殿といふ所におはしますに、何ともなくうたてありしかば……」という世界に通うものである。しかも、又別な理由からして、源経房が伊勢権守たりし時（長徳元年正月十三

日から同二年七月二十一日まで）でなければならぬのであるから、すべての諸点を綜合して、長徳二年**六月半ば**頃のことと推定するのが最も妥当であろうと考えられる(6)。

注目すべきことは、ゴシック字体の部分である。白居易の原詩によって、「槐花雨潤新秋地」の中には「新秋」があるから、間違いなく「秋」の季節と言える。しかし、池田亀鑑の指摘は、「六月半ば」である。問題になることは、「六月半ば」は、厳密には「秋」ではなく、「夏」だということである。この点から見ると、池田説は、まず季節のずれが明白である。

また、白詩の内容と『枕草子』の背景とが合致しないところも見える。例えば「六月」以降としたら、無視できない事実は、内大臣の長徳二年四月二十四日の左遷であろう。左遷事件を考え合わせてみると、池田亀鑑が指摘した『白氏文集』巻二十五［二五二九］の「秘省後庁」で、唐代の大和元年（八二七）五十六歳の白居易が、都の長安で図書管理のような「秘書監」の役目にあり、一日中「後庁」の中で「一事」のやることもなく、ただ書籍を枕にして昼寝をしていた「白頭老監枕〻書眠」の状況は必ずしも相応しいとは言えない。『小右記』や『日本紀略』などの史書によると、皇后定子は兄内大臣を助けたかったようである。長徳二年（九九六）四月二十四日、左遷の宣旨が出された当日、定子は宮中から退出して、伊周と同じ居場所に遷御した(7)。伊周は「重病」と称したが、認められなかった。定子は必死になって努力したが、結局、伊周の左遷を止められなかった。五月四日、伊周は都を離れて左遷の地に赴いた(8)。

以上の背景を踏まえてみると、池田亀鑑が指摘した「白頭老監枕〻書眠」の背景と伊周の左遷の事実及び定子の生活実態は合わないだろう。

では、より相応しい『白氏文集』の詩句はあるのか。この点について、跋文「枕」をめぐる節の冒頭文に明記した内大臣が重要なヒントと考える。なぜなら、内大臣の「紙」献上が、定子と清少納言の会話の発端となっているからである。もし内大臣の紙がなければ、定子と清少納言の会話は存在しないし、清少納言が「枕」と申し上げることもないだろう。逆に言えば、「枕」の真相を解明するためには、内大臣の言動を注視しなければならない。

内大臣がいつ紙を献上したかについては、津島知明が「左遷前だったかもしれないが」(9)と推定している。また『小右記』によると、長徳二年（九九六）六月二十九日、紙を下賜した記事が次のようにみえる。本文は、『増補史料大成別巻一　小右記』一（臨川書店、一九九七年）による。現代語訳は、倉本一宏『現代語訳小右記3—長徳の変—』（吉川弘文館、二〇一六年）による。

廿九日戊戌　右兵衛督談云、昨日候御前、仰云、可任大納言之人、世之所許在右衛門督、令奏云、不令申者、余素無超越之心歟、此度事所不思懸也、只任天道了、解除如例、応献用紙二折櫃、四十帖、六月禊禄者、一折櫃賜陳泰朝臣、余禊人也、　（一一〇頁）

〔右兵衛督が談って云ったことには、「昨日、御前に伺候した。天皇がおっしゃって云ったことには、『大納言に任じるべき人は、世の許すところは、右衛門督《えもんのかみ》（実資）である』と云うことだ。奏上して云ったことには、『私（俊賢）に申させないでください』ということだ」と。私は超越の気持は無いということを奏上しようか。今回の事は思いがけないものである。ただ天道《てんどう》に任せた。解除《げじょ》は通例のとおりであった。「献上して用いる紙は二折櫃《おりびつ》（四十帖《じょう》）。六《みな》月禊《づきみそぎ》の禄である」ということだ。一折櫃は（藤原）陳泰《のぶやす》朝臣に下賜した。私の禊人《けいじん》である。〕　（三〇頁）

右の「紙」に関する記録に注目したい。興味深いことは一条天皇が紙を下賜した記事があることである。もしこの紙が内大臣献上したものとすれば、跋文にあるように一条天皇が『史記』を書写させ、余ったものを臣下に下賜したのだろう。しかも定子も貰ったことから、内大臣が献上した紙は相当量であったと理解できる。また『百錬抄』によると、一条天皇が紙を下賜した一週間前、つまり長徳二年（九九六）六月二十二日、皇后定子が内裏に入った記録もみえる。本文は黒板勝美『新訂増補　国史大系　日本紀略　後篇・百錬抄』（吉川弘文館、一九六五年）により、文末に頁数を示した。

　中宮定子依二帥事一出家。六月廿二日入内。人以不二甘心一。（九〜一〇頁）

これらの史書の記述と跋文の内大臣から献上した紙を照合して見ると、定子と清少納言の会話に関わる内大臣の紙については、ちょうど内大臣が左遷の事件に遭った時期と見られるのである。

では、内大臣の左遷と「枕」はどのような関係があるのか。この点については、前に述べた如く、定子と清少納言の会話の特性により、『白氏文集』の中に答えがあるはずである。『白氏文集』における「枕」について、すでに優れた考察があるので(10)、ここでは詳述しないが、左遷に関わる「枕」の表現については、『白氏文集』巻九［〇四二二］感傷詩の「初与二元九一別後、忽夢見レ之……」にしか見えない。その詩の全貌を、次の節に取り上げて見たい。

四　清少納言と白居易の友人：伊周と元稹の左遷

白居易の親友元稹は初めて都の長安を離れ、遠く江陵に左遷された。白居易は元稹のことを心配して、ある日、夢を見た。夢の中で白居易は元稹と会った。その時、ドアが叩かれた音によって目が覚めた。左遷された親友元稹からの消息を届ける使者が来たのである。白居易は忽ち枕から頭を上げて、元稹からの便りを受け取りに行った。そして白居易は親友の便りを読んで、次の詩を書いたのである。

『白氏文集』巻第九［〇四二二］感傷詩

初与二元九一別後、　　初《はじ》めて元九《げんきう》と別《わ》れし後《のち》、
忽夢見レ之。　　忽《たちま》ち夢《ゆめ》にこれを見《み》る。

及レ寤而書適至、
兼寄二桐花詩一。
悵然感懐、
因以レ此寄

時元九初謫二江陵一。

永寿寺中語
新昌坊北分
帰来数行涙
悲レ事不レ悲レ君
悠悠藍田路
自レ去無二消息一
計二君食宿程一
已過二商山北一
昨夜雲四散
千里同二月色一
暁来夢見レ君
応二是君相憶一
夢中握二君手一
問レ君意何如

寤《さ》むるに及《およ》んで書適々《しよたまたま》至《いた》り、
兼《か》ねて桐花《どうくわ》の詩《し》を寄《よ》す。
悵然《ちやうぜん》として感懐《かんくわい》し、
因《よ》りて此《これ》を以《もつ》て寄《よ》す

時に元九、初めて江陵に謫せらる。

永寿寺中《えいじゆじちゆう》に語《かた》り、
新昌《しんしやう》　坊北《ばうほく》に分《わ》かる。
帰《かへ》り来《きた》りて数行《すうかう》の涙《なみだ》、
事《こと》を悲《かな》しみて君《きみ》を悲《かな》しまず。
悠悠《いういう》たる藍田《らんでん》の路《みち》、
去《さ》りてより消息《せうそく》無《な》し。
君《きみ》が食宿《しよくしゆく》の程《てい》を計《はか》るに、
已《すで》に商山《しやうざん》の北《きた》を過《す》ぐらん。
昨夜《さくや》　雲《くも》　四散《しさん》し、
千里《せんり》　月《つき》の色《いろ》を同《おな》じうす。
暁来《げうらい》　夢《ゆめ》に君《きみ》を見《み》る、
応《まさ》に是《こ》れ　君《きみ》　相憶《あひおも》ふなるべし。
夢中《むちゆう》に君《きみ》の手《て》を握《にぎ》り、
君《きみ》に問《と》ふ　意《い》　何如《いかん》と。

君言苦相憶
無㆓人可㆒㆑寄㆑書
覚来未㆑及㆑説
叩㆑門声鼕鼕
言是商州使
送㆓君書一封㆒
枕上忽驚起
顛倒著㆓衣裳㆒
開㆑緘見㆓手札㆒
一紙十三行
上論㆓遷謫心㆒
下説㆓離別腸㆒
心腸都未㆑尽
不㆑暇㆑叙㆓炎涼㆒
云作㆓此書㆒夜
夜宿㆓商州東㆒
独対㆓孤灯㆒坐
陽城山館中
夜深作㆑書畢

君《きみ》は言《い》ふ　苦《ねんご》ろに相憶《あひおも》ふも、
人《ひと》の書《しよ》を寄《よ》す可《べ》き無《な》しと。
覚《さ》め来《きた》り　未《いま》だ説《と》くに及《およ》ばざるに、
門《もん》を叩《たた》きて　声《こゑ》　鼕鼕《とうとう》たり。
言《い》ふ　是《こ》れ商州《しやうしう》の使《つか》ひなりと、
君《きみ》が書《しよ》一封《いつぷう》を送《おく》る。
枕上《ちんじやう》　忽《たちま》ち驚起《けいき》し、
顛倒《てんたう》して衣裳《いしやう》を著《つ》く。
緘《かん》を開《ひら》きて手札《しゆさつ》を見《み》れば、
一紙《いつし》　十三行《じふさんぎやう》。
上《かみ》に遷謫《せんたく》の心《しん》を論《ろん》じ、
下《しも》に離別《りべつ》の腸《ちやう》を説《と》く。
心腸《しんちやう》　都《すべ》て未《いま》だ尽《つ》きず、
炎涼《えんりやう》を叙《じよ》するに暇《いとま》あらず。
云《い》ふ　此《こ》の書《しよ》を作《つく》りし夜《よ》、
夜《よ》　商州《しやうしう》の東《ひがし》に宿《しゆく》す。
独《ひと》り孤灯《ことう》に対《たい》して坐《ざ》す、
陽城《ようじやう》　山館《さんくわん》の中《うち》。
夜《よ》深《ふ》けて書《しよ》を作《つく》り畢《をは》れば、

山月向レ西斜
月前何所レ有
一樹紫桐花
桐花半落時
復道正相思
殷勤書二背後一
兼寄二桐花詩一
桐花詩八韻
思緒一何深
以二我今朝意一
憶二君此夜心一
一章三遍読
一句十迴吟
珍重八十字
字字化為レ金

山月《やまげつ》　西《にし》に向《む》かひて斜《なな》めなり。
月《つき》の前《まへ》　何《なん》の有《あ》る所《ところ》ぞ、
一樹《いつじゆ》　紫桐《しどう》の花《はな》。
桐花《どうくわ》　半《なか》ば落《お》つる時《とき》、
復《ま》た道《い》ふ　正《まさ》に相思《あひおも》ふと。
殷勤《いんぎん》に背後《せいご》に書《しよ》し、
兼《か》ねて桐花《どうくわ》の詩《し》を寄《よ》す。
桐花《どうくわ》の詩《し》　八韻《はちゐん》、
思緒《ししよ》　一《いつ》に何《なん》ぞ深《ふか》し。
我《わ》が今朝《こんてう》の意《い》を以《もつ》て、
君《きみ》が此《こ》の夜《よ》の心《こころ》を想《おも》ふ。
一章《いつしやう》　三遍《さんべん》読《よ》み、
一句《いつく》　十迴《じつくわい》吟《ぎん》ず。
珍重《ちんちよう》　八十字《はちじふじ》、
字字《じじ》　化《くわ》して金《きん》と為《な》る。

（四九二～四九四頁）

元和五年（八一〇）三十九歳の白居易は、年下の親友元稹（三十二歳）の左遷に対し、抗議文を上奏して元稹を弁護した。「それは、白居易の剛直なる正義感のなせるわざであった」(11)という。しかし白居易の弁護は認められなかった。元稹は左遷先の江陵（江西省）に行く途中、曽峰館というところに泊まって、月光が照らした桐花を見て、「桐花詩（三月二十四日）」を書いて、都の長安に住んでいる白居易に送った。白居易は左遷された元稹のことを心配し、ずっと待っていた元稹の消息がやっと来たことにより、「枕上」から忽ち起きて親友の便りを受け取った。白居易は、元稹の「桐花詩」を繰り返し読んで、元稹と別れた日々を思い出し、さらに左遷された元稹のことを憂慮し、夢の中で親友と会っている最中、ドアのノックの音に目が覚めたことを、右の詩に書いたのである。

一方、長徳二年（九九六）四月二十四日、皇后定子は宮中から退出し、左遷された兄内大臣の邸である小二条殿に遷御した。その時期、清少納言も里居を開始している。五月四日、伊周が都を離れ左遷の地に赴いた。『小右記』が書いているように、五月十五日、伊周は播磨国に到着した。六月九日、定子の御所が「焼亡」、定子は高階明順宅に移御した（『日本紀略』「六月八日」）。長徳二年（九九六）六月二十二日、定子は内裏に入る（『百錬抄』）。これらを考慮すると、跋文の定子と清少納言の会話は、清少納言が伊周から貰った紙に関して、吃驚して思わず『白氏文集』の元稹の左遷の詩句「枕上忽驚起」の「枕」を思い出して、白居易と同じように受け取る姿勢を示したのではないであろうか。そこで中宮定子は清少納言が申し上げた白居易の詩句の背景を察して、元稹と伊周の同じ左遷のシーンに重ねようとした発想を認めて、「紙」を清少納言に渡すと決めたのだろう。

むろん、「消息」と「紙」は違うものであるが、いずれも左遷に関わる人物の物の背景は合致している。ところが、この流れとすれば、いくつかの疑問が浮かび上がってくる。例えば、定子がいつ紙を清少納言に下賜したのか。また跋文によると、源経房がまだ「伊勢守」の時に、『枕草子』が世間に流布したとあるが、その時の『枕草子』にはまだ、この「跋文」は無かったはずであるから、たとえ一部としたら、清少納言は短期間に『枕草子』の一部を書くことが出来たのか。さらに左遷された伊周に対して、「内大臣」と呼称し得るのか。これらの問題を解明しなければならない。

五　定子からの「紙」と清少納言の「里」及び『枕草子』執筆

では、清少納言が何時からどこで定子の紙を受け取ったのか。この点について、何より『枕草子』の記録を確認してみたい。それは第二五九段「御前にて人々とも、また物仰せらるるついでなどに」のうちの、次のような記事である。

御前《おまへ》にて人々とも、また物仰せらるるついでなどにも、「世の中の腹立たしうむつかしう、かた時あるべき心地《ここち》もせで、ただいづちもいづちも行《い》きもしなばやと思ふに、ただの紙のいと白う清げなるに、よき筆、白き色紙《しきし》、みちのくに紙《がみ》など得《え》つれば、こよなうなぐさみて、さはれ、かくてしばしも生《い》きてありぬべかんめりとなむおぼゆる。また高麗《かうらい》ばしの筵《むしろ》、青うこまやかに厚きが、縁《へり》の紋《もん》いとあざやかに、黒う白う見えたるを、ひきひろげて見れば、何か、なほ、この世はさらにさらにえ思ひ捨つまじと、命さへ惜しくなむなる」と申せば、「いみじくはかなき事にもなぐさむなるかな。姨捨山《をばすてやま》の月は、いかなる人の見けるにか」など笑はせたまふ。候《さぶら》ふ人も、「いみじうやすき息災《そくさい》の祈りななり」など言ふ。

さて後ほど経《へ》て、心から思ひ乱るる事ありて、**里にあるころ、めでたき紙、二十を包みて給はせたり。**

（三九〇～三九一頁）

ゴシック字体のように、清少納言がかつて紙を受け取った場所は、自分の「里」であったことがはっきり分かる。問題は、この紙は、跋文の定子から下賜した紙なのであろうか。これを解明しなければならない。ヒントとして考えられるのは、「里」である。なぜなら、跋文には、「里」に関することが書かれているからである。その原文は、次の通りである。

この草子《さうし》、目に見え心に思ふ事を、人やは見むとすると思ひて、つれづれなる里居《さとゐ》のほどに、書きあつめたるを、あいなう人のために便《びん》なき言ひ過ぐしもしつべき所々もあれば、よう隠しおきたりと思ひしを、心よりほかにこそ洩《も》り出でにけれ。（四六七頁）

作者が「里居」で、この草子を書いたのである。この草子を使った紙は、作者が跋文の中で書いたように、前掲した『白氏文集』に関する左遷の詩句の「枕」から急いで受け取る姿勢によって、定子から下賜した紙と考えることは矛盾ではないだろう。

では、具体的に「里居」の時期は、いつ頃であろうか。この点について、諸先学によって概ね考察は次のようになる。

（1）岸上慎二「四月廿四配流の宣旨が下ってからと思ふ。」（『枕草子研究』新生社、一九七〇年、二〇八頁）

（2）池田亀鑑「長徳二年七月十一日」（『日本古典文学大系　枕草子他』岩波書店、一九五八年、三四八頁）

（3）萩谷朴「長徳二年六月九日以後の某日から、七・閏《うるう》七・八月にかけての長期の里居の際と解される。」（『新潮日本古典集成　枕草子』下、新潮社、一九七七年、一七六頁）

（4）津島知明「女房の装いから閏七月を含む同年秋という事件時が表出されていることになる」（『古代中世文学論考』第三十二集、新典社、二〇一五年、八頁）

右（1）（2）（3）（4）のそれぞれの推定は統一されていないが、伊周の左遷以後の時期、つまり『公卿補任』によって、長徳二年（九九六）四月二十四日以後の時期と一致している。

以上の考察からみると、次のような結果と考えられる。内大臣が左遷の前、定子に紙を献上し、例の白居易の詩句のやりとりのあと、定子から紙を下賜した、里にいた清少納言が、その思いを込めて綴ったのが、少なくとも『枕草子』の一部をこの時期で完成させたのであろう。

では執筆時期はいつ頃になるのか。この点について、推算して見ると、清少納言が『枕草子』の一部を書く時間は十分あったと考える。なぜなら源経房の「伊勢守」は、「七月二十一日」（『公卿補任』）までだからである。内大臣の四月二十四日の左遷から計算してみると、ほぼ三ヶ月に近く、また当年の七月は閏月なので、数ヶ月の間に、清少納言が『枕草子』の一部を書いた可能性は十分あるだろう。

次に「内大臣」の呼称については問題にならないと考える。なぜなら、『枕草子』の他の章段には、左遷以後の伊周に関して「内大臣」と呼称する場面があるからである。例えば、第九五段「五月の御精進のほど」の中では、ほととぎすの声を聞く途中、和歌を詠む場面で登場した伊周について、清少納言は次のように書いている。

「さらば、ただ心にまかせ。われらはよめとも言はじ」とのたまはすれば、「いと心やすくなりはべりね。今は歌のこと思ひかけじ」など言ひてあるころ、庚申《かうしん》せさせたまふとて、**内**《うち》の**大臣**殿《おほいどの》、いみじう心まうけせさせたまへり。　（一九二頁）

右段の年時は明らかに伊周の左遷以後の時期（長徳四年五月）であるが、ゴシック字体のように、伊周に対する呼称は依然として「内大臣」を使用している。この点について、石田穣二は「伊周は先に長徳二年四月、内大臣から太宰権帥に左遷された。長徳四年の時点では「前帥殿」とでも呼ぶべきであるが、作者はあえて前官で呼んでいる。」と評している（『角川ソフィア文庫　新版枕草子　付現代語訳』上、角川学芸出版、二〇〇六年、三五五頁）。さらに津島知明は「長徳四年当時無位無官であり、諸記録がほとんど動向を伝えない「召還後の伊周」のために、周到に用意（温存）された呼称と言えるだろう。」と解釈している（津島知明『枕草子論究　日記回想段の〈現実〉構成』翰林書房、二〇一四年、一五八頁）。

以上のように、跋文の「内大臣」は、実際の伊周がすでに左遷以後の時期と理解することとは矛盾しない。

六　おわりに

以上、三巻本『枕草子』「跋文」の「枕」の典拠を考察してきた。「枕」をめぐる段落の冒頭文にある内大臣の左遷の背景に注目し、定子と清少納言の会話の中の「枕」については、『白氏文集』の詩句とみて検討した。また池田亀鑑の指摘は相応しくない点として時季を分析した。季節が合致していないことである。さらに「左遷」をヒントにして、『白氏文集』を再検証した結果、巻九［〇四二一］感傷詩「初与㆓元九㆒別㆑後、忽夢見㆑之。及㆑寤而書適至、兼寄㆓桐花詩㆒、悵然感懐、因以㆑此寄。時元九謫㆓江陵㆒」の詩句の「枕上忽驚起」が最も相応しいと考えた。つまり跋文中の会話の中で、内大臣の紙に関する定子の質問に対して、清少納言が申し上げた「枕」は、『白氏文集』巻九［〇四二一］感傷詩「初与㆓元九㆒別㆑後、忽夢見㆑之」の中の「枕上《ちんじやう》忽《たちま》ち驚起《けいき》し」の「枕」を思い出したのではないかと論じたのである。なぜなら、伊周は元稹と同じように左遷されたからである。

注

（1）かつて林和比古が「枕草子の跋文論」の中で、『枕草子』「跋文」を能因本の「長跋」と「短跋」及び「三巻本跋」の三つに分類した。本章では、これらの三種の跋文のうちどれが清少納言の書いた原文に近いかという問題の考察ではなく、最も善本と言われている三巻本「跋文」における「枕」の出処を探求してみたい（林和比古「第二編　跋文の研究」『枕草子の研究』右文書院、一九六四年、三一三～五九八頁）。

（2）代表的な論考は主に次のようになる。植松安「枕にこそは―枕草子最終段の句解私案―」（藤村博士功績記念会『国文学と日本精神』至文堂、一九三六年）。坂元三郎「「暗と黒」と「枕」―枕草子の跋文について―」（『国語解釈』一九三七年八月）。池田亀鑑『枕草子に関する論考』「中古国文学叢考　第一分冊」（目黒書店、一九四七年）にある

①「枕草子の原形とその成立年代」②「枕草子と白氏文集―「枕にこそは」に関連して―」③「枕草子の題号についての諸説とその批判」は、後に『研究枕草子』（至文堂、一九六三年）に収録されている。三谷邦明「枕草子の跋文をめぐって―〈書くこと〉の終り―」（『枕草子講座』第二巻、有精堂、一九七五年）。田中重太郎「枕冊子跋文の研究」（同『枕冊子本文の研究』初音書房、一九六〇年）。林和比古「跋文の研究」（同『枕草子の研究』右文書院、一九六四年）。萩谷朴「跋文」（同『枕草子解環』五、同朋舎、一九八三年）。

また「跋文」に関する論説は、主に以下の通りである。浜口俊裕「枕草子をつぎて書きたる物序説―徒然草序段と枕草子跋文―」（『大東文化大学紀要』〈人文科学〉第二十三号、一九八五年三月）。津島知明「〝跋〟の寄り添う『枕草子』―その本文の軌跡―」（『日本文学』第四十六巻、第二号、一九九七年三月）。小森潔「枕草子跋文の喚起力」（『日本文学』第四十七巻、第五号、一九九八年五月）。甲斐チェリー「『枕冊子』枕考―視点と時点における「枕」の定義―」（『古代文学研究』第二次、第九巻、古代文学研究会、二〇〇〇年十月）。阿部永「三巻本枕草子の跋文再考―「この草子」・「里居」を検討して―」（『むらさき』第四十号、紫式部学会、二〇〇三年十二月）。圷美奈子「第四章　枕草子題号新考」（同『新しい枕草子論　主題・手法そして本文』新典社、二〇〇四年）。小池清治「『枕草子』のライバルは『史記』か？」（『外国文学』第五十四号、宇都宮大学外国文学研究会、二〇〇五年三月）など。

（3）渡辺実『新日本古典文学大系　枕草子』（岩波書店、一九九一年）三四八頁。

（4）例えば、『枕草子』第一三七段「殿などのおはしまさで後、世の中に事出で来」の章段では、清少納言は長期間里に住み、久しぶりに中宮定子の様子をみて、「御前の草のいとしげきを」「ことさら露置かせて御覧ずとて」「あはれなりつる所のさまかな。台の前に植ゑられたりける牡丹《ぼうた》などの、をかしき事」（二五九～二六一頁）などと描写している。これらの風景の中の「牡丹」の表現については、『源氏物語』の中に見えず、田中重太郎は、『日本古典評釈全注釈叢書　枕冊子全注釈』三（角川書店、一九七八年）にて、次のように述べている。

池田亀鑑氏は、『白氏文集』九、感傷一の「晩叢白露夕《ノ》。衰葉涼風朝《ノ》。紅艶久《シク》已《すでニ》歇《やミ》、碧芳今亦銷《きユ》。幽人坐《シテ》相対《シ》、心事共《ニ》蕭条《タリ》」（「秋題《ス》二牡丹叢《ニ》一」の詩）によるとされる。（二〇六頁）

（5）池田亀鑑「枕草子と白氏文集」（同『研究枕草子』至文堂、一九六三年）三八三頁。

（6）右（5）同、三八三～三八四頁。

（7）　神道大系編纂会『続神道大系　朝儀祭祀編　一代要記（二）』「皇后宮　藤定子　関白道隆一女、（中略）長徳二―四月廿四日有レ事退出、後日入内生二皇子一、（後略）」（精興社、二〇〇六年）一〇頁。

（8）　主な参照した史書は次のようになる。①増補史料大成刊行会『増補　史料大成　小右記一』別巻（臨川書店、一九九七年）一一四～一一七頁。②黒板勝美『新訂増補　国史大系　日本紀略』（吉川弘文館、一九六五年）一八五～一八七頁。③黒板勝美『新訂増補　国史大系　日本紀略　後篇・百錬抄』（吉川弘文館、一九六五年）九～一〇頁。

（9）　津島知明「料紙献上の事件時は不明。実際は左遷前だったかもしれないが、「大納言」「内大臣」の呼び分け、描き分けが、テキスト上にその役割を規定している。」（同『枕草子論究　日記回想段の〈現実〉構成』翰林書房、二〇一四年）一八一頁。

（10）　中木愛①「白居易の「枕」―生理的感覚に基づく充足感の詠出―」（『日本中国学会報』第五十七集、二〇〇五年十月）と、②「唐詩における「枕」の語の使用―白詩における「枕」表現の特徴を探る手がかりとして―」（『中国中世文学研究』〈小尾郊一博士追悼特集〉第45～46合併号、中国中世文学研究会、二〇〇四年十月）を参照。

（11）　金在乗「白居易と元稹」（太田次男他『白居易研究講座　白居易の文学と人生』第二巻、勉誠出版、一九九三年）三三五頁。

第十一章　『枕草子』と『源氏物語』における『白氏文集』

——「感傷詩」を中心に——

一　はじめに

清少納言と紫式部は、『白氏文集』をそれぞれ次のように記した。清少納言は『枕草子』「文は」の章段で、「文《ふみ》は、文集《ぶんしゆう》。文選《もんぜん》。新賦《しんぷ》。史記。ごだいほんぎ。願文《ぐわんもん》。表《へう》。博士《はかせ》の中文《まうしぶみ》。」と、「文集《ぶんしゆう》」、すなわち『白氏文集』を第一に上げた。紫式部は『源氏物語』須磨巻の中で、「またさるべき書《ふみ》ども、文集など入りたる箱、さては琴《きん》一つぞ持たせたまふ。」と、源氏から須磨への書物に『白氏文集』を加えた。当時の『白氏文集』の流行がよく分かる。ところで、清少納言と紫式部は『白氏文集』のどのような詩文を引用したのか。この点について、白居易の作品を四分類に従って考察する。

元和十年（八一五）十二月、四十四歳の白居易は、親友の元稹（元九）に長い手紙を送った。これが「与元九書（元九《げんきう》に与《あた》ふる書《しよ》）」の名文であり、白居易の文学理念を理解するために重要な文献である。この手紙の後半では、白居易は自らの詩歌の内容を諷諭、閑適、感傷、雑律の四つに分類した。その後、長慶四年（八二四）十二月、四十六歳の元稹が、白居易の詩文二一九一首を集めて、初めて五〇巻の総集『白氏長慶集』を編纂した際にも、白居易の詩の四分類に従って分類している。すなわち前半二〇巻の詩歌は、諷諭（巻一～巻四）、閑適（巻五～巻八）、感傷（巻九～巻十二）、雑律（巻十三～巻二十）の構成である。[1] この『白氏文集』の四分類を基準として、『枕草子』と『源氏物語』に引かれる『白氏文集』の詩句が、どの部類に属すのかを考えてみたい。まず、先学で指摘された

『枕草子』と『源氏物語』における『白氏文集』の引用の箇所を総覧とし、分析を試みる。(2) 結論から先に言えば、『枕草子』には感傷詩が多いと言える。また感傷詩に分類される長恨歌は、『枕草子』には一箇所だけ引用されるが、『源氏物語』では一二箇所で引用されている。この点からも、両作品の特質の差として、『白氏文集』における「感傷詩」の扱われ方が顕著に表れていることが分かる。『白氏文集』の研究については、かつて下定雅弘が「白居易の詩に関する研究は数多いが、感傷詩については、ほとんど論じられたことがない。(3)」と言われるように、まだまだ問題を残しているようである。そこで、本章では「感傷詩」の引用に注目し、『枕草子』と『源氏物語』の性格を考察してみたい。

二　『枕草子』と『源氏物語』における『白氏文集』総覧

総覧では、上の二段は『枕草子』における『白氏文集』の引用の箇所であり、下の二段は、『源氏物語』における『白氏文集』の引用の箇所である。『枕草子』と『源氏物語』本文は、それぞれ「枕」と「源」及び引用詩作の次数順を示した。(4) また、引用文の頁数を（　）に示し、詩作番号は［　］に記した。

『枕草子』	『白氏文集』
【一】春はあけぼの。やうやうしろくなりゆく山ぎは、すこしあかりて、紫だちたる雲のほそくたなび	巻三十一雑律 枕1早春憶蘇州 呉苑四時風景好 就中偏好是春天

『源氏物語』	『白氏文集』
【桐壺】（前略）ある時には、大殿籠《おほとのごも》りすぐしてやがてさぶらはせたまひなど、あながちに御前《おまへ》さらずも	巻十二感傷 源1長恨歌 春宵苦短日高起 従此君王不早朝

きたる
夏は夜《よる》。月のころはさらなり。闇《やみ》もなほ、蛍《ほたる》のおほく飛びちがひたる。また、ただ一つ二つなど、ほのかにうち光りて行くもをかし。雨など降るもをかし
秋は夕暮《ゆふぐれ》。夕日のさして山の端《は》いと近うなりたるに、烏《からす》のねどころへ行くとて、三つ四つ、二つ三つなど飛びいそぐさへあはれなり。まいて雁《かり》などのつらねたるが、いと小さく見ゆるは、いとをかし。日入《い》り果てて、風の音《おと》、虫の音《ね》など、はた言ふべきにあらず

霞光曙後殷於火
水色晴来嫩似煙
［三一〇九］

巻二十六雑律
(枕)2秋思
夕照紅於焼
晴空碧勝藍
獣形雲不一
弓勢月初三
雁思来天北
砧愁満水南
蕭条秋気味
未老已深諳
［二七〇二］

てなさせたまひ（一九頁）
　たづねゆくまぼろしもがなつてにても魂《たま》のありかをそこと知るべく
　絵に描《か》ける楊貴妃《やうきひ》の容貌《かたち》は、いみじき絵師《ゑし》といへども、筆限りありければいとにほひすくなし。太液芙蓉《たいえきのふよう》、未央柳《びあうのやなぎ》も、げにかよひたりし容貌《かたち》を、唐《から》めいたるよそひはうるはしうこそありけめ、なつかしうらうたげなりしを思《おぼ》し出《い》づる（中略）翼《はね》をならべ、枝をかはさむと契《ちぎ》らせたまひしに、かなはざりける命のほどぞ尽きせずうらめしき（中略）灯《とも》

承歓侍宴無閑暇
春従春遊夜専夜

[源]2長恨歌
臨邛道士鴻都客
能以精誠致魂魄
為感君王展転思
遂教方士殷勤覓
［〇五九六］

[源]3長恨歌
帰来池苑皆依旧
太液芙蓉未央柳
芙蓉如面柳如眉
対此如何不涙垂

[源]4長恨歌
在天願作比翼鳥
在地願為連理枝
天長地久有時尽
此恨緜緜無絶期

[源]5長恨歌

冬はつとめて、雪の降りたるは言ふべきにもあらず、霜のいと白きも、またさらでもいと寒きに、火などいそぎおこして、炭《すみ》持てわたるも、いとつきづきし。昼になりて、ぬるくゆるびもていけば、火桶《ひをけ》の火も、白き灰《はひ》がちになりてわろし（二六頁）

【三五】木の花は（中略）心もとなうつきためれ。楊貴妃《やうきひ》の、帝《みかど》の御使《つかひ》に会ひて、泣きける顔に似せて、「梨花一枝《りくわいつし》、春《はる》、雨《あめ》を帯びたり」など言ひたるは、おぼろけならじと思ふに、なほいみじうめでたき事は、たぐひあら

巻十感傷
(枕)3送兄弟迴雪夜
夜長火消尽
歳暮雨凝結
寂寞満炉灰
飄零上堦雪
対雪画寒灰
残灯明復滅
灰死如我心
雪白如我髪
〔〇四五六〕

巻十二感傷
(枕)4長恨歌
玉容寂寞涙闌干
梨花一枝春帯雨
〔〇五九六〕

巻十四雑律
(枕)5江岸梨
梨花有思縁和葉

火《しび》を挑《かか》げ尽くして起きおはします。右近《うこん》の司《つかさ》の宿《との》直奏《ゐまうし》の声聞こゆるは、丑《うし》になり（中略）明くるも知らでと思し出づるにも、なほ朝 政《あさまつりごと》は怠らせたまひぬべかめり（三六頁）

【帚木】（前略）おのづから軽《かろ》き方《かた》にぞおぼえはべるかし。繋《つな》がぬ舟の泛《う》きたる例《ためし》もげにあやなし。さははべらぬか」（中略）親聞きつけて、酒杯《さかづき》もて出《い》でて、『わが両《ふた》つの途《みち》歌ふを聴《き》け』となむ聞こえごちはべりしかど、をさをさうちとけて（八五頁）

【夕顔】（前略）白栲《しろたえ》の衣《ころも》うつ砧《きぬた》の音も、かすかに、

孤灯挑尽未成眠
遅遅鐘鼓初長夜

[源]6長恨歌
春宵苦短日高起
従此君王不早朝
〔〇五九六〕

巻三十六半格
[源]7偶吟
無情水任方円器
不繋舟随去住風
〔三五六四〕

巻二諷諭
[源]8議婚
聴我歌両途
〔〇〇七五〕

巻十九雑律
[源]9聞夜砧
月苦風凄砧杵悲
〔一一八七〕

じとおぼえたり（八七頁）桐《きり》の木の花、紫に咲きたるは、なほをかしきに、葉のひろごりざまぞうてこちたけれど（中略）まいて琴《こと》に作りて、さまざまなる音《ね》の出《い》で来《く》るなどは、をかしなど（八八頁）

【四七】職《しき》の御曹司《みざうし》の西《にし》面《おもて》の立蔀《たてじとみ》のもとにて（中略）「わがもとの心の本《ほん》性《じやう》」とのみのたまひて、「改まらざるものは心なり」とのたまへば、「さて『はばかりなし』とは、何を言ふにか」とあやしがれば、笑ひつつ（一〇六頁）

【七七】御仏名《みぶつみやう》のまたの日（中略）ひとわたり遊び

一樹江頭悩殺君　［〇七六八］

巻二諷諭
㊅6答桐花
截為天子琴
刻作古人形
況此好顔色
花紫葉青青　［〇一〇三］

巻六閑適
㊅7詠拙
所稟有巧拙
不可改者性　［〇二五九］

巻十一感傷
㊅8同韓侍郎遊鄭家池
歯髪雖已衰
性霊未云改　［〇五七〇］

こなたかなた聞きわたされ、空とぶ雁《かり》の声とり集めて忍びがたきこと多かり。端《はし》近き御座所《おましどころ》なりければ、遣戸《やりど》（一五六頁）

（中略）いとあはれに、朝《あした》の露にことならぬ世を、何をむさぼる身の祈りにかと聞きたまふ（中略）長生殿《ちやうせいでん》の古き例《ためし》はゆゆしくて、翼《はね》をかはさむとはひきかへて、弥勒《みろく》の世をかねたまふ（一五八頁）

夜半《よなか》も過ぎにけんかし、風のやや荒々しう吹きたるは。まして松の響き木《こ》深《ぶか》く聞こえて、気色《けしき》ある鳥のから声に鳴きたるも、梟《ふくろふ》はこれにやとおぼゆ。

巻三十三雑律
源10酬夢得霜夜対月
礎和遠雁声　［三三九一］

巻二諷諭
源11不致仕
朝露貪名利　［〇〇七九］

巻十二感傷
源12長恨歌
七月七日長生殿　［〇五九六］

巻一諷諭
源13凶宅
梟鳴松桂枝
狐蔵蘭菊叢　［〇〇〇四］

巻十九雑律
源14聞夜砧

て、琵琶弾《ひ》きやみたるほどに、大納言殿、「琵琶、声やんで、物語せむとする事おそし」と誦《ず》したまへりしに、隠れ臥したりしも起き出《い》でて（一三四頁）

【七八】頭《とうの》中将のすずろなるそら言《ごと》を聞きて、（中略）炭櫃《すびつ》に、消え炭《ずみ》のあるして、「草の庵《いほり》を誰《たね》かたづねむ」と書きつけて取らせつれど、また返事《かへりごと》も言はず　（一三六頁）

【七九】返る年の二月二十余《よ》日《ひ》（中略）宰相《さいしやう》の君の、『瓦《かはら》に松はありつるや』といらへたるに、いみじうめでて、『西の方《かた》、都門を去れる事いくばくの地

巻十二感傷

(枕)9琵琶引

忽聞水上琵琶声
主人忘帰客不発
尋声暗問弾者誰
琵琶声停欲語遅

［〇六〇三］

巻十七雑律

(枕)10廬山草堂　夜雨独宿　寄牛二　李七庾三十二員外

蘭省花時錦帳下
廬山雨夜草庵中

［一〇七九］

巻四諷諭

(枕)11驪宮高

翠華不来歳月久
墻有衣兮瓦有松
吾君在位已五載

（中略）恋しくて、「正《まさ》に長き夜」とうち誦《ずむ》じて臥《ふ》したまへり　（一八九頁）

【末摘花】（前略）琴《きん》をぞなつかしき語らひ人と思へる」と聞こゆれば、「三つの友にて、いま一《ひと》くさやうたてあらむ」とて、「我に聞かせよ　（二六七頁）

幼《わか》き者は形蔽《かく》れず」とうち誦《ず》じたまひても、鼻の色に出でていと寒しと見えつる御面影ふと思ひ出でられて、ほほ笑《ゑ》まれたまふ　（二九七頁）

【紅葉賀】（前略）すこし心づきなき。鄂州《がくしう》にありけむ昔の人もかくやをかしかりけむと、耳とまりて

八月九月正長夜

［一二八七］

巻二十九格詩

(源)15北窗三友

欣然得三友
三友者為誰

［二九八五］

巻二諷諭

(源)16重賦

幼者形不蔽
老者体無温

［〇〇七六］

巻十感傷

(源)17夜聞歌者

夜泊鸚鵡洲
江月秋澄澈

［〇四九八］

ぞ』と口ずさみつること」
など、かしがましきまで
言ひしこそ、をかしかり
しか　（一四五頁）
【九〇】上《うへ》の御局《つぼね》の御簾《みす》
の前にて（中略）「なかば
隠したりけむ、えかくは
あらざりけむかし。あれ
は（中略）笑はせたまひて
「別れは知りたりや」と
なむ仰せらるるも、いと
をかし　（一七八頁）
【九三】あさましきもの
さし櫛《ぐし》すりてみがくほど
に、物につきさへて折り
たる心地《ここち》　（一八二頁）
【九六】職《しき》におはします
ころ（中略）「ただ秋の月
の心を見はべるなり」と

何不一幸乎其中
西去都門幾多地
吾君不遊有深意
［〇一四五］
巻十二感傷
(枕)12琵琶引
酔不成歓惨将別
別時茫茫江浸月
千呼万喚始出来
猶抱琵琶半遮面
［〇六〇三］
巻四諷諭
(枕)13井底引銀瓶
石上磨玉簪
玉簪欲成中央折
［〇一六四］
巻十二感傷
(枕)14琵琶引
東船西舫悄無言

聞きたまふ　（三四〇頁）
【葵】（前略）「旧《ふる》き枕故《ふる》き
衾《ふすま》、誰《たれ》と共にか」とある
所に　（六五頁）
【賢木】（前略）十六にて故《こ》
宮《みや》に参りたまひて、二十
にて後《おく》れ（中略）階《はし》の底《もと》の
薔薇《さうび》けしきばかり咲きて、
春秋の花盛りよりもしめ
やかに　（一四一頁）
【須磨】（前略）またさるべ
き書《ふみ》ども、文集など入り
たる箱、さては琴《きん》一つぞ
持たせたまふ（中略）来《こ》し
方《かた》の山は霞《かすみ》はるかにて、
まことに三千里の外《ほか》の心
地するに、櫂《かい》の雫《しづく》もたへ
がたし　（一八七頁）
枕《まくら》をそばだてて四方《よも》の嵐《あらし》

巻十二感傷　長恨歌
[源]18翡翠衾寒誰与共
［〇五九六］
巻三諷諭　上陽白髪人
[源]19玄宗末歳初選入
［〇一三一］
巻十七雑律　薔薇正開
[源]20階底薔薇入夏開
［一〇五五］
巻四十三記序　草堂記
[源]21堂中設木榻四
素屛二　漆琴一張
［一四七二］
巻十三雑律冬至宿楊梅館
[源]22十一月中長至夜
三千里外遠行人
［〇六九五］
巻十六雑律　重題
[源]23遺愛寺泉欹枕聴

申せば、「さも言ひつべし」と仰せらる　（一九四頁）

【一〇二】二月つごもりごろに（中略）すこし春ある心地《ここち》こそすれとあるは（中略）空寒《そらさむ》み花にまがへて散る雪にと、わななくわななく書きて取らせていかに思ふ　（二一〇頁）

【一三七】殿《との》などのおはしまさで後《のち》（中略）御前の草のいとしげきを、『などか。かきはらはせてこそ』と言ひつれば、『ことさら露置かせて御覧ずとて』と（中略）台の前に植ゑられたりける牡丹《ぼうたん》などの、をかしき事」など

唯見江心秋月白　〔〇六〇三〕

巻十四雑律
(枕)15南秦雪
往歳曽為西邑吏
慣従駱口到南秦
三時雲冷多飛雪
二月山寒少有春　〔〇七五八〕

巻九感傷
(枕)16秋題牡丹叢
晩叢白露夕
衰葉涼風朝
紅艶久已歇
碧芳今亦銷
幽人坐相対
心事共蕭条　〔〇四一五〕

を聞きたまふに、波ただここもとに立（一九九頁）

雁《かり》の連《つら》ねて鳴く声楫《かぢ》の音《おと》にまがへるを、うちながめたまひて　（二〇一頁）

「二千里外故人心《じせんりのほかこじんのこころ》」と誦《ず》じたまへる、例の涙もとどめられず　（二〇二頁）

竹編《あ》める垣《かき》しわたして、石の階《はし》、松の柱、おろそかなるものからめづらかにをかし　（二一三頁）

酔《ゑ》ひの悲しび涙灑《そそ》く春の「盃《さかづき》の裏《うち》」ともろ声に誦《ず》じたまふ。御供《とも》の人も涙をながす　（二一五頁）

【明石】（前略）商人《あきびと》の中にてだにこそ、古ごと聞きはやす人は　（二四三頁）

巻二十四雑律　河亭晴望　〔〇九七八〕
[源]24秋雁櫓声来　〔二四九五〕

巻十四雑律　八月十五日
[源]25二千里外故人心　〔〇七二四〕

巻十六雑律　香炉峰下
[源]26五架三間新草堂
石堦桂柱竹編墻　〔〇九七五〕

巻十七雑律　十年三月
[源]27酔悲灑涙春杯裏
吟苦支頤暁燭前　〔一一〇七〕

巻十二感傷　琵琶引
[源]28門前冷落鞍馬稀
老大嫁作商人婦　〔〇六〇三〕

のたまふ　（二六一頁）

【一五五】故殿《ことの》の御服《おんぶく》のころ（中略）宰相《さいしやうの》中将斉《ただ》信《のぶ》、宣方《のぶかた》の中将、道方《みちかた》の少納言などまゐりたまへるに、人々出でて物など言ふに、ついでもなく「明日《あす》はいかなる事をか」と言ふに、いささか思ひまはし、とどこほりもなく、「人間の四月をこそは」といらへたまへるが、いみじうをかしきこそ。過ぎにたる事なれども、心得て言ふは誰《たれ》もをかしき中《なか》に、女などこそさやうの物忘れはせね、男《をとこ》はさしもあらず（二八五頁）

【一七五】村上《むらかみ》の先帝《せんだい》の

巻十六雑律

(枕)17大林寺桃花

人間四月芳菲尽
山寺桃花始盛開
長恨春帰無覓処
不知転入此中来
〔〇九六九〕

巻二十五雑律

【絵合】（前略）しながら、昔の御髪《かむ》ざしの端《はし》をいささか折りて　（三八四頁）

【朝顔】（前略）と引きて、「鎖《じやう》のいといたく錆《さ》びにければ開《あ》かず」と愁《うれ》ふるをあはれと　（四八一頁）

【少女】（前略）風の音の竹に待ちとられてうちそよめくに、雁《かり》の鳴きわたる声のほのかに　（四八頁）

【玉鬘】（前略）「胡《こ》の地の妻児《せいじ》をば虚《むな》しく棄て捐《す》てつ」と誦《ず》するを、兵部の君聞きて　（一〇一頁）

【胡蝶】（前略）廊《らう》を繞《めぐ》れる藤の色もこまやかにひらけゆきにけり（中略）亀の上《うへ》の山もたづねじ舟のう

巻十二感傷　長恨歌

[源]29釵擘黄金合分鈿
〔〇五九六〕

巻二十三雑律　贈皇甫

[源]30用稀印鎖澀難開
〔一三九二〕

巻十九雑律　七言十二句

[源]31風生竹夜窓間臥
月照松時台上行
〔一二八〇〕

巻三諷諭　縛戎人

[源]32胡地妻児虚棄捐
〔〇一四四〕

巻二諷諭　傷宅

[源]33繞廊紫藤架
〔〇〇七七〕

巻三諷諭　海漫漫

[源]34童男丱女舟中老

御時に（中略）月のいと明かきに、「これに歌よめ。いかが言ふべき」と、兵《ひや》衛《うゑ》の蔵人《くらうど》に給はせたりければ、「雪《ゆき》月花の時」と奏したりけるをこそ、いみじうめでさせたまひけれ。「歌など（三〇五頁）

【二三七】雲は白き。紫。黒きもをかし。風吹くをりの雨雲《あまぐも》。明けはなるるほどの黒き雲の、やうやう消えて、しろうなり行《ゆ》くも、いとをかし。「朝《あした》にさる色」とかや、文《ふみ》にも作りたなる（三七二頁）

【二六〇】関白殿、二月二十一日に、法興院《ほこゐん》の積《さく》善寺《ぜんじ》といふ御堂《みだう》（中略）さ

（枕）18寄殷協律
琴詩酒伴皆抛我
雪月花時最憶君
［二五六五］
巻十二感傷

（枕）19花非花
花非花　霧非霧
夜半来　天明去
来如春夢幾多時
去似朝雲無覓処（5）
［〇六〇五］
巻十二感傷

（枕）20長相思
思君秋夜長

ちに老いせぬ名をばここに残さむ（一六七頁）

【常夏】（前略）窓の内なるほどは、ほどに従ひて、ゆかしく思ふべかめるわざなれば（二二七頁）

【行幸】（前略）齢《よはひ》などこれよりまさる人、腰たへぬまで屈《かが》まり歩《あり》く例《ためし》、昔も今もはべめ（二九七頁）

【梅枝】（前略）見たまふ人の涙さへ水茎《みづくき》に流れそふ心地して（四二〇頁）

【藤裏葉】（前略）御文には、わが宿の藤の色こきたそかれに尋ねやはこぬ春のなごりを（四三四頁）

【若紫上】（前略）「猶《なほ》残れる雪」と忍びやかに口ず

［〇一二八］
巻十二感傷詩　長恨歌

［源］35楊家有女初長成
養在深閨人未識
［〇五九六］
巻二諷諭　不致仕

［源］36金章腰不勝
傴僂入君門
［〇〇七九］
巻六十八碑誌　故京兆

［源］37唯将老年涙
［二九一二］
巻十三雑律　三月三十

［源］38惆悵春帰留不得
紫藤花下漸黄昏
［〇六二一］
巻十六雑律　庾楼暁望

［源］39子城陰処猶残雪
［〇九一一］

て八、九日のほどにまかづるを、「いますこし近うなりてを」など仰せらるれど、出でぬ。いみじう常《つね》よりものどかに照りたる昼つ方、「花の心ひらけざるや。いかに、いかに」とのたまはせたれば、「秋はいまだしく侍れど、夜《よ》に九度《ここのたび》のぼる心地なむしはべる」と聞えさせつ　（四〇二頁）

【二七四】成信《なりのぶ》の中将は、入道兵部卿宮《ひやうぶきやうのみや》の（中略）月の明かき見るばかり、ものの遠く思ひやられて、過ぎにし事の、憂《う》かりしも、うれしかりしも、をかしとおぼえしも、ただ

一夜魂九升
二月東風来
草拆花心開
思君春日遅
一日腸九迴
〔〇五八九〕

巻十四雑律
枕21 贈内
莫対月明思往事
損君顔色減君年
〔〇七九六〕

巻十四雑律

さびたまひ　（六九頁）

【若紫下】（前略）二月の中の十日ばかりの青柳《あをやぎ》の、わづかに　（一九一頁）

【柏木】（前略）「静かに思ひて嗟《なげ》くに堪へたり」とうち誦《ず》じたまふ。五十八を十《とを》とり　（三二三頁）

【横笛】（前略）むつかしう思うたまへ沈める耳をだに明《あき》らめ　（三五四頁）

【夕霧】（前略）夕《ゆふべ》の露かかるほどのむさぼりよ。いかでこの　（四五七頁）

岩木よりけになびきがたきは、契り遠うて、憎しなど思ふやう　（四七九頁）

【幻】（前略）「窓をうつ声」など、めづらしからぬ

巻三十一雑律　楊柳枝
源40 依依嫋嫋復青青
〔三一四〇〕

巻二十八雑律　自嘲
源41 五十八翁方有後
静思堪喜亦堪嗟
〔二八二一〕

巻十二感傷　琵琶引
源42 如聴仙楽耳暫明
〔〇六〇三〕

巻二諷諭　不致仕
源43 朝露貪名利
〔〇〇七九〕

巻四諷諭　李夫人
源44 人非木石皆有情
〔〇一六〇〕

巻三諷諭　上陽白髪人
源45 耿耿残灯背壁影
蕭蕭暗雨打窓声

今のやうにおぼゆるをりやはある。こまのの物語は、何ばかりをかしき事もなく、ことばも古めき、見所おほからぬも、月に昔を思ひ出でて、虫ばみたる蝙蝠《かはほり》取り出でて、「もと見しこまに」と言ひてたづねたるが、あはれなるなり　（四二七頁）

【二八〇】雪のいと高う降りたるを、例《れい》ならず御《み》格子《かうし》まゐりて、炭櫃《すびつ》に火おこして、物語などしてあつまりさぶらふに、「少納言よ。香炉峰《かうろほう》の雪いかならむ」と仰せらるれば、御格子上げさせて、御簾《みす》を高く上げたれば、笑は

枕22八月十五日夜禁中
三五夜中新月色
二千里外故人心
［〇七二四］

巻十六雑律
枕23重題
遺愛寺泉欹枕聴
香炉峰雪抜簾看
［〇九七八］

古言《ふるごと》をうち誦《ず》じたまへるも、をりから（五三九頁）

「夕殿《せきでん》に蛍飛んで」と、例の、古言《ふるごと》もかかる筋にのみ口馴《くちな》れ　（五四三頁）

大空をかよふまぼろし夢にだに見えこぬ魂《たま》の行《ゆ》く方《へ》たづねよ　（五四五頁）

【紅梅】（前略）この東《ひむがし》のつまに、軒《のき》近き紅梅のいとおもしろく　（四七頁）

【竹河】（前略）皆人《みなひと》无徳《むとく》にものしたまふめる末に参りて　（六一頁）

今宵は、なほ鶯にも誘はれたまへ」とのたまひ出だしたれば　（七一頁）

この桜の老木になりにけるにつけても、過ぎにけ

巻十二感傷　長恨歌
［〇一三一］

源46夕殿蛍飛思悄然
［〇五九六］

巻十二感傷　長恨歌
源47臨邛道士鴻都客
能以精誠致魂魄
［〇五九六］

巻十六雑律　北亭招客
源48晩日東園一樹花
［〇九二三］

巻三諷諭　上陽白髪人
源49未容君王得見面
［〇一三一］

巻十八雑律　春江
源50鶯声誘引来花下
［一一五九］

巻二十九格詩　六十六
源51園林半喬木

せたまふ。人々も「さる事は知り、歌などにさへうたへど、思ひこそよらざりつれ、なほこの宮の人にはさべきなめり」と言ふ　（四三四頁）

【二二三】三条の宮におはしますころ（中略）薬玉《くすだま》まゐらせなどす。若き人々、御匣殿《みくしげどの》など薬玉して、姫宮《ひめみや》、若宮につけたてまつらせたまふ。いとをかしき薬玉ども、ほかよりまゐらせたるに、青《あを》ざしといふ物を、持《も》て来たるを、青き薄様《うすやう》を、艶《えん》なる硯《すずり》の蓋《ふた》に（中略）

　みな人の花や蝶《てふ》やといそぐ日もわが心を

巻十一感傷

(枕)24歩東坡

新葉鳥下来(6)

萎花蝶飛去

〔〇五五六〕

る齢《よはひ》を思ひ　（七七頁）

【総角】（前略）外国《ひとのくに》にありけむ香《かう》の煙《けぶり》　（三一二頁）

【宿木】いとつれづれなるを、いたづらに日を送る戯《たはぶ》れにて、これなん（中略）「まづ、今日は、この花一枝《ひとえだ》ゆるす」とのたまはすれば、御答（三七八頁）

【蜻蛉】（前略）「人木石《ぼくせき》にあらざればみな情《なさけ》あり」と、うち誦《ずう》じ　（二二一頁）

絵に描《か》きて恋しき人見る人はなくやはありける、ましてこれ　（二五二頁）

「中に就《つ》いて腸《はらわた》断ゆるは秋の天」といふことを、いと忍びやかに誦《ずん》じつつゐたまへり　（二六九頁）

〔二九九九〕

巻四諷諭　李夫人

源52反魂香降夫人魂

〔〇一六〇〕

巻十六雑律　官舎閑題

源53送春唯有酒

〔〇九二〇〕

巻二十八雑律　晩桃花

源54白侍郎来折一枝

〔二八二三〕

巻四諷諭　李夫人

源55人非木石皆有情

〔〇一六〇〕

源56丹青写出竟何益

〔〇一六〇〕

巻十四雑律　暮立

源57就中腸断是秋天

〔〇七九〇〕

ば君ぞ知りける
この紙の端《はし》を引き破《や》ら
せたまひて書かせたまへ
る、いとめでたし
（三五八頁）

巻四諷諭　古塚狐 源58化為婦人顔色好 〔〇一六九〕 巻四諷諭　陵園妾 源59松門到暁月徘徊 〔〇一六一〕		【手習】狐の人に変化《へんぐゑ》するとは昔より聞けど、まだ見ぬ（中略）葉の薄きが如し」と言ひ知らせて、「松門《しょうもん》に暁到りて月徘徊《はいくわい》す」と、法師（三四九頁）

総覧のように、『枕草子』における『白氏文集』の引用数は二四箇所（枕1〜枕24）であり、『源氏物語』における『白氏文集』の引用数は五九箇所（源1〜源59）である。数値から見ると、『枕草子』より『源氏物語』の方が圧倒的に多い。今度は『白氏文集』の四分類に従った観点から、『枕草子』と『源氏物語』における『白氏文集』の引用の偏差を見た。具体的に『白氏文集』の四分類を、次のA諷諭、B閑適、C感傷、D雑律にした（ABCDの分類は、朱金城『白居易集箋校』一〜六〈上海古籍出版社〉による）。また岡村繁『新釈漢文大系　白氏文集』一〜一三（明治書院）を参照した。『枕草子』と『源氏物語』における『白氏文集』を対照させて以下にまとめてみた。

『白氏文集』　　『枕草子』　　『源氏物語』

A諷諭

巻一　諷諭　凶宅……なし……源13
巻二　諷諭　傷宅……なし……源33
巻二　諷諭　議婚……なし……源8
巻二　諷諭　重賦……なし……源16

巻二	諷諭	不致仕	なし	源11 源36 源43
巻二	諷諭	答桐花	(枕)6	なし
巻三	諷諭	海漫漫	なし	源34
巻三	諷諭	縛戎人	なし	源32
巻三	諷諭	上陽白髪人	なし	源19 源49 源45
巻四	諷諭	驪宮高	(枕)11	なし
巻四	諷諭	李夫人	なし	源44 源51 源55 源56
巻四	諷諭	陵園妾	なし	源59
巻四	諷諭	井底引銀瓶	(枕)13	なし
巻四	諷諭	古塚狐	なし	源58
B閑適				
巻六	閑適	詠拙	(枕)7	なし
C感傷				
巻九	感傷	秋題牡丹叢	(枕)16	なし
巻十	感傷	送兄弟迴雪夜	(枕)3	なし
巻十	感傷	夜聞歌者	なし	源17
巻十一	感傷	歩東坡	(枕)24	なし
巻十一	感傷	同韓侍郎遊鄭家池	(枕)8	なし
巻十二	感傷	長恨歌	(枕)4	源1 源2 源3 源4 源5 源6 源12 源18 源29 源35 源46

[源]47

巻十二　感傷　琵琶引……(枕)9 (枕)12 (枕)14……[源]28 [源]42
巻十二　感傷　花非花……(枕)19……なし
巻十二　感傷　長相思……(枕)20……なし

D雑律

巻十三　雑律　三月三十日……なし……[源]38
巻十三　雑律　冬至宿楊梅館……なし……[源]22
巻十四　雑律　八月十五日……(枕)22……[源]25
巻十四　雑律　南秦雪……(枕)15……なし
巻十四　雑律　江岸梨……(枕)5……なし
巻十四　雑律　暮立……なし……[源]57
巻十四　雑律　贈内……(枕)21……なし
巻十六　雑律　庾楼暁望……なし……[源]39
巻十六　雑律　官舎閑題……なし……[源]53
巻十六　雑律　北亭招客……なし……[源]48
巻十六　雑律　大林寺桃花……(枕)17……なし
巻十六　雑律　香炉峰下新……なし……[源]26
巻十六　雑律　重題……(枕)23……[源]23
巻十七　雑律　薔薇正開……なし……[源]20

巻十七	雑律	廬山草堂夜雨	枕10	なし
巻十七	雑律	十年三月	なし	源27
巻十八	雑律	春江	なし	源50
巻十九	雑律	七言十二句	なし	源31
巻十九	雑律	聞夜砧	なし	源9 源14
巻二十三	雑律	贈皇甫	なし	源30
巻二十四	雑律	河亭晴望	なし	源24
巻二十五	雑律	寄殷協律	枕18	なし
巻二十六	雑律	秋思	枕2	なし
巻二十八	雑律	自嘲	なし	源41
巻二十八	雑律	晩桃花	なし	源54
巻二十九	格詩	北窓三友	なし	源15
巻二十九	格詩	六十六	なし	源52
巻三十一	雑律	早春憶蘇州	枕1	なし
巻三十一	雑律	楊柳枝詞	なし	源40
巻三十三	雑律	霜夜対月	なし	源10
巻三十六	半格	偶吟	なし	源7
巻四十三	記序	草堂記	なし	源21
巻六十八	碑誌	故京兆	なし	源37

右の『白氏文集』四分類に従って、それぞれ『枕草子』と『源氏物語』の引用数を、さらに次のような図表でまとめてみたい。

図表一「白氏文集から見た枕草子と源氏物語」に示したように、引用は、『枕草子』より『源氏物語』の方が、倍近く多い。また『源氏物語』では、引かれたA諷諭とD雑律詩が、『枕草子』より多かったが、『枕草子』では、引かれたB閑適とC感傷詩が、『源氏物語』より多い。さらに感傷詩に分類した長恨歌は、『源氏物語』の中で繰り返し引用されていることが特徴であると言えよう。例えば、図表一の「重複」では、『枕草子』は二回であるが、『源氏物語』では二〇回である。その二〇回のうち、一二回は長恨歌の反復引用である。

図表一　『白氏文集』から見た『枕草子』と『源氏物語』

『白氏文集』	『枕草子』	『源氏物語』
A諷諭	3	11
B閑適	1	0
C感傷	8	3
D雑律	10	25
重複	2	20
合計	24	59

図表二　「長恨歌」から見た『枕草子』と『源氏物語』のグラフ

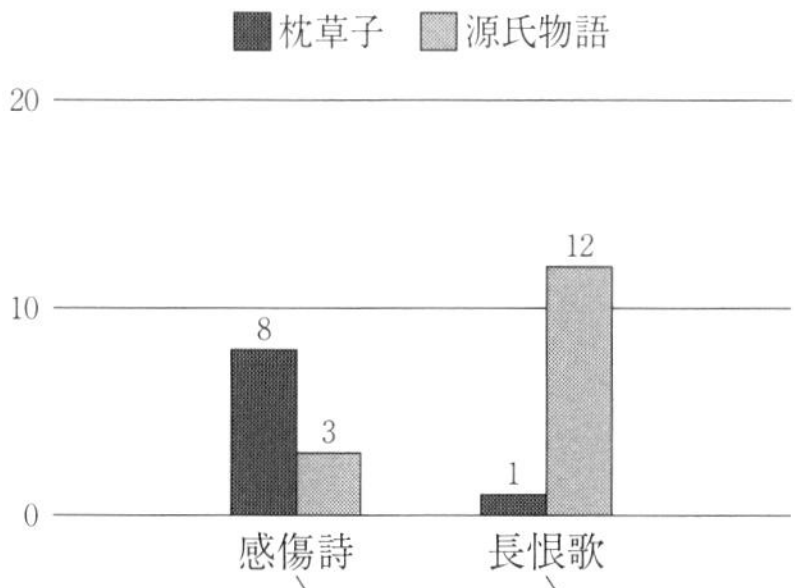

「長恨歌」から見た『枕草子』と『源氏物語』の差

「感傷詩」から見た『枕草子』と『源氏物語』の差

さらに、図表二を通して、二点を論じたい。一つは、感傷詩の引用、もう一つは、長恨歌の引用である。先行の研究史を踏まえつつ、感傷詩と長恨歌を中心に、『枕草子』と『源氏物語』の性格を考えてみたい。

三　「長恨歌」の引用から見た『枕草子』と『源氏物語』

前節に掲げた図表の通り、長恨歌の引用については、清少納言が一回だけで、紫式部は一二回繰り返して引用している。それぞれその引用の箇所を検討することで、その特徴を確認してみよう。

まず、『枕草子』で唯一「長恨歌」が引かれる第三五段「木の花は」の場面を確認する。

〔総覧(枕)4〕

【三五】木の花は（中略）梨《なし》の花、世にすさまじきものにして、近うもてなさず、はかなき文《ふみ》つけなどだにせず。愛敬《あいぎやう》おくれたる人の顔などを見ては、たとひに言ふも、げに葉の色よりはじめてあはひなく見ゆるを、唐土《もろこし》には限りなき物にて、文にも作る、なほさりともやうあらむと、せめて見れば、花びらの端《はし》にをかしきにほひこそ、心もとなうつきためれ。**楊貴妃《やうきひ》の、帝《みかど》の御使《つかひ》に会ひて、泣きける顔に似せて、「梨花《りくわ》一枝《いつし》、春《はる》、雨《あめ》を帯びたりなど言ひたるは**、おぼろけならじと思ふに、なほいみじうめでたき事は、たぐひあらじとおぼえたり。（八七頁）

木の花に挙がる梨の花は、人にあまり愛されなかったものと清少納言は見る。そして、それは、ゴシック字体のように、長恨歌の梨の花が思い出され、楊貴妃の顔に似るという文を連想させる表現としている。

〔総覧(枕)4〕

玉容寂寞涙闌干
玉容寂寞《ぎよくようせきばく》として　涙闌干《なみだらんかん》たり、

梨花一枝春帯雨　　梨花一枝《りくわいっし》　春雨《はるあめ》を帯《お》ぶ。

〔玉のような顔は寂しげで、その頬を涙がとめどなく流れ落ちるさまは、一枝の梨の花に、春の雨が細やかに降りかかっているような風情である。〕　（八一五～八二〇頁）

道士によると、海の蓬萊山の中に仙界があって、そこで楊貴妃と会った際、悲しく泣いた楊貴妃の顔は、春の雨にぬれているようだったという。清少納言の梨の花に対する心情は、長恨歌における梨の花の意象と重なる。

一方、紫式部は、長恨歌を一二回繰り返し引いた。桐壺巻には六回見えるが、注目されるのは、六回の引用のうち、「春宵苦短日高起　従此君王不早朝」が二回繰り返されて引かれていることである。その様相は以下の通り。

Ⅰ　〔総覧源1〕

【桐壺】（前略）ある時には、**大殿籠《おほとのごも》りすぐしてやがてさぶらはせたまひ**など、あながちに御前《おまへ》さらずもてなさせたまひしほどに、　（一九頁）

Ⅱ　〔総覧源6〕

【桐壺】（前略）明くるも知らでと思し出づるにも、**なほ朝政《あさまつりごと》は怠らせたまひ**ぬべかめり。　（三六頁）

右ⅠとⅡ、それぞれ長恨歌の次の詩句に一致する。

〔総覧源1と源6〕

Ⅰ　春宵苦短日高起　　春宵短《しゅんせうみじか》きに苦《くる》しみ日《ひ》高《たか》くして起《お》き、

Ⅱ　従此君王不早朝　　此《これ》より君王《くんわう》　早《はや》く朝《てう》せず。

〔春の宵はあまりにも短く感じられ、日が高くなってからようやく床から起き出すような有り様となり、この頃から君王は早朝からの政務を怠るようになった。〕　（八一〇～八一八頁）

右の「春宵苦レ短日高起」は、Ⅰのゴシック字体、帝が朝おそくまでお休みになる様子と、「従レ此君王不二早朝一」は、Ⅱの帝が朝の政務を怠っている様子とそれぞれ合致する。政務を怠ることをとがめる詩句を繰り返して引いた紫式部の表現は、清少納言のものとは明らかに異なる。清少納言は長恨歌を感傷的な意象で連想しているが、紫式部は必ずしもそうではない。繰り返し引かれた「日高起」と「不早朝」の表現は、感傷詩の意象ではなく、諷諭的色合が強いのである。

紫式部が『白氏文集』の諷諭詩に注目したことは、『紫式部日記』の中で確認することができる。例えば、次のような記事がある（本文は中野幸一他『新編日本古典文学全集　紫式部日記他』〈小学館、一九九四年〉による）。

宮の、御前《おまへ》にて、文集《ぶんしゆう》のところどころ読ませたまひなどして、さるさまのこと知ろしめさまほしげにおぼいたりしかば、いとしのびて、人のさぶらはぬもののひまひまに、をととしの夏ごろより、**楽府《がふ》といふ書《ふみ》二巻《にくわん》**をぞ、しどけなながら教へたてきこえさせてはべる、隠しはべり。（二〇九～二一〇頁）

右のゴシック字体の楽府二巻は、『白氏文集』の四分類では、第四巻と第五巻に当たる諷諭詩である。また紫式部の長恨歌を諷諭的にみることは、陳鴻の「長恨歌伝」の趣向に似る。例えば、「長恨歌伝」の後半には、次のようにある（本文は岡村繁『新釈漢文大系　白氏文集』二下〈明治書院、二〇〇七年〉による）。

楽天因為二長恨歌一。　楽天《らくてん》因《よ》りて長恨歌《ちやうこんか》を為《つく》る。
意者不三但感二其事一、　意者《おもふに》但《た》だ其《そ》の事《こと》に感《かん》ずるのみならず、
亦欲下懲二尤物一、窒二乱階一、　亦《ま》た尤物《いうぶつ》を懲《こ》らし、乱階《ろんかい》を窒《ふさ》ぎ、
垂中於将来上也。　将来《しやうらい》に垂《た》れんと欲《ほつ》するならん。（七九七頁）

右の通り、白居易の「長恨歌」は単なる感傷的な性質だけでなく、諷諭的な性質とも解釈している。『白氏文集』巻十二［〇五九六］感傷詩「長恨歌」の冒頭文「漢皇重レ色思二傾国一（漢皇《かんくわう》色《いろ》を重《おも》んじて傾国《けいこく》を思《おも》ひ）」（八〇九頁）

と、最後の句「此恨綿綿無二絶期一（此《こ》の恨《うら》み綿綿《めんめん》として絶《た》ゆる期《き》無《な》からん）」（八一七頁）を合せて読むと、確かに感傷より諷諭的な意味と取れるだろう。この性格からで、長恨歌を繰り返して引用したのではないだろうか。

また、『源氏物語』では「長恨歌」以外の感傷詩は『枕草子』より少ない事実から見ると、やはり紫式部は清少納言と違って、「感傷詩」より「諷諭詩」に注目したのではないかと思われる。

では、なぜ『源氏物語』より『枕草子』には感傷詩が多かったのか。この点について、次の節で分析する。

四　「感傷詩」引用から見た『枕草子』背後の悲傷

感傷詩の引用は、『源氏物語』より『枕草子』の方が多い。これは両作品の『白氏文集』の引用から見た性格の差と言えよう。『枕草子』に感傷詩が多かった理由は、次の二点と考えられる。一つは、清少納言が意識的に、父藤原道隆を失った定子の周りの悲況を表すために、感傷詩の表現を借りて表したこと。もう一つは、定子本人が自らの状況を表現するために感傷詩を借りて詠歌したのである。

まず一つ目の父藤原道隆が亡くなった後の定子の周りの状況に関わる章段を取り挙げてみたい。それは次の『枕草子』第一三七段「殿などのおはしまさで後、世の中に事出で来」の章段である。

殿《との》などのおはしまさで後《のち》、世の中に事出《い》で来《き》、さわがしうなりて、宮もまゐらせたまはず、小二条殿といふ所におはしますに、何《なに》ともなくうたてありしかば、久しう里にゐたり。御前《おまへ》わたりのおぼつかなきにこそ、なほえ絶えてあるまじかりける。

右中将おはして物語したまふ。「今日《けふ》、宮にまゐりたりつれば、いみじう物こそあはれなりつれ。女房の装《さう》束《ぞく》、裳《も》、唐衣《からぎぬ》をりにあひ、たゆまで候《さぶら》ふかな。御簾《みす》のそばのあきたりつるより見入れつれば、**八、九人**ばかり朽葉《くちば》の唐衣、薄色《うすいろ》の裳に、紫苑《しをん》、萩《はぎ》などをかしうてゐ並《な》みたりつるかな。御前の草のいとしげきを、『などか。かきはらはせてこそ』と言ひつれば、『ことさら**露置かせて**御覧ずとて』と、宰相《さいしやう》の君の声にていらへつるが、をかしうもおぼえつるかな。『御里居《さとゐ》、**いと心憂《こころう》し**。かかる所に住ませたまはむほどは、いみじき事ありとも、かならず候ふべきものにおぼしめされたるに、かひなく』とあまた言ひつる。語り聞かせたてまつれとなめりかし。まゐりて見たまへ。あはれなりつる所のさまかな。台の前に植ゑられたりける牡丹《ぼうた》などの、をかしき事」などのたまふ。「いさ。人のにくしと思ひたりしが、またにくくおぼえはべりしかば」といらへきこゆ。

（二五九～二六一頁）

藤原道隆が、長徳元年（九九五）四月十日に亡くなった翌年、四月二十四日、内大臣伊周が太宰府に左遷された。定子は小二条殿に遷御し、清少納言も宮中から退出して里居した。右の章段は、長徳二年（九九六）夏から秋にかけての頃のことであるが、枯草や萎えた牡丹などの描写からは、秋のことと考えることが相応しいだろう。特に牡丹の表現に関する典拠を、池田亀鑑は『白氏文集』巻九［〇四一五］感傷詩の「秋題㆓牡丹叢㆒」であると指摘した。その詩は次の通り。

〔総覧(枕)16〕

秋題**牡丹**叢
晩叢白露夕　衰葉涼風朝
紅艶久已歇　碧芳今亦銷
憂人坐相対　心事共蕭条

秋《あき》　牡丹《ぼたん》の叢《そう》に題《だい》す
晩叢《ばんそう》　白露《はくろ》の夕《ゆふ》べ、衰葉《すいえふ》　涼風《りやうふう》の朝《あした》。
紅艶《こうえん》　久《ひさ》しく已《すで》に歇《つ》き、碧芳《へきはう》　今亦《いままた》銷《せう》す。
憂人《いうじん》　坐《ざ》して相対《あひたい》し、心事《しんじ》　共《とも》に蕭条《せうでう》たり。

〔枯れかかった牡丹の群がりに白露の降りる夕べ、衰えた葉に秋風が吹きぬける朝。紅に燃えた花の艶麗さはとっくの昔に尽きてしまい、緑葉の放っていた芳香も今また消え失せようとしている。憂愁に沈む人は、じっと座り込んだ

ままこの枯れ衰えた牡丹に向かい合い、その心中の思いは、牡丹も人も共にうらぶれてわびしげだ。」（四八〇頁）

詩の内容と『枕草子』の場面を照合してみると、枯れた牡丹に関わる風景について、『枕草子』の場面と詩の意象は一致する。ゴシック字体にした部分に「露置かせて」、「いと心憂《こころう》し」、「牡丹」と「牡丹叢」、「晩叢白露夕」、「憂人坐相対」の意象は重なる。「牡丹」という語彙は、いずれも『源氏物語』と『紫式部日記』の中には見えない表現である。清少納言は紫式部よりも感傷詩に注目していたと言えるだろう。

また、中宮定子本人が感傷詩を引いて作歌したことも注目される。『枕草子』第二二三段「三条の宮におはしますころ」の章段を再び取り上げてみたい。

三条の宮おはしますころ、五日の菖蒲《さうぶ》の輿《こし》など持《も》てまゐり、薬玉《くすだま》まゐらせなどす。若き人々、御匣殿《みくしげどの》など薬玉して、姫宮《ひめみや》、若宮につけたてまつらせたまふ。いとをかしき薬玉ども、ほかよりまゐらせたるに、青《あを》ざしといふ物を、持《も》て来たるを、青き薄様《うすやう》を、艶《えん》なる硯《すずり》の蓋《ふた》に敷きて、「これ籬越《ませご》しに候《さぶら》ふ」とてまゐらせたれば、

みな人の**花や蝶《てふ》や**といそぐ日もわが心をば君ぞ知りける

この紙の端《はし》を引き破《や》らせたまひて書かせたまへる、いとめでたし。（三五八頁）

これは、『枕草子』では年次の確定できる数少ない章段で、長保二年（一〇〇〇）五月五日の端午節のことである。しかし、この日の一条天皇が新たな中宮彰子の所に居て若い女房も大勢いた風景は、『栄花物語』「かがやく藤壺」巻にある通りである。一方、皇后定子の許には、清少納言しかいなかった。五月五日端午節の日、清少納言が「青ざし」という物を定子に献上したとき、定子が感心して、次の和歌を詠んだ。

みな人の**花や蝶《てふ》や**といそぐ日もわが心をば君ぞ知りける

「花や蝶や」は、次のような『白氏文集』巻十一［〇五五六］感傷詩「歩㆓東坡㆒」の詩句からの発想と本書第七章で考察した。

〔総覧(枕)24〕

歩二東坡一　東坡《とうば》を歩《ある》く

新葉鳥下来　新葉《しんえふ》　鳥《とり》　下《くだ》り来《きた》り、

萎花蝶飛去　萎花《ゐくわ》　蝶《てふ》　飛《と》び去《さ》る。

〔新しく芽吹いた若葉には空から鳥たちが舞い降りてくる一方、しぼんだ花からは蝶たちが飛び去っていく。〕

（六九三～六九四頁）

定子は自らを枯れた花に喩え、周りの若い女房が蝶のように飛んでいった事を比喩したのだろう。『白氏文集』の感傷詩を踏まえた和歌だからこそ、清少納言は「いとめでたし」と賛美したのである（拙稿「『枕草子』における漢語の表現―「三条の宮におはしますころ」の章段を中心に―」『総研大文化科学研究』第八号、二〇一二年三月、本書第五章と第七章参照）。

このように、定子が自ら『白氏文集』の感傷詩を踏まえた歌を詠み、清少納言も感傷詩の表現を借りて父を失った定子の周辺を描いたことから、『源氏物語』より『枕草子』の方に感傷詩が多くなったといえよう。

五　おわりに

以上、『枕草子』と『源氏物語』における『白氏文集』について考察した。『枕草子』に感傷詩が多かった理由は次の二点と考える。一つは、中宮定子が自ら感傷詩を引用して詠歌を行ったこと。もう一つは、清少納言が、父藤原道隆を失ってからの定子の周囲の悲況を表すために、意識的に感傷詩を踏まえたということである。また『源氏物語』では、紫式部が「長恨歌」を繰り返して引用するものの、感傷の意図ではなく、諷諭詩の寓意として引用していたことが分かる。

清少納言と紫式部は感傷詩の引き方が違う。これは、『枕草子』と『源氏物語』を鑑賞するためには、重要な視点と言えよう。従来『枕草子』は「をかし」の文学と言われているが、『源氏物語』より多くの『白氏文集』の感傷詩が存在していることから見ると、作者の意図をより深く理解するために、『枕草子』における感傷詩を研究することが必要であろう。

注

（1）藤原克己「白居易自身が数次の段階を経て編んだもので、もと「前集」五十巻・「後集」二十巻・「続後集」五巻の計七十五巻から成っていた（ただし「続後集」五巻は早くに散逸し、現存の『白氏文集』はその拾遺詩篇一巻を付した七十一巻本である）。」（同「源氏物語における〈愛〉と白氏文集」日向一雅『源氏物語と漢詩の世界―『白氏文集』を中心に―』青簡舎、二〇〇九年）九頁。

（2）この点については、かつて古沢未知男の『漢詩文より見た源氏物語の研究』（桜楓社、一九六八年）の第三章の第三節「文集引用より見た源語と枕」では、同様の視点が見えるが、『枕草子』と『源氏物語』及び『白氏文集』の本文を対照する考察はなかった。また本稿の考察の結果と相違がある。例えば、「閑適詩」の場合、『枕草子』には見えるが、古沢の指摘は「〇《ゼロ》」であった。また『枕草子』における『白氏文集』総合数は、前掲した総覧のように、二四箇所が見えるが、古沢の指摘は一五箇所であった。

（3）下定雅弘『白氏文集を読む』（勉誠社、一九九六年）一六四頁。

（4）参考した文献は、主に次のような論考である。①矢作武「枕草子と漢籍」（雨海博洋他『枕草子大事典』勉誠出版、二〇〇一年）、②今井源衛「漢籍・史書・仏典引用一覧」（阿部秋生他『新編日本古典文学全集　源氏物語』全六冊、小学館、一九九四～一九九八年）、③拙稿「『枕草子』における漢語の表現―「三条の宮におはしますころ」の章段を中心に―」（『総研大文化科学研究』第八号、二〇一二年三月、本書第五章及び第七章を参照）。ただし、本書第十章の感傷詩は含まれていない。

（5）　この詩句は、かつて萩谷朴が指摘した詩句であるが、疑問点があると思われ、具体的には、拙稿「枕草子における「朝にさる色」」（『古代中世文学論考』第十八集、新典社、二〇〇六年）を参照。本書第六章。

（6）　この詩句については、次の拙稿が初めて指摘した。前掲（4）③。

第十二章　『紫式部日記』における「真名書きちらし」考

——清少納言批評を中心に——

一　はじめに

紫式部は自らの日記の中で、清少納言について、次のように批判している。引用文は中野幸一他『新編日本古典文学全集　紫式部日記　他』（小学館、一九九四年）による。

清少納言こそ、したり顔にいみじうはべりける人。さばかりさかしだち、**真名《まな》書きちらし**てはべるほども、よく見れば、まだいとたらぬこと多かり。かく、人にことならむと思ひこのめる人は、かならず見劣りし、行《ゆく》末《すゑ》うたてのみはべれば、艶《えん》になりぬる人は、いとすごうすずろなるをりも、もののあはれにすすみ、をかしきことも見すぐさぬほどに、おのづからさるまじくあだなるさまにもなるにはべるべし。そのあだになりぬる人のはて、いかでかはよくはべらむ。

（二〇二頁）

注目したいことは、ゴシック字体をつけた「真名書きちらし」という表現である。この「真名書きちらし」について、従来の解釈は、二つの意味に揺れている。一つは、筆にまかせて無造作に漢字を書き散らす。もう一つは、あちらこちらに漢字で書く、である。本章の論点は、後者ではなく、前者、書かれた漢字があまり丁寧ではないことを明らかにすることにある。特に字が上手い人の目から見ると、初心者の字は、習字のレベルも劣るように見える。ゆえに紫式部は書の「上手」の視点から清少納言の字を眺め、批評したのではなかろうか。しかし、清少納言が書いて残したものは、『枕草子』と『清少納言集』しかない。清少納言が書いた漢字とはどのようなものなのか。

また紫式部の字はどういうものであったのだろうか。これらの疑問を踏まえて、紫式部が清少納言を批判した「真名書きちらし」の真相を考証してみたい。

二　先行「真名書きちらし」の解釈

周知の如く、「真名書きちらし」の「真名」は、「仮名」に対する漢字であることは間違いないだろう。問題は、「書きちらし」の意味については、どのように解釈するのかということである。

まず『日本国語大辞典』第二版、第三巻（小学館、二〇〇一年）では、「書きちらす」を、次のように説明している。

かき-ちら・す【書散】
解説・用例
〔他サ五（四）〕
筆にまかせて無造作に書く。また、あちらこちらに書きしるす。（三九一頁）

右のように、『日本国語大辞典』では、二つの意味で解釈している。すなわちa「筆にまかせて無造作に書く」、b「あちらこちらに書きしるす」である。しかし、『角川古語大辞典』初版（角川書店、一九八二年）に、bの解釈は見えない。

かきちら・す【書散】〔動詞サ行四段活用〕筆に任せて、むやみに書く。筆に任せて無造作に書く。（七〇六頁）

右のように、両辞典では、「書きちらす」の解釈は統一されていないことが分かる。しかし、他の古語辞書の解釈は、『角川古語大辞典』と同じように、「筆にまかせ無造作に書く」という意味で一致している。例えば、次の如くである。

①『新編大言海』（冨山房、一九九〇年）

かきちら・す　さ・し・す・せ・せ《ス・セ・サ・シ・セ》（他動、四）**書散**　筆ニ任セテ、ムヤミニ書ク。　（三九二頁）

②『日本大辞典　言泉』（日本図書センター、一九八一年）

かき-ちらす　書散す【動四他】順序も位置も正さずに書く。　（六八三頁）

③『修訂大日本国語辞典』新装版（冨山房、一九七一年）

かき-ちらす　書散（他動四）筆に任せて書く。順序を正さず書く。　（三三三頁）

つまり「ムヤミニ」「順序も位置も正さず」に書くということである。しかし『日本国語大辞典』以後は、それと同じように、「あちらこちらに書く」という意味も踏襲している。

ア『学研　国語大辞典』（学習研究社、一九七八年）

かき-ちら・す【書き散らす】《他五》①〔文章などを推敲せず〕筆にまかせて書く。無造作にどんどん書く。
（中略）②あちこちに書く。　（三〇九頁）

イ『大辞林』第三版（三省堂、二〇〇六年）

かきちら・す【書（き）散らす】（動サ五［四］）筆にまかせて書く。あちこちに書く。　（四三五頁）

ウ『岩波　国語辞典』第七版（岩波書店、二〇一一年）

かきちら-す【書（き）散らす】《五他》①筆にまかせて、むぞうさに書く。②あちこちに、やたらに書きつける（著者注：ちなみに、岩波書店補訂版『古語辞典』〈二〇〇九年〉には、「書きちらす」は見当たらない）。　（二三〇頁）

以上のことから、辞書の「書きちらす」の解釈は、まず「筆に任せてむぞうさに書く」と解釈され、続いてそれに「あちらこちらに書く」という意味も加わったことが明らかであろう。では、『紫式部日記』の「真名書きちらし」に対する解釈はどのようなものであろうか。この点について、代表的な注釈を取り上げて確かめてみたい。論述の便宜を図るため、冒頭のアルファベットは著者が付けた。

A　木村正三郎『評釈紫女手簡』（三協合資会社、一八九九年）
真名《まな》かきちらしは、漢字《かんじ》を書きたること。（五二一頁）

B　前田惟義『紫式部日記古注集成』（桜楓社、一九九一年）
あれほど利口そうにふるまって、漢字を書き散らしていますが、その力量の程度も、よく見ると、まだひどく未熟な点が沢山あります。（七〇三頁）

C　萩谷朴『紫式部日記全注釈』下巻（角川書店、一九七四年）
あれだけ利巧ぶって、漢字を書き散らしていますところも、よく見たら、まだまだ未熟な点がたくさんある。（二三八頁）

D　伊藤博他『新日本古典文学大系　紫式部日記他』（岩波書店、一九八九年）
あれほど利口ぶって、漢字を書き散らしておりますが、その程度はよくよく見れば、まだまだ不足な点がたくさんあります。（三〇九頁）

E　中野幸一他『新編日本古典文学全集　紫式部日記他』（小学館、一九九四年）
あれほど利口ぶって漢字を書きちらしております程度も、よく見ればまだひどくたりない点がたくさんあります。（二〇一頁）

F　小谷野純一『紫式部日記』（笠間書院、二〇〇七年）
清少納言は（いやはや）、手がつけられないほどに得意顔でいた人。あんなに利口ぶって、漢字を書き散らし

ているのも、よく見ると、まだまだ足らないところが多いのです。（一五五頁）

右のすべてが一致している点は、紫式部が清少納言を批判したポイントは、清少納言が漢字を書いたということである。しかもよく見ると、清少納言が書いた漢字はまだまだ不足が多い。要するに、紫式部が見た清少納言の漢字は頗る悪い、ということである。だが、これらの解釈では、具体的にどのような漢字を指すのか触れていない。つまり、これらの解釈は、そもそも「書きちらす」の「筆にまかせて書く」という原義による解釈である。書かれた漢字をよく見ると、書道家の目で鑑賞すればするほど、問題が出てくるだろう。だからこそ、紫式部は、清少納言が書いた漢字は、まだまだ不足のところが多いと言ったのであろう。紫式部の原文の文脈から見ると、これらの解釈は正確であると言えるだろう。だが、いったい清少納言が書いた漢字のどのような部分を指すのか。この問題を考察する前に、先行研究にある、もう一つの「真名書きちらし」の解釈と論説を踏まえなければならない。

三　「真名書きちらし」と「漢学の才をひけらかす」の変容

まず注意しなければならないことは、「真名書きちらし」が「漢学の才をひけらかす」に変容した時点である。例えば、次のような注釈が代表的な説と言える。

G　池田亀鑑他『日本古典文学大系　枕草子　紫式部日記』（岩波書店、一九五八年）

漢学の才をひけらかすことをいう。（四九六頁）

H　宮崎荘平『講談社学術文庫　紫式部日記』下巻（講談社、二〇〇二年）

真名《まな》書き散らして「真名」は、仮名《かな》に対して漢字のこと。「真字」とも表記する。それを書き散らすとは、『枕草子』において漢詩文の知識を度々ひけらかしていることをいうのかも知れない。（一二〇～一二一頁）

右Gでは、「真字」を書き散らすことを、「漢学の才をひけらかすことをいう」と注釈している。Hの解釈はGと類似しており、『枕草子』の中の漢詩文の知識を度々ひけらかしたことと指摘している。注釈だけでなく、現代語訳や論説も、「真名書きちらし」を「漢字を書く」のではなく、「学才」や「学識」と捉えている。例えば、森三千代は、次のように現代語訳をしている。[1]

清少納言という女房は、高慢ちきな顔をした、実に大へんな女だ。さもさも賢女ぶって、**学才を鼻の先にぶらさげているが**、よく見ていると、まだまだ勉強の足りない点がたくさんある。[2]

ゴシック字体を付けたように、「真名書きちらし」は、清少納言が「学才を鼻の先にぶらさげている」と捉えている。このような意訳は、近年の現代語訳にも見られる。例えば、山本淳子は次のように訳している。

清少納言《せいしょうなごん》ときたら、得意顔でとんでもない人だったようでございますね。あそこまで利巧ぶって漢字を書き散らしていますけれど、その**学識の程度も**、よく見ればまだまだ足りない点だらけです。[3]

山本は「漢字を書き散らし」をそのまま使用しているが、よく見れば、やはり「学識」に焦点化している。また山本は、他にも「「真名書き散らし」ということ」（『国語国文』第六十三巻、第五号、京都大学文学部国語学国文学研究室、一九九四年五月）という論文をものしており、さらに、「『紫式部日記』清少納言批評の背景」と題をした論を、『古代文化』第五十三巻、第九号（古代学協会、二〇〇一年九月）にて発表、加えて「一条朝における漢詩文素養に関する社会規範と紫式部」という題で、『人間文化研究』第三十六号（京都学園大学人間文化学会、二〇一六年三月）に論文を掲載しているが、これら一連の清少納言に対する紫式部の批評は、同年に出版された山本の著作『紫式部日記と王朝貴族社会』（和泉書院、二〇一六年）に収録されている。まとめると、山本の観点は、ほぼ次のようになろう。

これが紫式部の清少納言批判の言であることは明らかとして、その論拠として紫式部は、漢字との関わり方に

> 関するある種の価値観を適用しているようである。その価値観とはどんなものか。同時代の社会通念と比べてどうだったのか。またその価値観をここに提示することにはどんな意味があったのか。
>
> 平安中期の女性と漢字、或いは漢詩文との関係については、従来二つの常識が通行してきた。一つは公的な漢字使用の場を持たない女性にとって「漢才つまり学問は必ずしも必要でない」ものであったということであり、もう一つは清少納言や紫式部といった特定の個人は秀逸な漢才を備えていたということである。そして二つの間の齟齬を解決する形で、前者は一般論、後者は彼女たちが漢学の家に生まれたという**個別的事実**によるものとの説明が加えられている。（二四三〜二四四頁）

つまり山本は、池田亀鑑の「漢学の才をひけらかす」という視点を踏まえ、具体的な「個別的な事実」を追究する論点であろうと思われる。例えば、山本は「真名書きちらし」の範囲を、次のように解釈している。

> 清少納言を評した「真名書きちらし」は、**単に漢字使用の頻度の高い**ことを言ったものではなさそうである。
> （二四五頁）

また、山本は次のようにも述べている。

> つまりここで紫式部がなじっているのは、「**漢字使用**」そのものというよりは、それを他者との関係の中においた場合のことなのである。「さかしだつ」は才能の質に関わる語ではなく、才能を他者にひけらかす行為を言う。（二四五〜二四六頁）

さらに山本は次のように言葉を続けている。

> 一条朝は、漢詩文を私的なものとする点、社会全体が歴史上一種異端の様相を帯びたものだった。時代を経れば紫式部のほうが正統となり、清少納言たちの「ひけらかし」は同時代には受けなかった非難を負うことになった。その中で「真名書き散らし」という言葉はどんな役割を演じたか。**一人清少納言だけではない、他の**

多くの後進女性の活動の場を狭める方向に働いたのではないか。紫式部が日本文学と漢詩文との結実の一つの頂点となる作品を書いたことは確かである。しかし「真名書き散らし」のもたらしたものを考えるとき、彼女の、いわば功罪とでも言うべきものを思わないではいられない。とはいえ本章は紫式部への批判を目するものではない。何よりまず、この言葉を吐かずにいられなかった紫式部の事情と、その背景にあった文化的事情をこそ重要と考える。

（二四三〜二六三頁）

また村井幹子は、当時の女性として、真名を読む、真名を書くことが、決して悪いことではなく、紫式部がそれを否定したのではなかったと次のように述べている。

「女の真名読み・真名書き」そのものを否定しているのではないのである。それ故、作者が清少納言批評において女の「**真名書き散らすこと**」を取り立てて述べたのもそのためであったと思われ、ここにおいて清少納言批評はまさしく、作者がみやびを担う後宮女房としての自己の現実を語るための布石となっていたのであり、極めて重要なものであったといえる。[4]

これらの背景を掘り出す考察は興味深いが、根本の「真名書きちらし」の問題から遊離しているのではないだろうか。「真名書きちらし」の書きちらした漢字とはどういうものなのか。つまり「真名書きちらし」は、必ずしも「あちらこちらに書く」という意味だけではなく、他の解釈もできるのではないだろうか。すなわち、「真名書きちらし」の「書きちらす」は、『徒然草』にも見える「書きちらす」と同じ意味ではないだろうか。本文は、新編日本古典文学全集による。

第三五段

手のわろき人の、はばからず**文書《ふみか》きちらす**はよし。みぐるしとて、人に書かするはうるさし。

（一〇九頁）

つまり、紫式部が清少納言を批判した「真名書きちらし」の意味は、女性である清少納言が真名の漢字をたくさん書いているが、それらをよく見ると、まだまだ字が下手だという意味なのではないだろうか。解決すべき問題は、紫式部は、なぜ「よく見れば、まだいとたらぬこと多かり」と批判しているのかである。その理由と原因を解明しなければならない。また清少納言が、いったいどのような「真名」を書いたのか、その点も究明しないと正しい解釈はできないと思う。

四　「真名書きちらし」と紫式部「書」の見る目

なぜ紫式部は、清少納言の「真名書きちらし」に対して、「よく見れば、まだいとたらぬこと多かり」と強調したのか。このセリフは、紫式部はまさしく書道家のような目で、清少納言の「書」を鑑賞した評価したのだと考える。この点については、当時の男性貴族の間に書が流行っていた背景を確認してみたい。例えば、春名好重は、かつて平安中期の藤原時代における書について、次のように述べている。

藤原時代の貴族階級に属した人は、文書《もんじょ》・記録・詩文・和歌を書くために書が必要であり、また、写本・写経をするにも必要であった。すなわち、書は日常生活に欠くことのできないものであった。それ故、書を巧妙に書くことに努め、能書がたくさん輩出して、書がさかんであった。当時は能書としてすぐれた人を手書きといった。(5)

当時の男性貴族の藤原行成『権記』にも、日常生活に関わる書の記録は、次のように見える。引用文は、渡辺直彦『史料纂集　権記』第一（続群書類従完成会、一九七八年）による。現代語訳は、倉本一宏『講談社学術文庫　藤原行成「権記」全現代語訳』上（講談社、二〇一一年）による。

正暦四年（九九三）二月廿八日

……定雑事、予後方人也、後方定雑事、余執筆書雑事……　（一三頁）
〔雑事《ぞうじ》を定めた。私は後方の方人《かたうど》であった。後方の雑事を定めた。私は筆を執って雑事を書いた〕　（三〇頁）

正暦五年（九九四）八月廿八日
……宣命清書之後又参、如先令奏、返給之後復座……　（二一頁）
〔宣命を清書《せいしょ》した後、また弓場殿に参った。先のように奏上させた。返給した後、座に復した〕　（四〇頁）

長徳元年（九九五）九月廿八日
……先右大臣参御所、召紙・筆、有除目之事、（中略）清書之後相副直物奏之……　（二六頁）
〔先ず右大臣が天皇の御所《ごしょ》に参上し、紙と筆を召して、小除目が行なわれた。（中略）清書《せいしょ》した後、直物を添えて、これを奏上した〕　（四八頁）

長徳元年（九九五）十月七日
……早朝有召、参右府御宿所、下給可奏書等目録……　（二七頁）
〔早朝、召しが有った。右府の御直廬に参った。奏書《そうしょ》の目録を下された〕　（五〇頁）

長徳三年（九九七）七月五日
……問内記、無殊難者、可□〔令カ〕清書、即仰大納言……　（三六頁）
〔内記《ないき》に問うたところ、「特に問題はありません」ということだ。清書《せいしょ》させることになった〕　（六六頁）

長徳三年（九九七）七月十七日
……早朝藤進士〔広業〕以書伝左丞相命云……　（三八頁）
〔早朝、藤進士《とうしんし》（広業）が、書状によって左丞相の命を伝えて云ったことには〕　（六九頁）

長徳三年（九九七）七月三十日

……依例宣旨書、即加署了、示蔵人少納言……　（四二頁）
〔通例のとおりに宣旨を書いた。すぐに加署《かしょ》した。蔵人少納言〈道方。〉に指示して〕　（七六頁）
長徳三年（九九七）八月廿八日
……字大間書落、被仰召名上卿令付……　（四七頁）
〔『藤』の字が大間書《おおまがき》に落ちています。召名《めしな》の上卿に命じられて、付けさせてください〕　（八六頁）
長徳三年（九九七）十月廿一日
……仰云、依案、清書又令奏、返給……　（五一頁）
〔天皇がおっしゃって云ったことには、「草案によれ」と。清書《せいしょ》して、また奏上させた〕　（九三頁）

右のように、藤原行成は宮廷の中で、時々書をすることが分かる。天皇から命を受けてすることは当然であるが、ある時には、自らの雑なことも書する。また藤原実資『小右記』でも書について頻繁に記している。例えば、長保元年と二年に関する書の記録は次のように見える。本文は、東京大学史料編纂所『大日本古記録　小右記』二（岩波書店、一九六一年）による。現代語訳は、倉本一宏『現代語訳小右記─長徳の変─』3（吉川弘文館、二〇一六年）による。

長保元年（九九九）正月七日
……臨時曲宴有如此例、予云、被書加下名可宜欤、左府承諾……　（五二頁）
〔臨時の曲宴《きょくえん》で、このような例が有った」と。私が云ったことには、「下名《おりな》に書き加えられるのが宜しいのではないでしょうか」と。左府（道長）承諾し〕　（八八頁）
長保元年（九九九）二月九日
……調度立之、以（藤原）行成卿令書屏風〔紙脱カ〕色形云々……　（五三頁）

〔調度《ちょうど》を立てた。「(藤原)行成卿《ゆきなり》に屏風《びょうぶ》の色紙《しきし》形《がた》を書かせた」と云うことだ〕　（八九頁）

長保元年（九九九）七月一一日

……左大臣召見年々造宮定文、大臣執筆、書行事」上卿以下……　（五一頁）

〔左大臣が、年々の内裏造営の定文《さだめぶみ》を召して、見た。大臣が執筆《しゅひつ》し、行事の上卿《しょうけい》以下を書いた〕　（九八頁）

長保元年（九九九）九月廿二日

……又仰云、可書奉御請文者、令書二通奉之……　（六二頁）

〔また、おっしゃって云ったことには、「御請文を書き奉るように」ということだ。二通を書かせて奉った〕　（一一八頁）

長保元年（九九九）十月卅日

……有酒食、右大弁(藤原)行成書屏風色紙形、華山法皇・主人相府……　（六七頁）

〔酒食が有った。右大弁《うだいべん》（藤原）行成《ゆきなり》が、屏風の色紙《しきし》形《がた》を書いた。花山法皇・主人の相府《しょうふ》（道長）〕　（一二九頁）

長保元年（九九九）十二月一日

……女房出御遺令・御筆書一巻……　（七五頁）

〔女房は、御遺令《いりょう》と御筆書《ひっしょ》一巻を出した〕　（一四二頁）

長保元年（九九九）十二月四日

……黄昏退出、明日雑事、行事令書出下給宮司……　（七六頁）

〔黄昏に退出した。明日の雑事を、行事《ぎょうじ》に書き出させて、宮司に下給した〕　（一四四頁）

藤原行成は当時の能書家で、右に示したように、『小右記』にも書に関わる場面で登場している。また興味深いところが見える。それは長保元年（九九九）十二月一日の記録から、皇后の御筆や書などは女房が保管していることが分かる点である。『権記』と同じように、藤原実資も雑事を書にすることは日常生活の一つであったのである。『紫式部日記』に従うと、寛弘七年（一〇一〇）前後くらいが、当該する清少納言を批判した時期と考える。では、この時期、藤原道長が『御堂関白記』の中で、書について記していることを確かめてみたい。引用文は、東京大学史料編纂所『大日本古記録　御堂関白記』中（岩波書店、一九五三年）による。現代語訳は、倉本一宏『講談社学術文庫　藤原道長「御堂関白記」全現代語訳』上・中（講談社、二〇〇九年）による。

寛弘五年（一〇〇八）十二月廿日
……左大弁（行成）取筆、而帥（伊周）取筆書題、人々相奇、七八人（×権中納言雖）奉仕……　（二七九頁）
〔（藤原行成《ゆきなり》）が、筆を取って和歌の序題《じょだい》を書こうとした。ところが、帥《そち》（藤原伊周《これちか》）が左大弁から筆を取り上げて序題を書いた。人々は、互いに不審に思って、七、八人が和歌を奉仕した〕　（三七三頁）

寛弘六年（一〇〇九）十月一日
……補次侍従、定出居侍従、手自書之、出居定文賜中将公信朝臣……　（二六六頁）
〔次侍従《じじじゅう》を補《ほ》した。出居《でい》の侍従を定めた。私自らがこれを書いた。出居の定文《さだめぶみ》を中将《ちゅうじょう》（藤原《ふじわらの》）公信《きんのぶ》朝臣《あそん》に下した〕　（三九頁）

寛弘六年（一〇〇九）十一月十五日
……有和哥事、侍従中納言（行成）書之……　（二八頁）
〔和歌を詠《よ》んだ。侍従中納言《じじゅうちゅうなごん》（藤原行成《ゆきなり》）が、それを書いた〕　（四六頁）

寛弘七年（一〇一〇）八月廿八日
……侍従中納言（行成）清書、奏聞大間、返給後、入筥硯退出……　（七三頁）
〔侍従中納言《じじゅうちゅうなごん》（藤原行成《ゆきなり》）が、清書《せいしょ》を勤めた。大間《おおま》書《がき》を天皇に奏聞《そうもん》し、返給された後、筥硯《はこすずり》に入れて退出した〕

寛弘七年（一〇一〇）十二月十一日　（九八頁）

……今日被加奉御幣宣命並清書、着八省院如常儀……　（八四頁）

〔今日、加えて奏上《そうじょう》されることになった臨時奉幣《りんじほうへい》の宣命《せんみょう》の草案《そうあん》と清書《せいしょ》を奏上した。八省院《はっしょういん》に着したのは、いつもの儀のようであった〕　（一一八頁）

右に示したように、藤原行成の書のことは、『御堂関白記』にも記されている。藤原道長も自ら「手書之」で度々記録している。また寛弘六年（一〇〇九）十一月十五日の藤原行成の書写は、漢文ではなく和歌である。これを見ると、男性貴族だけでなく、当時の女性貴族も書を嗜んでいることは事実であろう。例えば、飯島春敬は次のように述べている。

この頃は小大君、佐理の女、紫式部、清少納言、和泉式部、赤染衛門、伊勢大輔の才媛が多くいた。そして当時の女性は、女手をよく書いたという記録が数多く見られる。現在遺っている平安時代の仮名の名筆には、女性の手になったものが多いと考えなければなるまい。

例えば、伝貫之筆名家集切、伝道風筆小島切、伝行成筆曼殊院本古今集、同桝色紙などは、男性書家の名になっているが、事実は女性の手になったもののようである。また、小大君、紫式部、大弐三位などと伝えられているものも、自筆ではないまでも、やはり女性の筆と認めるべきものである。(6)

右に指摘されている紫式部の作品と伝えられる『古今和歌集』について、飯島は、次のように詳しく説明している。

伝紫式部筆　久《きゅう》海《かい》切《ぎれ》

『古今和歌集』を書写した断片である。舶来ものの「から紙」で、もとは粘葉帖と思われる。巻十二、巻十三の断簡、五、六葉しか知らない。遺存するところのまことに少い切である。

安田家蔵の巻十三の巻頭によれば、漢字は勁直であるが、仮名は麗わしい。筆は極めて鋒のよくきくものである。他にはこれと同筆のものを知らないが、印象的には亀山切などと共通して細美である。紫式部の筆とする証はなく、一脈女人的書風であることだけは感得できようかと思う。

（前書同、三九二頁）

この「久海切」は、かつて尾上八郎も次のように解説している。

紫式部の筆として伝へらるゝものに、古今和歌集の断片なる久海切と云ふがあり。線條は繊細にして尖鋭なれども、香紙切の如く甚だしからず、情趣の自づから津津たるあり。各字の連続も、急迫のところありといへども、大体に於いて、自然にして作為の跡を見ず。たゞ処々萎縮に傾きて、暢達せざるものあるは、伝行成筆の重之集に類せり。或は、それと近似せる書体を有せる人、殊に女流の手に成れるならむか。(7)

これらの書道史家の言から見ると、紫式部は強く書の知識を持っていた女性だと古筆家にも考えられていたようである。近年の仮名書道の研究によって、(8)『源氏物語』や『紫式部日記』などの仮名文学には、書に関わる場面は少なくないことが分かる。ここではその一例を挙げてみよう。

『源氏物語』帚木巻

手を書きたるにも、深きことはなくて、ここかしこの、点長《てんなが》に走り書き、そこはかとなく気色《けしき》ばめるは、うち見るにかどかしく気色だちたれど、なほまことの筋をこまやかに書き得たるは、うはべの筆消えて見ゆれど、いま一《ひと》たびとり並べて見れば、なほ実《じち》になむよりける。はかなきことだにかくこそはべれ。まして人の心の、時にあたりて気色ばめらむ見る目の情《なさけ》をば、え頼むまじく思うたまへてはべる。そのはじめのこと、すきずきしくとも申しはべらむ」とて、

（七〇頁）

また『紫式部日記』（中野幸一他『新編日本古典文学全集　紫式部日記他』小学館、一九九四年）の中の、一条天皇のために、献上品として『源氏物語』を書写する場面では、何より作者紫式部の書に関わる紙、硯、筆、墨などの知識が詳しく見られる。

入《い》らせたまふべきことも近うなりぬれど、人々はうちつぎつつ心のどかならぬに、御前には、御冊子《みさうし》つくりいとなませたまふとて、明けたてば、まづむかひさぶらひて、いろいろの**紙**選《え》りととのへて、物語の本《ほん》どもそへつつ、ところどころにふみ書きくばる。かつは綴《と》ぢあつめしたたむるを役《やく》にて、明かし暮らす。「なぞの子もちか、つめたきに、かかるわざはせさせたまふ」と、聞こえたまふものから、よき薄様《うすやう》ども、**筆**《ふで》、**墨**《すみ》など、持てまゐりたまひつつ、御**硯**《すずり》をさへ持てまゐりたまへれば、とらせたまへるを、惜しみののしりて、「もののくにて、むかひさぶらひて、かかるわざし出《い》づ」とさいなむ。されど、よきつぎ、**墨**、**筆**など、たまはせたり。
局《つぼね》に、物語の本《ほん》どもとりにやりて隠しおきたるを、御前《おまへ》にあるほどに、やをらおはしまいて、あさらせたまひて、みな内侍《ないし》の督《かん》の殿《との》に、奉りたまひてけり。よろしう書きかへたりしは、みなひきうしなひて、心もとなき名をぞとりはべりけむかし。
若宮は、御物語などせさせたまふ。うちに、心もとなくおぼしめす、ことわりなりかし。（一六七〜一六八頁）

注目したいことは、右に書かれた紙、硯、筆、墨の四つの文房具である。この四つの道具は書において頗る大切なものであることは言うまでもない。例えば、藤原行成の日記の中に、次のような記録が残されている。

『権記』（引用文は前同）長保四年（一〇〇二）十一月
九日（前略）令晴明（安倍）朝臣祭太山府君、料物米二石五斗、紙五帖、自利成（竹田）許送之、鏡一面、硯一面、筆一管、墨一廷、刀一柄、自家送之　（二〇八頁）
〔（安倍《あべの》）晴明《はるあきら》朝臣《あそん》に泰山府君《たいざんふくん》を祭らせた。料物《りようもつ》米二石五斗《と》・紙五帖《じよう》〈（竹田《たけだの》）利成《としなり》の許から送った。〉・鏡一面・硯一

面・筆一管《かん》・墨一廷《てい》・刀一柄《え》を、家から送って(9)」　（二四九頁）

もちろん、書道家ごとに、どのような**紙**、**硯**、**筆**、**墨**を使うのか、こだわりがあるだろう。先ほどの例では、紫式部自身が選んだ紙、硯、筆、墨を使うということから考えて、彼女が、書に関する奥深い知識を持っていると考えられる。かつて小松茂美が次に述べた通りである。

りっぱに漢字をこなすことのできる宮廷女性もいるにはいたようであるが、これはほんの限られたインテリにすぎない(10)。

恐らくインテリである紫式部は漢字の力が強かったのだろう。だからこそ、紫式部が、清少納言を批判した「真《ま》名《な》書きちらしてはべるほども、よく見れば、まだいとたらぬこと多かり」という真相は、清少納言があちらこちらに漢字を書いたのではなく、書いた漢字が上手ではなかったと考えられるのである。確かに、清少納言は真名の漢字を書く自信がなかった。この点については、本人が『枕草子』の中ではっきりと記している。次の章段を確認してみよう。

第七八段　頭中将のすずろなるそら言を聞きて

いみじくにくみたまふに、いかなる文《ふみ》ならむと思へど、ただいまいそぎ見るべきにもあらねば、「いね。いま聞えむ」とて、懐《ふところ》に引き入れて、なほなほ人の物言ふ、聞きなどする、すなはち帰り来て、「『さらば、そのありつる御文を給けりて来《こ》』となむ仰せらるる。とくとく」と言ふが、「いをの物語」なりやとて、見れば、青き薄様《うすやう》に、いと清げに書きたまへり。心ときめきしつるさまにもあらざりけり。「蘭省花時錦帳下」と書きて、「末《すゑ》はいかに、末はいかに」とあるを、「いかにかはすべからむ。御前《ごぜん》おはしまさば、御覧ぜさすべきを、これが末を知り顔に、**たどたどしき真名《まな》書きたらむもいと見苦し**」と思ひまはすほどもなく、責めまどはせば、ただその奥に、炭櫃《すびつ》に、消え炭《ずみ》のあるして、「草の庵《いほり》を誰《たれ》かたづねむ」と書きつけて取らせつれど、また返事《かへりごと》も

言はず。（一三五〜一三六頁）

藤原斉信は長い時間、清少納言と連絡をとっていなかったが、久しぶりに便りを清少納言に送ってきた。しかも『白氏文集』の詩句を使って、上の句のみ書いて、下の句はいかがであろうかと問うている手紙である。清少納言は当然下の句は分かっているが、それを真名で書く自信はないとする右にゴシック字体を付けた文である。この点から見ると、紫式部は自らの書を見る目で、清少納言の不体裁な字の弱点を見て、手厳しく批判したのではないだろうか。

ところで、清少納言が書いた「たどたどしい真名」とはどのようなものなのか。やはり右に挙げたごとく、それは彼女が練習として、『白氏文集』の詩句を書写したものがあったと考えられる。

五　清少納言の『白氏文集』詩句書写の可能性

清少納言が書いたものは、『枕草子』と『清少納言集』しか確認できない。しかも和文だけである。しかし、清少納言が漢詩文を写した可能性はある。なぜなら、それは『枕草子』の中に存在しているからである。まずは書写に関する描写、それから男性貴族との交際、特に一流の能書家である藤原行成の便り、さらに中宮定子との『白氏文集』詩句のやり取りの記事である。

書写に関わる描写は、『枕草子』中に少なくない。前節に述べた如く、書写に関する重要な道具は、紙、硯、筆、墨である。これら四つの道具は、三系統一種の『枕草子』本文にはどのように登場しているのか、この点を確認するために、田中重太郎『校本枕冊子』総索引、第Ⅱ部（古典文庫、一九七四年）と松村博司『枕草子総索引』（右文書院、一九六八年）を合わせて、次のようにまとめてみた。松村博司の監修した数字が異なる部分は〔　〕に示した。

三系統一種	紙	硯	筆	墨
三巻本	二九〔三二〕	七〔九〕	六	一〇〔一一〕
能因本	三〇	一一	五	一〇
堺本	一四	九	六	一二
前田家本	二七	一一	九	一四

留意したいことは、写本の中で最も古い前田家本の本文には、「筆」と「墨」は、他の三系統本文より一番多くあるということである。これは興味深いところで、今後の究明に譲りたいが、これらの書に関わる道具についての描写は如何になされているのか。この点について、三巻本から、Ⅰ**紙**、Ⅱ**硯**、Ⅲ**筆**、Ⅳ**墨**の三つの代表的な章段を取り上げて確認してみたい。

Ⅰ　**紙**

第二一段　清涼殿の丑寅の隅の

白き色紙《しきし》押したたみて、「これにただいまおぼえむ古きこと一つづ書け」と仰せらるる。（五一頁）

第二九段　心ゆくもの

白く清げなるみちのくに紙《がみ》、いといと細うかくべくはあらぬ筆して、文書きたる。（七一頁）

第二二三段　三条の宮におはしますころ

この紙の端《はし》を引き破《や》らせたまひて書かせたまへる、いとめでたし。（三五八頁）

Ⅱ　**硯**

第二六段　にくきもの

硯《すずり》に髪の入《い》りて磨《す》られたる。また、墨《すみ》の中に、石のきしきしときしみ鳴りたる。（六四～六五頁）

第七三段　うちの局
清げなる硯《すずり》引き寄せて、文《ふみ》書き、もしは鏡乞《こ》ひて、見なほしなどしたるは、すべてをかし。（一二九頁）

第一八二段　好き好きしくて人かず見る人の
好《す》き好《ず》きしくて人かず見る人の、夜《よる》はいづくにかありつらむ、暁《あかつき》に帰りて、やがて起きたる、ねぶたげなるけしきなれど、硯《すずり》取り寄せて、墨《すみ》こまやかに押し磨《す》りて、事なしびに、筆にまかせてなどはあらず、心とどめて書くまひろげ姿もをかしう見ゆ。（三一九〜三二〇頁）

Ⅲ　筆

第二九段　心ゆくもの
いといと細《ほそ》う書くべくはあらぬ筆して、文書きたる。（七一頁）

第九七段　御方々、君達、上人など、御前に
筆《ふで》、紙など給はせたれば、「九品蓮台《くほんれんだい》の間《あひだ》には、下品《げぼん》といふとも」など、書きてまゐらせたれば、（一九五頁）

第二五九段　御前にて人々とも、また物仰せらるるついでなどに
ただの紙のいと白う清げなるに、よき筆、白き色紙《しきし》、みちのくに紙《がみ》など得《え》つれば、こよなうなぐさみて、（三九一頁）

Ⅳ　墨

第二一段　清涼殿の丑寅の隅の
陪膳《はいぜん》つかうまつる人の、をのこどもなど召すほどもなくわたらせたまひぬ。「御硯《すずり》の墨《すみ》すれ」と仰せらるるに、目はそらにて、ただおはしますをのみ見たてまつれば、ほとどつぎめもはなちつべし。（五一頁）

第七二段　ありがたきもの

物語、集《しふ》など書き写すに本に墨《すみ》つけぬ。（一二一七頁）

第二一七段　大きにてよきもの
大きにてよきもの　家。餌袋《ゑぶくろ》。法師《ほふし》。くだ物《もの》。牛。松の木。硯《すずり》の墨《すみ》。（三五二頁）

右の描写から分かるように、実に**紙**、**硯**、**筆**、**墨**は、清少納言の日常生活の中で不可欠なものである。彼女は白い紙が好きで、大きな硯の墨は良く、髪の毛や石が硯と墨の中に入るのは嫌で、また男性に対しても、目が覚めて、暁に文を書く際に、真剣に書く姿は素晴らしいと賛美している。また「一本」には、次のような本文も見える。

一本
一二　薄様、色**紙**は
薄様《うすやう》、色紙《しきし》は　白《しろ》き。紫《むらさき》。赤《あか》き。刈安染《かりやすぞめ》。青《あを》きもよし。
一三　**硯**の箱は
硯《すずり》の箱は　重《かさ》ねの蒔絵《まきゑ》に雲鳥《くもとり》の紋《もん》
一四　**筆**は
筆《ふで》は　冬毛《ふゆげ》。使ふもみめもよし。兎《う》の毛《け》。
一五　**墨**は
墨《すみ》は　まろなる（四五六〜四五七頁）

右に揃った**紙**、**硯**、**筆**、**墨**の文は、短くても、具体的な紙の色、硯の箱のデザイン、筆の毛及び墨の種類などの作者の愛好をはっきりと伝えている。これらの書用の備品が完全に揃っていることから、清少納言が和文と漢詩文を写すことは十分可能であろう。ここで強調したいことは、前掲したⅣ墨の第七二段「ありがたきもの」を、ゴシック字体で示した「**物語、集など書き写すに本に墨つけぬ。**」という表現である。

すなわち、書き写した内容は和文である物語と歌集だけでなく、漢文の詩句も書き写した可能性があるということである。そのように考えられる理由は、二人の人物による影響である。一人は、中宮定子であり、もう一人は当時の能書家の藤原行成である。

まず中宮定子と清少納言の間の漢詩句のやり取りの場面を見てみよう。周知の如く、『枕草子』第二八〇段「雪のいと高う降りたるを、例ならず御格子まゐりて」には、御簾を下ろして、炭櫃に火を起こして物語をしているところ、中宮定子が「少納言よ。香炉《かうろ》峰《ほう》の雪いかならむ」（四三三頁）とおっしゃって、すぐ清少納言らは、御簾を上げたという場面である。なぜ清少納言はそのような行動を取れたのか。それは中宮定子に言われた『白氏文集』巻十六律詩「重題」の四首のうち、第三首［〇九七八］の「香炉峰雪抜レ簾看」（四二四頁）の詩句からの連想である。要するに、中宮定子は前半の「香炉峰雪」を使って清少納言に聞いたところ、清少納言は後半の「抜レ簾看」の意味から簾を上げたのである。もし清少納言が中宮定子の言われた詩句が分からない場合、当然このような迅速な反応はできないだろうということから考えてみると、中宮定子の影響から、清少納言が必死で『白氏文集』の詩句を自習していたと考えられる。とすれば書き写すことも必須な訓練であろうと思われる。

次に、能書家の藤原行成の影響があることについて述べたい。

前述したように、藤原行成は当時の有名な能書家である。本人が書いた『権記』にもあるように、一条天皇の時代には、ものを書写する際、多くの場合、藤原行成が登場している。ここで注意したいことは、藤原行成が書写した『白氏文集』の詩句ということである。例えば、藤原行成が書いた『白氏文集』の詩句は、飯島春敬が次のように述べている。

白氏文集切

もとは巻子とおぼしく縦二七・三糎の白紙（鳥の子）を用い、すべて断簡になっている。文字の大きさは、一字一・二糎位の小字である。定文草案より気合いがはいり濶達に書写している。文集巻二十六の断簡、白鶴美術館に七行、田中家に三行、東京国立博物館に五行が世に知られている。外に予楽院が三葉ほど模写したものが近衛家に遺っている。行成の書として信ずべきものと思われる。(11)

当時大流行していた『白氏文集』の詩句を書写した有名な能書家である藤原行成と、清少納言および中宮定子との関係は親しい。なぜなら藤原行成が清少納言に手紙を送ったことが『枕草子』の中に記されているからである。

第一二七段　二月、官の司に

二月、官《くわん》の司《つかさ》に、定考《かうぢやう》といふ事すなる、何事にかあらむ。孔子《くじ》などかけたてまつりてする事なるべし。聡明《そうめ》とて、うへにも宮にもあやしき物のかたなど、土器《かはらけ》に盛《も》りてまゐらす。

頭弁《とうのべん》の御もとより、主頭司《とのもづかさ》、ゑなどやうなる物を、白き色紙《しきし》に包みて、梅《むめ》の花のいみじう咲きたるにつけて持《も》て来《き》たり。ゑにやあらむと、いそぎ取り入れて見れば、餅餤《へいだん》といふ物を、二つならべて包みたるなりけり。添へたる立《た》て文《ぶみ》には、解文《げもん》のやうにて、

進上
餅餤一包《へいだんひとつつみ》
例に依《よ》て進上　如件《くだんのごとし》
別当《べたう》　少納言殿

とて、月日書きて、「みまなのなりゆき」とて、奥に「この男《をのこ》はみづからまゐらむとするを、昼はかたちわろしとてまゐらぬなめり」と、いみじうをかしげに書いたまへり。御前《ぜん》にまゐりて御覧ぜさすれば、「めでたくも書きたるかな。をかしくしたり」などほめさせたまひて、解文《げもん》は取らせたまひつ。（後略）

（二三八〜二三九頁）

さすがは書道家の藤原行成の筆跡であったということだろう。仮名より漢字を多く書いてあり、藤原行成の能書家の特徴が見える。清少納言は嬉しくて中宮定子に見てもらい、中宮定子が「めでたく」「をかし」と賛美している。これを見ると、清少納言は能書家の藤原行成の綺麗な漢字を模倣して、『白氏文集』の詩句を写した可能性を考えることは矛盾しないだろう。

しかし残念ながら、いくら練習しても、清少納言が写したものは本人が言ったとおり、「たどたどしい真名」ばかりである。紫式部はそれを見て、「よく見れば、まだいとたらぬこと多かり」と批判したのではないだろうか。

ここで留意したいことは、紫式部は清少納言の「真名書きちらし」という弱点を指摘するに止まらず、清少納言の人生の行方まで手厳しく批判したことである。その裏には、能書家の藤原行成と清少納言の親しい関係が羨ましくて憎らしいと思った可能性があるということであろう。

『枕草子』には藤原行成が登場した章段が五つある。ところが、『紫式部日記』には藤原行成が登場したところは二箇所、しかもいずれも公的場面で、つまり行成はいかなければならない場面なのである。前掲したような清少納言と藤原行成の親しく個人的な交際は、紫式部にはなかったのである。

六　おわりに

以上、『紫式部日記』における「真名書きちらし」という表現に注目し、清少納言批評を中心として考察してきた。まず「真名書きちらし」の「書きちらす」の原義を考察し、『角川古語大辞典』の、「筆にまかせてかく」という意味を採用した。次に、紫式部は、自らの書の審美眼から、清少納言の書いた真名を批判したものと考えた。書道史における研究の成果から見ると、当時の書は男性貴族だけでなく、女性の書も存在している。特に紫式部の書と伝える『古今和歌集』資料が残されている。つまり紫式部は書に関する深い知識を持っている女性とされていたと言える。それは『源氏物語』と『紫式部日記』における書の評価と書に関する道具、例えば、紙、硯、筆、墨などの描写によって証明されている。また清少納言の『枕草子』における書の描写、書の道具も極めて多くの章段に書かれている。清少納言が書写する条件が十分揃っていることは確実である。また、中宮定子と清少納言の『白氏文集』に関したやり取りの場面を確認し、さらに能書家である藤原行成と清少納言の親しい交際から見ると、清少納言は藤原行成の綺麗な漢字を模倣して、練習のために、『白氏文集』の詩句を写した可能性を考察した。最後に、紫式部が、清少納言を批判した原因と考えられることとして、名書家の藤原行成と清少納言の親密な交際に対する嫉妬を考えてみたのである。

注

（1）池田亀鑑他『日本古典文学大系　枕草子　紫式部日記』（岩波書店、一九五八年）、頭注：「真字は漢字。仮字（かな）に対して。」四九六頁。
（2）森三千代「紫式部日記」（久松潜一他『王朝日記随筆集』Ⅰ、筑摩書房、一九七一年）二三六頁。
（3）山本淳子『紫式部日記　現代語訳付き』（角川文庫、二〇一〇年）二八三頁。
（4）村井幹子『紫式部日記の作品世界と表現』（武蔵野書院、二〇一四年）一五六頁。
（5）春名好重『平安時代書道史』（思文閣出版、一九九三年）八四頁。
（6）飯島春敬全集刊行会『飯島春敬全集』第五巻（書芸文化新社、一九八六年）八頁。
（7）尾上八郎『平安朝時代の草仮名の研究』（雄山閣、一九四二年）八〇頁。
（8）主な論文は次の通りである。①藤田菖畔「紫式部書道観―「源氏物語」におけるかな文字―」（『金沢大学語学・文学研究』第十五号、一九八六年一月）。②植田恭代「『源氏物語』からみる跡見女学校の教育―明治・大正期を中心に―」（『跡見学園女子大学文学部紀要』第三十七号、二〇〇四年三月）。③杉浦妙子「『源氏物語』に見る紫式部の書美について」（『書学書道史研究』第十七号、二〇〇七年九月）。④（一）南條佳代「平安文学におけるかな書道―『源氏物語』にみられる書道観と時代性―」（『佛教大学大学院紀要・文学研究篇』第三十九号、二〇一一年三月）。（二）前同「平安文学におけるかな書道―『枕草子』にみられる書道観と時代性―」（『佛教大学大学院紀要・文学研究篇』第四十号、二〇一二年三月）。（三）前同「平安文学におけるかな書道―『紫式部日記』にみる書道観―」（『佛教大学総合研究所紀要』第二十号、二〇一三年三月）。

(9) 倉本一宏『講談社学術文庫　藤原行成「権記」　全現代語訳』中（講談社、二〇一二年）二四九頁。

(10) 小松茂美『日本書流全史』（講談社、一九九九年）七一五頁。

(11) 飯島春敬他『日本書道大系』3平安（二）（講談社、一九七一年）一一四頁。

第三部　前田家本『枕草子』の本文と漢文

第十三章　前田家本『枕草子』本文再検証
――漢籍に由来する表現から見た楠説――

一　はじめに

前田家本『枕草子』本文は天下の孤本であり、鎌倉中期に書写された『枕草子』中、最も古い写本とされている。しかし、近年、前田家本『枕草子』についての研究は殆どなされていない。[1]その理由としては、昭和九年（一九三四）六月と七月にわたって『国語国文』第四巻第六号、第七号に掲載された光明（楠）道隆（以下、「楠」と呼称）の「枕草子異本研究（上）（下）―類纂形態本考証―」と、その後、昭和四十五年（一九七〇）にまとめられた楠の単著『枕草子異本研究』（笠間書院）の影響があげられるだろう。なぜなら楠の「枕草子異本研究（上）」では、前田家本『枕草子』本文に関して、次のような説を出したからである。それは「前田家本は伝能因本と堺本とを底本として集成して作られた後人による改修本である。」ということである。[2]しかもこの説は、その後「定説」と認定されているようである。例えば、田中重太郎の書評には、「楠道隆教授の、本書所収の論説によつてほぼ**定説化**したといへよう。」（『国語と国文学』昭和四十五年〈一九七〇〉十月特輯号、一九二～一九三頁）とあり、また速水博司は雨海博洋他『枕草子大事典』の中で「前田家本の本文」の解説に、「前田家本の本文の性質については、楠道隆が昭和九年（一九三四）六、七月に『国語国文』に発表された「枕草子異本研究」という論文（『枕草子異本研究』笠間書院・昭和45。所収）があり、それが**定説**となっている。」（勉誠出版、二〇〇一年、八七頁）と述べている。そのため、『枕草子』の写本としては最も古いにも拘らず、前田家本『枕草子』本文が研究されてこなかったのである。

しかし、楠説は本当に正しいのか。「前田家本は伝能因本と堺本とを底本として集成して作られた後人による改修本である」という説は全面的に信じなければならないのだろうか。本章では、この問題の解明への手掛かりを得たいと思っている。

解明の方法としては、『枕草子』における漢詩文受容を視点に、改めて前田家本『枕草子』本文を再検証してみたいと考える。

二　「文は」章段の漢籍に関する齟齬

漢詩文受容の視点から『枕草子』の中で漢籍の名を明記した「文は」の章段を、例として検討することが相応しいと考える。この「文は」の章段は、前田家本と他の三系統いずれの本文にも存在している。三系統一種の底本は本書凡例を参照。ここでの引用文は、以下のようになる。三巻本は松尾聰・永井和子『新編日本古典文学全集　枕草子』（小学館、一九九七年）、能因本は松尾聰・永井和子『日本古典文学全集　枕草子』（小学館、一九七四年）、堺本は速水博司『堺本枕草子評釈　本文・校異・評釈・現代語訳・語彙索引』（有朋堂、一九九〇年）、前田家本は田中重太郎『前田家本枕冊子新註』（古典文庫、一九五一年）により、またより詳細に本文を論じる場合には、写本と紙焼き資料、田中重太郎『校本枕冊子』下（古典文庫、一九五六年）等を使用し、その旨を各節に記した。ここで、それぞれの引用文の章段数と頁数を示した。

三巻本：一九八　文は

文《ふみ》は　文集《ぶんしゆう》。文選《もんぜん》。新賦《しんぷ》。史記。五帝本紀《ほんぎ》。願文《ぐわんもん》。表《へう》。博士《はかせ》の申文《まうしぶみ》。　（三三六頁）

能因本：一九三　文は

文《ふみ》は　文集《ぶんしゆう》。文選《もんぜん》。博士《はかせ》の申文《まうしぶみ》。（三四三頁）

堺　本：四三

文は、文選。文集。論語もを《お》もしろし。（三一頁）

前田家本：【八二】

書《ふみ》は　文集《ぶんしゆう》。文選《もんぜん》。論語《ろんご》。**史記《しき》。ごだい本紀《ほんぎ》。願文《ぐわんもん》。**博士《はかせ》の申文。（四九〜五〇頁）

右のように、「文は」の章段の異同は少なくない。ただし、前半の「文集」と「文選」は、各種に共通している。ところが「論語」は、前田家本と堺本にしか見えない。このうち、堺本系統本文のうち、「論語」と記した写本は二つしかない。一つは、田中重太郎蔵（朽木文庫旧蔵）『清少納言枕草子』であり、もう一つは大和文華館蔵（鈴鹿文庫旧蔵）『枕草紙』である。この二種以外の堺本系統本文では「論語」ではなく、例えば、無窮会蔵『異本枕草子』では「こうむ」である。また堺本系統本文の「論語」の後に「もをもしろし」があるが、これは前田家本には見えない。さらに「博士の申文」は、堺本系統本文では存在しない。

また注意したいことは、「文は」の章段を比べてみると、楠説「前田家本は伝能因本と堺本とを底本として集成して作られた後人による改修本である」と齟齬する一つの事実である。それは「能因本」と「堺本」に見えない「史記。ごだい本紀。願文。」が、前田家本に存在しているということである。

楠説には、次のような説明がある。引用文は楠道隆『枕草子異本研究』（笠間書院、一九七〇年）による（以下同）。

> そこで夫々の本文を比較して見ると、一方は必ず伝能因本系統本文（略）であり他方は必らず堺本系統本文（略）である事を発見する。しかもその分離は実に鮮やかに一致してゐる。即ちこれは前田家本が底本として伝能因本と堺本とを併用した際に編者の犯した過失である。（一三頁）

しかし、前掲の前田家本「文は」の章段のゴシック字体の部分は、元々「能因本」と「堺本」には「史記。ごだい本紀。」がないから、少なくともこの部分は、前田家本の編者が「必らず」、「能因本」と「堺本」を底本として「改修」したとは言えないだろう。

またもうひとつ無視できないことは、「能因本」と「堺本」に見えない「史記。ごだい本紀。願文。」が、三巻本にはあることである。となれば、前田家本は、三巻本との間に密接な関係があるはずである。しかし、この点について、楠道隆は次のように述べている。

三巻本と前田家本とは直接は無関係と推定される（略）。（六頁）

いったい、前田家本本文は三巻本本文との間にどのような関係があるのか。果たして楠道隆が推定したように、本当に「無関係」なのであろうか。節を変えて詳しく検証していきたい。

三　前田家本本文と三巻本本文との関係

前節で見たように、楠説には、「三巻本と前田家本とは直接は無関係と推定」した後に、次のように解説している。

前田家本から堺本を採用した部分を除去して残つた部分については上来伝能因本を底本としたとして取扱つて来たが、伝能因本系統に対立する有力な系統である三巻本との関係はどうか。更にその底本は三巻本系統本では無かつたか。殊に三巻本が安貞二年の奥書をもつて古本とされ更に本文比較に於て三巻本善本説もある現状に於て、この前田家本の底本の一つが伝能因本系統に所属するものであつたら、この系統の古さと権威が確立する事になつて伝能因本三巻本両系統優劣論が再吟味を要して来る。そこでこの非堺本系本文を観察すると三巻本系統本を底本としたのでない事は一目瞭然である。伝能因本だけにあつて三巻本に欠けてゐる夥しい章段が前田家本には現存ししかも伝能因本本文のまゝである事が頗る多い。

一章段内の節及句に於いても同現象が頻出して居つて此処にそれらの**例示の要は無い**と思ふ。三巻本伝能因本両系統が対校されてゐる吉沢先生の対校春曙抄本に更に前田家本を校合すれば直ちに気付く事である（但し堺本を採用した部分は先づ取除いておくべきであるが）。

あかつきにかへらん人は（対校本上199）なま心をとりしたる（上535）**鳥は**（上157）かしこきものは（下139）心劣りするものは（下413）

等は両系統本文が極端に相違する段であるがこれら何れも**前田家本ではすべて伝能因本系統本文である**。

（三一〜三二頁）

しかし、果たして本当に「前田家本ではすべて伝能因本系統本文」であろうか。楠の説には「例示の要は無い」と書かれているが、ここで「鳥は」の章段における「鷺」に関する本文を確認してみたい。引用文は前と同じく、解り易くするため、ルビと句読点を外した。

三巻本：三九　鳥は

鷺はいと見目も見苦しまなこゐなどもうたてよろづになつかしからねどゆるぎの森にひとりは寝じとあらそふらむ**をかし**

（九五頁）

能因本：四八　鳥は

鷺はいと見目も**わろし**まなこゐなども**よろづにうたて**なつかしからねどゆるぎの森にひとりは寝じとあらそふらむ**こそをかしけれ**

（一三五頁）

堺本：一一

さぎはみめも見ぐるしくまなこゐなんどもおそろしげによろづとりどころなけれどゆるぎのもりにひとりはねじとあらそふらん心ぞすてがたき

（一四頁）

前田家本：【四八】
鷺はいとみめも見ぐるしまなこゐなどもうたてよろづになつかしからねどゆるぎの森にひとりは寝じとあらそふらむ**こそをかしけれ**（三三二頁）

堺本を除き、まず注目したいところは、三巻本と前田家本の本文である。これらは表記が若干異なるが、両種の写本の表現は一致している。例えば、大東急記念文庫蔵三巻本では「見苦し」の表記は、漢字表記ではなく、前田家本と同じように「みぐるし」であった。さらに注意したいことは、ゴシック字体を付した能因本本文である。例えば、「わろし」は、三巻本と前田家本にはいずれも見えない。また「うたてよろづに」という表現は、三巻本と前田家本で異なり、「よろづにうたて」としている。これらの前田家本と三巻本、能因本の本文を比べてみると、楠説のように、「前田家本ではすべて伝能因本本文」とは言えないだろう。

ただ前掲した本文にゴシック字体を付けた三巻本の「をかし」は、前田家本と能因本では「をかし」ではなく、「こそをかしけれ」で一致している。しかし、これは楠が説くところの、「前田家本ではすべて伝能因本本文」の例とは限らない。なぜかというと、前田家本には「こそをかしけれ」という表現が、三巻本と能因本より多いからである。一例を挙げて見てみよう。

三　巻　本：二〇七　五月ばかりなどに山里にありく
五月ばかりなどに山里にありく**いとをかし**（三四六頁）

能　因　本：二〇四　五月ばかり山里にありく
五月ばかり山里にありく**いみじくをかし**（三五二頁）

前田家本：【二〇二】
五月ばかりに山里にありく**こそをかしけれ**（一五七頁）

右の如く、三巻本では「いとをかし」、能因本では「いみじくをかし」である。ところが、前田家本では「こそをかしけれ」である。前田家本には「こそをかしけれ」という表現が、三巻本と能因本より多く使われている。ちなみに「こそをかしけれ」は、三巻本では二六例、能因本では二一例、前田家本では三二例である。

以上のように、前田家本は三巻本と密接な関係が見られることを確認した。そこで次の節に、漢詩文引用の視点から、さらに詳しく前田家本と三巻本の関係について考察しておきたい。

四　漢詩文引用から見た前田家本と三巻本との接近

本節では、引き続き漢詩文引用の視点から、前田家本本文と三巻本本文の関係を考察してゆく。前提となる楠説の「前田家本は伝能因本と堺本とを底本として集成して作られた後人による改修本である」という説は本当に正しいのであろうか。この点について、前田家本本文と能因本系統本文及び三巻本系統本文を検証しながら、楠説の信憑性を検討する。

1　香炉峰の雪

これは『枕草子』の最も有名な章段である。中宮定子が『白氏文集』巻十六律詩の「香炉峰雪抜簾看」を用いた、清少納言とのやりとりの場面である。この章段は堺本系統本文には見えない。では、この詩句について、三巻本本文（新編日本古典文学全集）、能因本本文（日本古典文学全集）、前田家本本文（前田家本枕冊子新註）には如何に表現しているのか、それぞれの本文を取り上げて確認してみたい。

三　巻　本：二八〇　雪のいと高う降りたるを、例ならず御格子まゐりて

雪のいと高う降りたるを、例《れい》ならず御格子《みかうし》まゐりて、炭櫃《すびつ》に火おこして、物語などしてあつまりさぶらふに、「少納言よ。**香炉《かうろ》峰《ほう》の雪いかならむ**」と仰せらるれば、御格子上げさせて、御簾《みす》を高く上げたれば、笑はせたまふ。人々も「さる事は知り、歌などにさへうたへど、思ひこそよらざりつれ。なほこの宮の人にはさべきなめり」と言ふ。

（四三三〜四三四頁）

能　因　本：二七八　雪のいと高く降りたるを、例ならず御格子まゐらせて

雪のいと高く降りたるを、例ならず御格子まゐらせて、炭櫃《すびつ》に火おこして、物語などしてあつまり候《さぶら》ふに、「少納言よ。**香炉《かうろ》峰《ほう》の雪はいかならむ**」と仰せらるれば、御格子上げさせて、御簾《みす》を高く上げたれば、笑はせたまふ。人々も「みなさる事は知り、歌などにさへうたへど、思ひこそよらざりつれ。なほこの宮の人にはさるべきなゝめり」と言ふ。

（四二七頁）

前田家本：【三二二】

雪《ゆき》のいたう降《ふ》りたるを、例《れい》ならず御格子《みかうし》もまゐらで（い）、炭櫃《すびつ》に火おこして（を）、物語《ものがたり》しつつ（ゝ）、並《な》みゐたま（給）へれば、宮「少納言よ、**香炉《かうろ》峰《ほう》の雪《ゆき》、いかならむ（ん）**」とおほせらるれば、御簾《みす》を高《たか》うまきあげたれば、笑《わら》はせたま（給）ふ。人人（ゞ）も、さる事は知《し》り、歌《うた》などにもうたへど、思ひこそよらざりつれ。「なほ（猶）この宮の人には、さるべきなめり」といふ。

（三一九〜三二〇頁）

右のゴシック字体の文に注目したい。本文はほぼ同じであるが、よく見ると僅かな異同が見える。分かりやすくするため、次のように比較してみよう。

三　巻　本：香炉《かうろ》峰《ほう》の雪いかならむ

能　因　本：香炉《かうろ》峰《ほう》の雪**は**いかならむ

前田家本：香炉《かうろ》峰《ほう》の雪《ゆき》、いかならむ（ん）

右のように、三巻本系統本文と前田家本本文は一致している。しかし、ゴシック字体を付けたように、能因本系統本文には、「雪」の後に「は」がある。能因本系統が底本である古注『清少納言枕草紙抄』（加藤磐斎）、『春曙抄』（北村季吟）と明治時代の『枕草子評釈』（金子元臣）及び『枕草子集註』（関根正直）本文の中には、いずれも「は」がある。一方、三巻本系統本文では、例えば、陽明文庫所蔵第一類三巻本『枕草子』本文には、「雪」の後に「は」がない(3)。

以上のように、わずか「は」がないかあるかという異同から見ても、前田家本本文と三巻本本文が一致していると判断することができるだろう。この異同からして、楠「改修本」説は成立し難いのである。

2　九品蓮台の間

『枕草子』における「九品蓮台の間には、下品といふとも」という表現は、先行の研究により、平安時代の慶滋保胤の「極楽寺建立願文」から引用された詩句とされている。引用は菅野禮行『新編日本古典文学全集　和漢朗詠集』（小学館、一九九九年）巻下「仏事」による（ルビ略）。「十方仏土之中　以西方為望　九品蓮台之間　雖下品応足（十方仏土の中には、西方をもて望みとす、九品蓮台の間には、下品といふとも足んぬべし）」（三二〇頁）である。この詩句に関わる三巻本、能因本、前田家本の本文は次のようにある。

三巻本：九七　御方々、君達、上人など、御前に
筆《ふで》、紙など給はせたれば、「**九品蓮台《くほんれんだい》の間《あひだ》には、下品《げぼん》といふとも**」など、書きてまゐらせたれば、「むげに思ひくんじにけり。いとわろし。言ひとぢめつることは、さてこそあらめ」とのたまはす。「それは人にしたがひてこそ」と申せば、「そがわろきぞかし。第一の人に、また一《いち》に思はれむとこそ思はめ」と仰せらるるいとをかし。（一九四～一九五頁）

能因本：一〇五　御方々、君達、上人など、御前に

筆《ふで》、紙《かみ》給はりたれば、「**九品蓮台《くほんれんだい》の中には、下品《げぼん》といふとも**」と書きてまゐらせたれば、「むげに思ひくんじにけり。いとわろし。言ひそめつる事は、さてこそあらめ」とのたまはすれば、「人にしたがひてこそ」と申す。「それがわろきぞかし。第一の人に、また一《いち》に思はれむとこそ思はめ」と仰せらるるもいとをかし。（二二九～二三〇頁）

前田家本：【三二九】

筆《ふで》・紙《かみ》など賜《たま》はせたれば、「**九品蓮台《くほんれんだい》の間《あひだ》には下品《げぼん》といふとも**」と書《か》きてまゐ(い)らせたるを御覧じて、清「むげに思《おも》ひ(む)くんじにけり。いとわろし。いひとぢめつる事は、さてこそあらめ」とおほせらるれば、清「人にしたがひてこそは」と申せば、宮「それがわろきぞかし。第《だい》一の人にまた(又)一に思《おも》はれむ(ん)とこそは思《おも》はめ」とおほせらる、いとをかし。（三三四～三三五頁）

ここで注目したいことは、三種本文の微妙な異なる部分である。それをまとめて次のように確認してみたい。

三　巻　本：九品蓮台《くほんれんだい》の間《あひだ》には
能　因　本：九品蓮台《くほんれんだい》の**中**には
前田家本：九品蓮台《くほんれんだい》の間《あひだ》には

ゴシック字体を付けた能因本の本文には「中」とある。ところが、三巻本と前田家本は同じ「間」で一致している[4]。前田家本の本文は能因本系統本文から離脱し、三巻本系統本文と同じように原詩句を引用していることが明らかだろう。これもまた、楠「改修本」説を否定するものである。

3　声明王のねぶりをおどろかす

『枕草子』第二九三段「大納言殿まゐりたまひて」の章段には、都良香（八三四～八七九）の詩句「鶏人暁唱　声驚明王之眠（鶏人《けいじん》暁《あかつき》に唱《とな》ふ　声明王《こゑめいわう》の眠《ねむ》りを驚かす）[5]」を伊周（大納言）が引用して詠じた場面がある。本文は次のようになる。

三　巻　本：二九三　大納言殿まゐりたまひて

上もうちおどろかせたまひて、「いかでありつる鶏《とり》ぞ」などたづねさせたまふに、大納言殿の、「声《こゑ》明王《めいわう》のねぶりをおどろかす」といふことを、高ううち出だしたまへる、めでたうをかしきに、ただ人のねぶたかりつる目もいと大きになりぬ。　（四四六～四四七頁）

能　因　本：二九二　大納言殿まゐりて、文の事など奏したまふに

うへもうちおどろかせおはしまして、「いかにありつるぞ」とたづねさせたまふに、大納言殿の、「声明王《こゑめいわう》のねぶりをおどろかす」といふ詩を、高ううち出《い》だしたまへる、めでたうをかしきに、一人《ひとり》ねぶたがりつる目もいと大《おほ》きになりぬ。　（四三九～四四〇頁）

前田家本：【三〇二】

うへもうちおどろかせおはしまして、主上「いかでありつるぞ」など、たづねさせ(給)たまふに、大納言殿の(ゝ)「こゑ明王《めいわう》の眠《ねぶり》を(ゝ)おどろかす」といふ詩《し》を高《たか》う(ゝ)うち出《い》だし(給)たまへる、めでたう(お)をかしきに、ただ(ゝ)人のねぶたかりつる目《め》も、いと大《おほ》きになりぬ。　（二五七～二五八頁）

これらの本文の異同は何を意味しているのか。分かり易くするため、それぞれの写本によって確認してみたい。三巻本は陽明文庫蔵（第一類）写本、能因本は学習院大学蔵の能因本写本、前田家本は唯一の尊経閣蔵の前田家本写本である。

三　巻　本：うへもうちおとろかせ給ていかてありつるとりそなとたつねさせ給に大納言殿のこゑめいわうのねふりをおとろかすといふことをたかううちいたし給へるめてたうおかしきにたた人のねふたかりつ

るめもいとおほきになりぬ⑥

能因本：うへもうちおとろかせおはしませいかにありつるそとたつねさせ給に大納言殿のこゑめいわうのねふりをおとろかすといふ詩をたかう打いたしたまへるめてたうおかしきに一人ねふたかりつるめもいとおほきになりぬ⑦

前田家本：うへもうちおとろかせおはしましていかてありつるそなとたつねさせ給に大納言殿のこゑめい王のねふりをおとろかすといふしをたかううちいたし給へるめてたうおかしきにたた人のねふたかりつるめもいとおほきになりぬ⑧

右の取り消し線を付けた共通文を「……」と示すと、残りの本文は次のようになる。

三　巻　本：……給て……**て**……とり**そな**……こと……**うち**……**給へる**……**たた人の**……

能　因　本：……おはしませ……に……そ……詩……打……たまへる……一人……

前田家本：……おはしまして……**て**……**そな**……し……**うち**……**給へる**……**たた人の**……

三巻本と前田家本にしか見えない、ゴシック字体で示した箇所のように、前田家本本文と三巻本本文は合致しているところが多い。一方、前田家本本文と能因本本文の間に一致している箇所は一つも見えない。このような事実を確認してみると、楠「改修本」説はやはり問題があることが分かるだろう。

4　岸の額に生ふらむ

前述した「1」「2」「3」は、堺本系統本文に見えない章段を取り上げて見た。すなわち、前田家本本文と能因本系統本文及び三巻本系統本文を比べてみた結果、前田家本本文の特徴は、能因本ではなく三巻本本文と近接することを明らかにした。それでは、前田家本本文と堺本系統本文はどのような関係だろう。この点については、『枕草子』「草は」の章段における漢詩句を援用した部分により考察を進めてゆく。

三巻本：六四　草は

あやふ草は、①**岸の額《ひたひ》に生《お》ふらむも**、げにたのもしからず。いつまで草は、またはかなくあはれなり。②**岸の額よりも、これはくづれやすからむかし**。まことの石灰《いしばひ》などには、え生ひずやあらむと思ふぞわろき。　（一一八～一一九頁）

能因本：六七　草は

あやふ草は、①**岸の額《ひたひ》に生《お》ふらむも**、げにたのもしげなくあはれなり。いつまで草は、生ふる所いとはかなくあはれなり。②**岸の額よりも、これはくづれやすげなり**。まことの石灰《いしばひ》などには、え生ひずやあらむと思ふぞわろき。　（一五二～一五三頁）

堺　本：一〇

あやふぐさ、①**きしのひたいにねをはなれて**、げにたのもしうなく、あはれなり。いつまで草、かべにおふるらん、またいとはかなくあはれなり。②**きしのひたいよりも、いますこしくづれやすからんかし**。まことのいしばいぬりたるには、えおひずやあらんとおもふ、いとわろけれ。　（一一一～一一二頁）

前田家本：【四七】

あやふ草《ぐさ》は、①**岸《きし》のひだひ《(い)》に生《お》ふらむ《(ん)》も**、げにたのもしげなくあはれなり。

いつまで草、生《お》ふる所いとはかなくあはれなり。②**岸《きし》の額《ひたひ》よりもこれはくづれやすかりなむ《(ん)》かし**。

まことの石《いしばひ(はい)》灰などには生《お》ひずやあらむ《(ん)》と思ふぞわろき。　（三〇～三一頁）

引用箇所に①と②の符号のゴシック字体を付けたように、『三宝絵』序文にも引用されている漢詩句「岸額《きしのひたひ》」が繰り返して二箇所見える。まず①の写本を取り上げてみると、次のようである。

三巻本：大東急記念文庫蔵本文

①　**きしのひたいにおふらんも**

能因本：学習院大学蔵本文

①　きしのひたゐに生らんも

堺　本：無窮会蔵本文

①　きしのひたいにねをはなれ

前田家本：尊経閣文庫蔵本文

①　**きしのひたいにおふらんも**

三巻本と前田家本の本文が完全に一致していることは一目瞭然である。能因本と堺本の本文はそれぞれ別な異文が見える。これを見ると、前田家本は三巻本の底本と近接していると言えるであろう。しかし、楠説では前田家本本文は三巻本系統本文と「無関係」と推定され、また、堺本系統本文との関係について、次のように述べている。

前田家本編者の底本に対する採択態度は、「春は曙の巻」「めでたき物の巻」「小白河の巻」の三巻に於いては、伝能因本を主底本として堺本は単に増補用に利用し稀に校訂したに過ぎないが、「正月一日の巻」に限って逆に堺本第三部（正月の一日はノ段以下）を主底本として伝能因本は唯増補用に採用したと推定される。

（一六頁）

これによると、前に挙げた「草は」の章段は、前田家本写本の「春は曙」の巻に属する。すなわち楠道隆の「仮説」によると、「前田家本編者」は、「伝能因本を主底本」として、堺本は「単に増補用」と言うことになっている。しかし、果たして、「前田家本編者」は本当にそのような改修をしたのか。引き続き、「草は」の章段の②の本文を確認してみたい。

三巻本：大東急記念文庫蔵本文

②　**きしのひたいよりもこれはくづれやすからんかし**

能因本：学習院大学蔵本文

②　岸のひたいよりもこれはくつれやす**けなり**

堺　本：無窮会蔵本文

②　きしのひたいよりも**いますこし**くづれやすからんかし

前田家本：尊経閣文庫蔵本文

②　**きしのひたいよりもこれはくつれやすかりなんかし**

右の三系統一種本文を比べて見ると、前掲した①の本文と同じように、前田家本本文は三巻本本文に最も近いことが判然としている。能因本と堺本本文にある「けなり」と、無窮会蔵本文にある「いますこし」の表現は、いずれも前田家本と三巻本には見当たらない。これらを確認すれば、楠説のように、前田家本編者は、主な底本を伝能因本とし、堺本で増補したという推定は適切ではないだろう。また楠説のように、前田家本本文は三巻本本文と「無関係」ということも成立し難い。前述した「草は」の章段①で検証したように、三巻本本文と前田家本本文は一致していることがその証拠と言えるだろう。

楠「改修本」説の問題点は、前田家本本文の特徴を覆い隠してしまうところがある。

五　おわりに

以上『枕草子』の最も古い写本である前田家本『枕草子』が、近年殆ど研究なされてこなかった理由である楠説を再検証してみた。その結果、例えば、「文は」の章段から漢籍の表記について、楠道隆の仮説の齟齬が見えた。また堺本本文に見えない本文、いわゆる三巻本、能因本系統本文と前田家本の本文を比べてみたところ、前田家本本文の特性は能因本より三巻本の方に近接することなどが明らかとなったと思われる。これらの点から見ても、楠説は成立し難いと思われのである。

楠説の「前提」を外して、より深く前田家本『枕草子』本文を研究することが必要であろう。

注

（1）前田家本『枕草子』研究について、山中悠希が述べた通り、「前田家本に関しては、先行研究がほぼない状況」である（「『枕草子』「殿上より」の段の本文異同と前田家本の編纂方法」小山利彦他『王朝文学と東ユーラシア文化』武蔵野書院、二〇一五年、三六八頁）。

（2）楠道隆『枕草子異本研究』（笠間書院、一九七〇年）六頁。

（3）この点については、榊原邦彦『枕草子本文及び総索引』（和泉書院、一九九四年）三三〇頁と、田中重太郎『校本枕冊子』（古典文庫、一九五六年）七五一頁を参照。ただ第二類三巻本系統のうち、現存大東急記念文庫三冊（上中下）『清少納言枕草子』下（今西祐一郎の指示）には、「雪」の後に「ハ」が見える。これが第二類三巻本系統本文の中の唯一の例である。根来司『新校本枕草子』（笠間書院、一九九一年）三三五頁と、杉山重行『三巻本枕草子本文集成』（笠間書院、一九九九年）七二九頁を参照。

（4）これは偶然ではない。『和漢朗詠集』古注に確認したように、例えば『朗詠江注』や『書陵部本私注』では、いずれも「中」ではなく、「間」である。伊藤正義他『和漢朗詠集古注釈集成』（大学堂書店、一九八九年）二二二頁。

（5）都良香の詩句は、後に『和漢朗詠集』巻九下「禁中」篇のところで、「鶏人暁唱声驚明王之眠（鶏人《けいじん》暁《あかつき》に唱《とな》ふ声明《こゑめい》王《わう》の眠《ねむ》りを驚かす）」と収録。引用文は菅野禮行『新編日本古典文学全集　和漢朗詠集』（小学館、一九九九年）による。二七八頁。また『本朝文粋』にも収録。大曾根章介他『新日本古典文学大系　本朝文粋』（岩波書店、一九九二年）巻第三「都良香策二条　神仙　漏剋」に見える。一六二頁。

（6）財団法人陽明文庫『陽明叢書国書篇　枕草子　徒然草』影印本（思文閣、一九七五年）三一九～三二〇頁。

（7）松尾聰『能因本枕草子』〈下〉影印本（笠間書院、一九九五年）二〇一～二〇二頁。

（8）国文学研究資料館蔵、前田家尊経閣文庫蔵の写本の複製本『前田本枕草子』シ5：81：3（十五ウ）。

第十四章　前田家本『枕草子』本文の特徴
――漢籍の原典から見た引用態度――

一　はじめに

前章で、最も古い『枕草子』写本である前田家本本文は、「伝能因本と堺本とを底本として集成して作られた後人による改修本」(1)とは必ずしも言えないこと、及び前田家本『枕草子』本文は三巻本に近接する特性を有することについて明らかにした。本章では、引き続き漢詩文引用の視点から、前田家本本文の特質がどのように見られるのか、その一部を明らかにしたい。具体的には、次の三点を中心として考察する。一つ目は、「木の花は」の章段の「黄金の玉」である。二つ目は、「菩提といふ寺に」の章段の「上中」である。三つ目は、「六月廿余日ばかりに」の章段の「一葉」である。

二　「木の花は」の章段の「黄金の玉」

清少納言は「木の花は」の章段に、紅梅、桜、藤、橘、梨、桐、楝の七種の木の花を列挙してそれぞれの特性を論説している。そのうち特に橘の花、梨の花及び桐の花については、関連する漢詩文を引用している。ここで注目したいところは、橘の花に関する漢詩句を引用した本文である。まず前田家本以外の三系統の本文を取り上げておく。引用文は前章同。

三巻本：三五　木の花は

木の花は　濃《こ》きも薄きも、紅梅。桜は、花びら大きに、葉の色濃きが、枝ほそくて咲きたる。
藤《ふぢ》の花は、しなひ長く、色濃く咲きたる、いとめでたし。
四月のつごもり、五月のついたちのころほひ、橘《たちばな》の葉の濃く青きに、花のいと白う咲きたるが、雨うち降りたるつとめてなどは、世になう心あるさまにをかし。**花の中より黄金《こがね》の玉かと見えて、**いみじうあざやかに見えたるなど、朝露に濡《ぬ》れたるあさぼらけの桜におとらず。　（八六〜八七頁）

能因本：四四　木の花は

木の花は　梅の、濃《こ》くも薄くも、紅梅。桜の、花びら大きに、色よきが、枝はほそうかれはれに咲きたる。

藤の花、しなひ長く、色よく咲きたる、いとめでたし。

卯《う》の花は、品《しな》おとりて、何となけれど、咲くころのをかしう、郭公《ほととぎす》の陰に隠《かく》るらむ思ふに、いとをかし。祭のかへさに、紫野《むらさきの》のわたり近きあやしの家ども、おどろなる垣根などに、いと白う咲きたるこそをかしけれ。青色の上《うへ》に、白き単襲《ひとへがさね》かづきたる、青朽葉《あをくちば》などにかよひて、なほいとをかし。四月のつごもり、五月ついたちなどのころほひ、橘《たちばな》の濃《こ》く青きに、花のいと白く咲きたるに、雨の降りたるつとめてなどは、世《よ》になく心あるさまにをかし。**花の中より黄金《こがね》の玉かと見えて、**いみじくきはやかに見えたるなどは、朝露に濡《ぬ》れたる桜におとらず。　（一二五〜一二六頁）

堺　本：七

木の花は、むめ。まして、こうばいは、うすきもこきも、いとお《を》かし。さくらは、はなびらおほきに、はなのいろいとこきが、えだほそくて、かれはにさきたる。藤は、しなひながく、いろこくさきたる、いとお《を》かしうめでたし。

四月つごもり、五月ついたちころの、たちばなのいとしろくさきて、あめうちふりたるつとめては、なべてならぬさまにお《を》かし。**花のなかより、みのこがねのたまと見えて**、いみじうきはやかにみえたるなどは、春のあさぼらけのさくらにもおとらずぞおぼゆる。　（四頁）

ゴシック字体を付けた表現は、従来、具平親王（九六四〜一〇〇九）の詩句「枝繋金鈴春雨後　花薫紫麝颻風程（枝には金鈴《きんれい》を繫《か》けたり春雨《しゅんう》《ハルノアメ》の後《のち》　花は紫麝《しじゃ》を薫《くん》ず颻風《がいふう》の程《ほど》）」に依拠するものとされてきた（引用は、菅野禮行『新編日本古典文学全集　和漢朗詠集』巻上「夏　橘花」〈小学館、一九九九年、一〇二頁〉による）。しかし問題は、三巻本、能因本、堺本には、「黄金の玉」とあるところが、出典とされるものでは「金鈴」だということである。この点について、藤本宗利は「「木の花は」の漢籍典拠の特質――読書行為における「典拠」の問題」（『語学と文学』第三十号、群馬大学、一九九四年三月、のちに、同『枕草子研究』〈風間書房、二〇〇二年〉に収録）の中で、次のような疑問を述べている。

先述の具平親王の詩句の眼目は、橘の果実を「金鈴」とした秀抜な比喩であろう。ところが『枕』の表現は「黄金の玉」なのである。

果実を玉と表すことは、『万葉集』において数多く先例を見出だせる。たとえば次の一首のように、果実は珠玉の形象をともなって、読者の脳裡に立ち顕れてくる。

我がやどの花橘は散り過ぎて玉に貫《ぬ》くべく実に成りにけり　〈万葉・巻八・一四九三・大伴家持〉

これは三代集に見られる橘が、あまりにも有名な次の一首にひかれるかの如く、花や実の具象性を薄くしていくのと対照的である。

五月待つ花橘の香をかげば昔の人の袖の香ぞする。　〈古今・夏・一三九〉

ここでは橘の美はその香気によって代表され、過ぎし恋の思い出という艶な情趣にとりこめられていく。そうして王朝期の作品における橘の心象は、圧倒的にこの古今風によって占められているのである。

つまり『枕草子』の「黄金の玉」という表現は、古今的な情趣美をいったん斥け、万葉的な映像美を言挙げしようとする姿勢の現れであり、葉の青・花の白との対比という色彩豊かな記述と密接な関係を有するのである。さらに言えば具平親王の詩句では「薫紫麝」と詠ぜられ、伝統的美意識に即応しているのに対し、『枕』の方では芳香には全く言及しない。その点から考えても、この詩句との距離は明らかである。ただ雨の中の金《こん》色《じき》の果実という共通性だけから、この詩句を作者が表現の拠り所にしたと考えることは、はなはだ疑問と言えよう。（八六頁）

藤本の説を要約すると、『枕草子』の「金の玉」と具平親王の「金鈴」には距離があると考え、それゆえ典拠とすることを疑っているのであろう。

しかし、前田家本『枕草子』本文はいかがであろう。該当する前田家本の本文を確認してみよう。

前田家本：【四四】

木の花《はな》は　梅《むめ》。まして、紅梅《こうばい》は、濃《こ》きも薄《うす》きも、いとをかし。桜《さくら》の花《はな》びらおほきに、花の色濃《こ》きが、枝《えだ》はほそく、葉《は》は（ゝ）まれに咲《さ》きたる。

藤《ふぢ》の花《はな》の色よく、しなひ長《なが》く咲《さ》きたる、いとめでたし。

卯《う》の花は、しなおとりて、何《なに》となけれど、咲《さ》くころのを（お）かしう、ほととぎす（郭公）の、蔭《かげ》に隠《かく》るらむ（ん）と思ふに、いとをかし。祭《まつり》のかへさに、紫《むらさき》（ゝ）野のわたり近《ちか》きあやしの家《いへ》ども、おどろなる垣根《かきね》などにいと（を）白《しろ》く咲《さ》きたるこそを（お）かしけれ。青色《あをいろ》のうへに白《しろ》き単衣《ひとへ》かさねて着《き》たる、青朽葉《あをくちば》などにかよひて、なほいとをかし。

四月つごもり・五月ついたちなどのころほ《(を)》ひ、橘《たちばな》の、葉《は》は《(ゝ)》いと濃《こ》く青《あを》きに、花のいと白《しろ》う咲《さ》きたるに、雨降《あめふ》りたるつとめてなどは、よになう心あるさま、を《(お)》かし。**花のなかより黄金《こがね》の鈴《すず》かと**いみじうきはやかに見《み》えたるなどは、朝露《あさつゆ》にぬれたる桜《さくら》におとらず。
（二二三〜二二四頁）

右のゴシック字体を付けたように、まさしく具平親王の漢詩句の通り、前田家本本文では「黄金の鈴」とある。むろん、前田家本本文は再評価する時間が必要であるが、現時点では唯一前田家本『枕草子』本文にしか見えない表現からすると、三巻本、能因本、堺本の本文より、前田家本の本文には最も漢籍の原文に近い特質があると言えよう。

三　「菩提といふ寺に」の章段の「上中」

1　本文の差異と典拠

本節では、堺本にはみえないが、三巻本、能因本、前田家本に存する「菩提といふ寺に」の章段を取り上げたい。まずはそれぞれの本文を次のように示す。

三巻本：三二　菩提といふ寺に

菩提《ぼだい》といふ寺に、結縁《けちえん》の八《は》講《かう》せしに詣《まう》でたるに、人のもとより、「とく帰りたまひね。いとさうざうし」と言ひたれば、蓮《はす》の葉の裏に、

もとめてもかかる蓮《はちす》の露をおきて憂《う》き世にまたは帰るものかは

と書きてやりつ。まことに、いとたふとくあはれなれば、やがてとまりぬべくおぼゆるに、**さうちうが家**の人のもどかしさも忘れぬべし。
（七六頁）

能因本：四一　菩提といふ寺に

菩提《ぼだい》といふ寺に、結縁《けちえん》講するが聞きに詣でたるに、人のもとより、「とく帰りたまへ。いとさうざうし」と言ひたれば、蓮《はす》の花びらに、

もとめてもかかる蓮《はちす》の露をおきて憂《う》き世にまたは帰るものかは

と書きてやりつ。まことに、いとたふとくあはれなれば、やがてとまりぬべくぞおぼゆる。**つねたう**が家の人のもどかしさも忘るべし。（一一五～一一六頁）

前田家本：【三一二】

菩提《ぼだい》といふ寺《てら》にて、結縁《けちえん》の八講《こ(か)う》するひゝきに、まうでたるに、人のもとより「とく帰《かへ》りたま《(給)》へ。いとさうざう《(ゞ)》し」といひたれば、蓮《はちす》の花の中に、

もとめてもかか《(ゝ)》る蓮《はちす》の露《つゆ》をお《(ゝ)》きてうき世にまたはかへ《(返)》るものかは

と書《か》きてやりつ。

まことに、いとたふ《(う)》とくあはれなれば、やがて泊《とま》りぬべくおぼゆるに、**上中**が家《いへ》のもどかしさも忘《わす》れぬべし。（二七五頁）

ゴシック字体を付けた部分に注目したい。三巻本「さうちう」、能因本「つねたう」、前田家本「上中」である。これらの異文に対して、従来の解釈では、一般的に三巻本「さうちう」をもとに解説している。例えば、津島知明・中島和歌子『新編枕草子』（おうふう、二〇一〇年）では、次のように述べている。

明・李攀龍『列仙全伝』六に見える「湘中《しやうちゆう》老人」が「黄老」の書に夢中になり、春になって湘江が増水したのにも気づかず、巴陵の道も忘れてしまったという故事に基づくと考えられている。＊能本「つねたう」、前本「上下」。（五〇頁）

まず、編纂されたのが、「明」の時代であるから、『枕草子』の後の成立という違和感がある。また、注の最後の「上下」という表現も誤りだと思われる。正しくは「上中」であろう。なぜなら前田家本は天下の孤本であり、異本はないからである。

留意したいことは、「さうちう」を「湘中老人」とする解釈である。この解釈について、遡ってみると、江戸時代の古注ではまだ見えない。例えば、北村季吟『春曙抄』には、『さうちうが　家業世事を忘て、菩提に入し事あるなるべし。別勘。」（『枕草子春曙抄〔杠園抄〕』日本文学古註釈大成、日本図書センター、一九七八年、一二二〜一二三頁）とある。北村季吟が「別勘」と注記した。最初に「湘中老人」と明示したのは、明治の金子元臣の『枕草子評釈』（増訂版合本、明治書院、一九四二年）と思われる。金子元臣は次のように述べている。

さうちうが家の人「さうちう」は湘中老人の事ならん。列仙伝六に「唐《ノ》呂雲卿嘗《テ》寓《ス》二君山《ノ》側《ニ》一、遇《ヒ》二一老人《ニ》一索《ル》レ酒《ヲ》数行、老人歌《ウテ》曰《ク》、『湘中老人読《ム》二黄老《ヲ》一、手援《リテ》二紫蘽《ヲ》一坐《ス》二碧草《ニ》一、春至《ツテ》不レ知《ラ》湘水《ノ》深《キフ》、日暮忘却《ス》巴陵《ノ》道』と見えて、湘水溢れて君山は湖中の島となれるも知らず、湘中老人は黄老の書に読耽りて、家路の巴陵の道をも忘れはてたる也。されば湘中老人の家人はその帰を待詫びて、もどかしく思ふ也。さて詩は三体詩にも出づ。

（一八五頁）

萩谷朴は右の金子元臣の説を、「最も妥当している」（『枕草子解環』一、同朋舎、一九八一年、三二〇頁）と賛同した。しかし、違う解釈も見える。例えば、関根正直は「さうちう。補常住ならん。むづかしき謂はれあるやうにいふ説もあれど、然らじ。常住は、仏経の語にて、徒然草にも、常住ならむことを思ひて、変化の理をしらねば也。などある是れ也。俗家をさして、常住の家といへるなるべし。」（関根正直『補訂枕草子集註』思文閣出版、一九七七年、一一四頁）と述べる。また上坂信男・神作光一らの全訳注『講談社学術文庫　枕草子』上（講談社、二〇〇四年）では、「さうちう」の解釈は「不詳」（一六一頁）となっている。

以上のことからみると、三巻本「さうちう」の典拠として、金子元臣の『列仙伝』の「湘中老人」の説は必ずしもふさわしいとは言えない。(2)

では、能因本の「つねたう」はいかがであろう。

加藤磐斎が、「又本には、「つねたうが家」とあり。共に、未詳。猶《ナラ》可レ尋レ之。」（『清少納言枕草紙抄』日本文学古註釈大成、日本図書センター、一九七八年、一五三頁）と書き記したように、いまだに「未詳」と言うしかない現状である。(3)

だが、前田家本本文を検討してみると、意外に新たなヒントが得られる。それは漢字で書かれた「上中」である。この点については、次の項に詳しく分析する。

2　前田家本本文「上中」

ここで確認のため、『枕草子（尊経閣叢刊）』（育徳財団、一九二七年、画像は国立国会図書館デジタルコレクションより転載。https://dl.ndl.go.jp/pid/1192666/1/30）により、該当する影印の部分をとりあげておく。

（公益財団法人前田育徳会所蔵。同会の許可無く、本画像を複製することを禁ずる。）

この「上中」については、昭和二年（一九二七）育徳財団「尊経閣叢刊丁卯歳配本」『前田本まくらの草子』（二八〇頁）と、昭和二十六年（一九五一）古典文庫の田中重太郎『前田家本枕冊子新註』（二七五頁）のいずれも「上中」と「或経任」と翻字されている。現代の『枕草子』諸注釈書にも触れているが、(4)具体的には、「上中」と「或経任」は、どのような意味なのか。ほとんど言及されてこなかった。いったい「上中」はどのように解釈すればよいだろう。この点について、先行の研究を踏まえ、明らかにしてみたい。

まずは加藤磐斎と北村季吟及び岡西惟中の注釈を確認したい。

加藤磐斎『清少納言枕草紙抄』（日本文学古註釈大成、日本図書センター、一九七八年）

「さうちうが家の人のもどかしさも、わすれぬべし」或本には、「さうちうが家のもどかしさもわすれぬべし」とあり。又本には、「つねたうが家」とあり。共に、未詳。猶《ナラ》可レ尋レ之。（一五三頁）

磐斎は諸本によって、「さうちう」と「つねたう」の二つが存在することを指摘したが、どのような意味なのかは、解釈していない、「未詳」で、なおこれを探すべきと記した。また「上中」には触れていない。続いて、北村季吟の解釈を見てみたい。

北村季吟『枕草子春曙抄（杠園抄）』（日本文学古註釈大成、日本図書センター、一九七八年）

さうちう《イ常たう。》が家の人のもどかしさも忘ぬべし。

さうちうが　家業世事を忘て、菩提に入し事あるなるべし。別勘。（一一三頁）

季吟は、本文の「さうちう」の右に「常たう」を付けたが、前田家本にしか見えない「上中」については、磐斎とおなじく触れていない。

磐斎と季吟の後、岡西惟中の『枕草紙傍註』本文では、「さうちう」ではなく、代わりに「つねたう」である。

岡西惟中『枕草紙傍註　他三篇』（日本文学古註釈大成、日本図書センター、一九七八年）

つねたう《経任》が家のもどかしさも《家事を忘れて菩提に入し事なるべし》わすれぬべし（六三頁）

惟中は、「つねたう」の右に「経任」と振り、漢字を当てたのである。また「家事を忘れて菩提に入し事なるべし」と注記した。磐斎と季吟と同じく、前田家本の「上中」についても言及されていない。この点からみると、三人は、いずれも「前田家本」を注目してこなかった可能性がある。しかしここで注目したいことは、磐斎と季吟及び惟中がいずれも言及してこなかった前田家本の「上中」である。

はじめて「上中」を解釈した学者は、おそらく明治時代の武藤元信であろう。武藤元信は次のように述べている。

上中　上品中生の略なり。観無量寿経に、極楽往生の相を、上品上生より、下品下生に至るまで、九品に分てり。さて此上品上生は大乗の経典を読誦するものなれども、上品中生は必しもしからず、法華経は大乗にて、これを受持するは上品上生にあたれり、少納言今八講の席に列れは、自身上品上生の心地にて、とくかへり給へといふ人を上品中生に擬していへるなるべし。この上中は別本による。

（『枕草紙通釈』上、有朋堂書店、一九一一年、一二七～一二八頁）

武藤は、仏教の経典『観無量寿経』を踏まえ「極楽往生」からの「上品中生」の略と推定されている。本章段によって、作者が『法華経』を聴講するために菩提という寺に参詣した背景からみれば、仏教の経典と繋がることは相応しいと考える。ところが、武藤は「九品」の「上品中生」を指摘しているが、具体的な「上中」の用例を提出していない。そこで武藤の観点を踏まえ、もっと詳しく事例を取り上げてみたい。例えば、『法華義記』巻九に、次のように「上中」の表現が見える。

今就一種作義。従七地以上至金剛心断煩悩凡作九品。上上・**上中**・上下也。中上・中中・中下也。下上・下中・下下也。何者七地所断者作二品上品上中品。八地所断者作二品上下品中上品。九地所断者作二品中中品中下品。

（『大正新脩大蔵経』番号一七一五「法華義記巻第八」六七二頁）

また『観無量寿仏経疏』巻十三にも、次のように「上中」を確認することができる。

請者二諸師解一者。先挙二上輩三人一。言二上上一者是四地至二七地一已来菩薩。何故得レ知。由三到レ彼即得二無生忍一故。**上中**者是初地至二四地一已来菩薩。何故得レ知。由下到レ彼経二一小劫一得中無生忍上故。上下者是種性以上至二初地一已来菩薩。何故得レ知。由下到レ彼経二三小劫一始入中初地上故。此三品人皆是大乗聖人生位。

（『大正新脩大蔵経』番号一七五三「観無量寿仏経疏巻第一」二四七頁）

さらに『大般涅槃経集解』には、次のような「上上」と「上中」もみられる。

上中者是菩薩。上上是者仏。

（『大正新脩大蔵経』番号一七六三「大般涅槃経集解巻第十二」四三〇頁）

これらの「上中」の意味について、漢語の視点からみると、上等の中の中等くらい、つまり第二等のレベルである。例えば、『書経』上「禹貢　第四節　徐州」には、次の用例がみえる。引用文と通釈文はいずれも加藤常賢『新釈漢文大系　書経』上（明治書院、一九八三年）による。

海・岱及惟徐州。淮・沂其乂、蒙・羽其芸、大野既豬、東原底平。厥土赤埴墳、草木漸包、厥田惟**上中**。厥賦中中。厥貢惟土五色。

〔東は〕海・〔北は〕岱山と、〔南は〕淮水の間が徐州（山東、江蘇、安徽《き》省の一部）である。淮水・沂水の流れもすでに乂まり、蒙山・羽山にもすでに木を植わり、大野沢（鉅野沢）はすでに水をたたえ、東原は平坦《たん》になった。〔徐州の〕土質は赤色の肥えた粘土で、草木の質は緻《ち》密である。**その田は上の中である。**その賦（税）は中の中（第五級）である。その貢は〔諸侯を封ずるとき用いる〕五色の土である。〕

（七三〜七四頁）

右の如く、本章段は、清少納言が菩提寺で『法華経』を聴講する記事であることから考えて、まさしく武藤元信が指摘したように、作者の自分自身が「上上」の心地にて、「上中」の家に帰りたくないという心情を表すのである。このように解釈できれば、唯一の根拠は、前田家本『枕草子』本文の「上中」であろう。

もちろん、武藤元信の言う「別本」は、前田家本である。なぜかと言うと、武藤は『枕草紙通釈』（有明堂書店、一九一一年）の中で、「清少納言枕草紙異本大概」のうち、「別本」について、次のように述べているからである。

此本は四冊にて、一冊は春はあけぼのとかきいだし、日は、月はなど、天然の現象をかきつらね、一冊はむ月一日、十日のほどなど、四季のをり〳〵の事並にこれに関する人事、又は木は、草は、鳥は、虫はなどかきあつめ、一冊は、めでたきもの、うつくしきものなど事物の状態、人物の動作などかきいだし、一冊は小白川といふ所（三九）宮に初めてまゐりたるころ（一七八）など、当時見聞せし事実、又は自己の経歴などかきつらねたり。中には類を異にするものも、かれこれまじれり。字句も他の諸本と比べれば、大に異なれど、堺本に同じき所まゝみゆ。堺本の別本ともみるべし。**是は前田侯の所蔵の古写本也**。（八～九頁）

右のゴシック字体を付けたように、武藤の言う別本の特徴は、池田亀鑑が分類した『枕草子』本文のうち、前田家本と一致している。

三巻本の「さうちう」から敷衍された「湘中老人」はあまりに時代が遠く、また似ているように思われる「常住」も曖昧な解釈にすぎず、さらに能因本の「つねたう」はまったく不明としか言えない状態であることから、前田家本の「上中」は、漢文で書かれた仏教の経典の表現による最も妥当な記載と言え、まさしく『法華経』の八講結縁の背景と合致するのである。やはり前田家本『枕草子』の独自本文は、どの系統の本文より、内容がふさわしいと思われる。

四　「六月廿余日ばかりに」の章段の「一葉」

『枕草子』「六月廿余日ばかりに」の章段は、三巻本と能因本には見えない。前田家本と堺本に見えるが、かつて田中重太郎は、『校本枕冊子』「附巻」の中で当該段を、「前田家本逸文」と「堺本逸文」として取り扱っている。論述の便宜のため、まず該当する章段の本文をあげたい。

前田家本：【二〇六】

六月廿余日《よ》ばかりに、いみじう暑《あつ》かはしきに、蟬《せみ》のこゑ、せちに鳴《な》き出《い》だして、ひねもすに絶《た》えず、いさゝか風のけしきもなきに、いと高《たか》き木どもの木暗《こぐら》き中より黄《き》なる葉《は》の、一《ひと》つづつ《（ゝ）》やうや《（ぐ）》うひるがへり落《お》ちたる、見《み》るこそあはれなれ。**「一葉《えふ(えう)》の庭《には》に落《お》つる時《どき》」**とかいふなり。

（一五九～一六〇頁）

堺　本：二〇〇

六月はつかばかりのいみじうあつきに、せみのこゑのみたえずなきいだして、風のけしきもなきに、いとどこだかき木どものおほかるが、こぐらくあをきなかより、きなる葉のやうやうひるがへりを《お》ちたるこそ、すずろにあはれなれ。秋の露おもひやられて、を《お》なじ心に。

（一五三頁）

前田家本と堺本の本文を比べてみると、前半の部分は、六月二十日、極めて暑い日で、あちこちで蟬の声が聞こえている。風が吹いている際、木から黄色の葉がだんだん落ちていく風景が見える。夏から秋へ移る季節の風景である。その描写については、堺本より前田家本の方が詳しい。注目したいことは、後半の部分、特にゴシック字体を付した前田家本の「一葉の庭に落つる時」という描写である。

この部分に関して、田中重太郎は前掲した『前田家本枕冊子新註』では、該当する本文の頭注で、次のように述べている。

未詳。「見㆓一葉落㆒而知㆓歳之将㆒㆑暮」（淮南子・説山訓）「一葉落知㆓天下秋㆒」（文録）「一葉落㆓梧桐㆒、年光半又空……」（白氏文集・新秋病起）などあるが、ここに該当しない。なほ、底本「とき」の右に「時」と小書。

（一五九頁）

問題は、田中が自ら解釈した通り、それらの詩句には、「一葉落」はあるが、「庭」と「時」がないという点である。

しかし、実は該当する本文はある。池田亀鑑『全講枕草子』下巻・補遺十一（至文堂、一九六一年、六〇四頁）によれば、同じく『白氏文集』ではあるが、『白氏文集』巻二十［一三七五］律詩「新秋病起」ではなく、『白氏文集』巻十八［一一二二］律詩「新秋」という詩であった。

新秋
二毛生レ鏡日　**一葉落レ庭時**
老去争由レ我　愁来欲レ泥レ誰
空銷二閑歳月一　不レ見二旧親知一
唯弄二扶床女一　時時強展レ眉

新秋《しんしう》
二毛《にもう》　鏡《かがみ》に生《しやう》ずる日《ひ》、**一葉《いちえふ》　庭《には》に落《お》つる時《とき》**。
老《お》い去《さ》ること　争《いか》でか我《われ》に由《よ》らん　愁《うれ》ひ来《きた》ること　誰《たれ》にか泥《でい》せんと欲《ほっ》する。
空《むな》しく閑歳月《かんさいげつ》を銷《せう》し、旧親知《きうしんち》を見《み》ず。
唯《た》だ床《しやう》を扶《ふ》する女《ぢよ》を弄《ろう》し、時時《じじ》　強《し》ひて眉《まゆ》を展《の》ぶ。
（一四八頁）

右のゴシック字体のように、前田家本の「一葉の庭に落つる時」の表現は、『白氏文集』巻十八［一一二二］律詩「新秋」の「一葉落庭時（一葉《いちえふ》　庭《には》に落《お》つる時《とき》）」と全く同じ意象である。『枕草子』には、微風の木の梢から黄葉が落ちるのを「見るこそあはれなれ」と感じた心情と、白居易が鏡を見れば白髪が増え、庭に木の葉が落ちる寂しい秋になったと詠んでいる心情も重なっている。典拠としてふさわしいと言えるだろう。このように前田家本『枕草子』本文の特性は、他の諸本と比較して、漢詩文引用の視点から見ると、原典に忠実な写本ということを明らかにした。

五　おわりに

以上、「木の花」の章段の「黄金の玉」と、「菩提といふ寺に」の章段の「上中」、及び「六月廿余日ばかりに」の章段の「一葉」に注目して考察した。その結果、前田家本は、他の写本に比較して、漢文原典に忠実な特性を持つ本文であることが明らかになった。

本章が明らかにしたように、他の系統本の本文に解釈ができない場合、前田家本の本文によれば、新たに解釈することができるのだろう。天下の孤本である前田家本『枕草子』本文の研究価値があると言えよう。よって、今後、前田家本『枕草子』本文をさらに深く考察してみたい。

注

（1）楠道隆『枕草子異本研究』（笠間書院、一九七〇年）六頁。

（2）また石田穣二は『角川ソフィア文庫　新版枕草子　付現代語訳』下（角川学芸出版、一九八〇年）の補注の中で、「湘中老人のことであろう」（一八一頁）と金子元臣の説に同意しているが、田中重太郎は『枕冊子全注釈』一（角川書店、一九七二年）で次のように述べている。

私にも自信のある考えがないが、『列仙伝』六に見える湘中老人が黄老の書を読んであまりのおもしろさに、家路の巴陵の道を忘れた故事をいい、その留守の人の待ち遠しさも思いやってはおられぬ意かという説をかつて引いた（小著『前田家本枕冊子新註』）。また、その時、『梁塵秘抄』二に「いづれか葛《かづら》川へまゐる道、仙洞七わたくづれ坂、大石そつか杉の原、さうちうのおまへをゆくは玉川の水」（四句神歌　雑）というのがあり、この「さうちう」と何かつながりがあるのではないかとも考えたが、昭和二十六年に出したその時の説以後新しい見解がない。後考を俟つ。（三一六頁）

池田亀鑑他『日本古典文学大系　枕草子他』（岩波書店、一九五八年）の頭注は、次のようである。

未詳。人名とも、俗家に対する「常住の家」の意とも、「上品中生」の略の「上中」の意ともいう。（七六頁）

↓補注　三三。

参考までに、同書「補注三三」も掲げておく。

「さうちうが家の人のもどかしさ」の異文は次の通りである。

能因本　つねたうか家の人のもとかしさ
前田本　上中かいへのもとかしさ

堺本には本段がなく、前田本には「上中」の右に「或経任」と小書している。解釈としては春曙抄に「さうちう」の本文をとり、「イ常たう」と傍記して、「家業世事を忘れて菩提に入し事あるべし」とし、旁註には「つねたう」の本文を用いて同様の注解を加えている。また近代の諸注では、（イ）上品中生の略である「上中」とし、清少納言が上品上生の心地で八講に列なるのを、上品中生の人がもどかしく思うの意とするもの（通釈）、（ロ）「さうちう」を人名とし、春曙抄の解に従うもの（評釈）、（ハ）「常住」の意とし、俗家をさしていうとするもの（集註）、などの諸説があるが、どれも十分納得のゆくものがない。後考を期したい。（三三八頁）

（3）松尾聰・永井和子『日本古典文学全集　枕草子』（小学館、一九九七年）「つねたう」頭注：「不審。三本には「さうちうが家」とあり、それなら『列仙伝』に見える「湘中老人」で、黄老の書のおもしろさに家路の巴陵の道を忘れたという故事に拠っているかという。マ本「上中が家」。」（一一六頁）。田中重太郎『前田家本枕冊子新註』（古典文庫、一九五一年）頭注：「「上中」底本のまま。底本右に「或経任」とよまれる三字がある。三巻本「さうちう」又は「う」とのみあり、伝能因本「つねたう」この意味未詳。列仙伝六に見える湘中老人が黄老の書を読んで興に駆られ家路の巴陵の道を忘れた故事をいひ、その留守の人の待ち遠しさを思ひやってはをられぬと説く考もあるがいかが。梁塵秘抄・二にも未詳の「いづれかかつら川へまゐる道……さうちうのおまつをゆくを玉川の水」（四句神歌・雑）といふのがある。」二七五頁。

（4）例えば、石田穣二「能因本「つねたう」、前田本「上中」右に「或経任」と傍書。」（同『角川ソフィア文庫　新版枕草子　付現代語訳』上、角川学芸出版、一九七九年）五一頁。上坂信男・神作光一「前本には「上中が家」」（同『講談社学術文庫　枕草子』上、講談社、二〇〇四年）一六一頁。萩谷朴「前田本＝上中」（同『枕草子解環』一、同朋舎、一九八一年）三〇九頁。増田繁夫「前本「上中」」（同『和泉古典叢書　枕草子』和泉書院、一九八七年）二九頁。

第十五章　前田家本『枕草子』「文は」章段再考
――「こたいほんき」を中心に――

一　はじめに

『枕草子』「文は」の章段における「五帝本紀」という表現は、能因本と堺本には見えない。三巻本と前田家本には見えるが、両種の写本には小異がある。本章では、三巻本と前田家本の本文を比べて、まったく違う史書名が見られることに注目したい。なお、引用文の頁数をそれぞれに記す。

三巻本
文《ふみ》は　文集《ぶんしゆう》。文選《もんぜん》。新賦《しんぷ》。史記、**五帝本紀**《ほんぎ》。願文《ぐわんもん》。表《へう》。博士《はかせ》の申文《もうしぶみ》。（三三六頁）

前田家本
書《ふみ》は　文集《ぶんしゆう》。文選《もんぜん》。論語《ろんご》。史記《しき》。**ごだい本紀**《ほんぎ》。願文《ぐわんもん》。博士《はかせ》の申文。（四九～五〇頁）

右のゴシック字体で示した箇所のように、三巻本の表記はすべて漢字である。前田家本では仮名と漢字を合わせた表記であるが、前田家本の写本ではすべて仮名「こたいほんき」の表記である。また注意したいことは、三巻本の「五帝本紀」の「紀」である。この「紀」は、次節に詳細に述べることとするが、三巻本の写本では、すべて「記」である。現代の注釈書では、「記」を「紀」に直したという理解のようであるが、それは妥当なのか。さらに前田家本の仮名表記を比較してみると、「こたい」は、「五帝」の意味とは限らず、他の意味の可能性もある。そこで、本書第三章に述べた「新賦」は『文選』の賦ではないのと同じように、本章では、「こたいほんき」も『史記』

の「五帝本紀」ではないという可能性を論じたい。

二　三巻本「五帝本紀」の問題

前節で予告したように、まずは「五帝本紀」の「紀」の表記の問題から始めたい。取りかかりとして、田中重太郎『校本枕冊子』下（古典文庫、一九五六年）と杉山重行『三巻本枕草子本文集成』（笠間書院、一九九九年）の校異一覧をあげておく(1)。また頁数も示した。

『校本枕冊子』

ふみ　　新賦　史記五帝本記　願文　表

文・は文集文・選・・・・・・・・・・・・・・はかせの中文

ふみ　もんせむろんこしきこたいほんきくわんもん　（五六二頁）

『三巻本枕草子本文集成』

ふみは文集文選新賦史記五帝本記願文表はかせの中文　（五五〇頁）

右に挙げた両種の翻刻本文では、「五帝本記」の「記」は、「紀」ではない。また両書の凡例によって、田中が参照した三巻本諸本は一三種(2)であり、杉山が参照した写本は二七種(3)である。これらの写本では、「五帝本記」の「記」は、「紀」ではなく、すべて「記」である。この点から見ると、両書の翻刻は写本を忠実に翻字したと言えるだろう。しかし、他の『枕草子』注釈書では、ほぼ全て「記」を「紀」として「五帝本紀」としたのである。例えば、以下の代表的な注釈書に関する「五帝本紀」の表記と解釈を取り上げてみよう。論述の便宜のため、冒頭に番号を付し、該当箇所をゴシック字体にした。

①萩谷朴『新潮日本古典集成　枕草子』下（新潮社、一九七七年）
本文：史記〔特に〕、五《ご》帝本**紀**《ていほんぎ》。
注釈：前漢の司馬遷著の一大史書。「五帝本紀」はその第一巻に当たり、皇子生誕に際しての読書の儀にも、紀伝道第一の聖典として読まれることとなっていた。（一〇六頁）

②渡辺実『新日本古典文学大系　枕草子』（岩波書店、一九九一年）
本文：史記、五帝本**紀**。
注釈：前漢の司馬遷著の史書。その第一巻。黄帝から尭・舜までの五帝の事蹟を扱った巻。底本「五帝本記」。表記を改む。（二四五頁）

③上坂信男他『講談社学術文庫　枕草子』（中）（講談社、二〇〇一年）
本文：史記、五帝本**紀**記
注釈：『史記』第一巻。五帝から帝舜まで、中国古代の伝説的帝王の事跡を述べたもの。当時、皇子誕生に祝意を表して、博士がこの部分を読む習慣があった。（四一二〜四一三頁）

右①②③の本文でゴシック字体にして示した通り、元々の写本の「記」は、すべて「紀」に変わっている。ただ②の注釈では「底本「五帝本記」。表記を改む。」と説明、③の本文で、「紀」の横に「記」と記した以外、①及び次の池田亀鑑『全講枕草子』（至文堂、一九五六年）、池田亀鑑・岸上慎二『日本古典文学大系　枕草子他』（岩波書店、一九五八年）、松尾聰・永井和子『新編日本古典文学全集　枕草子』（小学館、一九九七年）、増田繁夫『和泉古典叢書　枕草子』（和泉書院、一九八七年）、田中重太郎『日本古典全書　枕冊子』（朝日新聞社、一九四七年）、石田穣二『角川ソフィア文庫　新版枕草子　付現代語訳』下（角川学芸出版、一九八〇年）、津島知明・中島和歌子『新編枕草子』（おうふう、二〇一〇年）の八種の現代『枕草子』注釈本も「記」を「紀」に直しているのである。

では、なぜ「記」を「紀」に直したのか、おそらく近現代知識人の常識で判断した結果であろう。つまり『史記』の第一巻「五帝本紀」の「紀」は「記」ではないから、書写者の誤写と判断したわけである。しかし、その判断には、次の疑問が浮かび上がってくる。書写者はみな『史記』の「五帝本紀」の正しい字を知らなかったのであろうか。もし書写者による誤写でなければ、本当に「五帝本記」は『史記』の第一巻なのか疑問である。

しかし、なぜ清少納言は『史記』と第一巻の「五帝本紀」を併記する必要があったのか。

この点についての代表的な解釈は、前掲した①〜③のうち、①萩谷朴の説と言えるだろう。新潮日本古典集成より詳細な記述となった『枕草子解環』四（同朋舎、一九八三年）では、萩谷が「紫式部日記」の用例を挙げて、次のように解説している。

「五帝本紀」は、皇子生誕に際しての読書の儀にも、紀伝道第一の聖典として、明経道の『孝経』と共に必読の書とされていた、『紫式部日記』寛弘五年九月十一日条にも、

文よむ博士、蔵人の弁広業、高欄のもとに立ちて、**史記の一巻**をよむ。弦打廿人、五位十人、六位十人、二行《ふたなみ》にたちわたれり。

とある。『御産記部類』所収「不知記A」には、「次博士左少弁広業、持二五帝本紀一、率二鳴弦廿人一、五位十人、六位十人、自二同道一参入、西上北面立。広業朝臣開レ之読レ之。了各退出」と明記されている。勿論、「五帝本紀」全文を読むのではなく、恐らく冒頭の黄帝の章であって、しかも適当に途中を省略し、未来の天子にふさわしい慶兆の句のみを拾って、三度繰り返して読んだであろうことは、『紫式部日記全注釈』上巻二五六頁に詳説したところである。（二五一頁）

しかし、寛弘五年九月十一日に読まれた典籍は、「史記の一巻」ではなく、「孝経」であった。この点について、藤原彰子の父藤原道長が、『御堂関白記』の中に漢文で書いた次のことで確認することができる。『御堂関白記』引

用文は、東京大学史料編纂所『大日本古記録　御堂関白記』上（岩波書店、一九五二年）による。現代語訳は、倉本一宏『講談社学術文庫　藤原道長「御堂関白記」全現代語訳』上（講談社、二〇〇九年）による。以下同じ。

寛弘五年（一〇〇八）九月

十一日、戊辰、午時平安男子産、候僧・陰陽師等賜禄、各有差、同時御乳付、切臍緒、造御湯殿具初、酉時右少弁広業読書、**孝経**、朝夕同、従内賜御釼、右近中将頼定賜禄、依触穢人也、御湯鳴弦五位十人、六位十人、

十二日、己巳、御湯殿読書朝致時、明経、夕挙周、

（三三七頁）

（十一日、戊辰。午《うま》剋に、中宮が平安《たいら》かに男子（敦成親王《あつひらしんのう》）をお産みになった。伺候《しこう》していた僧や陰陽師《おんみょうじ》たちに禄《ろく》を下賜《かし》したことは、各々、差が有った。同じ時剋《じこく》に御乳《ち》付《つけ》を行ない、臍緒《へそのお》を切った。御湯殿《おゆどの》の具を造り始めた。酉《とり》剋に、右少弁《うしょうべん》（藤原）広業《ひろなり》が読書《どくしょ》を行なった。『御注孝経《ぎょちゅうこうきょう》』であった。朝夕、同じものを読み聞かせた。内（一条天皇《いちじょうてんのう》）から御釼《みはかし》を賜った。左近中将《さこんのちゅうじょう》（著者注：漢文の原文は「右近中将」である）（源）頼定《よりさだ》が使者となって来た。禄を賜した。産穢《さんえ》に触れてしまった人であるからである。御湯殿の鳴弦《めいげん》は、五位《ごい》十人、六位《ろくい》十人であった。十二日、己巳、御湯殿の読書は、朝は（中原《なかはらの》）致時《むねとき》〈明経道《みょうぎょうどう》〉夕は（大江《おおえの》）挙周《たかちか》が行なった。）

（三〇四～三〇五頁）

右のように、右少弁広業は、朝も夕方も『孝経』を読んだと明記されている。『紫式部日記』のような「史記の一巻」という記録は見当たらない。「史記の一巻」と『孝経』は別々な典籍であることから考えて、次のような疑問が自然に出て来る。それは『紫式部日記』の仮名記録が正しいのか、それとも『御堂関白記』の漢文日記が正確なのかということである。この点については、かつて山中裕は、次のように述べている。

読書　御湯殿の儀で新生児に湯浴みさせている間、新生児が男子の場合は、読書博士が『孝経』『史記』『漢書』などの祝意を含む一節を読み上げる。（中略）『御産部類記』四所引不知記では、朝は広業が『御注孝経』を読み、夕べも同じとするが（中略）『紫式部日記』『栄花物語』では、朝は広業が『史記』の五帝本紀を読み、

夕べは致時が『孝経』、挙周が『史記』文帝紀を読んだとする。『御堂関白記』『御産部類記』四所引不知記に従うべきであろう。(4)

また『紫式部日記』に関する漢籍の記録の不備について、『枕草子解環』四（同朋舎、一九八三年）が出版された二年後、萩谷本人も『校注紫式部日記』（新典社、一九八五年）の中で、やはり紫式部が間違えたと、次のように指摘している。

夜《よ》さりの御湯殿とても、さまばかりしきりてまゐる。儀式おなじ。御書《おむふみ》の博士ばかりやかはりけむ。伊勢守致時の博士とか。例の孝経なるべし。又、挙周《たかちか》は、史記文帝《ぶんだい》の巻をぞよむなりし。七日の程、かはるがはる。

○史記文帝の巻――第五夜の夕時に挙周が『漢書』文帝紀を読んだことを誤り伝えている。読書博士名と漢籍の書目は紫式部に伝聞の誤りが多い。　（三二頁）

また皇子の御誕生の時、「五帝本紀」が唯一読まれた典籍ではない、ほかの典籍もいくつか見られる。例えば、一条天皇の第三皇子（朱雀天皇）御生誕後の一週間で読まれた書物の記録について、藤原道長が『御堂関白記』の中で、詳しく記載している。引用文は前同。

ここで挙げたのは、寛弘六年（一〇〇九）十一月二十五日から翌月二日までの一週間の部分だけである。

廿五日（中略）読書右少弁広業朝臣、御注孝経天子章（中略）読書大博士惟宗為忠、礼記文王世子篇　（二七〇頁）

〔読書《どくしょ》は右小弁《うしょうべん》（藤原）広業《ひろなり》朝臣であった。『御注孝経《ぎょちゅうこうきょう》』天子章《てんししょう》を読んだ。（中略）読書は、大博士《だいはかせ》惟宗《これむね》 為忠《のためただ》であった。『礼記《らいき》』文王世子篇《ぶんおうせしへん》を読んだ。〕　（四八頁）

廿六日（中略）御湯如昨日、読書東宮学士菅原宣義、後漢書章帝紀、夕広業、史記五帝本紀黄帝篇　（二七〇頁）

〔御湯殿の儀は、昨日のようであった。読書は、東宮学士《とうぐうがくし》菅原宣義《のぶよし》であった。『後漢書《ごかんじょ》』章帝紀《しょうていき》を読んだ。夕の読書は

広業であった。『史記《しき》』五帝本紀黄帝篇《ごていほんぎこうていへん》を読んだ。〕（四九頁）

廿七日（中略）読書、朝為忠、尚書尭典篇、夕宣義、漢書文帝紀（二七〇頁）

〔読書は、朝は為忠であった。『尚書《しょうしょ》』尭典篇《ぎょうてんへん》を読んだ。夕の読書は宣義であった。『漢書《かんじょ》』文帝紀《ぶんていき》を読んだ。〕（四九頁）

廿八日（中略）読書、朝広業、後漢書明帝紀、夕為忠、毛詩大明詩（二七〇頁）

〔読書は、朝は広業であった。『後漢書』明帝紀《めいていき》を読んだ。夕の読書は為忠であった。『毛詩《もうし》』大明詩《だいめいし》を読んだ。〕（四九～五〇頁）

廿九日（中略）雨下、読書宣義、漢書昭帝紀、夕広業、千字文推位譲国篇（二七〇頁）

〔雨が降った。読書は宣義であった。『漢書』昭帝紀《しょうていき》を読んだ。夕の読書は広業であった。『千字文《せんじもん》』推位譲国篇《すいいじょうこくへん》を読んだ。〕（五〇頁）

一日（中略）読書宣義、漢書成帝紀、夕為忠、論語大〔泰〕伯篇（二七一頁）

〔読書《どくしょ》は、（菅原《すがわらの》）宣義《のぶよし》であった。『漢書《かんじょ》』昭帝紀《しょうていき》を読んだ。夕の読書は（惟宗《これむねの》）為忠《ためただ》であった。『論語《ろんご》』泰伯篇《たいはくへん》を読んだ。〕（五〇頁）

二日（中略）雨下、読書広業、史記五帝本紀帝尭篇、夕為忠、左伝荘公卅一年伝（二七一頁）

〔雨が降った。読書は、（藤原《ふじわらの》）広業《ひろなり》であった。『史記《しき》』五帝本紀帝尭篇《ごていほんぎていぎょうへん》を読んだ。夕の読書は為忠であった。『左伝《さでん》』荘公《そうこう》三十一伝《でん》を読んだ。〕（五〇頁）

右の典籍の書名を中心にまとめてみれば、次のようになる。

①『孝経』　孝経天子章

②『礼記』　礼記文王世子篇

③『後漢書』　後漢書明帝紀
④『史記』　史記五帝本紀篇、史記五帝本紀帝尭篇
⑤『尚書』　尚書尭典篇
⑥『漢書』　漢書文帝紀
⑦『毛詩』　毛詩大明詩
⑧『千字文』　千字文推位譲国篇
⑨『論語』　論語泰伯篇
⑩『左伝』　左伝荘公卅一年伝

右のように、皇子の御生誕の際、一週間で一〇種類の典籍が読まれたことが分かる。その中に、『史記』の「五帝本紀」が含まれているが、唯一読まれた典籍ではない。

このことからみると、三巻本本文における「五本本記」、あるいは前田家本本文における「こたいほんき」は、『史記』の第一巻の「五帝本紀」ではなく、別なものと考えられる。では具体的にどのような書物が考えられるのか。この点に関しては、前田家本本文の「こたいほんき」に注目して改めて考えたい。

三　前田家本「こたいほんき」の啓示

興味深いことは、当該する表記について、前田家本には微妙な違いがみえることである。それは「こたい」である。この点について、田中重太郎は『前田家本枕冊子新註』（古典文庫、一九五一年）の頭注の中で、次のような疑

問を書かれている。

「ごだい」は五帝か五代か。（四九頁）

右のごとく、前田家本「こたい」を翻字する場合、「五帝」だけでなく、「五代」とも考えられる。「五代」として考えると、そういう書物があるのではないかと思われる。探してみると、「群書類従」「帝王部」に編纂された「五代帝王物語」、別称『五代記』という書物がある。しかし、これらの書物は鎌倉時代後期の編年体の歴史書である。作者は不明であるが、一三世紀末か一四世紀初頭に成立した書物であるため、清少納言の時代に読まれる書物ではない。また漢語としての「五代」には、「五つの時代。五つの御代」（『日本国語大辞典』第二版編集委員会、小学館、二〇〇一年）という意味がある。

例えば、『愚管抄』に記載されたように、唐と宋との間の、九〇七年から九六〇年までにあった五つの王朝である。つまり、「梁」「唐」「晋」「漢」「周」の五つである。この五代の王朝は、『神皇正統記』では次のように記されている。

延喜七年丁卯《ひのとうの》年、モロコシノ唐滅《ほろび》テ梁《りやう》ト云国ニウツリケリ。ウチツヾキ後唐《ごうたう》・晋・漢・周トナン云五代アリキ。[5]

唐末の五代の時期は、延喜七年（九〇七）から始まり、天徳四年（九六〇）で終わり、わずか五三年の歴史である。しかしこの短い時期でも、『史記』のような『五代史』が残されていた。ところが、『旧唐書』と『新唐書』のように、『五代史』にも「旧五代史」と「新五代史」がある。新旧五代史には如何に「本紀」が存在しているのか。新旧五代史の成立は清少納言の時代と照合して無理はないのか。これらの点については次の節に詳しく検討してゆく。

四　「旧五代史」と「新五代史」及び「本紀」

五代史の編纂を命じたのは、宋の太宗であり、それは宋の成立後一四年目である開宝六年（九七三）四月のことである。宰相である薛居正《せつきよせい》（九一二〜九八一）が太宗の勅命を受け、学者を集め、翌年、開宝七年（九七四）閏十月に『五代史』が完成した。『五代史』は、目録二巻、本文一五〇巻のうち、本紀六十一巻、志十二巻、伝七十七巻となる。後に欧陽修が七十四巻の『新五代史』を編集した。薛居正の五代史は「旧五代史」と呼ばれている。かつて長沢規矩也が『国史大辞典』（国史大辞典編集委員会、吉川弘文館、一九八五年）の中で、次のように解説している。

中国、唐宋間の後梁・後唐・後晋・後漢・後周の五代（五朝）五十三年間の正史。宋の薛居正らの奉勅にかかる『旧五代史』百五十巻と、これを改編した欧陽修の『新五代史』（『五代史記』）七十四巻と二種あり、互いに長所があり、旧史は多く歴朝の実録により、拠るべきも、史料の整理、行文の練成に不十分な所があるのみならず、宋元刊本久しく知られず、現存するものも完全でなく、明の聞人詮の刊本のみ行われて来たのに対し、新史は、文豪欧陽修の名声と、宋の徐無党の注釈とによって広く流伝し、わが国でも、新史のみに加点が行われた。その初刻は安永二年（一七七三）であるが、伝本の大部分は文化十年（一八一三）の補刻本。（八六一頁）

長沢は、「文豪欧陽修の名声」と肯定し、日本では「新史のみに加点が行われた」としているが、欧陽修の改修本は薛居正の『五代史』より不備であり、それほど良いものではないという指摘もある。例えば、日野開三郎は、次のように語っている。

新五代史には食貨志はない。またこの書は同じ撰者に成る新唐書と同様、原典の採録に当たり、原文の忠実な引写しよりも、その意を酌んだ簡潔な文体への書き直しをもって一貫し、五代の盛衰興亡や英傑の栄枯成敗のあとを通観するには適しており、そこに歴史を政治学と心得る読書人から人気を得た所以があるのであるが、文体簡潔化の書き直しを通して撰者の立場や見解が深く入り込み、精密な実証を基本とする現代史学のテキストとしては、原文に忠実な引用に立って編修せられている旧五代史の信頼度に及ばぬ所があり、ここに司馬光の資治通鑑が旧史を資料として重んじている所以が求められるのである。(6)

薛居正『五代史』「本紀」は合わせて六十一巻である。これらの「本紀」が、いつ日本に流入したかは不明である。ただ薛居正『五代史』が、開宝七年（九七四）に成立したことから考えて、新たな史書として、当時の宋に渡った日本の僧人や或いは宋の商人らが、『五代史』の「本紀」を日本に持ってきた可能性はないとは言えないだろう。なぜなら、当時の日本の平安時代と中国の宋代の間に多くの交際の記録が残されているからである。

例えば、薛居正『五代史』の成立（九七四）から、『枕草子』が成立するまでの間の、宋と日本の交流を記した古記録をまとめてみると、次のようになる。古記録引用文については、次の通りである。『小右記』は、東京大学史料編纂所『大日本古記録　小右記』一〜一二（岩波書店、一九五九〜一九六一年）による。『権記』は、渡辺直彦・厚谷和雄『史料纂集　権記』第一〜第三（続群書類従完成会、一九七八〜一九九六年）による。『御堂関白記』は、東京大学史料編纂所『大日本古記録　御堂関白記』上中下（岩波書店、一九五二〜一九五三年）による。これらの現代語訳は、倉本一宏の『現代語訳　小右記』一〜六（吉川弘文館、二〇一五年）、『講談社学術文庫　藤原行成「権記」全現代語訳』上中下（講談社、二〇一一年）、『講談社学術文庫　藤原道長「御堂関白記」全現代語訳』上中下（講談社、二〇〇九年）による。各文末に頁数を記した。

天元五年（九八二）三月廿六日　唐人来着之後、已及三年　（『小右記』二六頁）

〔唐人は来着の後、すでに三年に及んでいる。〕　（五七頁）

永延元年（九八七）正月廿一日　入唐師奝然昨夕入洛云々　（『小右記』一一六頁）

〔「入唐師《にっとうし》　奝然《ちょうねん》が、昨夕、入洛した」と云うことだ。〕　（二三〇頁）

正月廿四日　入唐僧奝然来談、触事驚耳、不可敢記　（『小右記』一一六頁）

〔入唐僧奝然が来て、談った。事に触れて、驚くばかりであった。敢えて記すことはできない。〕　（二三一頁）

二月十一日　（藤原公任）権中将相共拝見入唐僧奝然　（『小右記』一一九頁）

〔権　中将《ごんのちゅうじょう》（藤原公任《きんとう》）と一緒に、入唐師《にっとうし》奝然《ちょうねん》を拝謁した。〕　（二三六頁）

二月十六日　殿上人相率詣蓮台寺、奉拝唐仏経等　（『小右記』一一九頁）

〔殿上人と連れだって、蓮台寺に参った。唐《から》の仏経を拝し奉った。〕　（二三七頁）

二月廿九日　摂政殿今日被参蓮台寺、被拝唐仏云々　（『小右記』一二一頁）

〔「摂政殿は、今朝、蓮台寺に参られた。唐の仏を拝された」と云うことだ。〕　（二四〇頁）

三月二日　（藤原高遠）内蔵頭相倶参蓮台寺、奉拝唐仏　（『小右記』一二二頁）

〔内蔵頭《くらのかみ》（藤原高遠《たかとお》）と一緒に蓮台寺《れんだいじ》に参った。唐《から》の仏を拝し奉った。〕　（二四一頁）

正暦元年（九九〇）七月廿日　唐人舟一艘（中略）、今般彼唐人及弟子法師等同以帰朝云々　（『小右記』二二六頁）

〔「唐人《からびと》の舟一艘（中略）あの唐人及び弟人の法師が同じく帰朝した」と云うことだ。〕　（一三七頁）

正暦二年（九九一）六月三日　大宋国謂大唐、文珠〔殊〕像入重〔京〕云々　（『小右記』三四頁）
〔「大宋国《だいそう》〈大唐《だいとう》を謂う。〉文殊《もんじゅ》像が入京した」と云うことだ。〕　（一七四頁）

長徳元年（九九五）正月廿八日　禄〔×録〕事之前召雅楽、大唐・高麗各二曲　（『小右記』二九八頁）
〔禄事《ろくじ》を召さない前に、雅楽寮《ががくりょう》を召した。大唐《だいとう》・高麗楽《こまがく》、各二曲であった。〕　（二八〇頁）

九月廿四日　唐人朱仁聡・林庭幹（中略）可被移越前国之由、前日（九月六日・二十日）諸卿被定申　（『権記』二五頁）
〔唐人《からびと》朱仁聡《しゅじんそう》・林庭幹《りんていかん》（中略）この唐人を越前国に移されるよう、前日、諸卿が定め申された。〕　（四六頁）

長徳二年（九九六）五月十九日　倫頼中文・唐人返抄等　（『小右記』一三頁）
〔倫頼の申文《もうしぶん》と唐人の返抄《へんしょう》を先ず〕　（二四頁）

長徳三年（九九七）六月十三日　大宋国人近在越前、又在鎮西、早可帰　（『小右記』三六頁）
〔大宋国の人は近くは越前《えちぜん》にいた。また、鎮西《ちんぜい》にもいた。早く帰し遣わすべきであろうか。〕　（六六頁）

十月廿八日　大宋国商人（朱）仁聴〔聰〕等　（『小右記』四四頁）
〔大宋国《だいそう》の商人（朱《しゅ》）仁聡《じんそう》〕　（八〇頁）

長保元年（九九九）十二月十六日　中宮亮（高階）明順依唐人愁可被召問云々　（『小右記』七八頁）
〔「中宮亮《ちゅうぐうのすけ》（高階《たかしなの》）明順《あきのぶ》は唐人《からびと》（朱仁聡《しゅじんそう》）の愁訴《しゅうそ》によって、召問されることになった」と云うことだ。〕　（一四八頁）

長保二年（一〇〇〇）八月十七日　遣大宰府仁（朱）聡物事文、彼府返解文等国平朝臣持来　（『権記』二二頁）

〔大宰府に（朱《しゅ》）仁聡《じんそう》の物についての文書を遣わした。あの府が返した解文を、国平朝臣が持って来た。〕　（四一〇頁）

寛弘元年（一〇〇四）正月廿七日　（生昌）昌生朝臣従蔵人所賜金三百両、唐物交易　（『御堂関白記』二九八頁）

〔生昌朝臣に蔵人所《くろうどどころ》から金三百両《りょう》を賜った。唐物交易《からものこうえき》のためのものである。〕　（七〇頁）

十月三日　（源）乗方朝臣集注文選並元白集持来、感悦無極　（『御堂関白記』一一三頁）

〔乗方朝臣《のりまさあそん》が『文選集注《もんぜんしゅうちゅう》』と『元白集《げんぱくしゅう》』を持って来た。感悦は極まり無かった。〕　（一三四頁）

寛弘三年（一〇〇六）十月廿日　唐人（中略）五臣注文選・文集等持来　（『御堂関白記』一九六頁）

〔唐人《からびと》（中略）『五臣注文選《ごしんちゅうもんぜん》』と『白氏文集《はくしぶんしゅう》』も持って来た。〕　（二六六頁）

寛弘七年（一〇一〇）八月廿九日　作棚厨子二雙、立傍、置文書、三史・八代史・文選・文集・御覧（修文殿御覧）・道々、書・日本記（紀）具書等、令・律・式等具、幷二千余巻　（『御堂関白記』七四頁）

〔棚の厨子《ずし》二双を作った。傍《かたわ》らに立てて、文書《もんじょ》を置いた。三史《さんし》・八代史《はちだいし》・『文選《もんぜん》』・『白氏文集《はくしぶんしゅう》』『修文殿御覧《しゅうぶんでんごらん》』、それに様々な道の書、『日本紀《にほんぎ》』の具書、令《りょう》・律《りつ》・式《しき》を具《そな》えた。合わせて二千余巻になった。〕　（九八頁）

以上は、宋太宗の勅命により九七四年に完成した『五代史』の後、九八二年から一〇一〇年まで、約三〇年の間に見える日本と宋の交際の記録である。藤原道長の所持した中国の史書「三史」「八代史」があるように、新しい歴史の史書の『五代史』も日本に入っていた可能性は高い。右の活動のうち、注目したい人物は、日本の僧人の奝然である。なぜならば、奝然は自ら大陸に留学しただけでなく、また自分の門徒も積極的に宋に遣わしたようであった。何より奝然は宋太宗に引見されたということである。この点については、『宋史』列伝第二百五十「外国七」の「日本国」に関する記録を取り上げてみたい。

雍熙元年、日本国僧奝然与其徒五六人浮海而至、献銅器十余事、幷本国職員令、**王年代紀各一**巻。(7)

（雍熙元年〈九八四〉、日本僧である奝然とその生徒ら五、六人が海を渡って来た。銅器の一〇件余り、供に日本語の職員令及び王朝の年代記の各一巻を献上した。）

西暦九八四年、奝然は弟子五、六人と海で宋の国に至った。銅器などのことと当時の日本の「職員令」及び「王年代紀各一巻」を宋太宗に献上したのである。ここで注意したいことは、ゴシック字体を付けた「王年代紀」である。後に奝然を引見された際に、宋太宗が唐末の『五代史』の史実を語ったのである。

太宗召見奝然、存撫之甚厚、賜紫衣、館于太平興国寺。上聞其国王一姓伝継、臣下皆世官、因歎息謂宰相曰：「此島夷耳、乃世祚遐久、其臣亦継襲不絶、此蓋古之道也。**中国自唐季之乱、宇県分裂、梁、周五代享歴尤促、**大臣世冑、鮮能嗣続。(8)（後略）」

（宋太宗は奝然を呼び寄せて対面し、優遇するのは甚だ厚く、紫衣を賜り、太平興国寺に泊まらせた。太宗が日本の天皇は同じ姓を代々に続く、臣下も皆の代々に官職を続くことを聞き、宰相に向いて嘆息して言った。「この国は東の島だが、国運が長く、臣下も代々に絶えない。それは恐らく古代から慣れた道だろう。中国では唐代末期に乱を起こし、天下を分裂し、梁、周、五代の歴史はもっとも短く、大臣が代々続くのはかなり少ない。〈後略〉）

奝然は、手厚い贈り物をもらい、宋太宗に最高の歓待をされた。ここに宋太宗が列挙した「五代」が、宋太宗の命じて薛居正らが編纂した『五代史』書物がある。『五代史』における六一巻の「本紀」は、奝然が宋に献上した「王年代紀」と同類の書物と考えられる。宋太宗に命じて編纂された『五代史』は奝然らにとっては、まだ新書と言えるだろう。これらの時代の背景から見ると、『五代史』、あるいは「五代本紀」は、奝然らが日本に持って帰った可能性があるのではないだろうか。

五　おわりに

以上、『枕草子』「文は」の章段における「五帝本記」について考察してきた。従来の解釈では、写本における「記」を「紀」に変えて、『史記』の第一巻「五帝本紀」とする解説は多い。しかし、前田家本によると、必ずしも「五帝本紀」とは限らない。つまり前田家本文による「こたいほんき」を照合してみると、「こたい」は、「五代」で、唐の後の梁、唐、晋、漢、周の五つの時代と繋がる。それは宋太宗の勅命により薛居正（九一二〜九八一）が編纂した『五代史』「五代本紀」という書物であると考えられる。『五代史』には六十一巻本紀がある。この『五代史』という書物は、当時宋に渡った僧人らが日本に持って帰った可能性は高い。『宋史』によって、特に奝然が宋太宗に引見され、奝然が日本の「王年代紀」を宋太宗に献上し、当時の宋太宗が命じて編纂した『五代史』が新しい史書として返贈され、奝然らが日本に持って帰ったのではないだろうか。

「文は」の章段における漢籍の表記については、それぞれの独立した書物と考えることが可能になる。

注

（1）　田中重太郎『校本枕冊子』下（古典文庫、一九五三年）と杉山重行『三巻本枕草子本文集成』（笠間書院、一九九九年）の校本では、おおくの表記は「五帝本記」であるが、違った点は二箇所ある。一つは、相愛大学図書館蔵伊達家本の「五帝大記」であり、もう一つは、徳川宗賢蔵田安徳川家本の「五帝木記」である。

（2）田中重太郎『校本枕冊子』上（右（1）同）「諸本略号」によると、三巻本底本の一三本は次の通りである。〔一〕陽明文庫蔵（旧二冊）本。〔二〕宮内庁書陵部図書寮本。〔三〕陽明文庫蔵（三冊）本。〔四〕勧修寺家旧蔵本。〔五〕中邨秋香旧蔵本。〔六〕龍谷大学図書館蔵本。〔七〕弥富破摩雄氏旧蔵本。〔八〕刈谷図書館蔵本。〔九〕伊達家旧蔵本。〔一〇〕古梓堂文庫蔵本。〔一一〕内閣文庫蔵本。〔一二〕静嘉堂文庫蔵本。〔一三〕枕冊子絵巻詞書本文。一〇頁。

（3）杉山重行『三巻本枕草子本文集成』（前掲（1）同）「凡例」によると、二七本は次のようになる。【第一類本】〔一〕陽明文庫（甲本）三冊、陽明文庫。〔二〕陽明文庫（乙本）三冊、陽明文庫。〔三〕書陵部本、三冊、宮内書陵部。〔四〕高松宮本、三冊、国立歴史民俗博物館。〔五〕富岡本、三冊、天理図書館。〔六〕天理図書館本、一冊（下冊のみ）、天理図書館。〔七〕中邨本、二冊（中・下冊）、岸上慎二。〔八〕本田本、二冊（中・下冊）、本田義彦。〔九〕勧修寺家本、二冊（中・下冊）、勧修寺家。【第二類本】〈A種〉中邨本、一冊（上冊）、岸上慎二。本田本、一冊（上冊）、本田義彦。勧修寺家本、一冊（上冊）、勧修寺家。〔一〇〕弥富本、三冊、相愛大学図書館。〔一一〕刈谷本、二冊（中冊欠）、刈谷市中央図書館。〔一二〕田安徳川家本、三冊、徳川宗賢。〔一三〕伝烏丸光広廣筆本、二冊（上冊欠）相愛大学図書館。〔一四〕日本大学本、三冊、日本大学総合図書館。〔一五〕内閣文庫本、三冊、国立公文書館内閣文庫。〈B種〉〔一六〕早稲田大学本、三冊、早稲田大学図書館。〔一七〕宇和島伊達家本、三冊、伊達家。〔一八〕古梓堂文庫本、三冊、大東急記念文庫。〔一九〕前田家本、五冊、前田育徳会尊経閣文庫。〔二〇〕河野本、三冊、今治市河野美術館。〔二一〕岸上本、一冊（中冊のみ）、岸上慎二。〈C種〉〔二二〕鈴鹿本、一冊（下冊のみ）、大和文華館。〔二三〕京都大学本、一冊（下冊のみ）、京都大学図書館。〔二四〕伊達家本、三冊、相愛大学図書館。〔二五〕静嘉堂文庫本、三冊、静嘉堂文庫。〈別本〉〔二六〕龍谷大学本、一冊（上冊のみ）、龍谷大学図書館。〔二七〕枕草子絵巻、一巻、浅野長愛。ii〜iii頁。

（4）山中裕『御堂関白記全注釈』（思文閣出版、二〇〇七年）一二一頁。

（5）岩佐正他『日本古典文学大系　神皇正統記　増鏡』（岩波書店、一九六五年）一二九頁。

（6）日野開三郎『五代史』（明徳書店、一九七一年）八頁。

（7）〔元〕脱脱『宋史』列伝第二百五十「外国七・日本国」（中国・中華書局、一九八五年）一四一三一頁。

（8）右（7）同、一四一三四頁。

終章　まとめと展望

一　はじめに

本書は、『枕草子』における漢文受容の問題点を考察したものである。第一章から第十五章までの各章で考察したことを簡潔に述べたい。

二　詩賦の方法と唐代伝奇及び類書の発想

第一章「『枕草子』「春はあけぼの」章段考」では、有名な「春はあけぼの」の文章の構成について、和文と詩文の韻文（押韻や対句）の書き方、特に漢文の賦の文章に関する構成の方法を考証したものである。唐の『賦譜』によると、当時の新賦の構成は、まず四段に分けられる。いわゆる頭段、頸段、腹段、尾段である。この四段の中には、腹段がさらに五つの段落を組み合わせた段落であることから、四段の中で、第三段が、最も長い段落である。「春はあけぼの」の章段の構成もまた春、夏、秋、冬の四段落の中で、最も長い段は、第三段落の秋段である。これは、唐代の新賦の規則と一致していることを明らかにした。女性である清少納言が、「春はあけぼの」の章段を創作する際、詩賦の構成方法を参考にしたことを実証した。

第二章「『枕草子』「心ときめきするもの」章段考」では、「心ときめきするもの」の章段における「唐鏡」の少し暗く見たる表現の意味を新たに考察した。従来の解釈と異なる視点で、唐鏡が暗く見えることは、高級な鏡が錆びるのを惜しむことではなく、宝鏡と思い、嬉しく期待している心情である。これは清少納言が唐代の伝奇小説の幻想を受容した手法と考えた。唐代伝奇の小説「古鏡記」によると、ある「宝鏡」は、普通の鏡ではなく、古い木の中の妖精を照らすことができ、人間の病気が治る宝鏡である。この宝鏡は、日蝕と月蝕の時に暗くなるという特性がある。平安時代では頻繁に日蝕と月蝕の記録があることを、当時の漢文日記の中で明らかにした。清少納言が唐代の伝奇小説に従った筆法は、今後の『枕草子』の研究において不可欠な課題と言えるだろう。

第三章「『枕草子』「文は」章段考」では、三巻本の「文は」の章段における「新賦」を考察した。三巻本本文にしか見えない「新賦」については、従来「未詳」と書かれている注釈書も少なくない。一方、萩谷朴の解釈によると、「新賦」は、『文選』の中の六朝時代以後の賦と解釈しているが、日本に残された唐の『賦譜』（原本は五島美術館に所蔵）によると、当時の賦を「古賦」と「新賦」に分けたことは明確である。『賦譜』における賦句の用例によって、『文選』の賦は、「古賦」であり、唐代の律賦は「新賦」であることを明らかにした。また「古賦」と「新賦」の区別は、賦句の字数、段数によって異なることも明白であった。例えば、段数から見ると、一首の「古賦」は、三段もしくは四段で決まりはないが、「新賦」の場合、まず「四段」を決めることが規則である。日本にしか残っていない唐の『賦譜』は、『枕草子』の研究だけでなく、平安時代後期における賦の作品を研究するために、貴重な文献と考える。今後、当時の日本漢文における「新賦」について研究することが必要であろう。

第四章「『枕草子』「九月二十日あまりのほど」章段考」では、まず「九月二十日」の年次について、本章段の清少納言が長谷寺に参詣した日は、『小右記』の藤原道長の長谷寺に参詣した記録と一致していることを明らかにした。また「月の窓より洩り」の表現を考察した。漢語である「窓」の表現史を検証し、また「窓」が詠まれた和歌がないことから、月の窓の意象は漢詩文からであることを考証した。結果、唐詩に見える窓から月光が射し込む風景の受容を明確にした。

第五章「『枕草子』「三条の宮におはしますころ」章段考」では、本章段の前半における「青ざし」の意味を考察した。従来の麦で作られた菓子という解釈と異なって、本章段における五月五日の端午節は中国の伝統の風習と関係があることに注目して考証した。その結果、古来の五月五日の端午節当日、薬草を取って邪気払いする風習は平安時代以前、すでに日本に伝わってきたという記録が、『日本書紀』の中に記載されている。この風習は、一条天皇の時代にも実行されている。本章段の冒頭文に天皇の方面から送ってくれた菖蒲や蓬などの青い植物がある。「青ざし」はそういうような薬草である。「青刺」の表記は、すでに江戸時代の『枕草子』の注釈では指摘されているが、意味は改めて考察した。「青刺」は、菖蒲や蓬と似ているような青い薬草である。つまり「青刺薊」である。この薬草は、懐妊した女性に対して安胎の効能がある。だからこそ、清少納言は、これを取って中宮定子に奉った。当時の中宮定子は懐妊後三ヶ月である。中宮定子は「青刺」を受け取り、清少納言に感謝の心情を込めて、素早く一首の和歌を詠んだ。その和歌にある「花や蝶や」の表現は『白氏文集』「感傷詩」詩句と重なっているのである（詳細は後の第七章に譲る）。

第六章「『枕草子』「雲は」章段考」では、「雲は」の章段における「朝にさる色」の表現の典拠を考察した。朝の雲の色に注目し、従来指摘された漢籍の典拠に、雲の「色」との関係がなかったことから見ると、相応しくない。また「雲は」の章段の前に配列した「日」「月」「星」を考慮し、唐代の類書、『芸文類聚』の「日、月、星、雲」の配列が一致していることを明らかにした。さらに漢詩の中で朝雲の色を反映した唯一の詩句は、『芸文類聚』に収録された中国の南北朝の時代の沈約の「朝雲曲」であり、漢詩の「朝雲」と本章段の「雲」のテーマは一致していることを明確にした。

三　『白氏文集』「感傷詩」の内在と『枕草子』背後の悲傷

第七章「清少納言と白居易の詩的な寓意」では、前述した「三条の宮におはしますころ」の章段の後半にある、定子が詠んだ和歌「花や蝶や」の意味を考察した。その結果、『白氏文集』巻十一感傷詩「歩東坡」の「萎花蝶飛去」の寓意を受容したと論じた。本章段の背景によって、旧暦の五月五日は、古代中国の端午節である。また藤原道長は娘の藤原彰子を新たに中宮とし、中宮定子は「皇后定子」となった。『栄花物語』や『小右記』及び『権記』などの記録によると、当時の端午節は中宮彰子には若い女房が大勢いる。一方、中宮定子には本章段の本文に記述したように、清少納言やわずかな定子の親戚しか見えない。中宮定子は清少納言から奉った「青ざし」を受けて、感心して素早く一首の和歌を詠んだ。その和歌には、白居易の感傷詩句「萎花蝶飛去」を使って、自らを枯れた花にたとえ、若い女房達は蝶のように飛び去った寓意を表している。これを清少納言は「いとめでたし」と賛美したのである。

第八章「清少納言と白居易の詩的な意象」では、『枕草子』の中の『白氏文集』の受容について、清少納言は単に詩句を引用するだけではなく、詩的な語彙や意象及び発想から、自然を表す手法を生成していることを考察した。例えば、「正月一日」の章段のうち、「三月」の「桃の花」、「柳」と「まゆ」の表現は、必ずしも和歌や日本の漢詩文の出典とは言えず、白居易の詩的な語彙と繋がっていることは確実である。また「七月ばかりに、風いたう吹きて」の章段の「扇もうち忘れたるに」の行為は白居易の詩的な意象と一致している。さらに「うつくしきもの」の章段のうち、稚児が塵と遊ぶ場面の観察は、白居易の感傷詩の詩的な発想と合致していることを明らかにした。これらの章段を中心として、従来の研究では殆ど言及されてこなかった清少納言による白居易の詩的な表現を解明したのである。

第九章「清少納言と白居易及び元稹の詩的な手法」では、長大な『源氏物語』では使われていない「蚊」は、『枕草子』の中には二箇所を見ることができた。そこで「にくきもの」の章段の「蚊の細声」と「大蔵卿ばかり耳とき人はなし」の章段の「蚊の睫」に注目して考察した。ここに清少納言の面白さがある。蚊の細声は憎らしいが、大蔵卿の耳は素晴らしい。なぜなら、極めて細い蚊の睫が落ちる音が聞こえるからである。これは清少納言の独特な発想と言えよう。このような清少納言の蚊に対する細いイメージの発想は、白居易と元稹の詩的な意象と一致していることを明らかにした。

第十章「『枕草子』「跋文」の「枕」と感傷詩」では、雑纂系統『枕草子』本文にしか見えない「跋文」における「枕」が『白氏文集』感傷詩からの典拠であると考察した。くわえて池田亀鑑の指摘に関する問題を考察した。また冒頭文における藤原伊周から献上した紙（草子）に注目し、いつ紙を定子と天皇に渡したのか、また定子がいつ清少納言に紙を下賜したのか。これらの問題点を考察したうえで、中宮定子と清少納言の会話の時期を、伊周が左遷された時期と明らかにした。左遷の背景から見ると、伊周と元稹の状況は類似している。つまり白居易は左遷された元稹のことを心配し、夢の中で元稹と会った、そのとき、ドアのノックの音に目が覚めた。実際、元稹からの消息が届いたので、白居易は慌てて「枕」から忽ち起き上がって、左遷された元稹からの消息を受け取った。同じように、清少納言は、定子から伊周のもの（紙）と聞いた瞬間に、驚きながら、自然に白居易の左遷された元稹に対して書いた詩句を思い出した。それは「枕でございましょう」、白居易と同じように「枕」から忽ち起き上がって、急いで受け取る心情を表したのである。そこで、定子が清少納言の「枕」に含まれた白居易の感傷詩「枕上忽驚起」の意味を理解し、すばやく紙（草子）を清少納言に下賜したのではないかと考察したのである。

第十一章「『枕草子』と『源氏物語』における『白氏文集』」では、清少納言と紫式部の両作品における『白氏文集』への好尚は歴然と分かれていると言えることを明らかにした。白居易は自らの作品を諷諭、閑適、感傷、雑律詩に四分類したが、その部類の観点で『枕草子』と『源氏物語』の両作品を分析した結果、『源氏物語』より、『枕草子』の方が圧倒的に感傷詩の引用数が多いことがわかった。『枕草子』と『白氏文集』の感傷詩の密接な関係について、今後の『枕草子』研究のためには不可欠な新たな課題と考えられるだろう。

第十二章「『紫式部日記』における「真名書きちらし」考」では、従来の視点と異なり、書道的な側面によって分析し、残存する紫式部筆とされる書写切れや、清少納言と中宮定子の『白氏文集』を巡るやりとり、及び能書家として知られる藤原行成との交際などから、清少納言が書き写した詩句が不体裁であるというのが、紫式部のあの言葉の意味ではないかと考察したものである。

四　前田家本の本文にしか見えない漢文の特質

第十三章「前田家本『枕草子』本文再検証」では、漢籍に由来する表現から、従来の楠道隆の前田家本本文は後人が能因本と堺本を組み合わせた修正本であるという仮説を検証した。まず「文は」の章段に明記した漢籍から見ると、楠説の「齟齬」が見えることを明らかにした。また別の章段における数箇所の漢詩文に関わる表現を三系統本文と比較して考察した結果、前田家本文が三巻本本文に近い使用状況であることを明らかにした。従来の「定説」と言われた楠説を再検討することが必要性を論じた。

第十四章「前田家本『枕草子』本文の特徴」では、前章の論旨を踏まえて、引き続き前田家本本文の特質を明らかにした。漢詩文の引用の表現に注目し、他の三系統本文より、前田家本本文における漢詩文の引用は、最も漢詩文の原典に忠実であることを明らかにした。また漢語や仮名の表記に関わる微細な差異は、前田家本本文が三巻本系統本文に近いことを解明した。『枕草子』を研究するために、さらに前田家本本文を検討する価値があるだろう。

第十五章「前田家本『枕草子』「文は」章段再考」では、前田家本の本文にしか見えない「こたいほんき」を新たに考察した。新しい史書の視点から、唐と宋の間、中国本土に興亡した後梁、後唐、後晋、後漢、後周の五代の王朝に注目して考察した。九七四年に完成した薛居正の『五代史』は、宋に渡った日本の留学僧が日本に持ち帰った最新の史書と考えられる。『宋史』「日本国」によると、雍熙元年（九八四）、日本国の僧奝然《ちょうねん》が宋の皇帝太宗に「王年代紀各一巻」を献上したとある。宋太宗は奝然を引見する際に、『五代史』について語った。宋太宗の命で十年前（九七四）に編纂された『五代史』はまだ新しい史書と言える。このような歴史の背景から見ると、「文は」の章段の「こたいほんき」は、従来説の「五帝本記」は『史記』の中の第一巻ではなく、『五代史』による「五代本紀」と考えられるのである。

五　おわりに

以上、本書の第一章から第十五章までの主な内容と明らかになったことを述べた。まず清少納言の詩賦の手法と唐代伝奇及び類書の発想を解明した。また『枕草子』と『白氏文集』を中心に考察し、『源氏物語』より『枕草子』には圧倒的に多くの感傷詩があることを明らかにした。また、清少納言が『白氏文集』詩句を書写した可能性を論考した。さらに前田家本の本文にしか見えない漢詩文「こたいほんき」を改めて考察した。

これらはいずれも未熟な見解を述べたに過ぎない。今後、『枕草子』（前田家本を含む）における漢文受容について、もっと広く深く追求してみたい。

附編　周作人訳『枕草子』の経緯と実態

一　はじめに

世界文化名人である魯迅の本名は周樹人である。『枕草子』の訳者周作人は周樹人の弟である。二人とも日本での留学経験があり、中国に帰国後、それぞれの優れた業績から見ると、ともに中国現代文化を建設した名人と言えるだろう。二人とも日本文学の翻訳や紹介した業績も著しい。そこで、私は兄魯迅より周作人の方が多くの日本古典文学を翻訳したということに注目したい。いつ、どんな状況の中で、周作人は日本古典文学を翻訳することができたのか。また、一九五九年、人民文学出版社から周作人に依頼した翻訳は、『日本古典文学大系　枕草子他』を底本としたものであったが、出版されなかった。周知のように、『日本古典文学大系　枕草子他』の底本は三巻本系統本である。周作人が一九六一年に完訳した『枕草子』は明らかに能因本系統本、つまり池田亀鑑が校正した岩波文庫版の北村季吟『春曙抄』である。このことが「未出版」の原因ではないだろうか。この点について、近年、公開された周作人の日記や友人の書簡などの新しい資料によって、当時七十歳を越えた周作人の翻訳の実態と生活状況を改めて考察したい。

二　周作人と魯迅及び「周恩来」への手紙

魯迅（周樹人）が中国の浙江省の紹興府に生まれた四年後、一八八五年一月十六日、周作人が誕生した。周樹人は、一九〇二年三月二十四日、故郷を離れ、南京で船に乗り上海を経由、四月四日、横浜に到着、日本での留学を始めた。四年後、一九〇六年、夏から秋にかけて、周樹人は母親の命で帰省、朱安女士と結婚した。同年、周作人は兄周樹人に同行して日本での留学を始めた。

一九〇九年三月、周氏兄弟（周樹人と周作人）は共訳した『域外小説集』の第一冊を出版した。同年七月、第二冊を出版(1)。同年八月、周樹人は中国に帰国。周作人は日本人の女性と結婚、日本に残った。一九一一年五月、周樹人は、日本に訪れ周作人夫婦に中国に帰国を促した。同年十月、周作人は日本人の妻を連れて、故郷の浙江省の紹興府で暮らし始めた(2)。

一方、周樹人は、一九一二年、当時の中国教育部の僉事に任命され、社会教育司第一科科長にも任命された。さらに一九一五年、周樹人は、教育部に支配する通俗教育研究会の小説股主任に任命された(3)。

一九一八年、三十八歳の周樹人は、初めて「魯迅」のペンネームで、『新青年』雑誌第四巻第五号に『狂人日記』を発表した。

魯迅の紹介により、周作人は北京大学に教職を得た。

一九一九年、魯迅は、故郷へ帰り、母親と紹興から北京の八道湾に引っ越した。周作人夫婦も八道湾で魯迅と一緒に暮らしていた(4)。

一九二〇年、魯迅は北京大学と北京高等師範学校に講師として招聘された。一方、周作人は、八道湾の周氏自宅に「新しい村」北京支部を設立した。日本の「新しい村」の作家達と直接連絡をとっていたのである。一九二三年六月、再び周兄弟は各自の翻訳を合わせて、『現代日本小説集』を出版した。これは魯迅と周作人の最後の共作である。翌月、七月、歴史的な事件が発生した。何らかの原因で、未だに謎のままとなる周氏兄弟の関係の破綻である。七月十八日、周作人は魯迅に絶交の手紙を渡した(5)。八月二日、魯迅が八道湾十一号から磚塔胡同六十一号に遷居した(6)。

魯迅と周作人の兄弟の関係は破綻したが、二人の理想と思想が異なっても、ともに中国現代文化に貢献した数少ない巨人と言えるだろう。周氏兄弟の評価について、伊藤徳也は次のように述べている。

魯迅・周作人の兄弟はいずれも近代中国の文学史上重要な地位を占める作家だ。魯迅がその死後も長く、また中国国外にまで影響を及ぼした巨大な存在であり続けていることは言うまでもない。周作人も一九一〇年代後半から三〇年代にかけての中国語文壇においては極めて大きな影響力を持っていた。彼らはいずれも日本留学経験があり、日本語文壇とも深い関係をとり結んだ。特に周作人は、日本の文化と学芸を中国語文壇に幅広く積極的に紹介した。魯迅も弟ほどではないものの、日本語テキストを中国語に翻訳し、しばしば日本にも言及した(7)。

確かに、翻訳された日本文学の作品から見ると、魯迅より周作人の方が日本古典文学では多い。この時期、周作人は既に『古事記』を翻訳して「語絲」雑誌に連載していた。初めて『枕草子』を紹介したのは、一九二三年二月十一日「晨報附刊」に開設した「雑感」のコラム「緑洲　五「歌咏児童的文学」」である。周作人は、十数年前に買った高島平三郎が編、竹久夢二が画の『児童を謳へる文学』（洛陽堂、一九一〇年）を再び鑑賞し、日本の児童文学に感心した。そして、その書における和歌、俳句、川柳などに登場する「児童」というテーマから、最も古い散文である『枕草子』における児童の描写を連想し、特に「うつくしきもの」の章段を訳した。この翻訳は、清少納言と『枕草子』を中国に伝えた早い文献であろう。

実際、二年前には周作人が、古典文学の翻訳について、当時の革新的な文学雑誌「小説月報」編集部に提案を送っている。ところが「小説月報」の責任の編集者である沈雁氷（茅盾）から周作人への返信は、古典文学の編集について、人手が足りないとのことだった。中国語の引用文の漢字や句読点を変えた箇所がある。

而且古典文学的介紹、所需時日人力、定比介紹近代文学為多、先生所説現在人手不够、這是我們現在実在的情形。(9)

（さらに、古典文学の紹介には、現代文学の紹介よりももっと時間と人手が必要であり、ご察知のように今、十分な人がいない現状である。）

このように、周作人は日本古典文学に力を入れて普及することにはいったん挫折した。当時の社会では、外国の古典文学はあまり重視されていなかった。「語絲」に長く連載していた『古事記』も単行本にならないのが現実であった。

一九三六年十月、魯迅と破綻してから十数年経って、周作人は、亡くなった兄周樹人に関する「魯迅について」を雑誌「宇宙風」に原稿を寄せた。まもなく日中戦争が始まった。このことは周作人の運命を強く揺さぶった。一九三八年五月、「新華日報」に「文化界から周作人を追放せよ」と掲載された。「抗戦文芸」第一巻四期に茅盾（沈雁氷）、郁達夫、老舎ら十八名の当時の文化名人たちが連名して、「周作人に与える公開書簡」を発表した。(10) 一九三九年、周作人は大学の教職を辞めた。一九四一年、当時の偽華北政務委員会から偽国民政府の委任状を受け取った。一九四五年、「漢奸罪」で国民政府に逮捕。一九四六年、南京へ押送され、老虎橋監獄に収監された。一九四九年一月、南京の老虎橋監獄から保釈、その後、上海の尤炳圻の家に寄寓していた。(11)

一九四九年十月一日、中華人民共和国が成立する直前、周作人は、長さ六〇〇〇字くらいの手紙を、中国共産党の要人〔周恩来〕に寄せた。ここで六〇〇〇字の手紙のうち、周作人の意思を知るために、一部重要な段落を取り上げておきたい。

□□先生

この書状を差しあげるまでには、ずいぶんためらいました。昔ならば身のほど知らずというところでしょうし、以前新聞記者連の常用した調子で言えば、ここに申しあげるのは、胡麻《ごま》を擂《す》るような、手柄顔をするような、口に出せばあまり聞きよくはないことばかりですから。しかしそれにもかかわらず、私は一通りの考慮ののち、書くことに決めました。すでに時代は変わって、是非の基準も移った以上、私どもが誠実にありのままを述べるかぎり、人民政府、言いかえれば自分の政府に向かって、申し立てをすることに何の不都合があろう、かつて臣民の立場で独裁政府にものを言ったのとは全くちがうのだ、とこのように考えて、新民主主義に対する卑見ならびに一身にかかわる事情を、書状でご説明する決心に及んだわけであります。

私は社会科学を勉強していないため。共産主義の科学的精義を心得るには程遠いものの、ありふれた文献をいくらか齧って、従来の歴史がみな階級闘争の歴史であり、歴代の道徳や法律が当時の特権階級の利益を代表するものだったということは、信じます。私には専門の学問というものはなく、文学などでも結局はよくわからず、早々と足を洗ってしまいました。いまだに興味を繋いでいるのはギリシャ神話、童話童謡、および民俗といったような方面で、ここには婦人と児童の問題が絡んできますが、それもかなり関心のあるところです。〔中略〕中国共産党の理論と実際については、私どもは国民党政府の下で多くを知らず、ただ毛主席の二、三の著作や米人スノウ〔Edgar Snow〕などの本で幾らか読んだにすぎません。しかし今年、天津北京に続いて南京上海も解放されるに及び、ようやく直接の見聞によって確かなところがわかりました。私どもは共産主義の理論の正しいことは知っていましたが、それ以上に知りたかったのは事実は如何ということです。天下周知の解放軍の規律の素晴らしさも、率直なところ当然といえば当然で、それ以上に重要なのは政治のやり方如何ということ、このほうが一般の人々にはより切実な関心事です。（中略）

私は政治や経済に暗いので、こんな浅はかなことしか申せませんけれども、申したのは本当のことです。自分の思うところを明らかにしたいばかりに、ためらいを捨てて書いたのです。もっとも、私如きまでがこんなことを喋りだすのか、と人は言うかもしれません、それももっともな批判ではあろうと思います。なにしろ、私が自分に関していささかの説明をせねばならぬと思い立ったのは、私の一連の思想と行為には、先生でも首をかしげられるふしがあろうかと慮ってのことなのですから。人は私を批判して、抗戦以前には有閑消極を言い、戦後には通敵協力を言います。自分にかかわることは、自ら厳しく批判して率直に誤りを認めるのが筋というものでしょうが、それを承知のうえでなお、私はまず事実の因って来たるところから申し述べねばなりません。それが多少は弁解めいて見えようとも、あくまで誠実に語るのであって、決して強弁を弄するのではありません。その中で明らかになるであろう過ちはすべて認めます。（中略）

できるかぎり簡単に記すつもりが、ずいぶんくだくだしくなりました。時に説明が過ぎたとしても、またやむをえぬところとご諒察下さい。かつての思想上のひねくれようや行動面の誤りは自身承知ですが、それらにもかかわらず、私の真意と真相は先生にもご理解いただけようかと存じ、本状を認めた次第です。本来は毛〔沢東〕先生に宛てることも考えましたが、多忙な彼をお騒がせするのを憚って、先生に代表をお願いすることにしました。

民国三十八年〔一九四九〕七月四日

周　作　人(12)

冒頭「先生」の宛名に具体的な名前は書いてはないが、周恩来と考えられる。その根拠は、木山英雄によって、一九八七年第五期『魯迅研究動態』に掲載された唐弢の「周作人に関して」の記事である。その記事には、次のような経緯が見える。引用文は木山英雄『周作人「対日協力」の顚末　補注『北京苦住庵記』ならびに後日編』〔岩波書店、二〇〇四年〕による。

一九五〇年だったかに、中央が全国文物工作会議を招集し、私は華東から北京へ出向いた。文物局長の鄭振鐸や文化部長の沈雁冰《しんがんひょう》〔茅盾〕たちが、ちょうど政務院総理周恩来のところから周作人が彼に送った手紙を持ってきていて、六千字近い長大なそれは周の親筆であった〔図を見よ〕。総理が文学研究会〔新文学初期の結社、周・鄭・沈ともに創立同人〕の数人の同人に渡して意見を求めたもので、私は西諦《せいてい》〔鄭振鐸〕から読ませてもらった。手紙の書き出しの宛名は特に格を上げぬまま「××先生」とだけあり……　〔四〇六頁〕

木山英雄の分析によると、書き出しの宛名は最初から空格のままだったが、「直接には周恩来を相手に書いているものの、本当の宛先は毛沢東と彼が率いる共産党にあることを、形式の上でも表明しているわけであろう」〔前書同〕。その結果、周作人の手紙の効用は、少なくとも毛沢東の次のような指示を得たものと思われる。引用文は、前掲の唐弢の記事である。

私は文学研究会の老同人たちが当時どんな意見を具申したのかは知らないけれども、周総理から聞いた話だと、毛首席(主)は「文化漢奸さ、放火だ殺人だといったわけのもんじゃない。今どき古代ギリシャ語のできる人間は滅多にいないので、生かすことにして、翻訳仕事をやらせ、あとで出版したらいい」と言ったそうだ。おそらくこれが、人民文学出版社から月々二百元〔のちに四百元になった〕支給されるようになったことの根拠なのであろう。

＊〔主〕は著者注。〔四〇七頁〕

以上のように、中国共産党中央宣伝部の周揚や胡喬木が文化部の鄭振鐸に指示して、周作人は、翻訳家として国の事業を遂行することとなった。一九五一年三月、中華人民共和国の文化部に属する人民文学出版社が創立された。

また胡喬木は人民文学出版社の副社長楼適夷に指示して、特に周作人の翻訳はギリシア語と日本古典文学の翻訳を中心とした。党中央の政府の決定は、周作人の長年の願望を実現したのである。

ところが、日本古典文学としての『枕草子』の翻訳については、すぐには出版されなかった。具体的にどういう状況であろうか。この点について、次の節に考察してゆく。

三　周作人訳『枕草子』と「未出版」及び原因

人民文学出版社が、周作人に『枕草子』翻訳を依頼したのは、一九五九年である。この点から見ると、周作人が『枕草子』を翻訳した当時、すでに七十歳を超えていたにもかかわらず、多くの日本古典文学を翻訳、出版した。簡単にまとめてみると、一九五九年前後、周作人と人民文学出版社の契約と出版は、次のようになる。

一九五五年四月　人民文学出版社『日本狂言選』出版。
一九五六年十一月　人民文学出版社『魯迅の故家』出版。
一九五七年九月　人民文学出版社『魯迅の故家』再版。
一九五八年一月　人民文学出版社『古事記』翻訳決定。
一九五九年一月　人民文学出版社**『枕草子』**翻訳決定。
一九六一年一月　周作人訳**『枕草子』**人民文学出版社に提出。
一九六二年一月　人民文学出版社『石川啄木詩歌集』出版。
一九六三年二月　人民文学出版社『古事記』出版。(13)

注目すべきは、ゴシック字体の『枕草子』である。問題は、一九五九年一月に、人民文学出版社と周作人は『枕草子』の翻訳を決定したが、出版の記録は見えないことである。周作人が一九六一年に完訳『枕草子』原稿を人民出版社に提出したが、出版されなかったのである。この『枕草子』には何か問題があったのか。一九六四年、周作人本人が作った自らの年譜と著訳リストの中で、特に『枕草子』の「未出版」について、次のような記録が残されている。

古事記　日本安万侶原著　一九六三年人民文学社出版。
枕草子　日本清少納言原著　已交稿**未出版**。
石川啄木詩歌集　一九六二年人民文学社出版。

一九六四年七月三日　知堂(14)

右のように、一九六二年と一九六三年の間、一九六一年一月に完訳した『枕草子』は原稿を提出したのに、なぜ出版されなかったのか。いったい、どのような原因があるのか。この点について、改めて解明してみたい。

近年、新たな周作人日記が部分的に公開された。それは『中国現代文学研究叢刊』(月刊)誌、二〇一八年第四期(総第二二五期)、「周作人史料与研究」の中の、周吉宜が整理した「周作人1959年日記(15)」である。この日記は極めて重要な文献だと思われる。文中周作人が『枕草子』を翻訳した経緯が見える。この一九五九年は、ちょうど人民文学出版社が持っている底本である『日本古典文学大系　枕草子他』(一九五八年)が、出版された翌年である。あるいは、人民文学出版社は権威的な『日本古典文学大系　枕草子他』を、翻訳の底本として周作人に依頼したのかもしれない。いずれにせよ、周作人が一九五九年の日記の中で、『枕草子』の翻訳することを記憶すべきであろう。そこで「周作人1959年日記」を確認してみたい。

確かに人民文学出版社の依頼人たちが、最初に周作人宅に訪れた日は、一九五九年一月十四日であった。この日、周作人が日記の中で次のように記録している。

十四日　陰、晨另十度。上午訳書。人・文・社二人来接洽訳日文古典事、允考慮『竹取』及『枕草紙』[15]。
（二月十四日、曇り、朝の温度は一〇度、午前は本を訳す。人民文学出版社の二人が、日本古典文学の翻訳することを相談に来た。『竹取物語』と『枕草子』の翻訳を考慮していた。）

まずは日記の太字に注目したい。このような「人・文・社」「日文古典」「竹取」らの省略した表現は、文脈から見れば、間違いなくそれぞれの「人民文学出版社」「日本古典文学」「竹取物語」となるだろう。人民文学出版社の二人は誰だろうか。周作人の日記の中でははっきり書いてはいなかった。前述したように、周作人本人が作った翻訳に関する日本古典文学の一覧の中では、『竹取物語』の訳書は見えないことから、一九五九年一月十四日に人民文学出版社の依頼人たちは周作人と交渉した結果、『竹取物語』の翻訳ではなく、『枕草子』の翻訳に決定したと理解される。

では、いつ頃、周作人が『枕草子』を完訳したのか。この点については、近年公開された周作人が日本の友人安藤更生に送った手紙の中で、確認することができる。

周作人→安藤更生　1961年2月4日

拝啓　十七日手書拝見

枕草子現已草率訳了、

安藤更生先生　二月四日　周作人[16]

ここで注目したいことは、太字の「草率」の表現である。文字の通り、「草率」の意味には、仕事などのやり方が、いい加減であること、またぞんざいであること。つまり周作人本人は『枕草子』翻訳を完了したことが、それはぞんざいな翻訳であるということを表していると読めるが、周作人の謙虚な言い方とも取れる。いずれにせよ、『枕草子』に対して翻訳の態度の本音とも考える。なぜかと言うと、前払い原稿料を貰ってから任務を完成しなければならない背景があるからである。つまり『枕草子』を翻訳することはしかたない、出版社から頼まれた仕事であり、自らの生きる生活費のためなのである。この点については、周作人と香港の友人鮑耀明の間の書簡にも見える。

一九六一年四月二十五日来信

耀明先生：

（前略）

枕草子雖有全訳、但此乃係稲粱之謀、覚得甚是粗糙。且稿擱在公家、亦未卜何時得以出世也(17)。

（枕草子の全訳があるけれども、あれは生活費を稼ぐためである。極めて雑な訳と思っている。しかも原稿は政府の出版社に放置され、何時出版できるのかさっぱり分からない。）

以上の日記と書簡にあるように、周作人が『枕草子』を完訳した年時は、一九六一年二月初頭のころである。完訳原稿を出版社に送ったにもかかわらず、出版社から出版する返事は以後もなかった。訳者にとって周作人の辛い心情は誰でも分かるだろう。およそすべての作者や訳者は、何より自らの創作した作品と翻訳した作品を出版したいという願望はあるだろう。周作人も例外とは言えない、やはり完訳した『枕草子』のことを友人の手紙に書いていたのである。どうして人民文学出版社がすぐ出版しなかったのか。この原因については、当時の人民文学出版社の周作人の翻訳の担当者が知っているはずである。前掲した周作人の日記の中に明記した「人文社二人」は誰であろう。

興味深いことに、文潔若という人が「晩年の周作人」の中で、次のように述べている。

一九五二年八月以来、人民文学出版社は周作人にギリシャと日本の古典文学の翻訳を委嘱していた。五八年十一月、私は社の外国文学編集部から日本文学関係の集稿と編集の責任者に指名され、その結果、彼と銭稲孫《せんとうそん》の両人に余人にはできない日本の古典文学作品の翻訳をさせるという特殊任務をも、あわせ引き継ぐことになったのだった。当時彼らは、出版社にとっては、いわば系列外の特約翻訳者であった。以後七年の間に私が周作人との間で手掛けたのは、『石川啄木詩歌集』『浮世床』『枕草子』『平家物語』の四点、今はその全部が本になっている(18)。

ということは、一九五九年一月十四日、周作人の自宅を訪れた人民文学出版社の二人のうち、一人は文潔若であることが分かった。この点から連想して、責任者である文潔若が無関係とは言えないだろう。文潔若の回想文に、最後のところに、周作人の著訳が出版されなかった原因について、次のように注釈している。

（原注）一九六二年に張夢麟（日本文学研究家、編集者）から聞いた話では、周作人が関係方面に手紙を送って、著訳書に本名を使う権利の回復を求めたのに対し、上部は『光明日報』紙上に自己批判を発表して社会的な諒解を得るよう促したが、彼の書いてきた文章は自己弁護に終始していたために、結局発表されなかったのだそうである(19)。

以上のように、周作人訳『枕草子』が「未出版」の理由は、周作人の自身の問題であった。それは周作人の自己批判が不十分であったため、本名使用を政府に認められなかったのが原因だと判明した。では、解放後に人民文学出版社から出版された周作人訳『枕草子』はどういうものなのか。この点については、次の節に詳しくみてみたい。

四　出版社の「凡例」と底本の問題

周作人が翻訳した『枕草子』の底本は、どのようなものなのか。この問題を考察する。

前節に述べたように、周作人の翻訳の担当者である文潔若は誰より最も詳しく経緯を知っている人物である。例えば、文潔若本人も回想文の中で次のように書いてある。

周作人の訳稿についても、私はかならず原文を探して引き合わせることにしてはいたが、但しこの場合はあくまでも勉強のため。(20)

また、中国「改革開放」後の出版については、文潔若が下記のように述べた。

周作人の訳した『枕草子』は、王以鋳《おういちゅう》訳『徒然草』と一冊に併せて『日本古代随筆選』の書名で一九八八年に、また『浮世床』と彼自身の改訳を経た『浮世風呂』も、『平家物語』や『日本古代随筆選』と同じく『日本文学叢書』の一冊として一九九八年に、いずれも周作人の名を冠して出版された。彼の生前渇望しながら叶えられなかったことが、やっと実現したわけである。(原注)(21)

周作人が翻訳した『枕草子』がやっと出版されたのは、一九八八年である。出版社は、かつて周作人の翻訳を依頼した同じ人民文学出版社である。ところが、それは『枕草子』のみの単行本ではなく、『日本古代随筆選』のうちの前半部分である。『日本古代随筆選』（人民文学出版社、一九八八年）には、二つの翻訳書がある。前半の部分は、周作人が翻訳した『枕草子』であり、後半の部分は、王以鋳が翻訳した『徒然草』である。また王以鋳の「訳本序」によると、『日本古代随筆選』の出版は、他の書物と同じように、「日中平和友好条約」を締結した一〇周年の記念のために、日本国際交流基金を受けた出版物である。

ここで注意しなければならないことは、二〇〇一年、中国対外翻訳出版社が、初めて出版した周作人訳『枕草子』の単行本である。この単行本の『枕草子』は、『日本古代随筆選』の前半の部分である『枕草子』と同じ周作人が翻訳したものであるが、本文の構成は異なる。例えば、『日本古代随筆選』の中の『枕草子』の訳文と注釈の配列は、毎頁の下に、当該する注釈を付けている。ところが、単行本の訳文と注釈の配列は、毎巻の巻末に注釈が置かれてある。しかも、違うことはこれだけではなく、根本的に異なることは、周作人が書いた「清少納言について」の文章の中の『枕草子』の底本が違うことである。それぞれの原文は次のように引用しておきたい。冒頭文にAとBを付けた。

A　《日本古代随筆選》周作人訳《枕草子》（人民文学出版社、一九八八年）

関于清少納言

至于本書的訳文系依据**池田亀鑑、岸上慎二、秋山虔的校注本**……

（『日本古代随筆選』周作人訳『枕草子』〈人民文学出版社、一九八八年〉

清少納言について

本書の訳文については池田亀鑑、岸上慎二、秋山虔の校注本……）

周作人

一九六五年十月

（三三〇頁）

B　周作人訳《枕草子》（中国対外翻訳出版公司、二〇〇一年）

関于清少納言

至于本書的訳文系依照**北村季吟的《春曙抄》的底本**……

（周作人訳『枕草子』〈中国対外翻訳出版公司、二〇〇一年〉

清少納言について

本書の訳文については北村季吟の『春曙抄』の底本……）

周启明

（四五七頁）

右のAとBを比べてみると、AとBの底本は違う。Aの底本は、太字に示した通りに、「池田亀鑑、岸上慎二、秋山虔的校注本」である。Bの底本は、「北村季吟的『春曙抄』的底本」である。またAとBの作者の署名は違う。Aは「周作人」であるが、Bは「周启明」である。さらに注意したいことは、年次の表記についてである。Aは「一九六五年十月」と明記しているが、Bは年次が見えない。なぜこのように違うのか。これらの食い違いは、なぜだろう。AとBの底本は、どちらが正しいのかという問題である。そこで、周作人が翻訳した『枕草子』の底本の真相を究明しなければならない。

まず確認したいことは底本と訳文の全章段数である。Aの明記した『日本古典文学大系　枕草子他』の全章段数は「三一九」段である。しかし、Aの『日本古代随筆選』の周作人訳『枕草子』の全章段数は「三〇五」段である。また、Bの周作人訳『枕草子』の全章段数も「三〇五」段である。段数の内容を照合してみると、AとBが一致していることから、実にAとBの底本は同じと考える。

そしてBの底本に示したように、「北村季吟的『春曙抄』的底本」に従って、考察した結果、周作人の依拠した『枕草子』の底本は、北村季吟の『春曙抄』ではなく、総合段数の「三〇五」段から、池田亀鑑の校訂した『校訂枕草子（春曙抄）』（岩波文庫〈上巻七四二〜七四三〉〈中巻七四四〜七四五〉〈下巻七四六〜七四七〉）である。両方の段数を比較してみると、次のように明白である。

池田亀鑑『校訂枕草子（春曙抄）』

巻数	段数
巻一	一〜二〇
巻二	二一〜三四
巻三	三五〜六二
巻四	六三〜七六

AとB周作人訳『枕草子』

巻数	段数
巻一	第一段〜第二〇段
巻二	第二一段〜第三四段
巻三	第三五段〜第六二段
巻四	第六三段〜第七六段

巻五	七七～九一	巻五	第七七段～第九一段
巻六	九二～一一〇	巻六	第九二段～第一一〇段
巻七	一一一～一三三	巻七	第一一一段～第一三三段
巻八	一三四～一六二	巻八	第一三四段～第一六二段
巻九	一六三～二〇三	巻九	第一六三段～第二〇三段
巻十	二〇四～二四一	巻十	第二〇四段～第二四一段
巻十一	二四二～二六六	巻十一	第二四二段～第二六六段
巻十二	二六七～三〇五	巻十二	第二六七段～第三〇五段

周作人本人は池田亀鑑校訂の事を明示していないが、この章段数を比べてみれば、明らかに周作人の翻訳した『枕草子』の底本は、池田亀鑑が校訂した北村季吟『春曙抄』である。明らかにAの示した「池田亀鑑、岸上慎二、秋山虔的校注本」ではない。しかも、厳密に言うと、周作人が翻訳した『枕草子』の底本は、北村季吟の『春曙抄』ではなく、池田亀鑑の『校訂枕草子（春曙抄）』である。なぜかと言うと、総合段数「三〇五」段は北村季吟の分類ではなく、池田亀鑑独自の分段だからである。

またAの年次の「一九六五年十月」の表記についてとAとBの署名が違うことを、ここでBの編集者のB跋文を参照して解明したい。

B　跋文（周作人訳『枕草子』中国対外翻訳出版公司、二〇〇一年）

一九八八年九月、人民文学出版社将其与王以鋳所訳『徒然草』合刊為『日本古代随筆選』一書。訳者家属保存之『枕草子』訳稿、編為「第一分」、「第二分」直至「第八分」、後附「巻首目録」、其中一至六分写在「京文」紅色横格稿紙上、七、八分与目録写在「崇文」緑色横格稿紙上、均為毎頁二十行、毎行二十字、計正文六百六

十五頁、目録二十頁。与印本相比較、後者訳文、注釈改動之処頗多。此次重新出版、一律依照原稿付印。（一九八八年九月、人民文学出版社は『枕草子』と王以鋳が訳した『徒然草』を合わせて『日本古代随筆選』として一つの本を刊行した。訳者の家族が保存した『枕草子』の翻訳原稿は、「第一分」、「第二分」から「第八分」までに分かれている。後に「巻首目録」を附している。その中の「第一分」から「第六分」までには、赤色「京文」の横線の原稿用紙に書かれている、第七分も第八分も目録は緑色「崇文」横線の原稿用紙に書かれている。いずれも毎頁に二〇行、毎行二〇字、合計本文は六六五頁であり、目録は二〇頁である。印本と比較して、後者〈著者注：人民文学出版社〉の訳文、注釈は改めて変更したところが頗る多い。今度の改めての出版は、すべて原稿に基づいて付印した。）

止庵

二〇〇〇年十一月七日

（四六〇頁）

止庵は、初めて単行本として、周作人が訳した『枕草子』を出版した人物である。また注目したいことは、Bの止庵が編集したものは、周作人の子孫から保存された周作人の翻訳原稿に基づいて編集した周作人の訳文である。次に、署名と年次について、当時、中国政府の規則があり、訳者の署名は「周作人」とは別な名前を使うルールからすると、まさにBのような「周启明」の署名は相応しい。また年次について、周作人は、一九六四年七月三日に自らの年譜の中で、すでに完訳『枕草子』を出版社に提出したという事実から見ると、明らかにAの「一九六五年十月」の年次は「臨機応変」に記した年次としか考えられない。翌年（一九六六年）から「文化大革命」が始まる、だからこそ周作人の翻訳した『枕草子』が出版されなかったことは、当然のことであろう。

しかし、問題は残されている。それはなぜAが「依据池田亀鑑、岸上慎二、秋山虔的校注本」と明示していたのか。しかも、ここだけでなく、Aの『日本古代随筆選』（人民文学出版社、一九八八年）の第二頁の中で、次のように目立つ標記をしていることは、なぜであろう。

清少納言
枕　草　子

根据岩波書店《**日本古典文学大系**》第19巻、1958年版訳出

この標記は、確かに「池田亀鑑、岸上慎二、秋山虔的校注本」と合致している。Aの『日本古代随筆選』の人民文学出版社は、周作人訳『枕草子』の中で前後に呼応した『日本古典文学大系　枕草子他』という表現について、考えられる理由は、周作人が翻訳した『枕草子』の底本が、『日本古典文学大系　枕草子他』であることを強調したかったためのではないだろうか。もしこの推測が正しいとすれば、周作人が翻訳した『枕草子』の底本と出版社の記した底本と明らかに矛盾がある。この点を続いて追及してみたい。この問題を解決するヒントは、やはり近年公開された周作人の日記である。

人民文学出版社から翻訳するために、周作人に『枕草子』底本が送られてきた。当日、周作人が日記の中で次のように書いている。

十七日　晴、另十四度。上午訳書、至下午初稿已了。得人文社信、寄来『枕草紙』**三本**一部、不拟翻訳[22]。

（十七日、晴れ、気温は一四度、午前から午後まで本を訳し、初稿を完成した。人民文学出版社からの手紙と『枕草子』「三巻本」一部が届いた〈この本で〉翻訳するつもりはない。）

右の太字の「三本」は興味深いところである。前に説明した「人文社」と同じように、これも周作人の省略した独特な日記の表現である。文脈から見ると、この「三本」の意味は『枕草子』諸伝本の「三巻本」の省略した表現

としか考えられない。当然、『枕草子』に関する「三巻本」の概念は、周作人は存知している。なぜなら、周作人が翻訳した『枕草子』の注釈の中では、自ら「三巻本」と記したことが見えるからである。この点から見ると、一九五九年一月十七日、周作人のところに届いた『枕草子』は「三巻本」であるということは間違いない。

この「三巻本」『枕草子』について、周作人ははっきり書いていないが、後に人民文学出版社が強調した『日本古典文学大系　枕草子他』であろうと思われる。なぜかと言うと、『日本古典文学大系　枕草子』（『紫式部日記』と合本、池田亀鑑・岸上慎二・秋山虔が校注、岩波書店、一九五八年）の底本は、三巻本系統本である。この点について、『日本古典文学大系　枕草子他』の「凡例」と「解説」の中で確認することができる。

まず「凡例」では、底本は「岩瀬文庫蔵」と明記、また「解説」では、「三巻本」の書名について、次のように述べている。

三巻本のもっとも正しい伝来をしていると認められる。陽明文庫蔵本、勧修寺家蔵本、ともに「清少納言枕草子」であり、岩瀬文庫蔵本には「枕草紙」と外題にある　（五頁）

ここまでの考察から明らかにしたのは、一九五九年一月十四日、人民文学出版社の二人が周作人宅を訪ねて、日本古典文学の翻訳を依頼した。周作人が『竹取物語』と『枕草子』を協議した。一九五九年一月十七日に、人民文学出版社から送った『日本古典文学大系　枕草子他』が周作人のところに届いた。ところが、三巻本『枕草子』に対しては、周作人は翻訳する気分がなかった、ということである。

ところが、すでに人民文学出版社から前払い原稿料を頂いているので、『枕草子』を翻訳しなければならない。いつから周作人が『枕草子』の翻訳が開始したのか。「周作人1959年日記」によって、ほぼ十ヶ月に近い、周作人は改めて『枕草子』を翻訳することを日記の中で書いた。それは次の日記である。

十月三十日　晴、晨九度。上午往街寄静子信、文燕堂信。訳書、下午成第一章。拟**改译**《枕草子》。丰一自南苑回家。[23]

（十月三十日、晴れ、朝の気温は九度である。午前、町へ行って静子に手紙を送って、文燕堂宛の手紙を送った。本を訳す、午後、第一章ができた。改めて『枕草子』を翻訳するつもり。豊一は南苑から帰った。）

ここで十分注意したいことは、太字に付けた「改译」（改訳）という表現である。つまり別な『枕草子』を翻訳するつもりということである。具体的にどのような『枕草子』を翻訳したのか。周作人が日記の中で明記していなかったが、一九九〇年に出版された単行本『枕草子』で周作人が書いた「清少納言について」によると、周作人の改めて訳した『枕草子』は北村季吟『春曙抄』と言っている。ただし、本稿の考察により、厳密に章段数からして、周作人が改めて訳したのは池田亀鑑が校訂した北村季吟『春曙抄』であった。周知のごとく、『春曙抄』本文の系統は三巻本ではなく、能因本系統本である。

以上をまとめると、人民文学出版社の二人が日本古典文学の翻訳について周作人に依頼した。周作人は人民文学出版社から依頼された日本古典文学大系の三巻本である『枕草子』の翻訳は拒否し、後に改めて能因本である池田亀鑑が校訂した北村季吟『春曙抄』を翻訳したことが明らかとなった。

五　周作人訳『枕草子』の心情と生活の実態

周作人は後に『知堂回想録』の中でも、『枕草子』の翻訳について、次のように述べている。

一九六〇年起手翻訳『枕之草紙』、這部平安時代女流作家的随筆太是有名了、本来是**不敢嘗試**、後来却**勉強担負**下来了、却是**始終覚得不満意**、覚得是**超過自己的力量**的工作。[24]

（一九六〇年から『枕草子』の翻訳を始めた。この平安時代女流作家の随筆はあまりにも有名で、本来では翻訳して試す勇気がなく、後に無理に担当してきたのである。やはり最初から最後まで満足できず、自分の能力を超えた仕事だと思っていた。）

右の解説から見ると、訳者は心掛けて翻訳した『枕草子』の事が忘れられず、まだ出版されていなくても、翻訳した『枕草子』に対する心情が反映されている。一九六〇年代、周作人はどのような生活の状況で『枕草子』を翻訳したのか。周作人の友人の書簡から照合してみたい。

かつて劉岸偉は次のように述べている。

周作人の『枕草子』翻訳は、一九六〇年代の初頭に行われたもので、家庭の内外とも比較的平穏な時期と重なっている。一九六〇年一月より、原稿料の前払いとして毎月に四百元を人民文学出版社から支給されることになった。物質不足で、しばしば香港の友人に食べ物を送ってもらうのもこの時期であったが、生活も気持ちも相対的に安定していた。あの落ち着いた、明るく澄んでいる訳文は、こうした緩やかな環境、雰囲気と無関係ではなかろう。(25)

劉岸偉の意見には賛成できない。しばしば友人へ食べ物を求める生活は、どうしても「落ち着いた」生活とは言えないだろう。むしろ不安と圧力で切迫していた生活の中で一所懸命に奮闘していたのだろう。

例えば、鮑耀明が編集した『周作人晩年書信』（香港真文化出版、一九九七年）を見ると、一九六〇年代の周作人の生活実態が見える。鮑耀明は商売人であるのでお金に余裕があり、周作人の要求を一〇〇パーセント満足させている。鮑耀明は周作人にサイン、写真、また魯迅の字蹟を求めている。周作人の『枕草子』翻訳の開始と完成の間に、前述した近年で公開された日記と香港及び日本の友人の書簡と合わせて、実際の周作人の生活状況と翻訳の実態が次のようになる。

一九五九年十一月十一日（周作人1959年日記）

下午勉強訳書、成《枕草子》一紙、今日不過是起頭試訳耳。

（午後、無理に本を訳す、『枕草子』一枚なり、ただ今日は始めて試す訳だけだ。）

一九五九年十一月廿六日（周作人1959年日記）

徐女士来訪信子、饋魚、米。晩食魚、甚佳、年来僅見也。

（徐様が信子に会いに来て、魚と米を頂いた。当晩、今年初めて魚を食べた、非常に良かった。）

一九五九年十二月十六日（周作人1959年日記）

上午中国書店来二人収購中文古書、售去八十部、共百六十五元、両共售得三百元也。

（午前、中国書店の二人が中国語古本を買い集めに来た、八〇部を売った、計一六五元、両方全部三〇〇元。）

一九六〇年六月三日（周作人・鮑耀明書簡）(17)

欲請費神買鹽煎餅一盒寄下、

（六月三日、ご面倒ですがひと箱の塩煎餅を送って下さい。）

一九六〇年六月十八日（周作人・鮑耀明書簡）

得鮑耀明十三日信云已寄出鹽煎餅一缶。

（十三日、鮑耀明の手紙が届いた、すでに一缶の塩煎餅を送ってくれた。）

一九六〇年六月二十六日（周作人・鮑耀明書簡）

得鮑耀明寄鹽煎餅一盒。

（二十六日、鮑耀明から送ってきたひと箱の煎餅を受け取った。）

一九六〇年七月一日（周作人・鮑耀明書簡）

擬工作因不快而止、似病又発作也。

（仕事のつもりが不愉快で止めた、なんとなく病気の発作が起きるらしい。）

一九六〇年七月三日（周作人・鮑耀明書簡）

今日又不快、未工作。

（今日も又不愉快で、仕事をしなかった。）

一九六〇年八月十九日（周作人・鮑耀明書簡）

中国書店王姓来看旧書、售去百漢碑冊等英文及新刊雑書、估價百元。

（中国書店の王さんが古本を見に来た。一〇〇冊の漢碑冊などの英文書及び新刊の雑書を売った、見積一〇〇元。）

一九六〇年十二月十日（周作人・鮑耀明書簡）

前承賜肉体的食糧、現欲更請賜予精神的食糧是也。

（先日、物質の食糧を頂きました。今度はさらに精神の糧を頂きたいです。）(26)

一九六一年二月四日（周作人・安藤更生書簡）

枕草子現已草率訳了、

（現在、枕草子のぞんざいな訳を完了しました。）

右のように、明らかにした一九五九年十一月十一日から一九六一年二月四日までの期間が、周作人の『枕草子』の翻訳の期間である。およそ一年三ヶ月の期間、七十四歳から、七十五歳、七十六歳にかけての老人で、日本古典中の古典である『枕草子』（能因本）を完訳した。優れた業績は言うまでもないが、日々一枚か二枚かくらいで、しかも毛筆で書き翻訳の大変な作業を想像することは難しくない。もっと大変なことは、右のように、体調を崩す不安や経済的に苦しい生活である。おそらく知識人にとっては、自ら収蔵された書籍を売ることは辛いことだろう。それは少しでもお金が欲しいので仕方ない。しかしまた新しい書籍を欲しがって、友人に「精神的食糧」をお願い

するしかない。例えば、

一九六〇年十二月十三日　（周作人・鮑耀明書簡）

夏目伸六一書、頃已蒙北大友人代為借出、得以看到、所以已可不必買了、獅子文六之作則仍乞「取寄」[27]

（夏目伸六の本は、今頃すでに北京大学の友人から借りられ、読むことができたので、買うことが必要なくなりましたが、獅子文六の作品は相変わらずまた取り寄せをお願いいたします。）

何より手紙や書簡などの文献は最も信憑性が高いと言えるだろう。周作人が鮑耀明に送った手紙の中には、物を求める時に、必ず「請」や「賜」や「乞」のような文字を使っている。これらの言葉の意味には、物乞いイメージがないとは言えないだろう。まさに銭理群が分析したように、当時の周作人にとって最も不安なことは経済的な圧力であったようである。銭理群は次のように述べている。

从1961年底开始，周作人把一直秘不视人的《日記》也拿出来买了。[28]

（一九六一年末から、周作人はずっと密かに持っていた人に見せない『日記』を出して売ることになった。）

銭理群は言われた通り、「魯迅博物館は、一千八百元で周作人の日記を買上げ、「文物」として保存した。[29]」

このような生活状況の中で、周作人が任務を完成しなければならない三巻本『枕草子』底本を変えて、能因本である『枕草子』を完訳したが、出版されなかった。もちろん、前払い原稿料を貰っている周作人は『枕草子』を翻訳しなければならない。そして周作人は人民文学出版社から頼まれた『日本古典文学大系　枕草子他』底本を池田亀鑑『校訂枕草子（春曙抄）』に変えて完訳し、しかも旧知識人のもったいぶる様子で責任者である文潔若に接遇した。かつて文潔若が周作人の印象を次のように述べている。

周作人は時として人に傲慢な印象を与えることがあった。[30]

六　おわりに

以上、周作人が『枕草子』を翻訳する経緯と実態を考察してきた。まず、周作人は中国現代文化名人である魯迅の弟であり、その背景を遡ってみた。特に周作人から中国政府の要人に送った手紙を部分的に紹介した。特別な文化人として、中国政府が周作人に日本古典文学を翻訳する仕事を与えた背景を述べた。さらに、一九五一年人民文学出版社が成立、周作人は毎月前払い翻訳料を受け取って、多くの翻訳の業績を積み重ねてきたのである。そのような経緯もあって、一九五九年、人民文学出版社は『日本古典文学大系　枕草子他』の翻訳を依頼したが、周作人はこの底本での翻訳を拒否した。しかし、前払い翻訳料は貰っていたため、翻訳しなければならないから、北村季吟『春曙抄』（池田亀鑑校訂）に変えて翻訳したが、すぐには出版されなかった。その原因と理由について、近年公開された周作人と友人（香港、日本）の書簡及び責任者の回想文から、周作人の反省不足のため、政府に本名使用を認められず、出版されなかったことを明らかにした。また出版社が依頼した『日本古典文学大系　枕草子他』の底本と周作人が訳した底本の異なることを明らかにした。くわえて当時の経済的に余裕のない周作人の『枕草子』翻訳の生活と実態を考察したのである。

注

（1）『魯迅全集』第十六巻（附集）「魯迅著訳年表」（中国・人民文学出版社、一九八一年）七頁。
（2）右（1）同、八頁。
（3）前掲（1）同、一一頁。

（4）前掲（1）同、一二頁。
（5）張菊香・張鉄栄『周作人年譜』（中国・天津人民出版社、二〇〇〇年）などを参照した。
（6）前掲（1）同、一三頁。
（7）伊藤徳也「周作人・魯迅をめぐる日中文化交流」（責任編集：藤井省三『岩波講座「帝国」日本の学知　東アジアの文学・言語空間』第五巻、岩波書店、二〇〇六年、六頁）。
（8）周作人「歌咏児童的文学」（『宇宙風』晨報附刊、中華民国十一年二月（影印）人民文学出版社、第三版、一九八一年）。
（9）程光煒『周作人評説80年』（中国華僑出版社、一九九九年）三八頁。
（10）前掲（5）同。
（11）前掲（5）同。
（12）木山英雄『周作人「対日協力」の顚末　補注『北京苦住庵記』ならびに後日編』（岩波書店、二〇〇四年）四〇四頁。
（13）前掲（5）同。
（14）成仲恩「周作人自訂年譜及戦後訳著書目」（『南北極』第五十六期、香港龍門文化事業、一九七五年一月）五〇～五一頁。
（15）周吉宜整理「周作人1959年日記」（『中国現代文学研究叢刊（月刊）』第四期、総第二二五期、中国現代文学研究叢刊編集部、二〇一八年四月）八〇頁。
（16）徳泉さち「周作人・安藤更生往来書簡（1）」（『早稲田大学會津八一記念博物館研究紀要』第十八号、早稲田大学会津八一記念博物館、二〇一七年三月）三〇～四〇頁。
（17）鮑耀明『周作人晩年書信』（香港真文化出版、一九九七年）四六〇頁。
（18）前掲（12）同、四七三～四七五頁。
（19）前掲（12）同、四八五頁。
（20）前掲（12）同、四七六頁。

(21) 前掲(12)同、四七三～四七五頁。
(22) 前掲(15)同、八一頁。
(23) 前掲(15)同、一〇四頁。
(24) 周作人『知堂回想録』下冊（香港三育図書文具公司、一九七〇年）六三七頁。
(25) 劉岸偉『周作人伝—ある知日派文人の精神史—』（ミネルヴァ書房、二〇〇一年）四七〇頁。
(26) 前掲(15)と(16)を参照。
(27) 前掲(17)同、二三頁。
(28) 銭理群『周作人伝』（中国・北京十月文芸出版社、一九九〇年）五一四～五一七頁。
(29) 前掲(12)同、三一八頁。
(30) 前掲(12)同、四七七頁。

附録資料一　主要『枕草子』漢文文献論文一覧（一九一九～二〇二二）

桜井　秀「清少納言の性格と素行」『わか竹』第十二巻、第九号、大日本歌道奨励会、一九一九年九月。

千葉亀雄「「義山雑纂」その他」『國語と國文學』第三巻、第四号、一九二六年四月。

池田亀鑑「清少納言枕草子の異本に関する研究」『國語と國文學』第五巻、第一号、一九二八年一月。

山岸徳平「清少納言と斑子女王」『國語と國文學』第六巻、第十号、一九二九年十月。

大島庄之助「清女と漢学」『斯文』第十二編、第十号、斯文会、一九三〇年十月。

池田亀鑑「無名の琵琶（枕草子）」『国文学　解釈と鑑賞』第一巻一号、至文堂、一九三六年六月。

植松　安「枕にこそは―枕草子最終段の句解私案―」藤村博士功績記念会『国文学と日本精神』至文堂、一九三六年十一月。

金子彦二郎「白氏文集と日本文学―主として平安朝の和歌との関係に就いて―」『國語と國文學』第十五巻、第四号、一九三八年四月。

池田亀鑑「知性の文学としての枕草子―特に外国文学への関心について―」『國語と國文學』第二十三巻、第十二号、一九四六年十二月。

川口久雄「枕草子における十列・雑纂の影」『国語』第二巻、第二～四号、東京教育大学国語国文学会、一九五三年九月。

金子彦二郎「枕草子と千載佳句」諸橋轍次先生古稀祝賀記念会『諸橋博士古稀祝賀記念論文集』大修館書店、一九五三年十月。

川口久雄「李商隠雑纂と清少納言枕草子について」『東方学論集』第二集、東方学会、一九五四年三月。

目加田さくを「清少納言の漢才」『平安文学研究』第十七輯、平安文学研究会、一九五五年六月。

池田亀鑑「枕草子にみる思想とその変貌―大陸的知性から日本的情趣へ―」『国文学　解釈と教材の研究』第二巻一

号、学灯社、一九五六年十二月。

山内益次郎「十列と枕草子」『平安朝文学研究』第一号、平安朝文学研究会、一九五六年十二月。

杉本重治「清少納言と漢籍」『国語国文学』第八号、福井大学言語文化学会、一九五八年十一月。

玉木　弘「枕草子と白氏文集」『王朝文学』第一巻、東洋大学王朝文学研究会、一九五八年十一月。

宇尾野潔「枕草子の文芸の詞の原則的表現法」『平安文学研究』第二十三輯、平安文学研究会、一九五九年七月。

田中重太郎「枕冊子に投影した海外文学」『国文学　解釈と教材の研究』第六巻三号、学灯社、一九六一年二月。

川口久雄「唐代民間文学と枕草子の形成」同『平安朝日本漢文学史の研究』下巻、明治書院、一九六一年三月。

松本治久「平安時代女性の漢籍の教養について—枕草子を中心として—」『跡見学園国語科紀要』九、一九六一年三月。

岸上慎二「清少納言の教養と性格」同『清少納言』吉川弘文館、一九六二年四月。

池田亀鑑「枕草子と白氏文集—「枕にこそは」に関連して—」同『研究枕草子』至文堂、一九六三年十月。

岩城秀夫「遺愛寺の鐘は枕を欹てて聴く」『国語教育研究』第八号、広島大学教育学部光葉会、一九六三年十二月。

古沢未知男「文集引用より見た源語と枕」同『漢詩文引用より見た源氏物語の研究』南雲堂桜楓社、一九六四年六月。

田中重太郎「枕冊子の先行文学—雑纂正篇の翻刻—」『国文学　解釈と教材の研究』第十巻九号、学灯社、一九六五年七月。

柏谷嘉弘「枕草子の漢語」『國語と國文學』第四十二巻、第十一号、一九六五年十月。

矢作　武「清少納言の漢才と古本蒙求」『国文学研究』第三十四集、早稲田大学国文学会、一九六六年十月。

中沢希男「賦譜校箋」『群馬大学教育学部紀要』人文・社会科学、第十七号、一九六七年三月。

丸山キヨ子「漢学」『国文学　解釈と鑑賞』第三十二巻三号、至文堂、一九六七年三月。

大曾根章介「枕草子と漢文学」『国文学　解釈と教材の研究』第十二巻七号、学灯社、一九六七年六月。

今井源衛「女房文学の開花」秋山虔・山中裕『日本文学の歴史　宮廷サロンと才女』第三巻、角川書店、一九六七年七月。

稲賀敬二「源泉と影響」岸上慎二『枕草子必携』学灯社、一九六七年十月。

大曾根章介「平安時代の駢儷文について—文章の段落と構成を中心に—」『白百合女子大学研究紀要』第三号、一九六七年十二月。

今井源衛「枕草子の古注釈書—素行筆本について—」『文学研究』第六十五号、九州大学文学部、一九六八年三月。

上野　理「「春曙」考」『文芸と批評』第二巻、第八号、文芸と批評の会、一九六八年四月。

池田亀鑑「知性の文学としての枕草子—特に外国文学への関心について—」同『随筆文学』至文堂、一九六九年三月。

木越　隆「出典・源泉・先蹤」塩田良平『諸説一覧　枕草子』明治書院、一九七〇年五月。

柏谷嘉弘「『枕草子』の漢語表現」『月刊文法』三巻四号、明治書院、一九七一年三月。

川口久雄「文章史の中での『枕草子』」『月刊文法』三巻四号、明治書院、一九七一年三月。

上野　理「枕にこそは」『国文学研究』第四十七集、早稲田大学国文学会、一九七二年六月。

松田豊子「枕草子の「春は曙」—その源流と展開—」『光華女子大学　光華女子短期大学研究紀要』第十集、一九七二年十二月。

上野　理「枕草子初段の構想と類書の構造」『国文学研究』第五十集、早稲田大学国文学会、一九七三年六月。

川口久雄「漢文伝奇と平安文学」『國語と國文學』第五十巻、第十号、一九七三年十月。

松田豊子「清女の表現と漢籍の出典」『光華女子大学　光華女子短期大学研究紀要』第十一集、一九七三年十二月。

川口久雄「李商隠雑纂と清少納言枕草子について」同『西域の虎　平安朝比較文学論集』吉川弘文館、一九七四年四月。

岩淵　匡「『枕草子』にあらわれた漢字意識の一例—「見るにことなる事なき物」の段の場合—」『学術研究　国語・国文学編』第二十三号、早稲田大学教育会、一九七四年十二月。

目加田さくを「先行文芸・環境」同『枕草子論』笠間書院、一九七五年十二月。

木越　隆「日本漢詩文」『枕草子講座』第四巻（言語・源泉・影響・研究）、有精堂出版、一九七六年三月。

矢作　武「中国文学」『枕草子講座』第四巻（言語・源泉・影響・研究）、有精堂出版、一九七六年三月。

塚本美代子「平安時代の仮名文学における漢文訓読語—「枕草子」と「大鏡」にみる—」『国文研究』第二十二号、熊本女子大学国文談話会、一九七六年九月。

目加田さくを「清少納言の教養の源泉」『国文学　解釈と鑑賞』第四十二巻十三号、至文堂、一九七七年十一月。

松田豊子「枕草子の紅梅考―清少納言の紅梅映像―」『光華女子大学　光華女子短期大学研究紀要』第十五集、一九七七年十二月。

林紀美子「『枕草子』の漢語表現―字音語「自然」を中心に―」『米沢国語国文』第五号、山形県立米沢女子短期大学国語国文学会、一九七八年九月。

安藤亨子「琵琶と横笛と―枕草子の音楽関係章段について―」『和洋国文研究』第十六〜十七号、和洋女子大学日本文学・文化学会、一九八一年十二月。

川口久雄「唐代民間文学と枕草子の形成」同『三訂平安朝日本漢文学史の研究』中巻、明治書院、一九八二年九月。

大曾根章介「清少納言の漢文素養について」田中重太郎『枕冊子全注釈』四（月報三十）、角川書店、一九八三年三月。

西村富美子「平安女流文学と漢詩文―清少納言と紫式部の場合―」『四天王寺国際仏教大学文学部紀要』第十七号、一九八四年三月。

小沢正夫「作文大体注解　上」『中京大学文学部紀要』第十九巻、第二号、一九八四年六月。

石破　洋「敦煌資料と『枕草子』―蟻通明神縁起説話をめぐって―」川口久雄『古典の変容と新生』明治書院、一九八四年十一月。

松岡紀子「漢籍の引用から見た『枕草子』」『広島女学院大学国語国文学誌』第十四号、一九八四年十二月。

小沢正夫「作文大体注解　下」『中京大学文学部紀要』第十九巻、第三〜四号、一九八五年三月。

近藤春雄「枕草子と漢文学」同『日本漢文学大事典』明治書院、一九八五年三月。

今井源衛「平安朝の物語と漢詩文」和漢比較文学会『中古文学と漢文学』第四巻、汲古書院、一九八七年二月。

藤川正数「枕草子「香炉峰の雪はいかならむ」小考」『岐阜女子大学国文学会会誌』第十六号、一九八七年七月。

柏谷嘉弘「『枕冊子』の漢語の漢字表記」佐藤喜代治『漢字講座』第十二巻、明治書院、一九八八年二月。

小林美和子「「別れは知りたりや」と琵琶行―枕草子九四段考―」『国文学攷』第百十七号、広島大学国語国文学会、一九八八年三月。

鈴木日出男「『枕草子』の詩歌」『国文学　解釈と教材の研究』第三十三巻五号、学灯社、一九八八年四月。

長尾高明「清少納言は漢文が読めたか」『月刊言語』第十七巻十二号、大修館書店、一九八八年十二月。

今井卓爾「和漢文学への対応」同『枕草子の研究』早稲田大学出版社、一九八九年三月。

高橋和夫「枕草子回想章段の事実への復原（一）香炉峰の雪・逢坂の関・関白殿黒戸より・大進生昌が家に」『群馬大学教育学部紀要』人文・社会科学、第四十号、一九九〇年七月。

伊藤倫厚「『枕草子』「少し春ある心ちこそすれ」と『白氏文集』「二月山寒少有春」―又名「少有春」小考」竹田晃先生退官記念学術論文集編集委員会『竹田晃先生退官記念東アジア文化論叢』汲古書院、一九九一年六月。

三保忠夫「枕草子「香炉峰の雪」上」『国語教育論叢』第一号、島根大学教育学部、一九九一年九月。

松島芳昭「清少納言の漢才とその意義」『解釈学』第六輯、解釈学事務局、一九九一年十一月。

目加田さくを「サロンの文芸活動つづき―李義山雑纂・義山詩集と枕草子・清少納言集―」『日本文学研究』第二十七巻、梅光女学院大学日本文学会、一九九一年十一月。

木村初恵「『枕草子』の漢詩文に関する一考察」『国文学論叢』第三十七号、龍谷大学国文学会、一九九二年二月。

三保忠夫「枕草子「香炉峰の雪」下」『国語教育論叢』第二号、島根大学教育学部、一九九二年八月。

藤原浩史「平安和文における漢語サ変動詞による感情表現」『日本語学』第十二巻第一号、明治書院、一九九三年一月。

後藤昭雄「文は、願文・表・博士の申文―『枕草子』と漢文学―」和漢比較文学会『和漢比較文学叢書　源氏物語と漢文学』第十二巻、汲古書院、一九九三年十月。

藤本宗利「「木の花は」の漢籍典拠の特質―読書行為における「典拠」の問題―」『語学と文学』第三十号、群馬大学語文学会、一九九四年三月。

古瀬雅義「清少納言の返りごと―「草の庵をたれかたづねむ」をめぐって―」『国文学攷』第百四十三号、広島大学国語国文学会、一九九四年九月。

古瀬雅義「清少納言と「香炉峯の雪」―章段解釈と清少納言のイメージ―」『安田女子大学紀要』第二十三号、一九九五年二月。

相田満「『枕草子』漢故事考―『蒙求』故事とのかかわりを通して―」『東洋文化』復刊第七十五号、無窮会、一九九五年九月。

陳安麗「『枕草子』と漢籍―白居易・李白の受容を巡って―」『日本文芸学』第三十三号、日本文芸学会、一九九九六年十二月。

鄭　順粉「中宮定子と「琵琶行」の女―『枕草子』漢詩受容の問題をめぐって―」『国文学研究』第百二十五集、早稲田大学国文学会、一九九八年六月。

古瀬雅義「『枕草子』「憚りなし」の指示する『論語』基本軸―行成との会話を支える『論語』古注と章段構想―」稲賀敬二『新典社研究叢書　論考平安王朝の文学　一条朝の前と後』新典社、一九九八年十一月。

相田　満「幼学・注釈の世界と説話―『蒙求』・『職原抄』の注釈学を例として―」『説話文学研究』第三十四号、説話文学会、一九九九年五月。

上坂信男「詩歌引用の方法にみる両者」同『源氏物語捷径別冊　交響・清少納言と紫式部』江ノ電沿線新聞社、二〇〇〇年六月。

蠣崎絵里「『枕草子』における「琵琶」について」『東京成徳国文』第二十五号、東京成徳国文の会、二〇〇二年三月。

李　暁梅「『枕草子』における音・声の研究―「忍びやか（に・なる）」をめぐって―」『広島女学院大学大学院言語文化論叢』第五号、二〇〇二年三月。

柳沢良一「清少納言の漢詩文の才について―『本朝麗藻』の詩人と比較して―」『日本文学研究年誌』第十二号、金沢学院大学日本文学科、二〇〇三年三月。

小倉　肇「枕草子「小納言よ　かうろほうの雪　いかならん」」『日本文芸研究』第五十五巻、第二号、関西学院大学日本文学会、二〇〇三年九月。

李　暁梅「『枕草子』の「木の花は」段における「桐の木の花」条について」『広島女学院大学大学院言語文化論叢』第七号、二〇〇四年三月。

麻生由希子「『枕草子』と漢籍―「水晶」という言葉を巡って―」『筑紫語文』第十三号、筑紫女学園大学日本語日本文学科、二〇〇四年七月。

相田　満「幼学書のひろがり―台湾故宮博物院蔵平安朝古鈔本『蒙求』の意義と特質―」『アジア遊学』六十九、勉誠出版、二〇〇四年十一月。

中島和歌子「『枕草子』初段「春は曙」の段をめぐって―和漢の融合と、紫の雲の象徴性―」『むらさき』第四十一輯、

伊藤禎子　紫式部学会、二〇〇四年十二月。
小池清治　「引用漢籍通覧―『源氏物語』以前―」『古代中世文学論考』第十三集、新典社、二〇〇五年二月。
　　　　　「『枕草子』のライバルは『史記』か？」『外国文学』第五十四号、宇都宮大学外国文学研究会、二〇〇五年三月。
中島和歌子　「枕草子「風は」の段「黄なる木の葉どものほろほろとこぼれ落つる……」と和漢の伝統―黄葉紛々如涙庭と、文脈のスリカエ―」『札幌国語研究』第十号、北海道教育大学札幌校国語国文学会、二〇〇五年七月。
張　培華　「枕草子における「新賦」の新解」『古代中世文学論考』第十六集、新典社、二〇〇五年十一月。
増田繁夫　「中国文学の平安女流文学への影響」『関西文化研究叢書　関西文化への視座　享受と独創の間』武庫川女子大学関西文化研究センター、二〇〇六年三月。
中島和歌子　「『枕草子』にとっての〈唐〉〈唐土〉〈文〉―香炉峰の雪と抜簾、幼学と孝、初段の天、巫山の朝雲を中心に―」『日本文学』第五十五巻、第五号、日本文学協会、二〇〇六年五月。
張　培華　「枕草子「雲は」章段中の「朝にさる色」」『古代中世文学論考』第十八集、新典社、二〇〇六年十月。
沼尻利通　「『枕草子』と孟嘗君の「三千の客」―「頭弁の、職にまゐりたまひて」章段における藤原行成の発言を中心に―」『二松　大学院紀要』第二十二集、二〇〇八年三月。
李　暁梅　「「ほととぎす」を通してみた清少納言の情―漢詩文における「杜鵑」と比較して」同『枕草子と漢籍』溪水社、二〇〇八年三月。
河添房江　「一条朝の文学と東アジア―唐物から見た『枕草子』―」仁平道明『王朝文学と東アジアの宮廷文学』竹林舎、二〇〇八年五月。
坂本雅美　「日本古典における漢詩の受容を理解する為の授業―白居易の詩「香炉峰下新卜山居草堂初成偶題東壁」の学習と「雪のいと高う降りたるを」（『枕草子』第二八〇段）の学習を通して―」『漢文教育』第三十三号、広島漢文教育研究会、二〇〇八年十二月。
張　培華　「『枕草子』に見える「和」と「漢」―「九月二十日あまりのほど」章段を中心に―」『国文学研究資料館紀要』文学研究篇、第三十五号、二〇〇九年二月。

大洋和俊「枕草子の「家」—詩歌を生きる身体—」『静岡英和学院大学・静岡英和学院大学短期大学部紀要』第七号、二〇〇九年三月。

張　培華「『枕草子』における「唐鏡」考—「心ときめきするもの」の章段を中心に—」『総研大文化科学研究』第六号、二〇一〇年三月。

山中悠希「『枕草子』堺本・前田家本における『白氏文集』受容—堺本の随想群と『和漢朗詠集』—」高松寿夫・雋雪艶『日本古代文学と白居易　王朝文学の生成と東アジア文化交流』勉誠出版、二〇一〇年三月。

中島和歌子「『枕草子』の五月五日—「三条の宮におはしますころ」の段が語る本書の到達点—」小森潔・津島知明『枕草子創造と新生』翰林書房、二〇一一年五月。

張　培華「『枕草子』における漢語の表現—「三条の宮におはしますころ」の章段を中心に—」『総研大文化科学研究』第八号、二〇一二年三月。

馮　海鷹「『枕草子』に対する『源氏物語』のライバル意識—『白氏文集』の受容を中心に—」『学芸国語国文学』第四十六巻、東京学芸大学国語国文学会、二〇一四年三月。

古瀬雅義「『枕草子』「少し春ある心地こそすれ」の解釈と対応—『白氏文集』「南秦雪」の享受と変容の様相—」『国文学攷』第二百二十二号、広島大学国語国文学会、二〇一四年六月。

張　培華「『枕草子』「春はあけぼの」章段考」『東洋文化』復刊第百十・百十一合併号、無窮会、二〇一四年十二月。

津島知明「秀句のある「対話」—『枕草子』九七段から一〇二段までの日記回想章段群—」『國學院大學紀要』第五十四号、二〇一六年一月。

赤間恵都子「『枕草子』の雪景色—作品生成の原風景—」『十文字学園女子大学紀要』第四十六集、二〇一六三月。

藤本宗利「職能としての漢才—『枕草子』「頭中将のすずろなるそら言を」の段を中心に—」『群馬大学教育学部紀要』人文・社会科学、第六十六巻、二〇一七年二月。

張　培華「『枕草子』と『源氏物語』における『白氏文集』—感傷詩を中心に—」『国文学研究資料館紀要』文学研究篇、第四十三号、二〇一七年三月。

津島知明「『枕草子』「香炉峰の雪」と「三月ばかり」の段を読み直す」『國學院雜誌』第百十八巻、第三号、二〇一

張　培華「『枕草子』における白居易と元稹の詩的な形象―「蚊の細声」と「蚊の睫」を中心に―」『国文学研究資料館紀要』文学研究篇、第四十四号、二〇一八年三月。

河添房江「『枕草子』の唐物賛美―一条朝の文学と東アジア―」同『源氏物語越境論　唐物表象と物語享受の諸相』岩波書店、二〇一八年十二月。

張　培華「『紫式部日記』における「真名書きちらし」考―清少納言批評を中心に―」『国文学研究資料館紀要』文学研究篇、第四十五号、二〇一九年三月。

張　培華「清少納言と白居易の表現―詩的な心象―」『日本女子大学紀要』人間社会学部、第三十一号、二〇二一年三月。

張　培華「周作人訳『枕草子』の経緯と実態―「未出版」を中心に―」『国文学研究資料館紀要』文学研究篇、第四十七号、二〇二一年三月。

張　培華「前田家本『枕草子』本文再検証―漢籍に由来する表現から見た楠説―」『東洋文化』復刊第百十六号、無窮会、二〇二一年四月。

渡辺秀夫「唐文化の受容と国風文化の創出―唐伝来の賦格『賦譜』からみた平安朝漢詩《句題詩》の生成―」鉄野昌弘・奥村和美『萬葉集研究』第四十一集、塙書房、二〇二二年二月。

大谷雅夫「『枕草子』と漢文学―附、『源氏物語』の「薄雲」について―」『京都大学國文學論叢』第四十七号、二〇二二年九月。

（以上主として『枕草子』漢文文献論文であるが、あげもらしも多いと思う。ご寛恕を請う。）

附録資料二　唐代『賦譜』本文

概　説

なぜここで『賦譜《ふふ》』本文を掲載するのか、その理由は、『枕草子』と『賦譜』の中には「新賦」があるからである。

三巻本『枕草子』本文における「文は」の章段の中で、『白氏文集』や『文選』の後に「新賦」と書かれている。この「新賦」は、どういう意味なのか。本書の第三章「『枕草子』「文は」章段考―「新賦」を中心に―」では、唐代の『賦譜』における「新賦」を取り上げて、論じた。つまり、「新賦」は、『文選』の中の「古賦」に対して唐代の新しい賦体の賦である。いわゆる唐代以降では、「律賦」という賦体である。しかし、平安時代では、「律賦」より先に「新賦」の名称を使用していたことが明白であろう。

周知の如く、昭和四十三年（一九六七）、『群馬大学教育学部紀要』「人文・社会科学編」に掲載した中沢希男の「賦譜校箋」がある。また、海外の『賦譜』に関する研究は少なくない。例えば、アメリカ柏夷（一九九二）、香港陳萬成（一九九九）、中国張伯偉（二〇〇二）、近年日本の渡辺秀夫（二〇一八）等により様々な角度から考証されている。そのような状況をふまえ『賦譜』の全文を掲載することは、『枕草子』の研究だけでなく、平安時代における賦に関する研究にも貴重な文献であり、価値があるのではないかと考えている。

凡例

一　『賦譜』原本は、重要文化財　五島美術館所蔵。

一　五島美術館提供により、原本の冒頭を口絵にカラーで収録した。

一　『賦譜』本文は五島美術館蔵重要文化財『賦譜・文筆要決』（画像参照）を複製した（大塚巧芸社、一九四〇年）筑波大学附属図書館蔵本により翻刻したが、左記の資料を参看した。

○小西甚一『文鏡秘府論』研究篇・下（講談社、一九五一年）。

○中沢希男「賦譜校箋」（『群馬大学教育学部紀要』第十七号、一九六七年三月）。

○小沢正夫「作文大体注解」上・下（『中京大学文学部紀要』第十九巻、一九八四年六月～一九八五年三月）。

○柏夷「『賦譜』略述」（『中華文史論叢』第四十九輯、中国・上海古籍出版社、一九九二年六月）。

○張伯偉『全唐五代詩格彙考』（中国・江蘇古籍出版社、二〇〇二年）。

○詹杭倫『唐宋賦学研究』（中国・中国社会科学出版社・華齢出版社、二〇〇六年）。

一　本文は底本に従い、改行の箇所はそのままとした。

一　漢字の表記は、常用漢字を原則とし、句読点などの符号を施した。『　』は引用された賦の題名、「　」は賦句である。また注目したい「新賦」や「古賦」などの表現は〈　〉で示した。

一　朱筆箇所に（朱）と記した。

賦譜一巻

凡賦句、有壮、緊、長、隔、漫、発、送(1)、合織成、不可偏捨。

壮三字句也（小字朱）

若「水流湿、火就燥」「悦礼楽、敦詩書」「万国会、百工休」之類、綴発語之下為便、不要常用。

緊四字句也（小字朱）

若「方以類聚、物以群分」「四海会同、六府孔修」「銀車隆代、金鼎作国」之類、亦綴発語之下為便、至今所用也。

長上二字下三字句也　其類又多上三字下三字（小字朱）

若「石以表其貞、変以彰其異」之類、是五也（朱）。「感上仁於孝道、合中瑞於祥経」是六也（朱）。「因依而上下相遇(2)、修分而貞剛失全」是七也（朱）。今案此体似隔句也（小字朱）「当白日而長空四朗、披青天而常不可用（小字朱）平雲中断」是八也（朱）。(3)「咲我者謂量力而徒尓、見機者料成功之遠而」是九也（朱）。六、七者堪常用、八次之、九次之。其者時有之得。但有似緊、体勢不堪成緊、則不得已而施之。必也不須綴緊、承発下可也。

隔

隔句対者、其辞云。隔体有六：軽、重、疎、密、平、雑。

軽隔者、如上有四字、下六字。若「器将道《導》志、五色発以成文。化尽歓心、百獣舞而葉曲」之類也。重隔、上六下四。如「化軽裾於五色、猶忍羅衣。変繊手於一拳、以迷紈質」之類是也。踈、上三、下不限多少。若「酒之先、必資於麴蘖。室之用、終在乎戸牖」「條而来、異緑虵之宛転。忽而往、同飛燕之軽盈」「府而察、煥乎呈科斗之文。静而観、烱尓見彫虫之芸」等是也。密、上五已上、下六已上字。若「徴老聃之説、柔弱勝於剛強。験夫子之文、積善由乎馴致」「詠団扇之見託、班姫恨起於長門。履堅氷以是階、袁安歎驚於陋巷」等是也。平者、上下或四或五字等。若「小山桂樹、権奇可比。丘林桃花、顔色相似」「進寸而退尺、常一以貫之。日往而月来、則就其深矣」等是也。雑者、或上四、下五、七、八、或下四、上亦五、七、八字。若「悔不可追、空労於駟馬。行而无跡、豈繋於九衢」④「孤煙不散、若襲香炉峰之前」「団月斜臨、似対鏡盧山之上」「得用而行、将陳力於休明之世。自強不息、必苦節於少壮之年」「及素秋之節、信謂逢時。当明徳之年、何憂淹望」「採大漢強幹之宜、裂地以爵。法有周維城之制、分土而王」「虚矯者懐不材之疑、安能自持。賈勇者有攻堅之懼、豈敢争先」等是也。此六隔、皆為文之要、堪常用、但務量澹耳。就中軽、重為最、雑次之、疎、密次之、平為下。

漫

不対合。少則三四字、多則二三句。若「昔漢武（朱）」「賢哉南容」「我聖（朱）上之有国」「甚哉（朱）言之出口也、電激（朱）風趨、過乎馳駆」「守静勝之深誡、冀一鳴而在此」「歴歴游游、宜（朱）乎涼秋」「誠哉性（朱）習之説、我将為教之先」等是也。漫之為体、或奇或俗。当時好句、施之尾可也、施之頭亦得也。項、腹不必用焉。

発

発語有三種：原始、提引、起寓。若：原夫、若夫、観夫稽其、伊昔、其始也之類、是原始也。若：洎夫。且夫、然後、然則、豈徒、借如、則曰、僉曰、矧夫、於是、已而、故是、是故、故得、是以、尓乃、乃知、是従、観夫之類是提引也。観其、稽其等也、或通用之。如：士有、客有、儒有、我皇、国家、嗟乎、至矣哉、大矣哉之類、是起寓也。原始発項、起寓発頭、尾、提引在中。

送

送語：者也、而已、哉之類也。

凡句字少者居上、多者居下。緊、長、隔以次相随。但長句有六、七字者、八、九字者、相連不要、以八、九字者似隔故也。自余不須。且長隔雖遙相望、要異体為佳。其用字：之、於、而等。暈澹為綺矣。

凡賦以隔為身体、緊為耳目、長為手足、発為唇舌、壮為粉黛、漫為冠履。苟手足護其身、唇舌葉其度、身体在中而肥健、耳目在上而清明、粉黛待其時而必施、冠履得其美而即用、則賦之神妙也。

凡〈賦体〉分段、各有所帰。但〈古賦〉段或多或少、若『登楼』三段、『天台』四段之類是也。至今(朱)〈新体〉、分為〈四段〉：初三、四対、約三十字為頭、次三対、約四十字為項、次二百余字為腹、最末約四十字為尾。(朱)就腹中更分為五：初約四十字為胸、次約四十字為上腹、次約四十字為中腹、次約四十字為下腹、次約四十字為腰。都八段、段転韻、発語為常体。其(朱)頭初緊、次長、次隔、即(朱)項原始、緊。若『大道不器』云：「道(朱)自心得、器因物成。将守死以為善、豈随時而易名。(朱)率性而行、挙莫知其小大。以学而致、受無見於満盈。[朱]稽夫広狭異宜、施張殊類」之類是也。次長[朱]、次隔。即胸、発、緊、長、隔至腰。如此、或有一両箇以壮代緊。若居緊上及両長連続者、仇也。夫体相変互[5]、相暈澹、是為清才。即尾起寓、若長、次隔、終漫一両句。若『蘇武不拝』云：「使乎使乎、信安危之所重」之類是也。得全経為佳。約略一賦内用六、七緊、八、九長、八隔、一壮、一漫、六、七発、或四、五、六緊、十二、三長、五、六、七隔、三、四、五発、二、三漫、壮、或八、九緊、八、九長、七、八隔、四、五発、二、三漫、壮、長、或八、九、三漫、壮、或無壮、皆通。計首尾三百六十左右字。但官字有限、用意折衷耳。

近来官韻多勒八字、而賦体八段、宜乎一韻管一段。則転韻必待発語、遞相牽綴、実得其便、若『木鶏』是也。若韻有寛窄、詞有短長、則転韻不必待発語、発語不必由転韻、逐文理体制以綴属耳。若「泉泛珠盤」韻是寛、故四対中含発、用韻窄、故二対而已、下不待発之類是也。又有連数句為一対、即押官韻両箇尽者。若『駟不及舌』云：「嗟乎、駸駸之足、追言之辱、豈能之而不欲。蓋窒喋喋之喧、喩駿駿之奔、在戒之而不言」是則言与欲並官韻、而欲字故以足、辱協、即与言為一対。如此之輩、賦之解証、時復有之、必巧乃可。若不然者、恐職為乱階。凡賦題有虚、実、古、今、比喩、双関、当量其体勢、乃裁製之。

虚（朱）

無形像之事、先叙其事理、令可以発明。若『大道不器』云：「道自心得、器因物成。将守死以為善、豈随時而易名」『性習相近遠』云：「噫、下自人、上達君。感徳以慎立、而性由習分。習而生常、将俾乎善悪区別。慎之在始、必弁乎是非糾紛」之類也。

実

有形像之物、則究其物像、体其形勢。若『隟塵』云：「惟隟有光、惟塵是依」『土牛』云：「服牛是比、合土成美」『月中桂』云：「月満於東、桂芳其中」等是也。雖有形像、意在比喩、則引其物像、以証事理。『如石投水』云：「石至堅兮水至清。堅者可投之必中、清者可受而不盈」比「義兮如君臣之叶徳、事兮因諫納而垂名」『竹箭有筠』云：「喩人守礼、如竹有筠」『駟不及舌』云：「甚哉言之出口也、電激風趍、過乎馳駆」『木鶏』云：「惟昔人有、心至術精、得鶏之情」等是。水、石、鶏、駟者実、而納諫、慎言者虚、故引実証虚也。

古昔之事、則発其事、挙其人。若『通天台』之「諮漢武兮恭玄風、建曽台兮冠霊宮」『群玉山賦』云：「穆王与偓佺之倫、為玉山之会」『舒姑化泉』云：「漂水之上、蓋山之前、昔有処女」之類是也。

而白行簡『望夫化為石』無切類石事者、惜哉。

今事則挙所見、述所感。若『大史頒朔』云：「国家法古之制、則天之理」『泛渭賦』云：「亭亭華山下有渭」之類是也。又有以古事如今事者、即須如賦今事、因引古事以証之。若『冬日可愛』引趙衰、『砕虎魄枕』引宋武之類。近来題目多此類。而『獣炭』未及羊琇、『鶴処鶏群』如遺乎稽紹、実可為恨。比喩有二：曰明、曰暗。若明比喩、即以被喩之事為幹、以為喩之物為支。毎幹支相含、至了為佳、不以双関。但頭中一対、叙比喩之由、切似双関之体可也。至長三、四句不可用。若『秋露如珠』、露是被喩之物、珠是為喩之物、故云：「風入金而方勁、露如珠而正団。映蟾輝而廻列、疑蚌割而倶攅」「磨南容之詩、可復千嗟。別江生之賦、斯吟是月」月之与珪双関、不可為准。若暗比喩、即以為喩之事為宗、而内含被喩之事。亦不用為双関、如『朱糸縄』『求玄珠』之類是。糸之与縄、玄之与珠、並得双関。糸縄之与真、玄珠之与道、不可双関。而『炙輠』云：「惟輠以積膏而潤、惟人以積学而才。潤則浸之益、才則厥修乃来」『千金市駿』、或広述物類、或遠徴事始、却似〈古賦〉頭。『望夫化為石』云：「至堅者石、最霊者人」是破題也。「何精誠之所感、忽変化也如神。離思無窮、已極傷春之目。貞心弥固、俄成可転之身」是小賦也。「原夫念遠増懐、憑高流眄。心遙遙而有待、目眇眇而不見」是事始也。又『陶母截髪賦』項：「原夫蘭客方来、蕙心斯至。顧巾橐而無取」是頭既尽截髪之義、項更徴截髪之由来。故曰：〈新賦〉之体、項者、〈古賦〉之頭也。借如謝恵連『雪賦』：「歳将暮、時既昏。寒風積、愁雲繁」是〈古賦〉頭、欲近雪、先叙時候物候也。『瑞雪賦』云：「聖有作兮徳動天、雪為瑞而表豊年。匪君臣之合契、豈感応之昭室。若乃玄律将暮、曽氷正堅」是〈新賦〉先近瑞雪了、項叙物類也。入胸已後、縁情体物、縦横成綺。六義備於其間、至尾末挙一賦之大統而結之、具如上説。

自宋玉『登楼』、相如『子虚』之後、世相放傚、多仮設之詞。貞元以来、不用仮設。若今事必須、著述則任為之、若元稹『郊天日祥雲五色賦』是也。

賦譜一巻

注

（1）原文「送」字なし。張伯偉の考証に従って補字した。

（2）［唐］楊弘貞の「溜穿石賦」の賦句である。『文苑英華』巻三一に収録。中沢希男は、「楊弘貞」を「楊広真」と記している。

（3）『賦譜』原文「咲」は、『文苑英華』には「笑」であった。典拠は、楊弘貞の「溜穿石賦」（右（2）同）の賦句と考える。かつて、中沢希男は「楊宏真」と表記。『全唐文』と一致しているが、詹杭倫の説によると、「楊弘貞」を『全唐文』に「楊宏真」に改めたことは、清の皇帝の諱を避けるということである。また、唐代では、楊弘貞という人物がいることが確認できる。例えば、『全唐詩』巻四三八には、白居易が「楊弘貞」について、次のような「七言絶句」の詩を書いたのである。

『白氏文集』巻十五［〇八二八］

見二楊弘貞詩賦一　　楊弘貞《やうこうてい》が詩賦《しふ》を見《み》、

因題二絶句一以自諭　　因《よ》って絶句《ぜつく》を題《だい》し　以《もつ》て自《みづか》ら諭《さと》す

賦句詩章妙入レ神　　賦句《ふく》　詩章《ししやう》　妙《めう》　神《しん》に入《い》る、

未㆓年 三 十㆒即 無㆑身　　未《いま》だ年三十《としさんじふ》ならずして　即《すなは》ち身無《みな》し。
常 嗟 薄 命 形 憔 悴　　常《つね》に嗟《なげ》く薄命《はくめい》にして　形《かたち》の憔悴《せうすい》するを、
若 比㆓弘 貞㆒是 幸 人　　若《も》し弘貞《こうてい》に比《ひ》すれば　是《こ》れ幸人《かうじん》なり。

（岡村繁『新釈漢文大系　白氏文集』三〈明治書院、一九八八年〉一五〇頁）

（4）原文には「煙」の上に「雲」があり、張伯偉に従って「雲」を削除した。

（5）原文は「牙」字であり、張伯偉の考察に従って「互」に変更した。

初出一覧

序章　漢文の環境と『枕草子』の創生　　書き下ろし。

第一部　『枕草子』の基層と漢文

第一章　『枕草子』「春はあけぼの」章段考——詩と賦の構成をめぐって——
　原題：『枕草子』「春はあけぼの」章段考
　掲載：『東洋文化』復刊第百十・百十一合併号、無窮会、二〇一四年十二月。
第二章　『枕草子』「心ときめきするもの」章段考——「唐鏡のすこし暗き、見たる」を中心に——
　原題：『枕草子』における「唐鏡」考—「心ときめきするもの」の章段を中心に—
　掲載：『総研大文化科学研究』第六号、二〇一〇年三月。
第三章　『枕草子』「文は」章段考——「新賦」を中心に——
　原題：枕草子における「新賦」の新解
　掲載：『古代中世文学論考』第十六集、新典社、二〇〇五年十一月。
第四章　『枕草子』「九月二十日あまりのほど」章段考——「月の窓より洩り」を中心に——
　原題：『枕草子』に見える「和」と「漢」—「九月二十日あまりのほど」章段を中心に—
　掲載：『国文学研究資料館紀要』文学研究篇、第三十五号、二〇〇九年二月。
第五章　『枕草子』「三条の宮におはしますころ」章段考——「青ざし」を中心に——
　原題：『枕草子』における漢語の表現—「三条の宮におはしますころ」の章段を中心に—

掲載：『総研大文化科学研究』第八号、二〇一二年三月。

第六章　『枕草子』「雲は」章段考――「朝にさる色」を中心に――

原題：枕草子「雲は」章段中の「朝にさる色」

掲載：『古代中世文学論考』第十八集、新典社、二〇〇六年十月。

第二部　『枕草子』と『白氏文集』

第七章　清少納言と白居易の詩的な寓意――「花や蝶や」と「萎花蝶飛去」――

原題：『枕草子』における漢語の表現―「三条の宮におはしますころ」の章段を中心に―

掲載：『総研大文化科学研究』第八号、二〇一二年三月。

第八章　清少納言と白居易の詩的な意象――「柳・雨・稚児」と「眉・扇・塵」――

原題：清少納言と白居易の表現―詩的な心象―

掲載：『日本女子大学紀要』人間社会学部、第三十一号、二〇二一年三月。

第九章　清少納言と白居易及び元稹の詩的な手法――「蚊の細声・蚊の睫」と「微細・蚊睫」――

原題：『枕草子』における白居易と元稹の詩的な形象―「蚊の細声」と「蚊の睫」を中心に―

掲載：『国文学研究資料館紀要』文学研究篇、第四十四号、二〇一八年三月。

第十章　『枕草子』「跋文」の「枕」と感傷詩――池田説をめぐって――

第一回目口頭発表

原題：『枕草子』「跋文」の「枕」の淵源解

学会：平安朝文学研究会、早稲田大学、二〇〇九年三月。

第二回目口頭発表
原題：What Is the Meaning of *The Pillow Book* (Makura no sōshi)
学会：ASPAC & WCAAS JOINT ANNUAL CONFERENCE、ポモナ・カレッジ、アメリカ、二〇一一年六月。
これらの口頭発表に基づいて書き下ろし。

第十一章　『枕草子』と『源氏物語』における『白氏文集』——感傷詩を中心に——
原題：『枕草子』と『源氏物語』における『白氏文集』—感傷詩を中心に—
掲載：『国文学研究資料館紀要』文学研究篇、第四十三号、二〇一七年三月。

第十二章　『紫式部日記』における「真名書きちらし」——清少納言批評を中心に——
原題：『紫式部日記』における「真名書きちらし」考—清少納言批評を中心に—
掲載：『国文学研究資料館紀要』文学研究篇、第四十五号、二〇一九年三月。

第三部　前田家本『枕草子』の本文と漢文

第十三章　前田家本『枕草子』本文再検証——漢籍に由来する表現から見た楠説——
原題：前田家本『枕草子』本文再検証—漢籍に由来する表現から見た楠説—
掲載：『東洋文化』復刊第百十六号、無窮会、二〇二一年四月。

第十四章　前田家本『枕草子』本文の特徴——漢籍の原典から見た引用態度——　本書初出。

第十五章　前田家本『枕草子』「文は」章段再考——「こたいほんき」を中心に——　本書初出。

終章　まとめと展望　書き下ろし。

附編　周作人訳『枕草子』の経緯と実態

原題：周作人訳『枕草子』の経緯と実態―「未出版」を中心に―

掲載：『国文学研究資料館紀要』文学研究篇、第四十七号、二〇二一年三月。

附録資料一　主要『枕草子』漢文文献論文一覧（一九一九～二〇二二）　本書初出。

附録資料二　唐代『賦譜』本文　本書独自。

索　引

凡例

○序章～附編を対象とし、現代仮名遣いの五十音順に配列した。
○読み方については、一般的と思われる呼称を採用した。
○引用文中の人名・書名は原則として必要と思われるものを採用した。
○「枕草子」と「清少納言」については省略した。

（人名索引）
○外国人名については、中国の人名は漢音の音読み、英語表記の場合は発音を原則として五十音順に配列した。
○共著編者による場合は一名を掲げ、その頁数を太字とした。

（書名・作品名索引）
○複数の作品名が一つの書名に収録されている場合はその中の必要な作品名を掲げた。

人名索引

あ行

さ行

た行

な行

は行

書名・作品名索引

あ行

や行

ら行

わ行

あとがき

本書は二〇年近くかけて書いた私なりの『枕草子』小論です。

主な内容は、次の通りです。まず、代表的な『枕草子』の章段において漢語表現や漢文受容に焦点を当て、詩、賦、伝奇、類書などの中国古典文学のジャンルを取り入れ、古典意象論の寓意や暗喩といった手法を解析し、従来未解明であった問題に新たな解釈を提示した。また、『枕草子』と『白氏文集』を中心に考察し、『源氏物語』に比べて『枕草子』には圧倒的に感傷詩が多いことを明らかにし、その背後にある感傷の美を浮き彫りにした。紫式部と清少納言の異なる受容感覚も分析した。さらに、最も古い『枕草子』写本である前田家本にしか見られない、漢文原典に忠実な特徴を解明し、従来の前田家本に関する楠説の信憑性についても再検討の必要があることを示した。附編では周作人の翻訳の経緯とその実態について考察した。附録として、『枕草子』に関する漢文論文の文献をまとめ、唐代の重要な『賦譜』全文を独自翻刻しています。『賦譜』は平安朝漢文学研究でも貴重な文献と考えています。

私は小さい頃から文学が好きで、特に散文を書くのが好きでした。日本の散文の親と言われる『枕草子』に興味津々でした。日本で社会人として大学院に進学しました。日本古典文学の扉を開いてくれた恩師は山田利博先生です。雲ひとつない青空の下、蟬の声が聞こえる中、私を連れて空いている教室を探してくださった山田先生の姿を今でも鮮明に覚えています。宮崎大学大学院では文学博士後期課程がなかったため、山田先生から九州大学の今西祐一郎先生のところへ推薦のお話を頂きました。しかし私には東京に行きたい気持ちがあり、当時国文学研究資料館館長をされていた伊井春樹先生に推薦して頂き、お陰様で総合研究大学院大学の博士後期課程へ進学することができました。後期課程途中、伊井先生が退職されると、今西先生が館長に就任され、「われわれは変な因縁がありましたね」と話されたのを覚えています。今西先生からいろいろなことを教えて頂き、お陰様で今西館長のもとで学位を取得することができました。大変お世話になりました。本書は学位論文よりもっと視野を広く深くし、新しい論考も含んだ新たな構成です。ここでまず山田先生、伊井先生、今西先生に深謝を申し上げます。

また、今回この本を出版するきっかけとなった阿部好臣先生と新間一美先生にも深く感謝いたします。阿部先生とはある学会に講演を聞きに行く途中、道に迷ったことで出会いました。阿部先生は知らないことを教えてくださり、私が進むべき道を示してくれました。また阿部先生が新間一美先生に呼び掛けてくださり、お二人から出版社への推薦書を書いて頂くことができました。改めまして恩恵を賜った阿部先生、新間先生に深謝を申し上げます。

上文で名前をあげさせて頂いた先生方以外にも、多くの先生方に多謝の気持ちを申し上げたいです。紙幅の関係で皆様の名前を申し上げられませんが、特に私の研究を応援、励まし頂いた三田明弘先生、相田満先生、鈴木望先生、Peter Robinson 先生等々の先生の方々に深謝を申し上げます。

最後に何より、私のたどたどしい小論を受け入れてくださった和泉書院の編集長廣橋研三社長、スタッフの皆様に心から深謝を申し上げます。

令和六年五月於東京

張　培華

■著者紹介

張　培華（ちゃん　ぺいほあ）

中国出身、日本国籍。二〇〇一年安徽師範大学漢語言文学専攻卒業、二〇〇六年宮崎大学大学院修士課程修了、修士（教育学）。二〇一一年総合研究大学院大学博士後期課程修了、博士（文学）。国文学研究資料館研究員を経て、現在日本女子大学研究員・非常勤講師。専門は中古文学、中国古典文学。

編著、論文

『源氏物語絵本』（上海古籍出版社、二〇一〇年）、『中國典籍日本注釋叢書・論語巻・老莊巻・孟子巻・孝經巻・五經巻』（上海古籍出版社、二〇一一年）、「『源氏物語』「桐壺」意象考」（『日本女子大学紀要』人間社会学部、第33号、二〇二三年三月）、「『源氏物語』「末摘花」意象考」（『物語研究』第二十三号、二〇二三年三月）、「『源氏物語』「若紫」意象考」（『日本女子大学紀要』人間社会学部・国際文化学部、第34号、二〇二四年三月）などがある。

研究叢書575

枕草子漢文受容論

二〇二四年一一月三〇日初版第一刷発行

（検印省略）

著者　張　培華

発行者　廣橋研三

印刷所　亜細亜印刷

製本所　渋谷文泉閣

発行所　有限会社　和泉書院

大阪市天王寺区上之宮町七－六

〒五四三－〇〇三七

電話　〇六－六七七一－一四六七

振替　〇〇九七〇－八－一五〇四三

ISBN978-4-7576-1107-8　C3395

—— 研究叢書 ——

（価格は 10％税込）